Sophia Chase
Love at Second Sight

SOPHIA CHASE

LOVE at SECOND SIGHT

Roman

everlove
by **PIPER**

Mehr über unsere Autorinnen, Autoren und Bücher:
www.everlove-verlag.de

Wenn dir dieser Roman gefallen hat, schreib uns unter Nennung
des Titels »Love at Second Sight« an *empfehlungen@piper.de,*
und wir empfehlen dir gerne vergleichbare Bücher.

Inhalte fremder Webseiten, auf die in diesem Buch (etwa durch Links)
hingewiesen wird, macht sich der Verlag nicht zu eigen.
Eine Haftung dafür übernimmt der Verlag nicht.
Wir behalten uns eine Nutzung des Werks für Text und
Data Mining im Sinne von § 44b UrhG vor.

ISBN 978-3-492-06546-7
© 2025 everlove, ein Imprint der Piper Verlag GmbH,
Georgenstraße 4, 80799 München, *www.piper.de*
Für direkten Kontakt und Fragen zum Produkt
wenden Sie sich bitte an: *info@piper.de*
Redaktion: Sabrina Cremer
Satz: psb, Berlin
Gesetzt aus der Bodoni
Druck und Bindung: CPI Books GmbH, Leck
Printed in the EU

Man sieht oft etwas hundert Mal,
ehe man es zum ersten Mal richtig sieht.

Für meinen Mann.

KAPITEL 1

Unerwarteter Besuch

Valerie

»Er hat das Haus und den Hund bekommen. Sie den Rest, und der hatte in einem Umzugswagen Platz. Einem *kleinen*.«

Meine Zunge musste ich mir längst blutig gebissen haben. Gepaart mit dem amüsierten Lächeln, das ich mir abrang (wofür ich mich zutiefst verachtete), sah ich vermutlich wie jemand aus, der eine allergische Reaktion auf Erdnüsse erlitten hatte. Wobei mir einfiel, dass ich niemanden kannte, der auf Erdnüsse allergisch reagierte. Sollte das jetzt passieren, müsste ich mein verstaubtes Wissen über Erste Hilfe erst herauskramen.

Ich schweifte ab, war unkonzentriert. Noch immer bewegten sich Joshs Lippen, als hätte ich einen Fernseher bloß stumm geschaltet.

»Sie hat alles verloren«, fuhr er fort, mir von der schlammschlachtartigen Scheidung unserer Kollegen Leo und Reese zu erzählen, die in den vergangenen Wochen den gesamten Pausentratsch gefüllt hatte. Josh war ein eher unterkühlter, karrieregeiler Typ. Emotionen – für ihn ein Zeichen von Schwäche. Menschlichkeit – noch nie davon gehört.

Umso erstaunlicher erschien es mir, wie sehr ihn

diese Scheidung beschäftigte. Fürchtete er sich vor Unruhen in seiner Abteilung?

Ich hörte die Geschichte dieser Trennung bedauerlicherweise nicht zum ersten Mal. Durch das detaillierte Wissen, das ich gänzlich gegen meinen Willen erworben hatte, bekam ich immer stärker das beklemmende Gefühl, Teil dieser Ehe gewesen zu sein. Nicht als Ehepartnerin, aber doch zumindest in vergleichbarer Stellung wie der Hund Jerry, den Leo erfolgreich erstritten hatte. Nach der Scheidung hatte er ihn in ein Tierheim gebracht, weil er keine Zeit für irgendetwas anderes als seine Karriere aufbringen wollte.

In dieser Hinsicht waren sich mein Boss Josh und Leo beängstigend ähnlich. Josh war arbeitssüchtig und ehrgeizig – aber nicht auf diese charmante Art, die man Menschen gern zuschrieb. Vielmehr lag ihm alles daran, seine Karriere voranzubringen. Damit ihm das gelang, bezeichnete er seine Angestellten (also auch mich) hinter vorgehaltener Hand gern mal als Idioten.

Sehr sympathisch. Nicht.

Bedauerlicherweise war Josh mit einer Mischung aus Selbstvertrauen und -überzeugtheit gesegnet, für die es in keinem Lebenslauf dieser Erde eine Spalte gab. Die Menschheit hatte es bis dato sogar versäumt, einen Begriff dafür zu kreieren. Nicht zum ersten Mal versuchte ich mich daran, den Mann vor mir zu kategorisieren.

Ich studierte sein Gesicht – sein kantiges Kinn, dazu die weichen Lippen und diese dunklen, aufmerksamen Augen. Auch sein Aussehen war ein einziger Gegensatz. Seine Haltung war stets erhaben, doch gleichzeitig strahlte Josh Lässigkeit aus, wenn er beispielsweise durch die Flure der Porter Medical Group schlenderte.

Er war verdammt klug. Meistens allerdings kam es mir so vor, als würde er mit aller Macht versuchen, niemanden an seinem Wissen teilhaben zu lassen. Ich hielt ihn für einen Mistkerl, der es liebte, wenn andere auf ihn angewiesen waren.

Bos(s)haft-charmant, das beschrieb ihn am besten.

Josh war vor mir in der Firma gewesen. Einem Pharmaunternehmen, dem vor Jahren ein Durchbruch im Sektor der Forschung zu Bluthochdruck gelungen war. Es gab eine eigene Forschungsabteilung (in der arbeiteten unter anderem Josh und ich). Wir beschäftigten uns dort nicht nur mit der Weiterentwicklung bereits bestehender Wirkstoffe, sondern konnten mithilfe von Kooperationen auch neue Substanzen oder Behandlungsarten untersuchen. Die Firma bestand insgesamt aus circa fünfzig Leuten, die sich um den Vertrieb, die Buchhaltung oder das Marketing (Linda) kümmerten. Dann gab es noch den Außendienst, der unsere Produktpalette, die wir extern produzieren ließen, in den Handel bringen sollte, und der dem Personal aus dem Gesundheitswesen, ob in den Krankenhäusern oder den Apotheken, bei Fragen zur Verfügung stand. Um alle personellen und organisatorischen Aufgaben kümmerte sich die Verwaltung.

Als ich bei PMG angefangen hatte, war Josh noch nicht mein Boss, sondern ein Laborkollege gewesen. Auf dem Flur hatte ich nett mit ihm plaudern wollen, dabei allerdings bereits winzige Schmetterlinge im Bauch gehabt. Josh hatte mir gefallen.

Wie sich herausstellte, sollte das die kürzeste Verknalltheit aller Zeiten werden. Denn Josh wischte sämtliche tiefergreifende Emotionen mit einer grimmigen Miene und einer einzigen Aussage (»Flirten funktioniert bei mir nicht«) beiseite. Er interessierte sich nicht für neugierige, junge Kolleginnen.

Ich hatte nie eine Gelegenheit gefunden, Josh zu erklären, dass ich nicht mit ihm geflirtet hatte. Außerdem hatte mir besonders am Anfang der Mut dazu gefehlt.

In den folgenden zwei Jahren lernte ich viel über Josh. Meine anfängliche Verknalltheit verwandelte sich in Abneigung. Als Josh aufgrund seiner Verbissenheit, seines Ehrgeizes und seiner Gnadenlosigkeit zu meinem Boss befördert wurde, hielt ich, so gut es ging, Abstand zu ihm. Ich zog mich zumindest emotional von ihm zurück.

Denn nicht nur Dr. Josh Bedingfield lag etwas an seiner Karriere, auch ich wollte meine beruflichen Ziele erreichen. Einzig aus diesem Grund saß ich ihm an meinem freien Abend in einem Asia Restaurant gegenüber und ließ mich derart ausufernd über geschäftliche Angelegenheiten zuquatschen.

Ich war nur hergekommen, um mit ihm über mein Forschungsprojekt zu sprechen, für das ich einen Förderantrag gestellt hatte, der erst von dem griesgrämigen Kerl vor mir genehmigt werden musste. Ich war bereit, für die Dinge, die mir wichtig waren, zu kämpfen. Angesichts Joshs Verhalten war mein Kampfgeist aber nicht mehr ganz so groß.

Viel lieber wäre ich zu Hause, auch wenn die Gefahr bestand, mir bei meiner Mitbewohnerin Linda einen Magen-Darm-Virus einzufangen. Sie hatte zusammengekauert auf unserer Couch gelegen und gegen starke Übelkeit angekämpft, als ich zu meinem Termin mit Josh aufgebrochen war.

Sie anzurufen wäre mein Joker, den ich im Notfall ziehen würde. Dieses Wissen gab mir die Kraft, nicht durchzudrehen. Selbst dann nicht, als Josh die Geschichte rund um Leo und Reese weiter durchkaute. »Verstehst du jetzt, warum ich in meinem Team keine Beziehungen zwischen Kollegen dulde? Die ganze Abteilung ist das reinste Chaos. Und das nur wegen dieser beiden Sturköpfe.«

Jetzt wurde ich also bereits nach firmenpolitischen Entscheidungen gefragt. Das war ein gefährliches Pflaster, auf das ich mich besser nicht wagen sollte. »Es heißt nicht umsonst: ›Liebe ist nichts für Feiglinge.‹«

Er runzelte die Stirn, was nie ein gutes Zeichen war, wie mich meine Erfahrung gelehrt hatte. Es war eher ein Nimm-die-Beine-in-die-Hand-und-lauf-Zeichen. »Heißt es nicht ›Älterwerden ist nichts für Feiglinge‹?«

»Stimmt. Aber Beziehungen können auch kompliziert sein.«

Ich wusste nicht, wie Josh über Liebe oder Beziehungen dachte. Er war in der Hinsicht schwer einzuschätzen. Einerseits könnte er ein Frauenheld sein, andererseits kam er mir wie jemand vor, der es bequem fand, eine fixe Freundin zu haben.

Josh sah zwischen meinem Gesicht und meinem Weinglas hin und her. »Wie auch immer ... Das ist nur eine der Fragen, mit denen ich mich momentan herumschlagen muss.«

Die andere Frage betraf wohl mich und meine Studie.

Josh war kein Fan von mir. Im Verhältnis dazu hypte er auch meine Studie – also gar nicht.

»Worauf willst du hinaus?« Ich ging in die Offensive. Lieber sah ich der Wahrheit ins Gesicht, auch wenn sie schmerzhafter war, als mich mit nervenraubenden Hypothesen zu quälen.

Josh verschränkte die Hände auf dem weißen Tischtuch. »Auf deine Unehrlichkeit. Auf deine Unfähigkeit, dich an Vorgaben zu halten. Du weißt, dass ich dein Projekt mit einem Anruf beenden kann.«

Ich schluckte und wurde nervös, versuchte aber, mir meine Gefühle nicht anmerken zu lassen. »Es mag sein, dass ich Arbeitsschritte eingeleitet habe, ohne auf deine Freigabe zu warten. Aber die Zeit drängte, und es war bloß eine Anfrage. Eine einzige, um genau zu sein.«

»Das ist mir egal, Valerie. Gleiche Regeln für alle«, brummte er. »Was hindert mich daran, deine miserable Studie für gescheitert zu erklären?«

Diese Studie, die sich mit der Weiterentwicklung wirksamer Immuntherapie bei Krebserkrankungen beschäftigte, war mein Baby. Ich hatte mir unzählige Nächte um die Ohren geschlagen und meine ganze Überzeugung hineingesteckt. Schon während meiner Studienzeit hatte mich dieses Thema am meisten fasziniert, und ich hatte gewusst, dass ich irgendwann damit arbeiten würde. Ich glaubte, bei PMG ein Zuhause für meine Ideen gefunden zu haben. Wenn Josh diese Ansätze aber zerstörte, wäre das ein herber Rückschlag für mich.

Ich sah mich im Restaurant um. Mein Blick blieb an einem langsam zu Boden segelnden Kassenbon hängen. Eine Weile war ich wie hypnotisiert, dann erwachte ich, und zurück war die Panik. Ich stand auf, stotterte eine Entschuldigung und ging nach draußen. Vergessen war meine tolle Ausrede. Ich brauchte Abstand, bevor ich in Tränen ausbrach oder irgendetwas sagte, womit ich meinen Job riskierte.

Vor dem Restaurant empfing mich schwüle Luft, doch ich konnte wenigstens wieder atmen. Mitten in der Innenstadt dröhnte der omnipräsente Verkehrslärm. Der Gehsteig war schmal, das gläserne Bürogebäude auf der gegenüberliegenden Straßenseite thronte über den anderen niedrigen Bauwerken rundherum. Der Geruch nach Frittiertem aus dem Asia Restaurant hatte einen Teil der Straße eingenommen. Als würde sich der Laden auf diese Weise bemühen, Fußgänger ins Innere zu locken. Ich lehnte mich gegen die Backsteinfassade, schloss kurz die Augen und rief Linda an. Meine Freundin klang, als wäre sie von den Toten zurückgekehrt. Noch nie zuvor war ich glücklicher gewesen, ihre Stimme zu hören.

»Es ist so schrecklich wie befürchtet. Bitte rette mich!«, jammerte ich. Linda wusste von meinen Problemen mit Josh, immerhin teilten wir uns nicht nur eine Wohnung, sondern arbeiteten auch beide für PMG. Linda war zwar nicht in der Forschung, sondern in der Marketingabteilung. Sie kannte Josh aber persönlich und nicht nur aus meinen Erzählungen.

Sie stieß ein kraftloses Schnauben aus. »Sagt diejenige von uns beiden, die nicht seit zwei Stunden auf dem Toilettenboden sitzt und sich die Seele aus dem Leib reihert. Aber okay, überschütte mich mit deinem Selbstmitleid.«

»Ich wäre viel lieber für dich da.«

»Um mir die Haare aus dem Gesicht zu halten? Nein, danke. Kotzen ist eine einsame Sache.«

Linda hatte nicht einmal lange Haare. Es gab nichts zu halten, ausgenommen ihre Hand vielleicht. Stellvertretend knetete ich meine eigene, etwas feuchte und kalte Hand und sah zu, wie eine Gruppe, bestehend aus vier Männern, aus dem Taxi stieg. Einer von ihnen, ein blonder, großer Kerl, blieb mit dem Handy in der Hand etwa drei Meter neben mir stehen. Wir wechselten einen kurzen Blick. Auf sein schiefes Lächeln hin machte sich auch in meinem Gesicht ein Grinsen breit.

»Ich glaube, er versucht mich zu erpressen oder zu foltern oder zu demütigen«, fuhr ich fort und zog mit der Spitze meines rechten Schuhs eine schmutzige Betonrille am Boden nach.

»Valerie, du steigerst dich meiner Meinung nach zu sehr rein. Lass ihn einfach reden.«

Ich dachte über ihren Rat nach. Wie groß war die Chance, dass ich mich eine weitere Stunde diplomatisch verhielt? Gering. Erschreckend gering. Aber ich musste an meinen Job denken.

»Denk an deinen Job!«, bekräftigte Linda, als könnte sie meine Gedanken lesen.

Ich nickte, obwohl sie es nicht sehen konnte. »Ich muss mir in Erinnerung rufen, dass es hier um meinen Job geht. Josh ist kein Freund oder so, sondern eine Hürde. Eine ziemlich unangenehme, unhöfliche Hürde.«

»Ja, verdammt. Nimm Anlauf für die Josh-Hürde und konzentriere dich auf den Sprung.«

»Ich hoffe, ich stolpere nicht und breche mir die Nase.«

Linda schnaubte, was wohl so etwas wie Zuversicht vermitteln sollte. »Du wirst nicht stolpern. Bleib hart, Valerie.«

»Du kommst mich doch im Gefängnis besuchen, sollte ich durchdrehen?«

»Darauf kannst du dich verlassen. Aber so weit wird es nicht kommen. Kneif die Arschbacken zusammen und geh zurück an den Tisch!«

Ihr Befehl war eindeutig. Alles in mir sträubte sich jedoch, Folge zu leisten.

Es war etwas völlig anderes, Josh in der Abteilung, umringt von meinen Kollegen, zu ertragen. Allein mit ihm zu sein und die geballte Ladung seiner Boshaftigkeit auszuhalten überforderte mich. Ich war nicht besonders gut darin, menschliche Konflikte zu lösen. Menschen waren zu unberechenbar für mich. Zu impulsiv. Zu dramatisch.

Vor allem Josh.

Nachdem ich aufgelegt hatte, atmete ich tief durch und wappnete mich für den zweiten Akt unseres Dramas. Wie ich bei meiner Rückkehr feststellte, hatte mich die kurze Unterbrechung nicht gestärkt, sondern noch angespannter werden lassen.

Josh machte seinem Frust über das Restaurant Luft. Er verfügte zumindest über so etwas wie einen Vergleichswert. Sein Leben bestand aus It-Lokalen mit It-Gerichten und It-Leuten. Ich hingegen aß meistens zu Hause, weil ich es liebte, auf der Couch in Jogginghosen zu sitzen und dabei einen Film anzusehen.

Als ich überlegte, wie ich dafür sorgen konnte, dass dieser Abend endlich ein Ende nahm, wurde plötzlich ein dritter Stuhl an unseren Tisch geschoben. Darauf sank der Typ, der eben noch draußen neben mir gestanden hatte. Ich war sicher, zu träumen ... aber er griff nach meiner Hand. Seine warme Hand legte sich um meine schwitzende. Und das fühlte sich gut an. Was seltsam war. Ich kannte den Kerl nicht, aber er gab mir in diesem Moment des inneren Aufruhrs überraschend Halt.

Während mein Blick dem Sekundenzeiger auf der Armbanduhr des Händchenhalters folgte, hörte ich eine sympathisch-tiefe Stimme. »Ich bin einen Tag früher angereist und wollte dich überraschen, Schatz. Ich weiß, dies ist ein beruflicher Termin, aber ich habe es ohne dich nicht länger ausgehalten.«

Redete er etwa mit mir?

Zum ersten Mal schienen Josh und ich ähnlich zu fühlen – wir waren beide überrascht. Und überfordert.

In meinem Fall war das mehr als einleuchtend, schließlich hatte mich dieser Fremde gerade Schatz genannt und hielt dabei meine Hand auf eine vertraute, irgendwie sogar schmutzige Art. Es war kein zuvorkommendes Ich-helfe-Ihnen-über-die-Straße-Miss-Händchenhalten, sondern ein intimes Ich-habe-dich-nackt-gesehen-Händchenhalten.

»Also ... Sie ... Sie ...« Er musste mich verwechseln. Das wollte ich sagen.

Laut einer nicht bestätigten Theorie meiner besten Freundin hatte jeder Mensch sieben Doppelgänger. Eine dieser sieben Personen, die mir ähnlich sahen, führte offensichtlich eine Beziehung mit diesem Mann.

Meine Stimme versagte ihren Dienst, was zum einen an dem Lächeln des Kerls lag. Zum anderen war ich nicht geübt im Umgang mit Männern, die mich aus heiterem Himmel Schatz nannten.

»Ich war lange weg, ich weiß. Verständlich, dass es dir deswegen die Sprache verschlägt.«

Ich musste träumen. Ja, absolut.

Wenn das hier allerdings ein Traum war, bedeutete das, dass ich mein Abendessen mit Josh noch vor mir hatte. Was semi-motivierend war, wenn ich bedachte, dass dann bald mein Wecker klingeln würde und ich aus dem Bett steigen musste.

Josh (ob der real war oder nicht, stand noch nicht fest) rang unterdessen ebenfalls um Worte. Okay, es musste ein Traum sein. Dem echten Josh verschlug es nie die Sprache. »Dario? Dario Hill?«

Jetzt sprach er auch noch in Codes, die ich nicht verstand.

Wer, zum Teufel, war Dario Hill?

Der Typ, der vermutlich Dario hieß, zwinkerte mir

zu. Das sollte mich beruhigen oder mir zumindest das Gefühl geben, dass er alles unter Kontrolle hatte.

Danach wandte mein Handwärmer seinen Blick Josh zu. »Ja, richtig. Woher wissen Sie das?«

Genau, woher wusste Josh das?

»Josh Bedingfield, freut mich sehr«, trällerte mein eiskalter Boss auf eine Weise, wie ich sie noch nie zuvor bei ihm erlebt hatte. Zu allem Überfluss erhob er sich und streckte seine Hand aus.

Eine kurze Inspektion unserer Hände ergab, dass meine Linke in seiner Rechten lag. Dario würde mich also loslassen müssen. Die Vorstellung der körperlichen Trennung war erleichternd und deprimierend zugleich. Ob es meiner Doppelgängerin auch jedes Mal so ging, wenn sie sich von ihm verabschieden musste?

»Ich arbeite ebenfalls für PMG. Wir haben uns bei dem Meeting getroffen, als du alle Abteilungsleiter kennengelernt hast.«

Die Miene des Fremden wurde auf Joshs Aussage hin düster. Ruckartig beendete er den Körperkontakt zu mir und reichte meinem Vorgesetzten die Hand mit einer Geschäftigkeit, die ich irritierend fand. »Porter Medical Group«, wiederholte er, klang aber nicht wie jemand, dem der Name meines Arbeitgebers gänzlich unbekannt war.

Josh nickte. »Ja.«

Mein Fake-Freund sah entsetzt zu mir, dann zurück zu Josh. »Ich ... also ich ...« Er seufzte, stieß dann aber ein kurzes Lachen aus. »Ich erinnere mich, ja.«

Dario arbeitete für PMG? Konnte es noch schlimmer kommen?

»Ich wusste gar nichts ... davon«, meinte Josh und deutete sporadisch zwischen mir und dem Kerl hin und her.

Dario drückte meine Hand und schenkte Josh ein selbstsicheres Lächeln.

Einen Augenblick lang war es still an unserem Tisch. Dumpf nahm ich die Restaurantgeräusche wahr – das Klirren von Gläsern, das Klimpern von Besteck und das monotone Brummen unterschiedlicher Stimmen.

»Valerie, du hast davon nichts erwähnt.« Josh gab sich Mühe, seinen Ärger zu unterdrücken. Vorhin hatte er noch klargemacht, dass er Beziehungen am Arbeitsplatz verabscheute. Er musste sich echt veräppelt vorkommen.

Doch anstatt den Irrtum aufzuklären, begann ich nun, Spaß daran zu haben, Josh derart in Verlegenheit zu bringen. Wenn ich diesen Dario dafür benutzen konnte, Josh zu verunsichern, war es das in jedem Fall wert. Außerdem hatte ich das Gefühl, Dario zur Seite stehen zu müssen. »Wir wollten keine große Sache daraus machen. Es ist auch noch ganz frisch.« Ich strahlte Dario auf eine Weise an, wie man es vermutlich in jedem Schauspielgrundkurs lernte.

Dario spielte mit. »Ich wollte nicht derart überraschend hereinplatzen. Ich war in der Nähe und dachte, es wäre … nett. Passend irgendwie, aufgrund der Verhältnisse. Ihr seid hoffentlich fast fertig mit dem Gespräch«, murmelte er und hielt dabei den Blickkontakt zu mir aufrecht. Via Telepathie sagten seine dunklen Augen so etwas wie: »Reiß mir nicht den Kopf ab. Ich wollte bloß witzig sein und finde dich toll.« Im letzten Teil der gedanklichen Übermittlung trat eine Frequenzstörung auf. Ich war nicht sicher, ob er toll oder bemitleidenswert gesagt beziehungsweise gedacht hatte.

Ich legte den Kopf schief und übermittelte telepathisch zurück. »Du bist offensichtlich verrückt. Aber irgendwie ist es tatsächlich lustig.«

Josh durchbrach unsere nonverbale Unterhaltung. »Wir waren gerade dabei, über Valeries CART-T-Studie zu sprechen. Womöglich bist du damit schon vertraut und konntest dich vor deinem offiziellen Start in einzelne Projekte einlesen.«

Plötzlich war meine Studie also nennenswert. Ich kannte Joshs verschiedene Tonlagen, und die waren allerhöchstens neutral. Dieser Dario Hill musste übermenschliche Fähigkeiten besitzen, wenn Josh sich derart verhielt.

»Nein, nein. Ich möchte mich in Ruhe und vor Ort mit allen Fakten befassen.«

»Du beschwerst dich doch dauernd, dass ich von morgens bis abends über nichts anderes rede«, warf ich ein und lächelte frech.

»Du liegst mir mit deinen Gedanken rund um dein Projekt echt in den Ohren. Aber ich mag, wie du strahlst, wenn du von deiner Forschung sprichst.«

Wow, das war charmant. Ich musste etwas erwidern. »Und ich mag, dass du dir Zeit nimmst, dir all meine Pläne und Überlegungen anzuhören.« Ich sah zu Josh, der wirkte, als würde er sich gleich übergeben. »Im Gegenzug spiele ich Runde um Runde UNO mit ihm.«

»UNO?«, erkundigte sich Josh ungläubig.

Dario seufzte. »Ich bin süchtig danach.«

»Ist er.« Ich hatte den Verstand verloren, aber es war unglaublich lustig, so zu tun, als würde mich mit diesem völlig Fremden ein gemeinsames Leben verbinden.

»Dafür liebt…« Ihm fiel mein Name nicht ein. Ich flehte zu Gott, dass ich nicht gleich irgendeinen dämlichen Spitznamen von Dario verpasst bekam. »Pinky liebt Disney-Filme. Ich wurde in ein Paralleluniversum hineingezogen, das bunt, schrill und chaotisch ist.«

Gott war nicht sonderlich gut auf die Wünsche von Lügnern zu sprechen. Während meines Zwiegesprächs mit dem Schöpfer eruierte Josh indessen die Infos, die Dario ihm serviert hatte. In Wahrheit hasste ich Pink, und Disney war auch nicht wirklich mein Ding. Um das zu erkennen, musste man nicht meine beste Freundin sein. »Pinky?«, wiederholte Josh – zuerst schmunzelnd, dann brach er in Gelächter aus.

»Sie hasst diesen Spitznamen«, kommentierte Dario.

»Tue ich wirklich. Lass ihn uns einfach vergessen, okay?«

»Dario, du bist in meiner Abteilung jederzeit willkommen«, erwiderte Josh freundlich und rieb sich den vom Lachen wohl schmerzenden Bauch. »Vorausgesetzt, du bringst weitere witzige Anekdoten rund um Valerie mit.«

Gedanklich versuchte ich das Puzzle zusammenzusetzen. Wenn dieser Typ in Joshs Abteilung jederzeit willkommen war, musste er einen guten Grund dafür haben. Niemand konnte einfach so in unsere Büros spazieren. Wir seien kein Vergnügungspark, hatte Josh einst gewettert, als ein Kollege zu seinem Geburtstag eine kleine Party in der Teeküche veranstaltet hatte.

Was zog Josh hier ab?

Ich konnte aber nicht fragen, warum Dario praktisch der rote Teppich ausgerollt wurde. Als seine Freundin oder was auch immer ich war, sollte ich so etwas schließlich wissen.

Zumindest betrachtete mich Josh nicht mehr so abfällig wie gewohnt, sondern beinahe ehrfürchtig. Als hätte ich einen wilden Tiger gezähmt.

Es könnte also bedeutend schlimmer für mich laufen. Und hey, ich hatte nicht die Idee zu dieser Showeinlage gehabt. Das war ganz allein dieser Kerl gewesen. Ich war unschuldig.

Das spornte mich an, und ich versuchte, mich zu entspannen. So wild konnte es schon nicht sein. Der Typ war wahrscheinlich das neue Oberhaupt unserer Außendienstmitarbeiter.

In der darauffolgenden halben Stunde plauderten wir über das Wetter, Reisen, London und die Rückkehr Darios dorthin. Ich erfuhr, dass mein Fake-Freund vor zwei Monaten nach einem längeren Aufenthalt in New York zurück nach England gekommen war.

Josh war offenbar selbst schon mehrere Male in den USA gewesen, beruflich und privat, wie er erklärte. Wie er von New York erzählte, war fesselnd. Seine Stimme ging mir unter die Haut. Ich hatte diese Seite von ihm noch nie zu Gesicht bekommen. Diese ungefilterte Begeisterung. Diese Menschlichkeit. Es war verwirrend und berauschend zugleich. Später würde ich mir bestimmt einreden, geträumt zu haben oder betrunken gewesen zu sein. Denn das alles – diese Verwechslung und Joshs Fröhlichkeit (im Gegensatz zu seiner sonstigen Laune) – war unerklärlich für mich. Auch Linda würde mir bestimmt nicht glauben.

»Ihr beide kennt euch also von früher?« Mit entspannter Körperhaltung, Arme auf dem Tisch abgestützt und zurückgelehnt, hakte Josh nach.

»Also ... um ehrlich zu sein ...«, fing Dario an.

Angetrieben von dem einen Glas Wein zu viel, unterbrach ich ihn. »Wir haben uns erst vor zwei Monaten auf der Geburtstagsfeier unserer gemeinsamen Freundin Janet kennengelernt.«

Dario sah verwundert zu mir. Seine Stirn war in tiefe Falten gelegt. Offensichtlich war er nicht mehr allzu begeistert, dieses Theater fortzusetzen. Aber was blieb ihm übrig?

»Im Grunde kenne ich ... Janet kaum.« Dario versprühte plötzlich Vibes von der Sorte, als würde er den Versuch unternehmen, diese Fake-Freund-Sache kleinreden zu wollen.

Das gefiel mir nicht. Ich wollte vor Josh nicht als Lügnerin dastehen. »Seid ihr nicht zusammen zur Schule gegangen? Das erzählt Janet zumindest.«

Dario seufzte zuerst, lachte dann aber unsicher. »Stimmt«, murmelte er.

»Ich glaube, ganz um uns geschehen war es, als ich dich bei unserem ersten Abendessen vor einem grausamen Erstickungstod retten konnte.«

Damit weckte ich Joshs Neugier. »Das sind ja ganz neue Seiten an Valerie. So aufopfernd.«

Ich sitze mit am Tisch, Arsch! »Ich würde nicht jeden retten«, meinte ich spitz, lächelte aber zuckersüß.

Dario, der von unserem Krieg nichts wissen konnte, hielt sich zurück. Josh hingegen startete ein zermürbendes Anstarrduell, dem ich nur kurz gewappnet war. Allzu lange konnte er seine Freundlichkeit also doch nicht aufrechterhalten.

Bei der Verabschiedung wenig später ließ sich Josh noch einmal zu einer Überschwänglichkeit hinreißen. »Alles Gute für euch beide. Wir sehen uns nächste Woche.« Josh verließ das Restaurant zuerst, als wolle er uns noch ein wenig Zweisamkeit bieten.

»Nun, also, es war ein unterhaltsamer Abend«, murmelte Dario.

Wie sollte ich mich verhalten? Auch Dario war verunsichert. Seine Idee war mir zuerst genial erschienen, dann aber wurde ich mir der Konsequenzen bewusst.

»Ich bringe dich noch zu deinem Wagen.«

»Gut ... das wäre nett«, entgegnete ich zögerlich.

War jetzt der richtige Zeitpunkt, um zu erwähnen, dass ich kein Auto besaß? Vermutlich.

Auf dem Parkplatz blieb ich vor einem x-beliebigen Auto stehen. »Da wären wir.«

»Es tut mir leid. Ich habe gehört, wie du vorhin telefoniert hast, und ging davon aus, du hättest ein echt schreckliches Geschäftsessen.«

»Und da dachtest du, dass du mich retten müsstest.«

Er seufzte. »Nach dem, was du am Telefon erzählt hast, schien deine Begleitung ein ziemlicher Kotzbrocken zu sein. Also dachte ich mir, ich schaue ihn mir mal an. Ich wollte mir einen Spaß erlauben, mehr nicht.«

Ja, so ein Typ war Dario vermutlich. Einer, der das Leben locker nahm. Mit Männern wie ihm hatte ich Erfahrung von der schmerzhaften Sorte, und das war erst so kurz her, dass ich den Stachel in meiner Brust noch deutlich spüren konnte.

»Spaß«, wiederholte ich, als wäre mir der Begriff fremd. »Für mich ist das aber kein Spaß. Du hast mich in eine unangenehme Lage gebracht. Das hätte nach hinten losgehen können.«

Ich war die Moralverfechterin und Dario der locker lässige Typ, dem meine Predigt ein zerknirschtes Lächeln entlockte. »Tut mir leid.«

»Das sagtest du bereits.«

»Es tut mir aber wirklich leid. Trotzdem war es lustig.«

»Josh ist mein Boss.«

Dario zog beide Augenbrauen hoch. »Logisch. Das habe ich mittlerweile auch verstanden. Ich musste die

Stimmung an eurem Tisch auflockern, das war meine menschliche Pflicht.«

»Bist du betrunken?«

»Ein wenig vielleicht.«

Ich seufzte. »Habe ich das richtig verstanden, du fängst bei PMG an?«

Dario nickte bloß und kniff dabei die Lippen zusammen.

»Wann?«

»Nächste Woche.«

»Wusstest du von dem Abendessen mit Josh?«

»Ich habe Josh im ersten Moment nicht erkannt. Als er anfing, von der Firma zu sprechen, da war es bereits zu spät.«

»In welcher Abteilung wirst du arbeiten?« Bitte nicht in meiner. Bitte nicht in meiner!

Dario trat von einem Fuß auf den anderen. »In … in der … Verwaltung.«

»In der Verwaltung«, wiederholte ich. »Wow.« Würde ich ihn dort häufig sehen? Vermutlich nicht. Mit den Leuten aus der Verwaltung hatte ich kaum etwas zu tun.

»Josh ist vermutlich nicht der Typ, der mit dieser Geschichte in der Firma hausieren geht. Klar, die Konstellation war nicht gefahrlos, trotzdem war es ein lustiger Abend, Valerie.«

Seine Lockerheit stresste mich. »Ich werde jetzt besser gehen.«

»Fahren.« Dario deutete hinter mich.

»Ja … stimmt.« Offensichtlich war ich eine wahre Meisterin darin, von einer Notlüge zur nächsten zu stolpern. Wow, meine Eltern waren bestimmt stolz auf mich.

»Alles Gute, Dario«, murmelte ich und wurde von einer unpassenden Sentimentalität gepackt.

Ich umklammerte den Griff meiner Handtasche und wollte einerseits, dass Dario verschwand. Andererseits hatte mich seine Gegenwart im Bezug auf Josh stärker werden lassen.

Wir blieben noch kurz stehen und sahen einander an, als würden wir darauf warten, dass der andere etwas sagte. Eine Lösung zu dieser Misere vielleicht, in die wir uns geritten hatten. Mit vor Selbstbewusstsein strotzenden Schritten ging er zurück ins Restaurant.

Wie betrunken konnte er schon sein?

Allein wurde mir der Parkplatz langsam suspekt. Ich wollte aber auch nicht gehen. Ich wollte diese Leichtigkeit konservieren, die Dario mit seiner Rettungsaktion geschaffen hatte. Ich konnte mich aber schlecht an einer Illusion festhalten, während da draußen, jenseits des Maschendrahtzauns, der den Parkplatz umspannte, mein echtes Leben auf mich wartete. All meine Verpflichtungen, Wünsche und Träume.

Mein sentimentales Gedankenspiel wurde von einem Typ unterbrochen, der demonstrativ mit seinem Autoschlüssel vor mir klimperte. »Kann ich dir irgendwie helfen?«, fragte er.

Ich war verwirrt – ein offensichtlicher Dauerzustand an diesem Abend. »Wieso?«

»Na ja, das ist mein Auto, vor dem du stehst.«

KAPITEL 2

Valium – oder so

Valerie

In meinem Büro galt striktes Essverbot, womit ich in dieser Firma ein Novum darstellte (eine winzige Ausnahme machte ich nur für Linda, weil sie nicht nur die allerbeste Freundin ist, die man sich wünschen konnte, sondern obendrein auch noch hart mit mir über diese Regel verhandelt hatte). Es gab Leute, die Pizza über ihren Tastaturen aßen. Leute, die an der Sandwichtheke nicht etwa überlegten, welche Kreation am geruchneutralsten war, sondern freimütig zum intensivsten Käse griffen.

Eine dieser Barbaren war Linda, die mit einem Lachs-Gorgonzola-Sandwich mein Büro betrat. Bis vor Kurzem hatte sie noch über der Kloschüssel gehangen, und heute schaufelte sie tonnenweise Essen in sich hinein. Nicht nur deshalb, sondern auch wegen ihres minimalen Schlafbedarfs war ich immer mehr davon überzeugt, dass Linda ein Alien war. Gelandet auf der Erde, um die Geduld der Menschheit zu prüfen – allen voran meine. Um uns zu täuschen, hatte sie sich eine blonde Perücke besorgt.

»Hey, du.« Kauend begrüßte sie mich und nahm auf einem meiner kaum benutzten Besucherstühle Platz. Ich hatte hinter meinem Schreibtisch Stellung bezogen.

Mein Büro war winzig und wegen des einen Fensters rechts von mir ziemlich dunkel, aber ich hatte es im Laufe der Jahre ganz nach meinem Geschmack gestaltet. Aus dem vormals kahlen Raum, mit den faden Regalen an den Wänden, war ein gemütliches Plätzchen geworden. Umringt von Bildern und Pflanzen, konnte ich mich perfekt auf meine Projekte konzentrieren.

»Du sitzt auf meinen Unterlagen.«

Sie wisperte ein »Ups«, hob den Hintern und warf besagte Akten achtlos auf den Boden.

Gedanklich schrie ich und hoffte, einer der Ordner, die vor mir lagen, würde Linda auf den großen Zeh fallen. Äußerlich war ich ruhiger. »Ich mag es nicht, wenn du hier isst.« Halbwegs ruhig.

»Es ist nur ein Sandwich. Beruhig dich, Frankenstein.«

»Irgendwann werde ich ein Disziplinarverfahren gegen dich einleiten.«

»Ich auch gegen dich, solltest du noch einmal zuckerfreie Schokolade kaufen.« Sie rümpfte ihre Stupsnase, als hätte ich anstatt gesunder Süßigkeiten eine Seuche in unser Haus geholt.

Was soll ich sagen? Ich liebte sie genauso sehr, wie sie mich in den Wahnsinn trieb. Sie war mein Kryptonit. Mein Yang. Meine strengste Kritikerin und meine größte Stütze. Kennengelernt hatte ich Linda durch eine ehemalige Studienkollegin, die sie mir als Profi in Sachen Grafikdesign empfohlen hatte. Wir hatten uns einige Male getroffen, damit sie mir bei meinen Bewerbungsunterlagen helfen konnte, und uns sofort gut verstanden. Irgendwann war Linda einer der wichtigsten Menschen in meinem Leben geworden. Sie hatte mir außerdem geraten, mich bei PMG zu bewerben. Sie selbst war zu

28

diesem Zeitpunkt bereits ein Jahr in der Marketing-abteilung des Unternehmens tätig gewesen.

Gemeinsam hatten wir vor zwei Jahren einen chao-tisch-witzigen Roadtrip durch den Westen der USA un-ternommen. Noch heute konnten wir über den Abend fürchterlich lachen, als Linda gegen die geschlossene Schiebetür eines Hotels gelaufen war. Gut, sie war nicht mehr nüchtern gewesen. Am nächsten Tag hatte das Personal einen Zettel mit der Warnung angebracht, dass die Tür ab einer gewissen Uhrzeit nur noch manuell zu öffnen war.

»Von eins bis zehn – wie hoch ist der Partybarometer? Oder wie ich sage: Partymeter?«

»O Gott, verschone mich. Solch schreckliche Wort-spiele habe nicht einmal ich Schokoladen-Schänderin verdient.«

Kichernd brach Linda eine weitere Regel – sie legte ihre Beine über die Armlehne, sodass ihre Schuhe wie ein Pendel neben ihr baumelten. »Komm schon. Freust du dich nicht auf den neuen Boss und all die Leckereien, die sein Empfang für uns bedeuten? Man munkelt, es gibt sogar Torte.«

»Mein Stimmungsbarometer ist bei null.«

»Eine dreistöckige Ultraleckertorte.«

»Immer noch bei null.« Ich hatte nicht viel übrig für gezwungene Fressorgien.

Verblüfft zog Linda beide Augenbrauen hoch. »Du bist eiskalt. An dir perlt jede Emotion ab wie an Teflon.«

»So ist das nicht«, verteidigte ich mich. Was ich nicht musste, denn Linda kannte meine sentimentale Seite. Die blieb aber stumm, wenn es um die Einstandsfeier unse-res neuen Geschäftsführers ging. »Ich will mich einfach nicht der Illusion hingeben, irgendetwas würde sich in dieser Firma verbessern, nur weil sich der Name unseres Bosses ändert.«

»Du hast ein Problem mit Veränderungen«, analysierte sie und leckte sich ein Stück Lachs vom Finger.

»Habe ich nicht.« Hatte ich doch. Veränderungen waren schrecklich. Schrecklich stressig und anstrengend.

Jetzt kam die Ich-hatte-eine-dramatische-Kindheit-Nummer. Okay, meine Kindheit war wenig dramatisch, dafür aber turbulent gewesen. Meine Eltern liebten Umzüge, was für sich gesehen schon verrückt genug war. Sie betrieben außerdem exzessives Karriereroulette. Mal führten sie ein Restaurant, dann wieder ein B&B, anschließend eine Bäckerei. Als Höhepunkt hatten wir sogar einmal eine Hundepension gehabt. Das hatte sich nicht etwa alles an einem Ort abgespielt. Nein, wir hatten dafür jedes Mal umziehen müssen.

Vor allem meine Mum wollte mich vor dem Stress, den mein Job mit sich brachte, schützen. Sie hatte mir erst gestern, als ich zwei ihrer Anrufe weggedrückt, den dritten dann aber angenommen hatte, erklärt, worauf es im Leben ankam. »Du arbeitest zu viel, Valerie. Ich würde mir wünschen, dass es mehr für dich gibt als deinen Job.«

»Ich kümmere mich ja außerdem noch um Linda. Oder sie um mich. Mir geht es gut, wirklich.«

Sie hatte unzufrieden geseufzt. »Komm doch mal wieder für eine Weile zu uns. Mach Urlaub. Atme. Lebe.« Es hatte viel Überzeugung gebraucht, ihr zu versichern, dass es mir gut ging. Das war nur deshalb möglich, weil meine Mutter auf höhere Mächte vertraute. Sie war sicher, dass das Leben einen Plan für jeden von uns hatte und wir nur feinfühlig genug durchs Leben gehen mussten, um die Hinweise zu bemerken. Vermutlich hatte sie deshalb so oft das Gewerbe gewechselt, weil sie jedem Wink vertraute.

Als Kind war man seinen Eltern ausgeliefert. Meine Schwester und ich hatten mit ihnen kommen müssen. Bis zu einem gewissen Punkt hatten wir das cool gefunden. Erst später hatte ich eine Abneigung gegen Umzüge und allgemein gegen Veränderungen entwickelt. Das machte das Zusammenleben mit mir nicht unbedingt einfach. Linda hielt es als einer der wenigen Menschen mit mir aus, wofür sie vielleicht irgendeinen Orden erhalten würde.

»Wie weit bist du mit deinem Bericht?«, erkundigte ich mich.

»Denkst du, jeder von uns bekommt einen Parkplatz?«

Ich klappte das Protokoll, in dem ich gerade geblättert hatte, zu und sah zu Linda. »Wir benutzen den öffentlichen Nahverkehr.«

Linda zuckte die Schultern. »Cool wäre es, wenn er diese Relax-Arbeitsbereiche einrichtet. Du weißt schon, wo man auf einer Couch liegend mit seinem Laptop arbeiten kann und dabei die Füße massiert bekommt.«

»Das wird niemals passieren«. Ich musste ihre ausufernde Fantasie einbremsen. »Allerhöchstens bekommen wir neue Notizblöcke. Woher willst du überhaupt wissen, dass es ein *er* wird?«

»Stand in der Mail«, erwiderte sie.

»Es gab eine Mail dazu?«

Natürlich gab es die. Unsere Firma bevorzugte es, sich in ihrem Postverkehr auf semi-wichtige Dinge zu konzentrieren. Ich wartete zwar schon seit Wochen auf eine Rückmeldung bezüglich Labormaterialien, bekam aber täglich Informationen darüber, was es in der Kantine zu essen gab oder welcher grenzgeniale Social-Media-Auftritt geplant war (gemessen daran, dass wir vor fünfzehn Jahren lebten und Facebook als Neuheit galt).

Linda seufzte und schob sich den letzten Bissen Sandwich in den Mund, der eher als Brocken zu bezeichnen war. Mit vollen Backen kam sie um meinen Schreibtisch zu mir. Ich bekam es mit der Angst zu tun. Vor allem deshalb, weil sie meine Hände zur Seite schubste und mein Mail-Programm öffnete, in das ich mich bereits heute Morgen eingeloggt, das ich jedoch zwischenzeitlich ignoriert hatte.

Da sie mit vollem Mund sprach, hörte es sich für mich in etwa so an: »Valium ist hin.« Was keinen Sinn ergab.

Erst als ich auf den Computermonitor schaute, begriff ich. »Wie hatte ich diese Mail übersehen können?« Vor lauter Entsetzen klang meine Stimme schrill und schief.

»Weil du beispielsweise eine grundsätzliche Abneigung gegen elektronischen Postverkehr hast.«

Es war irre. Vernichtend. Schrecklich.

Ich sah meine Karriere am Boden. Zerquetscht von diesen Händen auf dem Bildschirm vor mir. Große Hände. Quetschfähige Hände. Vertraute Hände.

Doch nicht nur die Hände hatten mich in meinen Gedanken verfolgt. In Erinnerung war mir auch dieses sympathische Lächeln geblieben, das auf dem Bild in der Mail etwas zurückhaltender wirkte. Ich war zu beschäftigt gewesen, um seinen Namen zu googeln oder mich in der Firma nach neuen Mitarbeitern zu erkundigen. Plötzlich war ich aber mit dem Worst-Case-Szenario konfrontiert.

»In der Verwaltung!«, schrie ich meinen Monitor an. »In der verdammten Verwaltung!«

Linda runzelte die Stirn. »Drehst du jetzt durch?«

»Linda, ich ... ich glaube, ich habe ein Problem.«

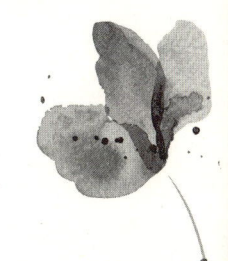

KAPITEL 3

Übersprunghandlung mit hohem
Verletzungspotenzial

Valerie

»Was für ein Problem?«, wollte Linda wissen, wobei sie lässig einen meiner geöffneten Tabs anklickte. Ich hatte vorhin nach Bikinis geschaut.

Nachdem ich also dank einer gottlosen Firmen-E-Mail erfahren hatte, dass Dario Hill nicht irgendein Verwaltungsklemmie war, sondern der zukünftige Boss meines Bosses, drehte ich erwartungsgemäß durch. »Der Kerl aus dem Restaurant, von dem ich dir erzählt habe. Der so getan hat, als wäre er mein Freund. Du erinnerst dich?«

»Natürlich tue ich das. Immerhin ist es das Witzigste, was dir in letzter Zeit passiert ist. Witziger als die Sache mit dem Feueralarm, den du ausgelöst hast, als du zum Telefonieren durch eine gesicherte Tür gerannt bist.«

Ich verdrehte die Augen. »Erwähne bitte nicht die Geschichte.«

»Gelb mit Herzchenmuster? Im Ernst, Valerie? Wie alt bist du?« Sie meinte den Bikini, der in meinem Warenkorb lag.

»Vergiss den Bikini! Das wahre Drama findet hier statt. Der Kerl sagte, er würde in der Verwaltung arbeiten. Tut er aber nicht.« Ich raufte mir buchstäblich die Haare.

Laut ausgesprochen war die Sache noch viel schlimmer. »Weißt du, wie der Typ heißt? Dario Hill.«

Linda aber blieb erstaunlich cool. Klar, jemanden, der einen Magen-Darm-Virus überlebt hatte, brachte so eine Kleinigkeit wie die möglicherweise monumentalste und erschütterndste Lüge meines Lebens nicht aus der Fassung. Möglicherweise hatte sich auch in meinem Gehirn eine Halluzination eingestellt, denn ich glaubte zu hören, wie Linda so etwas sagte wie: »Heiliger Bimbam, das ist wirklich verrückter als die Feueralarmsache. Aber wir bekommen das hin. Natürlich ist es Mist, großer Mist. Es wird eine Lösung geben.«

Ich musste mich täuschen.

Oder zumindest musste ich wirklich gerade auf dem besten Weg sein, meinen Verstand zu verlieren. Das war also die Folge des jahrelangen Energie-Drink-Konsums. Meine Mutter hatte recht gehabt. »Das alles ist einfach schrecklich. Was soll ich jetzt tun?«

Ich befand mich in einer Klemme. Diese Geschichte rund um meinen Fake-Freund war übel. Katastrophal. Gleichzeitig konnte ich nicht abstreiten, dass Dr. Josh Bedingfield in den vergangenen Tagen viel humaner zu mir gewesen war – abgesehen von dieser leidigen Studie, zu der er mich verdonnert hatte. Er war leider nun mal kein Mensch wie jeder andere. Er war eine Laune der Natur. Unergründlich. Und deswegen wohl auch so spannend. Zum Beispiel nickte er jetzt, wenn wir uns im Flur trafen. Oder er gab der mörderischen Tür zu besagtem Flur einen Stoß mit dem Bein, damit ich nicht eingequetscht wurde, wenn wir nacheinander durchgingen. »Wie zuvorkommend er in letzter Zeit war. Das ergibt jetzt alles Sinn«, überlegte ich laut. Ich war felsenfest überzeugt, dass er das nur machte, weil ich die Freundin seines Bosses war. Es lag nicht an mir, sondern an diesem ganz speziellen Vitamin-B, das mich plötzlich umgab.

»Wenn du die Sache aufklärst, machst du dich lächerlich. Als wärst du debil oder senil oder was auch immer.«

Linda hatte recht. Ich konnte diese Show beenden und die Sache richtigstellen, was die einzig vernünftige Lösung war. Aber dann würde ich wohl auf ewig auf Dr. Josh Bedingfields Anti-Freundschaftsliste ganz oben auftauchen. Oder ich badete noch eine Weile im Einflussbereich meines Fake-Freundes, der dummerweise heute seinen ersten Arbeitstag haben würde.

»Sondiere erst einmal die Stimmung. Vielleicht ergibt sich von selbst eine Lösung. Dario ist der Oberboss, er hat sicher einen Plan in der Tasche. Außerdem würde ich den blau-weiß gestreiften Bikini nehmen.«

Schweigen war manchmal vielleicht doch Gold. Zumindest dann, wenn Reden die Sachlage nur verschlimmern würde.

Als wir uns wenig später im großen Besprechungssaal versammelten, um unseren neuen Boss zu begrüßen, drückte Linda bekräftigend meine Hand.

Senior Chef, Partner und Dario Hill aka mein Freund, den ich auf der Geburtstagsparty einer gewissen Janet kennengelernt hatte, betraten den Raum, während ich verschiedene Fluchtpläne durchging. Ich war fürchterlich zappelig, und mir war übel. Mein Magen rumorte, als wollte er die Peinlichkeit auch noch steigern, indem ich beispielsweise mein Frühstück auf den neu verlegten Teppichboden erbrach.

Es fühlte sich an, als wären alle Augen auf mich gerichtet. Ich starrte zu Boden, während James Hill, mein Fake-Schwiegervater, eine Rede über Modernisierung, Gesundheit und Familie hielt. Er betonte zu Beginn, wie viel es ihm bedeute, das Zepter an seinen Sohn zu übergeben und sich innerhalb der nächsten Monate in den Ruhestand zu verabschieden.

»Mein Sohn und ich haben uns überlegt, diesen Neubeginn als Gelegenheit zu nutzen, um die Firma neu zu strukturieren. Im Vordergrund soll dabei die Verbesserung innerbetrieblicher Abläufe stehen. Ich wünsche mir aber auch, dass wir alle als Team gestärkt werden.« Beide Hill-Männer standen mit vor dem Schoß verschränkten Händen vor einer Reihe fragender Gesichter. Während Dario die Stimmungslage prüfend beäugte, ließ sich sein Vater wohl aufgrund seiner Erfahrung nicht aus der Ruhe bringen.

Veränderungen konnten vieles bedeuten – pures Chaos oder reines Glück. Ginge es nach mir, durfte gern alles beim Alten bleiben.

Hill Senior fuhr fort. Sonst eher verhalten, blühte er angesichts der Möglichkeiten, die sich nun boten, sichtbar auf. »Wir haben Folgendes geplant: Alle Abteilungsleiter plus ein Teammitglied ihrer Wahl dürfen mich und meinen Sohn zu einem Teambuildingseminar begleiten. Dieses Event ist das erste, weitere folgen. Ich bin überzeugt, dass es anfangs wichtig ist, das Führungspersonal zu schulen. Später bekommen auch die anderen die Möglichkeit, an einem solchen Seminar teilzunehmen.«

Blicke wurden gewechselt, Angst griff um sich, und alle, die glücklicherweise keine Abteilungsleiter waren, versuchten, ihren direkten Vorgesetzten nicht aufzufallen. Prompt posaunte Hill Senior den Termin heraus.

Es waren natürlich gleich mehrere Tage. In den Augen der Hills reichte es offensichtlich nicht, Menschen bloß stundenweise zu knechten.

Bei PMG arbeiteten rund fünfzig Leute. Nicht mit allen hatte ich direkten Kontakt, wusste aber zumindest von jedem den vollen Namen. Einer von denen, Vincent Adams, den ich nur vom Sehen kannte und der in der Buchhaltung arbeitete, erkundigte sich vorsichtig danach, ob diese Veranstaltung verpflichtend wäre. Die Hills waren darauf nicht sonderlich gut zu sprechen, hatten sie offensichtlich lautstarken Beifall erwartet. Der Fragende wurde mit einer etwas patzigen Antwort von James Hill abgefertigt. »Wir gehen davon aus, dass jedem, der hier arbeitet, das Arbeitsklima am Herzen liegt und er deshalb bereit ist, dieses Thema aktiv anzugehen.«

Diesem Statement wagte sich niemand mehr zu widersetzen.

Dario blickte zu mir, kniff die Augen zusammen und wirkte unschlüssig.

Ich versuchte mich an einem Lächeln, das vorsichtig genug war, um als nicht existent deklariert zu werden.

»Ich freue mich jedenfalls auf das Kennenlernen und die Zusammenarbeit mit euch allen. Diese Firma ist ein bedeutsamer Teil meiner Familie. Meinem Vater jetzt auf den Posten als Geschäftsführer zu folgen ist mir eine Ehre.«

Erst da merkte ich, wie interessiert Josh zu mir herübersah. Er stand mit verschränkten Armen auf der anderen Seite des Raumes. Sein Haar war zerwühlt. Seine Miene eisern. Er musterte mich, dann Dario und wieder mich.

Ich wollte stark sein, brach unter der Last des Blickes aus seinen dunklen, allwissenden Augen jedoch zusammen. Meine Hände schwitzten, während ich mich bemühte, ruhig zu atmen.

»Es gibt ein Büfett. Hab ich's doch gesagt«, meinte Linda. »Dein Freund ist mir schon jetzt sympathisch. Nicht nur wegen seines Knackarsches.«

»Linda, nicht so laut«, flüsterte ich und folgte ihr.

Die Belegschaft reihte sich auf, um Dario persönlich zu begrüßen. Linda und ich stellten uns hinten an. Ich fühlte mich wie damals in der Schule, als ich ein Referat über Frösche hatte halten müssen und so nervös gewesen war, dass ich mir gewünscht hatte, der Feueralarm würde ausbrechen, bevor ich an der Reihe war. Leider kümmerte sich das Schicksal auch diesmal nicht um die bedeutungslosen Wünsche der kleinen Valerie. Viel schlimmer noch: Josh war direkt vor mir, und bald würde unser geselliges Dreiergespann eine Reunion erfahren.

Ich hörte nicht, was Josh zu Dario sagte. Allerdings sahen beide Männer kurz zu mir. Dario lächelte verlegen.

»Willkommen«, murmelte ich und reichte Dario die Hand, als ich dran war.

Dieser war zum Glück wohlerzogen genug, mich nicht in Verlegenheit zu bringen.

Anders als Josh, der sich neben mir positionierte, als ich am Büfett stehend Hunger vortäuschte. »Ich spüre so gar keine Feierlaune bei dir.«

Ich pflückte mir eine Weintraube und schob sie mir in den Mund. Ich kaute gemächlich und ließ Josh bewusst zappeln. Nur ein wenig – für meine eigene Befriedigung. »Auf welche Show warst du denn eingestellt?«

»Zumindest auf mehr Tiefgang. Ich hätte nicht gedacht, dass du deinem Freund bei seinem Einstand die kalte Schulter zeigst.«

Ich seufzte. »Wir wollen uns einfach professionell verhalten.«

Josh runzelte die Stirn, beugte sich dann aber näher. »Weißt du, Valerie, es gefällt mir nicht, von dir im Unklaren gehalten worden zu sein, was deine Beziehung zu unserem Chef anbelangt. Als dein Teamleiter hätte ich davon wissen sollen.«

Mein Kopf dröhnte, was nicht an Joshs betörendem Duft lag. Das war der Moment der Entscheidung. Der Moment, auf den ich gewartet hatte.

War ich zuvor noch unsicher gewesen, wie ich mich verhalten sollte, setzte ich jetzt alles auf eine Karte.

Ob es die richtige oder falsche war, würde sich in Kürze zeigen. Doch ich konnte keinen Rückzieher machen, ohne meine Glaubwürdigkeit zu verlieren.

»Die Ausgangslage zwischen Dario und mir ist kompliziert. Ähnlich wie du finde ich Beziehungen am Arbeitsplatz auch schwierig, vor allem mit dem Chef. Aber Dario und ich haben oft und lange darüber gesprochen, und ich bin überzeugt, dass wir unser Privatleben und unsere berufliche Zusammenarbeit gut voneinander trennen können.«

»Theoretisch hört sich das super an. In der Praxis wird es anders ablaufen, so ehrlich musst du sein, Valerie. Wann immer dir diese Beziehung von Nutzen ist, wirst du zukünftig die Freundin-des-Chefs-Karte ausspielen. Ansonsten berufst du dich auf dein Recht auf Privatsphäre. Das ist nicht unbedingt sympathisch.«

Das war übel. Richtig übel.

»Warum sollte ich das tun?«

»Darüber habe ich auch nachgedacht. Du bist der ehrlichste Mensch, der in meiner Abteilung arbeitet. Viel zu aufrichtig, um Intrigen zu spinnen. Gleichzeitig bist du außerordentlich ehrgeizig. Du siehst in deinem Job nicht bloß ein Mittel, um Geld zu verdienen, sondern eine Berufung.«

Waren das versteckte Komplimente? Egal. Er durfte hier keine verdammte Szene machen. Nicht vor den Augen der versammelten Kollegschaft und aller Führungspersonen.

»Ich ... ich schulde dir keine Rechtfertigung«, sagte ich, weil es mir zu unsicher erschien, länger mit ihm zu debattieren.

»Die schuldest du mir in diesem Fall schon. Immerhin hast du mich in eine verzwickte Situation gebracht. Du kannst dir sicher vorstellen, wie wenig Bock ich auf weitere Beziehungsprobleme innerhalb meiner Abteilung habe.«

»Sei nicht so *pick-me*.«

»Dann solltest du weniger arrogant sein.«

Ich öffnete den Mund zu einem stummen Schrei. »Arrogant?« Der Typ war doch wahnsinnig. »Ich kümmere mich doch auch nicht darum, was du mit wem in deiner Freizeit treibst.«

Sein Gesicht war nahe, er musterte mich intensiv, und ich verlor den Faden, als ich auf seine Lippen sah. Sie wirkten weich, voll und einladend. »Warum folgst du mir dann bei Instagram?«

Mir wurde schwindelig, weil mein Blut in bedenklicher Menge in Richtung meiner Beine sackte. »Ich wollte bloß freundlich sein.«

»Außerdem hast du kürzlich eines meiner Bilder gelikt, das bereits drei Jahre alt ist. Das machen nur Leute, die im Privatleben anderer herumschnüffeln.«

»Das war ein Versehen.« Das war es wirklich gewesen. Nach unserem gemeinsamen Abendessen, bei dem Dario dazugekommen war, hatte ich das Gefühl, Josh wäre nahbarer für mich geworden. Und dann, spätabends, hatte ich mir seine geposteten Bilder angeschaut. Erst im Anschluss hatte ich bemerkt, dass ich sein Bild (darauf war er auf dem Times Square zu sehen) mit einem Herz versehen hatte. Schnell hatte ich mein Like wieder rückgängig gemacht – offensichtlich zu spät.

Er musterte mich mit zusammengekniffenen Augen. »Schon wieder wirkst du berechnend.«

»Zum letzten Mal: Ich habe dich nicht belogen oder ausspioniert oder was auch immer. Weder wegen deines blöden Bildes noch wegen meiner Beziehung mit Dario. Aus der wir, wie bereits erwähnt, kein Staatsgeheimnis machen wollen. Dass du es auf diese Weise, also bei diesem Essen erfahren hast, war ein … Versehen. Ungeplant.«

Er musterte mich und kniff dabei sein rechtes Auge zusammen. Ich spürte, wie meine Unterlippe mit aller Macht zu zittern versuchte. Auch mein Augenlid war kurz davor, eine Seht-her-ich-bin-ultranervös-Show abzuliefern. Ich fuhr mir mit der Hand übers Gesicht und rief mir in Erinnerung, dass ein Nervenzusammenbruch nicht gut für meine Glaubwürdigkeit war.

Josh war sauer auf mich. Doch ich hatte Angst, mich wortwörtlich um Kopf und Kragen zu reden. Wer zu viel erklärte, der hatte keine Argumente. Also hielt ich vorerst den Mund.

Unsere krampfhafte Unterhaltung wurde ausgerechnet von Dario unterbrochen. Der Typ hatte wirklich Nerven und die unverbesserliche Fähigkeit, in den ungünstigsten Momenten in meinem Leben aufzukreuzen. »Da sind wir wieder«, sagte er, als hätte er die Stunden bis zu unserem nächsten Treffen gezählt.

Ich lächelte meine Unsicherheit weg, trat aufgrund Joshs prüfenden Blicks aber einen Schritt näher zu Dario. Mein nackter Unterarm streifte den Stoff seines dunklen Sakkos. Josh bemerkte diese Berührung und runzelte daraufhin verärgert die Stirn.

»Ein fulminanter Einstieg in die Firma. Eure Ideen wirken ambitioniert, auch die Sache mit dem Teambuilding.« Josh ließ nur unterschwellig durchblicken, wie er zu dem angedrohten Teambuildingevent stand – nicht sonderlich begeistert. Ich merkte es daran, dass er seine Stimme senkte und jedes Wort mit Bedacht wählte.

»Ja, es ist mir ein Anliegen, zwischenmenschliche Konflikte bei PMG zu beheben.«

»Das wird schwer werden.« Josh zeigte sich gewohnt pessimistisch.

Ich wurde mutiger (oder verzweifelter) und verringerte den Abstand um weitere Anstandszentimeter.

Dario lachte Joshs Nüchternheit einfach weg. »Weißt du denn schon, wen du aus deinem Team mitnehmen willst?«

»Vom ersten Moment an wusste ich, dass ich Valerie mitnehmen werde.«

Plötzlich stand ich im Fokus der Aufmerksamkeit.

Joshs Auswahl hatte nichts mit Wertschätzung zu tun. Ich war überzeugt, dass er einfach jede Chance nutzen wollte, mich zu quälen. Bei diesem Teambuildingsdings würde er dazu eine Menge Gelegenheiten haben.

»Valerie«, wiederholte Dario überrascht und sah zu mir.

Ich runzelte die Stirn, spürte aber, dass ich zu schwitzen anfing. »Mich? Warum?«

»Weil es zwischen uns die meisten Konflikte gibt«, antwortete Josh und hörte sich wie ein absoluter Vorbildteamleiter an. »Oder ist das ein Problem? Wegen eurer Beziehung, meine ich?«

Ich schluckte. Darios Schultern versteiften sich. Ich merkte, wie einige umstehende Personen zu uns sahen. Sie waren wegen meiner Nähe zum Boss sowie wegen Joshs Frage, die er extralaut gestellt hatte, sichtlich neugierig.

»Nein, kein Problem«, erwiderte Dario und rückte seine Krawatte zurecht.

Gespräche verstummten, weitere Blicke richteten sich auf uns, und ich wartete nur noch darauf, dass jemand sein Handy zückte, um die Show zu filmen. Gott, sie würde in unzähligen WhatsApp-Gruppen umhergeistern.

»Valerie meinte nämlich gerade, dass ihr zwei euch entschieden habt, kein Geheimnis aus eurer Beziehung zu machen. Das finde ich sehr mutig, zumindest ehrlich.« Der Kerl stach verbal auf uns ein und schaffte es, diesen Angriff auch noch höflich zu verpacken. Ja, auch das konnte Josh verdammt gut. »Eine Beziehung zwischen Boss und Angestellter – das ist nicht einfach.«

Warum redete er so laut? Konnte ihm bitte jemand den Mund zukleben?!

»Ich meinte ...«, begann ich eine Erklärung, die nur noch mehr Aufmerksamkeit auf uns zog.

Dario sah sich um, vermutlich checkte er, ob sein Vater Teil der Zuseher war. »Warum sollten wir ein Geheimnis daraus machen?«

Mein Handy gab einen Signalton von sich. Es erinnerte mich nur daran, dass ich die Pflanzen in meinem Büro gießen musste. Ich tat aber so, als würde ich zu einem absoluten Notfall gerufen. »Das ist ein Notfall. Ein ... Bote hat ein Päckchen für mich. Ich muss dringend los und es ... entgegennehmen.«

»Wie schade«, erwiderte Josh süffisant.

Ich fühlte mich in die Enge getrieben und gleichzeitig von seinem herablassenden Blick herausgefordert.

Dario lächelte, wirkte aber ein wenig erleichtert. »Viel Spaß mit dem Inhalt des Päckchens.«

»Ja ... danke.«

»Ihr seht euch doch bestimmt später wieder«, kommentierte Josh.

Das Gefühl, Josh unterlegen zu sein, war so mächtig, dass ich die Schultern straffte, mich zu Dario beugte und ihm einen plakativen Kuss auf die rechte Wange gab.

Spätestens jetzt würde sich die Geschichte mit Dario und mir wie ein Lauffeuer verbreiten.

»Nochmals willkommen. Bis ... später dann.«

Im Raum war es mucksmäuschenstill. Keiner bewegte sich. Ich glaubte, dass alle die Luft anhielten und uns beobachteten.

Dann setzte ich mich in Bewegung. Doch ich ging nicht einfach. Nein, ich sah siegessicher zu Josh. Für den Moment hatte ich gewonnen. Mal sehen, ob noch heute die Kündigung auf meinen Tisch flattern würde.

Joshs Verlierermiene war mir das Risiko wert.

KAPITEL 4

Es besteht Meldepflicht!

Valerie

Ich hatte einen Tag lang kaum etwas gegessen.

»Bestimmt hast du dich mit dem Virus angesteckt«, meinte Linda beim Mittagessen. Ihr Teller war voll beladen mit allerhand Gerichten, die niemand auf dieser Welt kombinieren würde.

»Mir liegt etwas anderes schwer im Magen.« Mit der Gabel schob ich eine weiche Nudel auf meinem Teller hin und her.

Linda wischte sich den Mund mit einer Serviette ab und beäugte jene labbrige Nudel, die nicht gerade dazu beitrug, dass mein Appetit zurückkam. »Die Sache mit Bedingfield und Dario?«

Jetzt lachte ich doch. »Gott, das klingt, als hätte ich …« Ich brach ab und sah mich in dem winzigen Laden um. Die meisten Gäste hier waren Kollegen. Dieses Restaurant wurde praktisch durch die Mitarbeiter der Firma PMG am Leben gehalten.

»Was? Als hättest du einen Dreier mit ihnen gehabt?« Linda schmunzelte.

Ich hingegen schlug die Hände vors Gesicht. »Hör auf.«

Sie kicherte daraufhin. »Das ist doch lustig.«

»Es ist eine Katastrophe.«

»Ist es nicht.«

»Doch.«

»Hör auf, mich mit deiner Panik anstecken zu wollen! Ich habe dich mit meinem Virus ja auch verschont.«

Ich seufzte. »Dario will mich später sprechen.«

»Nachdem du ihn geküsst hast, logisch.«

»Ich habe ihn nicht geküsst. Es war ein Schmatzer.« Der sich in die Netzhaut von vielen Menschen eingebrannt hatte.

»Er wird dich nicht feuern. Aber hast du gedacht, er lässt die Knutschaktion kommentarlos über sich ergehen?«

Meine Nackenhaare richteten sich auf. »Eigentlich habe ich ihn belästigt. Findest du nicht auch?«

»Du hast aus Panik gehandelt. Bedingfield verhält sich dir gegenüber eben anders als dem Rest der Belegschaft.«

Das stimmte. Josh war zwar nicht superfreundlich zu meinen Kollegen, aber immerhin behandelte er sie neutral. Streit gab es nur mit mir. Warum das so war? Darauf hatte ich noch keine Antwort gefunden.

»Was ist mit meinem Ruf?«, fragte ich und beendete das Essen endgültig.

»Um den steht es vermutlich wirklich nicht allzu gut. Aber welche Option hast du? Ich fürchte, du steckst zu tief in der Sache drin. Bedingfield wird dir das Leben zur Hölle machen, wenn du zugibst, dass du ihn verarscht hast.«

Als ich mich auf den Weg zu Dario machte, war ich nervös und litt unter dem schlimmsten Schweißausbruch der Menschheitsgeschichte.

Zum ersten Mal in meinem Leben bestand die reale Gefahr, gefeuert zu werden.

Das war nicht nur beängstigend, weil ich meinen Job und diese Firma liebte. Eine Kündigung war immer auch mit einer gewissen Entwürdigung verbunden. Diese wollte ich mir selbst ersparen. Dafür war ich zu zartbesaitet und sensibel. Ich würde mich ewig nicht erholen. Würde in ein Loch fallen. Sämtliches Selbstvertrauen verlieren. Das volle Programm an Selbstmitleid und Mein-Leben-ist-gelaufen-Prozedere.

Gott, allein die Vorstellung war schrecklich. Ich presste meine Stirn gegen die kühle Metallwand des Fahrstuhls und versuchte mich zu beruhigen. Dario würde schon nicht durchdrehen. Er war ein lockerer Kerl. Witzig. Spontan.

Das redete ich mir ein, während ich sein frisch renoviertes Büro in der oberen Etage des Gebäudes betrat. Es war riesig. Sehr viel größer als meines und auch bedeutend heller. Als hätte ich Jahre kein Sonnenlicht gesehen, kniff ich die Augen zusammen. Ich musste eine wahrlich betörende Erscheinung darstellen – verschwitzt, zitternd und orientierungslos.

Dario fackelte nicht lange, bot mir einen Sitzplatz auf einer schwarzen Ledercouch an und setzte sich direkt neben mich. Hier in seinem Büro wirkte er sehr viel Respekt einflößender als in dem Restaurant vor wenigen Tagen. Seine ganze Haltung strahlte etwas Mächtiges aus. Bossmäßiges. Elitäres.

Dario war jemand, der dirigierte, aber plötzlich war er von mir in eine brenzlige Situation gebracht worden, die er nicht mehr vollständig unter Kontrolle hatte.

»Danke, dass du so schnell Zeit gefunden hast«, begann er.

Ich konnte nicht einschätzen, in welcher Stimmung er sich befand. Diese Ungewissheit machte mich sprachlos. Erst mit etwas Verzögerung zeigte ich eine Reaktion – ein träges Nicken. Okay, dann wird das also eine stumm-wie-ein-Fisch-Nummer.

Sehr geistreich, Valerie.

Dario atmete durch. »Ich bin an dieser … an unserer Situation nicht unschuldig. Ich weiß. Wir haben uns in eine verzwickte Lage gebracht.«

Ich musterte sein Gesicht, auf dem sich ein unbeholfenes Lächeln zeigte. »Eins hat zum anderen geführt. Mein Verhalten bei deiner Begrüßungsparty … ich habe mich in die Enge getrieben gefühlt. Josh … Dr. Bedingfield … es ist mit mir durchgegangen. Ich wusste mir nicht mehr zu helfen. Ja, es hätte tausend andere Möglichkeiten gegeben, aber ich habe ausgerechnet einen Kuss gewählt. Es tut mir leid, wenn ich dich deswegen in Schwierigkeiten gebracht habe.«

Er ließ meinen Redeschwall auf sich wirken, nickte und rieb seine Handflächen dabei aneinander. »Josh ist schwer zu täuschen.«

»Und er ist gemein«, sagte ich mehr zu mir selbst. Ich präzisierte meine Aussage, um nicht wie eine Vierjährige rüberzukommen. »Er versteht es, die Schwächen seiner Mitmenschen für sich zu nutzen. Würde unser Scherz auffliegen, würde er mir das Leben zur Hölle machen.«

»Ein solches Verhalten dulde ich nicht. Ich bin der Boss, schon vergessen?« Obwohl Dario grinste und recht hatte, war das nicht überzeugend. Er kannte Josh nicht. Und bestimmt wirkte dieser auf Dario auch nicht derart aufwühlend.

»Du kannst auf Josh aber nicht verzichten. Ohne ihn würde dieser Firma ein starker Mitarbeiter fehlen.«

Dario runzelte die Stirn. »Du verachtest ihn, versuchst aber gleichzeitig, ihm den Hals zu retten. Wie passt das zusammen?«

»Ich weiß nicht. Möglicherweise bin ich fair oder pragmatisch oder masochistisch.«

»Ich glaube, du bist eine Teamplayerin und weißt, dass einer allein nie stark genug sein kann. Das schätze ich sehr, Valerie.«

Sein Kompliment schmeichelte mir und gab mir ein Stückchen meiner abhandengekommenen Zuversicht zurück. »Danke, dass du das erkennst.«

Wir betrachteten einander intensiv. Einerseits beruhigte mich das, da mir Dario das Gefühl gab, einen Plan zu haben. Andererseits war er mein Boss und ein fremder Mann, den ich ohne Einwilligung geküsst hatte.

Er lehnte sich vor. »Was uns beide verbindet, sind wahrscheinlich unsere Reflexhandlungen. Für mich kann ich sagen, dass mir diese schon öfter zum Verhängnis geworden sind.«

»Geht mir genauso. Ich bin auch sehr intuitiv.«

Dario lächelte und glättete dabei den Stoff seiner hellblauen Anzughose. »Ehrlich gesagt, weiß ich nicht, wie ich über diese ganze Freundin-Knutsch-Sache denken soll.«

»Ich auch nicht.«

Er wand sich, rutsche dabei auf seinem Sitzplatz umher und seufzte.

Bald würde ich durchdrehen. Ich fühlte mich, als hätte die Couch unter meinem Hintern Feuer gefangen.

»Hast du Familie?«

»Äh … ja. Meine Eltern leben nicht in London, wir telefonieren aber häufig.«

»Und schreiben sie dir auch jetzt noch vor, wie du dein Leben zu gestalten hast?«

»Eher nicht. Nein.« Meine Eltern waren von der Hippie-Fraktion – sie feierten selbstständige Lebensplanung. Warum fragte er mich auf einmal Persönliches?

»Dann kannst du dich glücklich schätzen«, fuhr Dario fort. »Mein Vater zum Beispiel ist der festen Überzeugung, exakt zu wissen, was ich zu denken habe oder wonach ich streben soll.«

»Tut mir leid.« Das klang schrecklich einengend.

»Schon gut. Du hast mir mit deiner Knutschaktion wahrscheinlich sogar einen Gefallen getan. Es ist nämlich so, dass mein Vater mein Singleleben als unangemessen empfindet. Sein Idealbild des perfekten Geschäftsführers besteht aus beruflicher Höchstleistung und einer wunderbaren Familie im Hintergrund. Letzteres fehlt mir in seinen Augen, daher werde ich seiner Meinung nach meinen Job nicht gut machen können. Er hat gesagt, dass es mir am Rückhalt einer Freundin mangelt.«

»Das bedeutet, dass du mich nicht feuerst?«

»Du hast gedacht, ich würde dich entlassen?«, fragte er überrascht.

Ich nickte und versuchte, meine Freude nicht zu zeigen. Möglicherweise war ich doch ein Genie. Ich hatte offensichtlich genau richtig gehandelt.

Nimm das, Linda!

»Unsere Herangehensweise ist nicht ehrlich, das gebe ich zu. Aber immerhin ist es ein Weg, einen alten Mann glücklich zu machen, damit ich in Ruhe meinen Job erledigen kann. Meine Eltern haben beide gemeinsam das Unternehmen geführt, bis meine Mutter vor drei Jahren in Rente gegangen ist. Wenn er denkt, dass ich mit dir glücklich bin, kann er zumindest in Frieden seinen Ruhestand antreten.«

Ich rieb mir mit der Hand über die Stirn. »Ich weiß wirklich nicht, ob ich so etwas kann. Ich meine, diese Lüge fortspinnen ... bis ... wann eigentlich?«

»Ich verlange nichts von dir, Valerie. Wir können die Sache auch aufklären. Wie du willst.«

Mit der Folge, dass mein Ruf dahin wäre, meine Karriere vermutlich auch. Nein, wir konnten diese Fake-Beziehung nicht beenden. Noch war es zu riskant. Riskanter als eine Lüge.

»Um das Ganze aufzulösen, ist es vermutlich zu spät. Du kannst dir gar nicht vorstellen, wie die Leute mich heute Morgen auf dem Weg in mein Büro angeschaut haben. Wie wäre es, wenn wir ... keine Ahnung ... ein kurzes Statement abgeben und hoffen, dass sich danach alle wieder beruhigen werden?«, schlug ich vor.

Dario schien überzeugt. »Ja, das hört sich gut an. Ich werde dahingehend etwas in die Wege leiten und mich bei dir melden.«

Damit konnte ich leben.

»Und irgendwann, keine Ahnung, wann genau, trennen wir uns einfach. Wir haben uns auseinandergelebt, es hat nicht funktioniert mit uns beiden, und so weiter und so fort.« Dario war überzeugt. Ich wartete nur noch darauf, dass er sich die Ärmel hochkrempelte und eine Rundmail abschickte. »Spätestens dann hat mein Vater hoffentlich kapiert, dass ich meinen Job erledigen kann, ohne einer Frau hinterherrennen zu müssen.«

»Das klingt gut«, murmelte ich. »Bis dahin wird Josh hoffentlich ... eine komplette Wesensveränderung durchlebt haben.«

»Josh wird sich einkriegen.« Für Dario war die Sache

mit Josh deutlicher einfacher. Sein Endgegner war sein Vater.

Wir tauschten private Nummern aus, wobei ich eine Ewigkeit überlegte, wie ich Dario einspeichern sollte. Schließlich verpasste ich seinem Namen ein Herzchen und seufzte tief.

Ich besiegelte mein Schicksal mit einem Handschlag und war erstaunlich gelassen, als ich Darios Büro verließ. Es würde sich noch zeigen, wie ich mit der veränderten und völlig ungeplanten Situation umgehen konnte. Meine Karriere auf einer derartigen Lüge aufzubauen, war riskant. Ich steckte aber in einer Sackgasse fest, aus der es im Moment kein Entrinnen zu geben schien.

KAPITEL 5

Wechselwirkungen

Josh

Ich konnte nicht glauben, dass Miss Ich-rette-die-Welt eine Beziehung mit Dario Hill führte. Das war völlig abwegig. An den Haaren herbeigezogen. Sich auf den Boss einzulassen und damit ins Kreuzfeuer zu geraten – nicht Valeries Art. Aber die Mail, die alle in der Firma bekommen hatten und in der Dario und Valerie mit den Gerüchten ihre Beziehung betreffend aufräumten, brachte meine Verwunderung auf ein neues Level.

»Deine Menschenkenntnis ist einwandfrei«, attestierte mir Harry zwischen zwei Schlucken Bier.

»Normalerweise schon«, gab ich grimmig zu bedenken und schnappte mir ein Stück Pizza. »Diesmal kann ich echt nicht einschätzen, ob sie mich verarscht oder die Wahrheit sagt. Diese Beziehungssache wirkt irgendwie komisch.«

»Gehst du nicht vielmehr – wie immer – vom Schlechtesten aus?«

Ich kannte Harry mehr als die Hälfte meines Lebens. Mit vierzehn hatten wir uns in der Schule kennengelernt. Harry war da gerade erst mit seiner Familie von Irland nach London gezogen. Die Lehrerin hatte ihn an seinem ersten Schultag neben mich gesetzt, seither waren wir unzertrennlich.

Wir hatten keine Geheimnisse voreinander. Die einzige Sache, die uns trennte, war der Fußball. Harry war Manchester City Fan, während ich Arsenal unterstützte. Aber grundsätzlich verstanden wir uns blind.

Deshalb wusste Harry, wie sehr mich die Sache mit Valerie beschäftigte. Grund war der, dass ich in ihr meine größte Konkurrentin sah. Ich hatte Angst, dass sie mich von meinem Posten verdrängen könnte. Das wäre der Untergang für mich.

Ich lehnte mich auf der Couch sitzend zurück und warf einen kurzen Blick auf den Fernseher. Dort lief ein Fußballspiel. Wie sollte es anders sein? »Sie war ziemlich geschockt, als ich sie auf meinen Verdacht, dass sie diese Beziehung zu ihrem Vorteil nutzen könnte, angesprochen habe. Dann der Blick unseres neuen Chefs, als sie ihn auf die Wange geküsst hat. Sie fühlen sich beide unwohl bei der Sache. Lange wird das also nicht gut gehen. Das Gerede der Leute wird eine harte Prüfung werden.«

»Josh, du klingst, als wärst du besessen von dieser Frau. Vergiss sie einfach. Am Ende schadet ihr diese Affäre mit eurem Boss selbst am meisten.«

Ich war nicht besessen. Eher war ich genervt von Valerie und ihrer vorgetäuschten Heiligkeit.

Alle verehrten sie. Niemand dachte Böses über sie. Dabei hatte sie sich nach der Trennung von ihrem letzten Freund vor einigen Monaten ziemlich gehen lassen. Sie hatte sich zu einem ungünstigen Moment freigenommen und Meetings übersehen.

Nicht im Fokus zu stehen kam mir grundsätzlich gelegen. So hatte ich wenigstens Zeit, mich um meine

Arbeit zu kümmern. Außerdem war ich überzeugt, dass berufliche Freundschaften eine Schwachstelle waren, eine Liebesbeziehung zu einem Kollegen erst recht.

»Vielleicht ist alles auch nur gelogen. Vielleicht erpresst sie ihn mit irgendwelchen schmutzigen Bildern oder dem Wissen über ein noch schmutzigeres Familiengeheimnis«, überlegte ich laut. Ich klang wie ein Psycho, der Passwörter knackte oder Schreibtische durchwühlte. Dabei hatte ich nicht einmal ein ausgeprägtes Bedürfnis nach Gerechtigkeit, sondern wollte einfach meine Ruhe. Meine Ziele erreichen. Mein Leben selbst bestimmen.

Ich leitete ein siebenköpfiges Team, da gab es dauernd jemanden, der mit einem Problem zu mir kam. Vielleicht sollte ich diese mögliche Beziehung nur als eine weitere Herausforderung im Zusammenhang mit meinem Job sehen.

»Aber du wirst dir mehr Probleme beschaffen, wenn du weiter im Leben dieser Frau herumschnüffelst.« Ich sah Harry dabei zu, wie er mit einer Papierserviette einen Bierfleck von seinem dunkelgrünen T-Shirt zu wischen versuchte. »Lass sie doch einfach in Ruhe, dann hast du auch deine Ruhe.«

Ja, üblicherweise war das meine Herangehensweise. Bedauerlicherweise fühlte ich mich von Valerie und diesem Dario angestachelt und benutzt. »Bei diesem Teambuildingevent nächste Woche wird sich zeigen, ob es künftig fair zugehen wird bei PMG. Eine Zweiklassengesellschaft, mit der Freundin des Chefs als Spitzel, werde ich innerhalb meines Teams nicht so einfach dulden.«

»Hast du das Spiel gestern geschaut?«, fragte Shawn, als wir uns im Flur vor meinem Büro trafen. Er arbeitete in meinem Team und war mindestens ein genauso großer Fußballfan wie ich.

»Logisch. Das war ja praktisch ein Pflichttermin.«

Er grinste und beugte sich dann näher. »Deine Burschen von Arsenal hatten es nicht leicht. Bestimmt hast du danach ein paar Tränen vergossen.«

»Es war Taktik von ihnen, das Spiel zu verlieren.« Mit einem Augenzwinkern gab ich zu verstehen, dass ich meine Aussage selbst nicht ganz ernst meinte.

»Man kann sich die Dinge auch schönreden«, erwiderte er lachend und klopfte mir zum Abschluss auf die Schulter.

Daraufhin begab ich mich auf die Suche nach Valerie.

Ich entdeckte sie allein in einem der kleineren Labore, die im Grunde niemand außer Valerie benutzte. Das Licht dort drin war schlechter, die Geräte älter. Wahrscheinlich brauchte sie diese Nostalgie, um sich mit bedeutenden Persönlichkeiten wie Marie Curie identifizieren zu können.

Valerie war jemand, den man allgemeinhin als Überfliegerin bezeichnete. Sie war ehrgeizig, klug und scharfsinnig. Was sie davor rettete, trotz all dieser Eigenschaften unsympathisch zu wirken, war ihre Bescheidenheit. Sie selbst schien nicht wahrzunehmen, wie talentiert sie war. Sie liebte ihren Job und war mit Herzblut bei der Sache.

Das sagten zumindest ihre Teammitglieder.

Und gingen mir damit gehörig auf die Nerven.

Genauso wie Valerie. Ansteckende gute Laune? Dagegen war ich immun.

Sie zuckte zusammen, als ich mich neben sie an die Arbeitsplatte lehnte. In der einen Hand hielt ich eine ausgedruckte Mail, in der anderen einen Becher Automaten-kaffee.

Sie rückte ihre Brille gerade. Es war ein goldenes Modell mit viereckigen Gläsern. Strebermäßig, also passend zu Valerie. »Du hast mich erschreckt.«

Ich machte sie nervös, verunsicherte sie – und das verschaffte mir einen Vorteil. »Das wollte ich nicht«, beschwichtigte ich sie, obwohl ich log. »Ich habe nach dir gesucht.«

»Jetzt hast du mich gefunden.« Wie schnippisch sie manchmal war. Jede Sekunde in meiner Nähe schien ihr körperliche Schmerzen zu bereiten.

Ich stellte den Becher vor sie, was sie mit einem skeptischen Blick quittierte.

»Was verschafft mir die Ehre?«

Ich zuckte mit den Schultern. Ich wusste selbst nicht so genau, wieso ich mein Geld und meine Zeit dafür geopfert hatte, ihr einen Kaffee mitzubringen. Wahrscheinlich wollte ich mich bloß mit ihr gutstellen. Ich war kein Schleimer. Verzweifelt vielleicht, bis zu einem gewissen Punkt. Aber noch immer stolz genug, mich von jemandem wie Valerie nicht in die Knie zwingen zu lassen.

»Kann es sein, dass wir ein Kommunikationsproblem haben?«, fragte ich und wedelte mit dem Ausdruck zwischen uns in der Luft.

Sie sah zu dem Blatt, dann lehnte sie sich zurück, wie sie es immer tat, wenn ihr klar wurde, dass ich gekommen war, um sie zusammenzustauchen. »Nicht, dass ich wüsste.«

Ihre wortkarge Art … regte mich auf. »Ich habe dich gebeten, Dr. Aukman von der Columbia als Unterstützung für dein CAR-T-Projekt zu gewinnen. Stattdessen hast du einen Dr. Weng mit ins Boot geholt.«

»Dr. Weng ist eine Frau. Anne Weng. Ihre Publikationen sind herausragend. Sie hat sich bereit erklärt, mit mir über mein Projekt zu sprechen.«

»Nichtsdestotrotz hast du meine Anweisung ignoriert.«

Das wenige Licht, das das Innere des Raumes erreichte, ließ ihre Augen blitzen. »Ich habe die bessere Wahl getroffen, weil ich mein Projekt selbst am besten kenne.«

»Du hast meine Anweisung ignoriert«, wiederholte ich und fixierte sie mit meinem Blick. »Was hindert mich daran, dein Projekt zu kippen?«

»Das kannst du nicht«, fuhr sie mich an. Sie fühlte sich angegriffen.

Der punktgenaue Treffer gefiel mir auf einer persönlichen Ebene, weshalb ich sie noch weiter herausfordern wollte, um sie aus ihrer Träumerei zu katapultieren. »Und ob ich das kann. Du bist noch jung und unerfahren. Diese Studie habe ich bloß deshalb genehmigt, um mich den Vorgaben des Vorstandes zu beugen. Aber offensichtlich lag ich richtig: Du kommst keinen Schritt vorwärts. Du lieferst keine Ergebnisse und verpulverst Kapital. Die Sache wächst dir über den Kopf. Du hast dich überschätzt.«

Stumm spielte sie an den weißen Knöpfen ihrer blauen Bluse. Valerie war schlank und groß, was vermutlich an diesem Gesundheitswahn lag, dem sie verfallen war. Zumindest hatte ich sie des Öfteren über Ernährung reden hören, als wäre das ihre Form von Religion. Außerdem sah ich sie die meiste Zeit mit irgendeinem hippen Getränk oder einem CO_2-neutral hergestellten Essen in der Hand, bei dem man das Gefühl bekam, die Erde mit jedem Kauf besser zu machen.

»Manchmal muss man die Dinge ruhen lassen«, sagte ich und klang wie ein Greis, der über das Leben sinnierte.

Sie war panisch, fing an, über ihre Lippen zu lecken und mit dem Fuß zu wackeln. »Du weißt, wie viel mir mein CAR-T-Projekt bedeutet.«

»Mag sein. Aber unsere Firma baut auf Gewinne, und dafür bin ich gezwungen, Projekte umzusetzen, die Geld schnell einbringen. Das betrifft die Weiterentwicklung bereits bestehender Medikamente und die Verbesserungen hinsichtlich Compliance, was ich dir an der Stelle wahrscheinlich nicht haargenau erklären muss.«

»Ich kümmere mich ja auch noch um andere Dinge«, hielt sie dagegen.

Sie kämpfte, und obwohl ich mein berufliches Leben streng von meinem privaten trennte, konnte ich nicht verhindern, dass ich sie rein äußerlich als Frau sexy fand. Diese Schwäche hatte ich nicht erst seit diesem Abend beim Asiaten, als Dario aufgetaucht war. Valerie verkörperte exakt den Typ Frau, den ich attraktiv fand. Dementsprechend widersprüchlich und verwirrend waren meine Gefühle ihretwegen auch. Ich wollte sie nicht scharf finden, konnte mich dagegen aber auch nicht wehren.

Ich kniff die Augen zusammen und versuchte, mich wieder einzukriegen. »Du kümmerst dich eben nicht ausreichend um das Gamma-Projekt. Klar, es gefällt dir nicht, daran zu arbeiten, immerhin habe ich dich ja auch darum gebeten. Du schuldest mir trotzdem Antworten, auf die ich bereits seit Tagen warte.«

»Die Auswertung läuft.«

»Bullshit«, rutschte es mir unüberlegt heraus. »Du hast dir die Unterlagen noch nicht einmal durchgelesen.

Wieso ich das weiß? Weil dir sonst der Fehler aufgefallen wäre, der bei der Placeboliste gemacht wurde. Bist du zu sehr mit deinem Freund beschäftigt?«

Besagtes Gamma-Projekt war ein Update eines unserer bereits in der Praxis erhältlichen Arzneimittel gegen Bluthochdruck. Vor einem halben Jahrhundert hatte man herausgefunden, dass Schlangengift als Ausgangsstoff zur Behandlung von Bluthochdruck prima funktionierte. Mittlerweile war der Wirkstoff mehrfach verbessert und somit die Nebenwirkungen für die Patienten verringert worden. Diese Verfahren mussten bei allen in unserem Sortiment befindlichen Arzneimitteln allerdings regelmäßig kontrolliert und angepasst werden. Solche Reformen waren aufwendig, die Wirksamkeit durfte dabei natürlich nicht beeinträchtigt werden.

Ich hatte nicht vorgehabt, sie zu provozieren. Schon allein der Kaffee, den ich mitgebracht hatte, zeugte doch von meinem guten Willen. Irgendwie war die Unterhaltung aus dem Ruder gelaufen. Noch viel krasser als sonst.

Wie sie die Augen zusammenkniff und mich musterte, machte mir deutlich, dass ich mich auf dünnem Eis bewegte. Ihr Freund, wie ich spöttisch betont hatte, war immerhin auch derjenige, der mich feuern konnte.

»Ich weiß wirklich nicht, was dein Problem ist«, meinte sie und verschränkte die Arme vor der Brust.

»Mach deine Arbeit, dann haben wir kein Problem miteinander.«

»Lass mein Privatleben aus dem Spiel, dann steht auch dieses Problem nicht länger zwischen uns.«

Ich lachte, weil ich nicht anders konnte. »Komm schon, Pinky. Du warst doch diejenige, die bei der Einstandsfeier des neuen Chefs die Grenzen klar und deutlich vermischt hat.«

»Das gibt dir immer noch nicht das Recht, es so darzustellen, als wäre ich mit meinem Job heillos überfordert.« Danach runzelte sie die Stirn und hob den Zeigefinger drohend zwischen uns. »Und hör auf damit, mich Pinky zu nennen.«

Mein Ziel, sie für das Gamma-Projekt zu motivieren, war in die Hose gegangen. Nur mit ihr konnte ich so leidenschaftlich streiten. Obwohl ich üblicherweise Konflikten aus dem Weg ging, gefielen mir die Auseinandersetzungen mit Valerie. Danach war ich zwar angepisst, aber auch elektrisiert. Warum das so war, konnte ich selbst nicht erklären.

Auch diesmal preschte ich mit Karacho in die sich fortsetzende Diskussion um ein Thema, das mich nichts anging – da musste ich Valerie zustimmen.

»Mein Job ist es, dort nachzuhaken, wo es am meisten wehtut.«

Daraufhin lachte Valerie. »Dafür hättest du nicht in die Wissenschaft gehen dürfen, sondern dich in einem Krankenhaus bewerben müssen.«

»Sehr witzig. Du weißt, was ich meine.«

»Nein, weiß ich nicht.«

Valerie musterte mich prüfend. Erst nach einigen Sekunden beugte sie sich vor. Plötzlich war sie mir nahe. Auch diesmal roch ich ihren Duft, den ich bereits gestern eingeatmet hatte und der mir seitdem nicht mehr aus der Nase ging. »Und da wirfst du mir vor, mich nicht auf meine Arbeit zu konzentrieren? Du selbst steckst deine Energie doch auch in unnütze Dinge. Für dich ist die Welt ein schrecklicher Ort mit lauter schrecklichen Menschen darin.« Dann entriss sie mir die ausgedruckte Mail, faltete sie und steckte sie in die Hosentasche ihrer schwarzen Jeans.

Ich wollte etwas sagen, vielleicht sogar lauter werden, weil sie mich wütend machte. Stattdessen war ich sprachlos. Ich ärgerte mich, dass mich diese Frau dazu brachte, dass mir innerhalb kürzester Zeit schon wieder die Worte fehlten.

Nach dem frühen Tod meines Vaters erkrankte meine Mutter an Depressionen und hatte zu ihren schlimmsten Zeiten tagelang das Bett nicht verlassen. Ich hatte mich um meine jüngere Schwester gekümmert und dafür gesorgt, dass weder Nachbarn noch Lehrer auf unsere desaströsen Verhältnisse aufmerksam wurden. Seither konnte ich nicht anders – ich musste die Kontrolle haben. Damit machte ich mich nicht unbedingt beliebt. Aber wie hieß es so schön? Ich konnte nicht aus meiner Haut.

Mein Schweigen ließ Valerie wissen, dass sie zu weit gegangen war. Sie lächelte beschwichtigend, und zum ersten Mal, seit langer Zeit, fühlte ich mich einer Frau nahe. Für einen kurzen Moment senkten wir beide unsere Schutzschilde.

»Ich … werde mich um Gamma kümmern«, versprach sie.

Das war ein Friedensangebot.

Ich aber nahm es nicht an. Konnte es nicht annehmen. Es war zu gefährlich für mich.

Als ich ging und sie einfach stehen ließ, fühlte ich mich wie ein Arschloch. Ich war zwar nicht Everybody's Darling, aber dennoch mied man mich innerhalb der Firma nicht. Doch zu Valerie war ich hauptsächlich unfreundlich. Ich vermutete, dass das mit der Anziehung zu tun hatte, die sie auf mich auswirkte und vor der ich mich schützen wollte. Ich wollte Valerie nicht hübsch, klug oder sexy finden. Das gelang mir aber nur in zufriedenstellendem Ausmaß, wenn ich eine klare Grenze zwischen uns zog. Ich konnte nur hoffen, dass sie nicht sofort zu Dario rannte, um mich deswegen beim Oberboss zu verpetzen.

Carla meets Borat

Valerie

Anstatt Lebensmittel zu kaufen, wühlte ich in einem Holzregal einer dieser alten, familiengeführten Buchhandlungen, die aus einer anderen Zeit zu stammen schienen. Gemütliche dunkelbraune Ohrensessel standen in der hinteren Ecke des Ladens. Von dort aus hatte man einen einmaligen Blick auf die kleine Terrasse, die im Sommer sogar bepflanzt wurde.

Ich liebte diesen Laden und kam jeden Tag daran vorbei. Er war meine architektonische Schokolade. Nach einem Besuch war ich meist an Geld ärmer, aber um neue Bücher reicher.

Ich blätterte in einem Buch, das zur Regency-Zeit spielte. Dieses Genre war schon immer mein liebstes gewesen. Die Sorgen und Träume reicher Ladys in wunderschönen Kleidern – dabei konnte ich perfekt entspannen. Für einen Moment vergaß ich das unangenehme Gespräch mit Josh tatsächlich. Ich entschied daher, das Buch zu kaufen, auch wenn ich nicht wusste, wann ich Zeit haben würde, es zu lesen. Für mich stand fest, dass ich meine Untersuchungen zur CAR-T-Therapie fortsetzen würde. Egal, was es kostete.

Die Wissenschaft war schon immer ein hart umkämpftes und gnadenloses Pflaster gewesen, bei dem es manchmal notwendig war, die Grenzen des Erlaubten zu dehnen. Ich tat nichts Illegales – nur mehr, als meine Befugnis zuließ. Hätten sich alle klugen Köpfe der Geschichte an Regeln gehalten, würde unsere Welt völlig anders aussehen. Schon immer standen sich Wissenschaft und Revolution nahe.

Das hieß im Klartext, dass ich Carla, wie ich mein Programm genannt hatte, zur Not in meiner Freizeit bearbeiten würde. Ich hatte sogar bereits überlegt, Dario um Hilfe zu bitten, war aber nicht sicher, ob er verstehen würde, wie fortgeschritten der Stand meiner Erkenntnisse bereits war.

Carla war unsexy, teuer und für Firmenfremde in etwa so spannend wie ein Schneckenrennen. Um Carla das Leben zusätzlich schwer zu machen, beschäftigte sie sich mit einer Nischentherapie für einige spezifische Krebsformen. Für Firmen wie PMG bedeutete das: Man pulverte eine Menge Kohle (eine so große Menge, dass man beim Anblick der Summe Herzrasen und Schweißausbrüche bekam) und sehr viele personelle Ressourcen hinein. Am Ende hatte man möglicherweise etwas ganz Neues. Oder man hatte diese riesengroße Summe verschwendet.

Erzielte man Erfolge, machten sich diese in Vorträgen toll, oder man schaffte den Eintrag in ein Lehrbuch. Die Leute aus der Praxis standen aber nicht unbedingt auf Experimente, vor allem, wenn es um so etwas wie Krebs ging. Die behandelnden Ärzte wollten Fakten, Erfolge und keine verrückte Wissenschaftlerin, deren Projekt Carla hieß und die zu Forschungszwecken nachts in ihre Firma hatte einbrechen müssen. So etwas las sich später, wenn man tatsächlich Erfolg und die Welt verändert hatte, in einer Biografie spannend. Im echten Leben musste man für solch waghalsige Aktionen einiges an Professionalität einbüßen, landete im Gefängnis oder wurde arbeitslos.

Langsam war also klar, warum Carla unsexy war.

Nun lag es an mir, ein Veto gegen den Feldzug einzulegen, der zu Carlas Untergang führen sollte. Meine Großmutter war an Krebs gestorben, weil es an der passenden Behandlung gefehlt hatte. Ihr Leiden hatte sich über mehrere Monate hingezogen und mich in meiner beruflichen Laufbahn daraufhin stark geprägt.

Während meiner Studienzeit hatte schon festgestanden, dass ich mich für dieses Thema einsetzen würde, weil es einfach beschissen war, dass da draußen Menschen derart qualvoll sterben mussten, obwohl es hieß, die Medizin sei weit fortgeschritten.

Die CAR-T-Zellen-Therapie bedeutet einfach erklärt: Der erkrankten Person wird Blut abgenommen. Daraus werden T-Zellen entnommen und im Labor so verändert, dass sie an den Krebszellen des Tumors andocken und diesen zerstören können. Im Moment war der Erfolg dieser Behandlung noch schwer zu messen. Ich wollte die Vermehrung und Gewinnung der T-Zellen verbessern, hatte bis dato aber leider sehr viele Rückschläge einstecken müssen.

Das schien nicht nur mich gewaltig zu frustrieren, sondern auch Josh (der sicherlich beim Anblick der Kostentabelle in einen Schreikrampf ausgebrochen war).

»Gute Wahl«, meinte die Ladenbesitzerin. Sie trug eine weinrote Brille und wie üblich ihre bunten Kringelsocken. »Das Buch fängt harmlos an, entpuppt sich aber als wahre Sensation. Berichten Sie mir, wie es Ihnen gefallen hat.«

»Das werde ich. Danke.«

Draußen vor dem Laden summte mein Handy. Ich hatte eine Nachricht von Dario 💙 erhalten.

> **Dario 💙:** Ich hole dich kommenden Mittwoch von zu Hause ab. Mein Vater möchte, dass wir gemeinsam zu diesem Teambuildingevent fahren. Die anderen nehmen den Zug. Ich hoffe, das ist okay.

> **Valerie:** Einverstanden. Ich schicke dir noch die Adresse. Muss ich wegen deines Dads irgendetwas beachten?

> **Dario 💙:** Super, danke. Keine Sorge, er wird sich zurückhalten.

Ich war etwas nervös wegen der Fahrt nach Eastbourne und dem ganzen Trubel, der dort auf mich warten würde. Aber wahrscheinlich war dieses Teambuildingevent meine Chance, meinen Kollegen, allen voran Josh, zu zeigen, dass sich trotz meiner »Beziehung« mit Dario nichts geändert hatte.

Die nächste Baustelle in meinem derzeit turbulenten Leben war unsere Wohnung. Als wir vor zwei Jahren in die obere Etage eines ausgebauten Einfamilienhauses eingezogen waren, war zuerst alles reibungslos abgelaufen. Der Vermieter, ein Singlekerl um die fünfzig, wohnte direkt unter uns. Er schien unkompliziert und versprach uns, Garten und Garage nutzen zu dürfen.

Nach etwa einem halben Jahr dann die Kehrtwende. Der Typ wurde komisch. Linda hatte diese Erkenntnis zuerst erlangt.

Aus den erzwungenen Gesprächen, wenn wir beispielsweise den Müll rausbrachten, ging schnell hervor, dass er hinter allem eine Verschwörung vermutete. Jeder habe es auf ihn und sein Eigentum abgesehen.

Da ich den Kerl nicht heiraten musste und sogar gewillt war, ein paar Minuten meiner Lebenszeit dafür zu opfern, ihm zuzuhören, hätte ich die Sache aufgrund der wirklich tollen Wohnung durchgestanden.

Leider war der gute Mike ein Kontrollfreak, der in seiner Freizeit am liebsten lauschte, was Linda und ich über ihm trieben. Wahrscheinlich hatte er uns anfangs für ein lesbisches Pärchen gehalten. Oder für zwei Partymäuse, die es krachen ließen. Wir waren aber wirklich langweilig.

Trotzdem war das kein Ausschlusskriterium für Mike, etwas zum Nörgeln zu finden. Mal war unsere Spülmaschine zu laut, dann lüfteten wir zu wenig (das konnte er schließlich prima von seinem Garten aus überprüfen). Wir würden zu viel Wasser verbrauchen und das Licht zu früh anschalten. Das alles stellte nur einen Auszug aus meinem Chat-Verlauf mit ihm dar.

Wir fühlten uns zunehmend unwohler, gleichzeitig waren wir gestresst. Wir waren zwar bereits auf der Suche nach einer neuen Wohnung, was sich allerdings sehr bald als schwieriges Unterfangen herausgestellt hatte. Mike verlangte verdammt wenig Miete. Das war echt bitter.

»Und da ist er auch schon«, säuselte ich zu mir selbst, nachdem ich um die Ecke gebogen war.

Mike stand vor seiner Garage und wusch sein Auto. Wohl oder übel musste ich an ihm vorbei. Er trug sein schwarzes Muskelshirt, das Linda und ich Elvis getauft hatten. An heißen Tagen begegnete man ihm auch mal in hautenger Badehose – ebenfalls schwarz (wir nannten das Ding Borat, weil es uns an jene bekannte Badehose erinnerte).

Es gelang mir nicht, heimlich ins Haus zu huschen. Mike drehte das Wasser ab und kam um seinen schwarzen Toyota herum auf mich zu. »Langer Tag?« Natürlich war er genauestens über unseren Tagesablauf informiert.

Ich zuckte mit den Schultern. »Normal eben.«

»Verstehe«, murmelte er abschätzig. Er hatte anfangs nicht gewusst, was Linda und ich arbeiteten. Als er erfahren hatte, dass wir für ein Pharmaunternehmen arbeiteten und somit praktisch dem Bösen dienten, war die Stimmung deutlich gekippt. Seither betrachtete er uns skeptisch oder machte irgendwelche abfälligen Bemerkungen über unsere Arbeit.

»Gut ... dann schönen Abend.« Ich wollte so schnell wie möglich vor ihm fliehen.

Doch Mike hielt mich auf. »Hast du vielleicht noch kurz Zeit? Ich wollte etwas mit dir besprechen.«

Nein, bitte nicht.

»Was denn?« Ich war genervt, und so klang ich auch.

»Ich habe erfahren, dass ihr euch nach etwas anderem umseht«, begann er und musterte meine Reaktion, die aus einem überraschten Stirnrunzeln bestand.

»Woher weißt du das?«

»Da gibt es bestimmte Quellen«, erwiderte er kryptisch. »Jedenfalls wollte ich dir sagen, dass ich ehrlich enttäuscht bin. Ich bin das Risiko mit euch als Erstmieterinnen eingegangen und habe euch hier bei mir aufgenommen, ohne euch richtig zu kennen oder Erfahrungen als Vermieter zu haben. Wir verstehen uns gut, und ich wollte, dass das so bleibt. Da fühle ich mich schon ein wenig hintergangen.«

War das sein Ernst?

»Mike, wir stehen in einem Mietverhältnis. Das ist eine geschäftliche Beziehung, keine persönliche. Wenn wir ausziehen wollen, dann kann dir das egal sein. Tut mir leid für die drastischen Worte.«

Normalerweise löste ich Konflikte mit Mike diplomatisch und ruhig. Diesmal aber hatte er meiner Meinung nach eine Grenze überschritten. Wenn er jetzt beleidigt war, weil wir umziehen wollten, dann konnte ich dafür kein Verständnis aufbringen.

Leider sah Mike nicht ein, dass er zu weit gegangen war. Er wechselte in den Provokationsmodus. »Es gab viele Bewerber für die Wohnung, aber ich habe mich für euch entschieden, weil ich zwei jungen Menschen helfen wollte. Dann habe ich eure Nachlässigkeit mit meinem Eigentum ertragen, den Lärm und ohne Murren all die Dinge repariert, die ihr beschädigt habt. Wahrscheinlich habe ich euch falsch eingeschätzt und muss jetzt mit meiner Enttäuschung fertigwerden.«

Wovon, zum Teufel, redete er? Wir hatten nichts beschädigt. Das Einzige, das Mike bisher reparieren musste, war ein defekter Klingelknopf.

»Wenn du auch nur eine Sekunde über das, was du uns gerade vorgeworfen hast, nachdenkst, wirst du schnell feststellen, dass du übertreibst.« Ich gab mir Mühe, sanft zu sprechen. Mit Mike zu diskutieren, brachte nichts. Er lebte in seiner eigenen Welt, wo er das Opfer und alle anderen die Bösen waren. »Wir haben von Anfang an offengelegt, dass wir näher zum Zentrum wollen, sobald unser Geldbeutel das zulässt.«

»Davor könnt ihr mich noch ausbeuten.«

»Was? Wir haben die von dir vorgegebene Miete bezahlt.«

»Mit der ich euch entgegengekommen bin.« Jetzt spielte er sich also als den großen Gönner auf, der uns armen Seelen ganz selbstlos helfen wollte.

»Du hast die Miete selbst kalkuliert. Das ist nicht unsere Sache, Mike.«

Den Kopf gesenkt schüttelte er diesen. »Was habe ich von Menschen wie euch Pharmageiern schon anderes erwarten dürfen. Unsere Gesellschaft verkommt ganz schön. Traurig.«

Traurig war einzig Mikes Weltbild. Im Grunde konnte er einem leidtun. Schuld waren immer die anderen. Vor allem jene, die Regeln vorgaben oder die ihm seinem Verständnis nach schaden wollten.

Ich sah ihm hinterher, wie er in seiner Garage verschwand und das Tor schloss. Das Problem war sicher auch, dass Linda und ich völlig anders tickten als er. Mit Gleichgesinnten hätte er diese Konflikte nicht auszutragen. Unsere Nachbarschaft hatte, vermutlich aufgrund von Mikes übertriebener Angst vor der Beschädigung seines Eigentums, von Beginn an unter keinem guten Stern gestanden. Doch damals war uns Mike noch nett erschienen. Vielleicht ein wenig speziell, aber zugänglich.

Eines hatte Mike mit dieser anstrengenden Unterhaltung zumindest geschafft: Ich wollte nun erst recht umziehen. Am besten bereits morgen. Ganz egal, wie viel zusätzliche Energie es mich kosten würde.

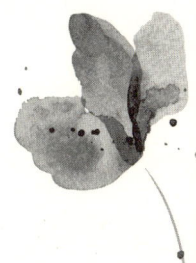

KAPITEL 7

Gerüchte schaden der Gesundheit – vereinbaren Sie
noch heute einen Termin mit dem Arzt,
dem Sie nicht vertrauen!

Josh

Wir trafen uns am Bahnhof. Als alle eingetroffen waren, zählte ich neunzehn Leute.

Valerie fehlte.

Sie war aus meinem Team, also war ich vermutlich verantwortlich, die anderen über ihren Verbleib aufzuklären. »Sie fährt mit Dario«, murmelte ich, als jemand sie bereits anrufen wollte.

Wir wechselten einige vielsagende Blicke, die Stimmung lud sich auf und zerplatzte, als Shelly sich wagte, dieses Thema endlich anzusprechen, das seit Tagen über allem in der Firma schwebte. »Was sagt ihr zur Mail vom Boss? Valerie und er sind also wirklich ein Paar? Das ist doch echt verrückt.«

Ich stand nicht auf Klatsch, aber ein neuer Chef hatte schon etwas Mystisches an sich.

»Keine Ahnung. Wahrscheinlich schon. Ich habe die beiden noch nicht häufig miteinander gesehen.« Mal abgesehen von dem Abendessen, zu dem er gestoßen war. Aber das würde ich hier nicht vor allen breittreten.

Beziehungen waren nicht mein Ding. Mich zu binden

73

und miterleben zu müssen, wie ich all meiner Freiheiten beraubt wurde, darauf konnte ich verzichten. Einigen Leuten aus meinem Freundeskreis hatte ich in den vergangenen Jahren bei diesem Prozess zusehen müssen. Sie waren nicht mehr dieselben. Und ich mochte den Kerl, der ich war. Launisch und korrekt, ja. Aber im Grunde okay.

Es war schon verrückt, was seit Tagen in der Firma abging. Die Leute fuhren dermaßen auf die Liebesgeschichte zwischen Dario und Valerie ab, dass ich das Gefühl hatte, jedes zweite Gespräch würde sich nur um die beiden drehen. Sie kannten Dario nicht einmal, abgesehen von dem kurzen Steckbrief, den er uns hatte zukommen lassen.

Er könnte ein Serienkiller sein, ein irrer Spanner oder ein Perverser. Er könnte aber auch ein Idiot sein, eingebildet und unsympathisch. Vielleicht sollten die Leute lieber anfangen, sich Sorgen um Valerie zu machen, anstatt so zu tun, als hätte sie die schlimmste Zeit ihres Lebens hinter sich und nun endlich die Erlösung schlechthin gefunden.

Der Zug fuhr in den Bahnhof, wir stiegen ein und belegten unsere reservierten Sitzplätze. Doch selbst als wir saßen, brodelte die Gerüchteküche weiter.

»Dario hat seinem Assistenten Ron erzählt, dass er Valerie vor einigen Wochen auf einem Klassentreffen oder so kennengelernt hat. Mit Ron gehe ich manchmal zum Yoga, daher weiß ich die Dinge aus erster Hand.« Shelly saß neben mir und kaute, wie üblich, Kaugummi.

Ich lehnte mich in meinem Sitz zurück. »Das war auf einer Geburtstagsfeier.« Ich hatte das Bedürfnis, dieses Detail richtigzustellen, so klein und unwichtig es auch war.

»Warst du dabei?«

»Nein, war ich nicht.«

Shelly runzelte die Stirn, wurde aber von Jerry aus dem Vertrieb unterbrochen. Er beugte sich über seine Armlehne zu uns herüber. »Dann wissen wir ja, wer sich bald über eine Beförderung freuen darf.« Gott, dieser Typ war echt schmierig.

Irgendetwas an der Art, wie er über Valerie sprach, machte mich wütend. Ich verachtete mich selbst, weil ich nichts sagte, sondern so tat, als würde mich die Unterhaltung nicht kümmern.

Shelly träumte laut vor sich hin. »Sie hat den Jackpot geknackt.«

Ich atmete durch und presste das Buch, das ich lesen wollte, an meine Brust.

Nun sprach Shelly mich allerdings direkt an. »Hat sich deswegen in deiner Abteilung etwas verändert?«

»Mir ist es egal, was die beiden treiben«, brummte ich. »Solange mir das Drama am Ende erspart bleibt, kann sie sich treffen, mit wem sie möchte.«

»Du bist ein echter Anti-Romantiker. Valerie hat eine schauderhafte Beziehung hinter sich. Das mit unserem Boss ist ein Neuanfang für sie, und wenn sie glücklich ist, dann wünsche ich den beiden nur das Beste.« Shelly wirkte enttäuscht. Sie hoffte wohl auf die große Liebesgeschichte inklusive Traumhochzeit, zu der alle Angestellten nach Sizilien eingeflogen wurden. Ich hingegen hoffte, dass sich das Gerede bald wieder legen würde. Nicht nur hier im Zug, sondern generell.

Um kurz vor zehn erreichten wir unser Hotel in Eastbourne. Es stellte sich als wahrer Luxusladen heraus, mit enormer Parkanlage und freundlichem Personal.

Sofort kümmerte man sich um unser Gepäck, das auf unsere Zimmer gebracht wurde. Wir erhielten einen Begrüßungsdrink in der Lobby, zu dem Senior und Junior Hill sowie Valerie auftauchten.

Valerie trug eine schwarze Stoffhose, eine blau-weiß gestreifte Bluse und offene Haare. Letzteres kam äußerst selten vor. Ein Indiz dafür, dass ihre Beziehung sie bereits verändert hatte?

Während ich an dem zu süßen Mixgetränk nippte, streifte ihr Blick mich. Sie schluckte, lächelte und wurde dann von ihrem künftigen Schwiegervater zugelabert.

Dario machte einen auf locker. Mit seinem Poloshirt und der cremefarbenen Hose sah er meiner Meinung nach aber ziemlich protzig aus. Diesem Motto folgte auch seine Begrüßungsrede. Der erste Programmpunkt: eine Auflistung der Stärken des anderen sowie Punkte, bei denen man sich gegenseitig unterstützen kann.

Ich hatte keine Lust auf diesen ganzen Schwachsinn, musste da aber durch.

Die Seminarräume waren, wie der Rest des Hotels, nobel, mit goldener Tapete an den Wänden und einem königlich-roten Teppich. Ein junger Mann in dunkler Hose und weißem Hemd wartete dort bereits auf uns. Er stellte sich als Tim vor und war vermutlich irgendeinem Selbstfindungsmagazin entsprungen. Oder er war Herausgeber. Oder eine Metapher.

Noch nerviger wurde er, als wir alle an Zweiertischen platziert wurden und die erste Aufgabe zu erledigen hatten. Mir gegenüber saß Valerie.

Ich lachte knapp und beugte mich zu ihr. »Genau genommen sind es Stärken und Schwächen, die wir aufschreiben sollen. Sie wollen es nur anders verpacken, um unsere fragilen Gemüter nicht zu strapazieren.«

Valerie grinste und reckte dabei frech das Kinn. »Du kannst es nennen, wie du magst. Sollten dir für mich allerdings keine Schwächen einfallen, kann ich gern helfen.«

Ich gab mich unbeeindruckt von ihrem Versuch, die Stimmung zu lockern. »Wie war die Anreise?«

»Kurzweilig.«

»Habt ihr die Suite schon bezogen?«

Irgendetwas an der Art, wie sie kurz die Stirn runzelte, kam mir komisch vor. »Haben wir nicht alle Einzelzimmer zugeteilt bekommen?«

Ich lachte. »Im Ernst? Ihr checkt getrennt ein?«

»Natürlich teilen wir uns ein Zimmer. Ist ja logisch. Können wir uns bitte der Aufgabe widmen?«

»Klar«, murmelte ich.

Wir hatten eine halbe Stunde Zeit. Ich konnte mich aber nicht konzentrieren, weil ich zu abgelenkt von Valeries Zettel war. Was, zur Hölle, schrieb sie da über mich? Sie hörte nicht mehr auf. Ihr Stift kratzte über das Blatt, während ich erst einige Begriffe angeführt hatte. Durchweg Schwächen.

Zeit, sich ihren Stärken zuzuwenden.

Was konnte sie gut? Was schätzte ich an ihr?

Sie konnte verdammt nervig sein. Ich schätzte an ihr, wenn sie nicht da war. Ich wusste es aber auch zu schätzen, wenn sie zur Abwechslung die Klappe hielt.

»Was ist so witzig an dieser Liste?« Sie durchbohrte mich mit ihrem Blick, weil sie wahrscheinlich ahnte, dass die Eigenschaften, die ich notierte, nicht schmeichelhaft sein würden.

»Nichts. Tut mir leid.«

Mit ihrem Bleistift trommelte sie gegen die Tischplatte, mit ihrer hochgezogenen Augenbraue versuchte sie mich einzuschüchtern. »Auch für mich ist dieser Termin keine Wohltat. Aber wir könnten ja zumindest versuchen, unsere Beziehung zu verbessern.«

»Da bin ich bei dir. Muss ich deswegen ein todernstes Gesicht machen?«

»Du versuchst nur, mir eins auszuwischen.« Das Trommeln ging weiter. Gleich würde ich nach ihrem Stift greifen und ihn in der Mitte auseinanderbrechen. »Ich habe doch versprochen, mich um Gamma zu kümmern. Wir können einen Termin für eine Besprechung vereinbaren, dann werde ich dir beweisen, dass ich alles im Griff habe.«

Warum klang sie plötzlich, als würde sie mir einen Gefallen tun?

Erst war ich perplex, dann wütend. »Deine unermessliche Güte werde ich gleich auf diese Liste packen.«

Sie lachte. »Ich versuche, all meinen Aufgaben gerecht zu werden, und dafür erscheint mir eine exakte Planung notwendig. Du bist doch selbst jemand, der strukturiertes Arbeiten sexy findet.«

Fast hätte ich mich an meinem eigenen Speichel verschluckt. Hatte sie gerade das Wort sexy benutzt? Ich musterte ihr Gesicht und suchte dort nach Anzeichen dafür, dass sie betrunken war.

»Noch fünf Minuten«, verkündete Tim von seinem Platz aus.

Es gelang mir, einige positive Eigenschaften zusammenzukratzen. Nach Ablauf der fünf Minuten waren wir gezwungen, uns die Auflistung gegenseitig vorzulesen. Natürlich fing Valerie an.

Sie leckte sich über ihre Lippen und kam mir ein wenig nervös vor. »Okay, deine ... deine positiven Eigenschaften sind, dass du zielstrebig und ehrgeizig bist. Du setzt dich für dein Team ein, vermutlich kann man auch privat auf dich zählen. Das weiß ich aber nicht, weil ich dich nicht so gut kenne. Privat kenne ich dich nicht.« Sie räusperte sich, rutschte auf ihrem Stuhl herum und strich sich eine Strähne hinters Ohr. »Du bist klug und selbstreflektiert. Außerdem mag ich die Art, wie du dich Herausforderungen stellst. Du kannst streng sein, aber deine Wertschätzung ist ehrlich.«

Meine Hände schwitzten, während sich in mir ein Gefühl ausbreitete. Ein Zittern, ein Flirren, als ... hätte mich Valerie wahrhaftig und tatsächlich mit ihren Worten berührt.

Sie lächelte verlegen, räusperte sich nochmals und sah auf ihre Liste. »Ich habe mir erlaubt, die zweite Kategorie abzuändern. Sie heißt ›was ich mir von dir wünsche‹. Ich hoffe, das ist okay.«

»Ja, natürlich.« Fehlte nur noch, dass meine Stimme zitterte. Was, zum Teufel, war das hier gerade zwischen uns?

»Also, ich würde mir wünschen, dass du dich mir gegenüber mehr öffnest. Verglichen mit den anderen aus unserem Team, behandelst du mich strenger und abweisender. Vielleicht schaffen wir es, herauszufinden, was genau ich falsch gemacht habe.«

Sie hatte recht. Absolut. Ich konnte nur hoffen, dass sie nicht sofort eine Antwort von mir erwartete. Oder besser nie. Vielleicht vergaß sie dieses Gespräch bald wieder, und ich konnte in Frieden weiterleben.

»Das war's von meiner Seite«, schloss sie.

Jetzt war ich dran. Heilige Scheiße. »Ich werde mit deinen Schwächen anfangen.«

Sie wirkte traurig, nickte aber tapfer. »Okay.«

»Ich habe einmal gehört, dass man einen Vortrag

nie mit etwas Negativem beenden sollte. Darum meine Wahl.« Warum, zum Teufel, erklärte ich mich ihr schon wieder? Es konnte Valerie doch egal sein, was ich wann sagte. »Du schätzt dein Können viel zu schlecht ein. Letztens zum Beispiel, als es darum ging, wer von unserer Abteilung für diese Preisverleihung nominiert werden soll, hast du George den Vortritt gelassen. Obwohl George nicht mit dir mithalten kann. Du hättest dich melden sollen. Du hättest gewonnen. Unterbrich mich nicht«, forderte ich sie auf, als sie bereits zu reden angefangen hatte. »Da kommen wir auch zum nächsten Punkt. Du bist zu nett, zu freundlich und manchmal auch zu gutgläubig.« Wie automatisch sah ich rüber zu Dario, der seinem Vater gegenübersaß. »Außerdem sind deine Mails zu lang. Keinen interessiert seitenlanges Gequatsche.«

Beide lachten wir, fühlten uns aber offensichtlich prompt ertappt. Valerie hielt sich die Hand vor den Mund, und ich räusperte mich.

»Gleichzeitig bist du zuvorkommend und sorgst dich um deine Mitmenschen. Du merkst dir die unglaublichsten Dinge – Geburtstage und den Namen der Kinder von Leuten, die bei PMG mit uns arbeiten.«

»Sind das immer noch negative Eigenschaften von mir?«, fragte sie.

»Der Übergang ist fließend.« Ich grinste, weil... Valerie mich dazu brachte. »Du bist klug und empathisch. Du kämpfst für das Gute in der Welt und lässt dich nicht unterkriegen. Würde es da draußen mehr Leute wie dich geben, wäre das Leben vermutlich einfacher, Valerie.«

»Ich habe nicht gewusst, dass du mich so siehst«, flüsterte sie.

Ich nickte und sprach ebenso leise. »Das tue ich aber.«

Ihr Blick wanderte von meinem Gesicht zu der Liste vor mir und wieder zurück. Ich hatte zuvor noch nie so etwas erlebt, so etwas Niederschmetterndes gefühlt, wie ihre Worte in Kombination mit ihrem Gesichtsausdruck. Es war verstörend und unglaublich gut zugleich.

»Warum fällt es dir so schwer, mir all das im Alltag zu vermitteln?«, fragte sie noch immer mit gesenkter Stimme, als hätte sie Angst, dass dieser intime Moment gestört werden könnte.

»Ich weiß es nicht.« Doch, ich wusste es. Es war mir soeben selbst klar geworden. Dass ich durchgehend gemein zu ihr war, weil sie mit ihrer Art die Löcher in meiner Seele stopfte. Weil sie immer genau das sagte oder tat, was ich am nötigsten brauchte. Weil ich mich in ihrer Nähe gut fühlte und Angst hatte, unachtsam zu werden, einen Fehler zu begehen und verletzt zu werden.

Dann lächelte sie. Offenbar wollte sie nicht weiter nachbohren, sondern war einfach zufrieden mit dem, was gerade zwischen uns passierte. »Danke für deine Ehrlichkeit.«

Plötzlich stand Dario hinter ihr. Er legte eine Hand auf ihre Schulter, sein Grinsen war unerträglich. »Wie schaut es aus bei euch beiden?«

Auch beim Abendessen traten Valerie und Dario gemeinsam auf. Sie kamen als Letzte. Vermutlich gefiel ihnen der große Auftritt.

Wir standen an der Bar. Ich hatte einen Drink in der Hand und unterhielt mich mit Shelly. Seltsam war, dass Valerie errötete, als mein Blick ihren streifte. Sie drängte sich daraufhin näher an Dario. Der reichte ein Glas Champagner an sie weiter. Er lächelte, strich ihr mit der Hand über den Rücken. Sein Vater, der neben ihnen stand, beobachtete die Interaktion der beiden mit einer Genugtuung, die mir den Appetit verdarb.

Extra für uns war eine lange Tafel im Restauranthotel gedeckt worden mit Blumenschmuck und Kerzen auf dem strahlend weißen Tischtuch. Ich setzte mich, wobei Dario und Valerie mir gegenüber Platz nahmen. Shelly belegte den Stuhl neben mir.

Die Vorspeise wurde serviert – Beef Tartare. Alternativ gab es das Gericht anstatt mit Fleisch mit roter Beete. Dario und Valerie wirkten vertraut. Es gab eine Berührung dort, eine Berührung da. Mal an den Händen, mal an der Schulter.

Shelly war es schließlich, die die Gunst der Stunde nutzte und mehr Infos einforderte. Nett verpackt mit einem Zwinkern und einer Prise Humor. »Wusstet ihr, als ihr euch kennengelernt habt, in welchem Verhältnis ihr zueinander stehen werdet?«

Valerie runzelte die Stirn, nippte dann aber an ihrem Rotwein. »Wir wussten es nicht. Nein.«

»Wie habt ihr euch gefühlt, als ihr es dann erfahren habt?«, fuhr sie hartnäckig fort.

Dario grinste und umschloss Valeries Hand mit seiner. Es musste am Essen liegen, denn plötzlich spürte ich einen Stich in meinem Bauchraum. »Für uns ist es okay. Wir können doch beides unter einen Hut bringen.«

Etwas zuckte um Valeries Mund, ich konnte diese Gefühlsregung aber nicht eindeutig zuordnen.

»Warum habt ihr dieses Stärken-Ding heute nicht miteinander gemacht?«

Die Hauptspeise wurde gebracht. Ich hatte mich für das Steak entschieden.

Valerie erklärte über ihren Fisch gebeugt: »Weil Josh mein Teampartner ist. Da wären wir bei der Trennung von Berufsleben und Privatleben, die wir gerade angesprochen haben.«

»Okay, klingt logisch. Wie war es für euch?«

»Aufschlussreich«, sagte ich.

Valerie antwortete zeitgleich: »Es hat gutgetan.«

»Echt? Bei Jerry und mir war es total komisch.«

»Mein Vater und ich hatten mit dieser Liste auch zu kämpfen«, meinte Dario.

Valerie und ich schauten einander an. Ging es nur mir so, oder waren wir die Einzigen, die Gefallen an dieser Liste gefunden hatten? Erneut spürte ich, dass sich deswegen etwas zwischen uns verändert hatte. Aber was?

Ich fand ihre Beziehung mit Dario immer noch schräg. Und ich wollte sie weiterhin von meinen Gefühlen fernhalten. Nur fiel mir dieser Vorsatz jetzt sehr viel schwerer.

Vor allem deshalb, weil ihre Blicke plötzlich tiefer gingen. Ich wollte mehr von ihrem Witz, ihrem Lachen und ihrem Interesse an mir als Person. Als Mann.

KAPITEL 8

Gefahren im Wellnessbereich

Valerie

»Haustiere sind nicht erlaubt. Schade. Das war's dann wohl für die Wohnung.«

Ich war zu abgelenkt von meinen Fünftrilliarden Sorgen, um Linda uneingeschränkt zuzuhören. Außerdem nuschelte sie, weil sie nicht aufhören konnte, Chips zu futtern.

Wir skypten. Sie hatte ihren Bildschirm geteilt, auf dem sie mir jetzt einige Immobilien zeigte. Sie wollte der Maklerin gleich noch schreiben, damit wir vielleicht schon am Montag die ersten Wohnungen besichtigen konnten.

»Warum Haustiere? Wir haben nicht einmal welche«, warf ich maximal verwirrt ein.

»Aber falls wir welche haben wollen. Irgendwann einmal.«

»Ich will keine Haustiere«, grummelte ich. »Wir haben keine Zeit für Tiere, Linda.«

»Ich hasse Menschen. Ich hasse Lebewesen. Tötet alle. Mein Name ist Valerie.«

Etwas an der Art, wie sie sprach, vermutlich ihre verstellte Stimme, brachte mich zum Lachen.

»Tut mir leid«, sagte ich reumütig. Es tat mir leid.

Und ich stand unter Druck.

Vermutlich hatte ich längst den Punkt erreicht, der mir erlaubte, riesige Mengen Eis direkt aus der Packung zu löffeln. Aber sogar dafür fehlte mir die Energie.

»Schon okay, ich stecke das weg. Schau, eine passende Wohnung für dich. Sieht aus, als wäre auf dem Teppichboden schon jemand gestorben.«

Ich schaute auf den Bildschirm und war plötzlich mit den ekelerregendsten Bildern der Welt konfrontiert. Überall war Schimmel oder Dreck oder beides vermischt zu einer Masse, die ungefähr so appetitlich wie das aussah, was ich letzte Woche aus dem Abfluss unserer Dusche gefischt hatte.

»Zumindest liegt die Miete innerhalb unseres Budgets«, murmelte ich.

Unser Budget war bescheiden. Eher ein Budgetchen. Aber die traurige Wahrheit in der Welt der Forschung war, dass man wenig verdiente, viel Vorabeinsatz gefordert wurde, hauptsächlich in Form eines teuren Studienkredits. Ich zahlte meinen immer noch ab. Lindas Eltern, die es mit Milchprodukten zu einem beträchtlichen Vermögen geschafft hatten, hatten sie während ihres Studiums besser unterstützen können. Linda war eine schuldenfreie Frau und unser Schlüssel zu so mancher Wohnung, bei der Leute wie ich, sprich, arme Schlucker, nicht gern gesehen wurden. Wir nannten sie meine Sugarmum. Na ja, eigentlich tat nur ich das. Linda kommentierte ihren Spitznamen meistens mit Worten wie »Man könnte bei deinem verbalen Erguss meinen, du hättest dir deinen Abschluss im Darknet gekauft«. Das bedeutete wohl, dass sie mich liebte und einverstanden war, dass wir ihre weiße Schuldenweste zu unseren Gunsten missbrauchten.

»Wollen wir uns die anschauen?« Linda startete in professioneller Immobilienmaklermanier eine Bildershow, hinterließ hier und da einen Kommentar und weckte damit augenblicklich meine Begeisterung. Dieser kleine Marketingprofi.

Ich wurde zum Opfer säuberlich aufgeschichteter, verputzter Steine, in die man so etwas Wunderbares wie Eckfenster eingebaut hatte. Ich sah mich dort schon sitzen, eine Tasse Tee in der Hand auf den Baum blickend und darüber grübelnd, wie ich Joshy in einem Paralleluniversum das Leben zur Hölle machte. Begeistert gab ich Linda den Auftrag, die Maklerin zu kontaktieren.

Damit war Lindas Mission erledigt. Sie wechselte zu dem Thema, das ihr am zweitheftigsten unter den Nägeln brannte: Gossip und Skandale rund um das Teambuildingevent. »Wie läuft es in Eastbourne mit deinen beiden Kerlen?«

»Dario und ich teilen uns ein Zimmer.«

»Ach du heilige Madonna! Wieso das?«

»Darios Vater hat das veranlasst. Als Darios Freundin konnte ich ja schlecht verlangen, nicht mit ihm in einem Zimmer übernachten zu wollen.«

»Durchaus verzwickt, ja. Und was macht dein Göttergatte im Augenblick?«

»Er ist im Fitnessstudio.«

»Wow, voll dein Ding.«

Ich lachte. »Absolut.«

»Und Josh?«

»Er schläft nicht hier bei uns.«

Wir lachten beide, wobei Linda erneut eine Ladung Chips nachschaufelte. »Wie ist er drauf? Ärgert er dich, indem er peinliches Zeug auf euer Zimmer schicken lässt oder dir beim Essen den Stuhl wegzieht?«

»Er ist ... nett. Er hat mir sogar Komplimente gemacht. Zwar unfreiwillig, aber er war wirklich offen.«

»Vielleicht hat er euer Zimmer mit Kameras verwanzt und stellt das Video als Beweismittel online.«

Mir tat der Kopf weh. Und ich war müde. Ich wollte nach Hause, mich in die Badewanne legen, Ronan Keating in Endlosschleife hören und dabei hoffen, dass tomorrow never comes (wenn dieses tomorrow Josh und seine verwirrende Liste mit all meinen positiven Eigenschaften beinhaltete).

Nachdem ich mich von Linda verabschiedet hatte, machte ich es mir vor dem Fernseher gemütlich. Schließlich kam Dario zurück, und ich zappte ziellos durch die Senderliste. Hauptsächlich aus dem Grund, weil diese plötzliche Zweisamkeit einfach schrecklich unangenehm für mich war. Wie eine Mumie lag ich auf dem Bett, unsicher, wie es weitergehen sollte mit uns.

»Ich bin kurz im Bad«, verkündete Dario und ließ mich noch weitere zwanzig Minuten zappeln.

Als er wiederkam, trug er schwarze Shorts und ein weißes T-Shirt und exte eine Flasche Wasser. »Wie machen wir das mit dem Schlafen?«

Das Zimmer war zwar riesig, an Schlafmöglichkeiten hatte man aber gespart. Es gab nur das wuchtige Bett und eine Couch. »Wir können uns ja abwechseln«, schlug ich vor. »Heute nehme ich die Couch, morgen du.«

Dario zuckte bloß mit einer Schulter, rieb parallel dazu Arme und Beine mit Öl ein. »Ich hoffe, mein Rücken verträgt die Couch.«

»Im schlimmsten Fall wechseln wir nicht.«

»Mein Rücken macht mir schon seit Jahren zu schaffen«, schob er eine Erklärung hinterher, während er die andere Seite des Bettes bezog.

Ich stand auf, schnappte mir Kissen und Decke. Die Couch war nicht nur schmal, sondern leicht gebogen. Weil ich zu angespannt war, um eine vernünftige Unterhaltung mit ihm zu führen, legte ich mich wortlos hin.

Bedauerlicherweise schnarchte Dario so laut, dass ich selbst eine Stunde später immer noch nicht schlafen konnte. Ich seufzte, stand auf, zog mich an und schlich aus dem Zimmer. Dabei verfolgte ich keinen konkreten Plan, ich wusste nur, dass ich weg von Dario musste, bevor ich mir Klopapier in die Ohren steckte.

Mit dem Fahrstuhl fuhr ich in die erste Etage. Dort befand sich der Pool- und Spa-Bereich des Hotels. An der Glastür hing eine Info, dass der Wellnessbereich noch bis Mitternacht geöffnet hatte. Mit meiner kurzen Hose, dem Bademantel und meinen Hausschuhen wirkte ich glücklicherweise nicht allzu fehlplaziert. Außerdem war ich allein.

Ich setzte mich auf eine der weiß-gelb gepolsterten Liegen, die an der Stirnseite des Raumes vor einer Reihe bodentiefer Fenster standen. Ich streckte die Beine aus und genoss das beruhigende Sprudeln des Wassers.

Plötzlich wurde ich durch das laute Zufallen einer Tür geweckt. Erschrocken fuhr ich hoch, sah mich um und entdeckte Josh, mit nichts weiter bekleidet als einem Badetuch um die Hüften.

Meine geistigen Fähigkeiten waren noch irgendwo zwischen Halbschlaf und meinem Traum gefangen. Ich konnte nicht klar denken, vermutlich sabberte ich sogar (was nicht an Josh lag). Außerdem wusste ich nicht, ob das Rauschen in meinen Ohren weiterhin vom Wasser oder von einer drohenden Bewusstlosigkeit stammte.

Jedenfalls kam Josh (inklusive nackter Brust) zu mir herüber. Er hatte die Stirn gerunzelt und wirkte, als hätte er Redebedarf. »Gab es Streit im Paradies? Oder warum schläfst du hier?«

Ich setzte mich auf und tat alles Mögliche, um ihm in die Augen und nicht auf andere (unbekleidete) Körperstellen zu schauen. »Genau genommen habe ich nicht schlafen können und Ruhe gesucht.«

»Die Sauna ist toll.« Josh nahm auf der Nachbarliege Platz, seine haarigen Beine ziemlich nahe an meinen.

»Danke, werde ich mir merken. Ich wäre trotzdem gern allein.«

Er grinste. »Bist du gespannt, was sie sich für morgen haben einfallen lassen? Vielleicht sollst du dich mit geschlossenen Augen nach hinten fallen lassen und ich dich fangen.«

Gegen meinen Willen musste ich schmunzeln.

»Wer weiß, ob ich dich auffange.«

»Warum bist du um diese Uhrzeit hier unten?«

»Weil ich auch nicht schlafen konnte.« Die Art, wie er sprach und mich ansah, war ... intensiv. Anders konnte ich es nicht beschreiben.

Es kam mir so vor, als hätte sich aufgrund der Offenheit, die wir an den Tag gelegt hatten, etwas zwischen uns verändert. Wir hatten uns angenähert, aber keiner von uns wollte es zugeben.

»Ist das alles hier nicht unglaublich seltsam?«

»Was? Dieses Psychospiel, zu dem wir durch unsere Arbeitgeber gezwungen werden? Das verkrampfte Abendessen vorhin? Dass dich die Leute praktisch ununterbrochen fixieren, weil sie auf Gossipmaterial stehen?«

Joshs Aufzählung brachte mich zum Lachen. »Ja, das

sind gute Punkte. Aber daran habe ich nicht gedacht. Ich meinte die Tatsache, dass wir bis nach Eastbourne fahren mussten, damit wir beide zum ersten Mal normal miteinander reden.«

»Genau das war das Ziel dieser Veranstaltung.«

»Aber ist es nicht verrückt?«

Er grinste. »Ja, das ist es. Vielleicht sollten wir gemeinsam hierherziehen.«

Ich betrachtete ihn und beschloss, dass ich diesen Ehrlichkeitsbooster nutzen wollte. »Ich würde mir wünschen, dass es immer so zwischen uns beiden ist.«

»Das wäre langweilig«, erwiderte er und zwinkerte dabei verschwörerisch. »Über wen soll ich mich dann tagein und tagaus aufregen?«

»Es wird bestimmt etwas passieren, dass du mich wieder weniger magst. Gewöhn dich also besser nicht an diesen Zustand.«

Wir sahen uns an, und da war erneut dieser intensive Moment. Ich war gefangen in diesem Blick und hatte das Bedürfnis, ihn zu berühren. An seiner Hand, seinem Bein oder auch an seiner Brust.

War das der Augenblick, in dem ich ihm verfiel? Wie in einem Film, wenn im Hintergrund kitschige Musik zu hören war und alle Leute sich plötzlich wie in Zeitlupe bewegten. Wenn sich beide Protagonisten langsam aufeinander zubewegten und man als Zuseher nur darauf wartete, dass sie sich küssten.

Ich vermutete, dass auch Josh dieses Kribbeln spürte, ansonsten wäre er längst zurückgewichen. Ich griff nach seiner Hand, ließ meine Fingerspitzen vorsichtig über seine Haut gleiten und hielt dabei den Atem an. Josh sah hinunter, schluckte kräftig und kreiste mit seinem Daumen kurz über die Innenseite meiner Hand.

»Ich … ich wünschte mir wirklich, dass es für immer so bleibt zwischen uns«, gestand ich.

Ich konnte ihn nicht küssen. Nicht hier. Nicht unter den gegebenen Umständen.

Also zog ich meine Hand schnell wieder zurück. Gerade rechtzeitig, um diese Berührung noch als freundschaftliche Geste durchgehen lassen zu können.

Er nickte träge.

Dass er mich derart starr fixierte und dabei nichts weiter als ein Handtuch trug, war nicht gerade hilfreich, um meine Fassung wiederzuerlangen. Die hätte ich allerdings dringend benötigt, als nur einen Augenblick später mein Fake-Schwiegervater hereinkam.

Schlimmer konnte es nicht mehr werden.

Fehlte nur noch Dario.

Mr Hill sah uns streng an, nachdem er uns entdeckt hatte und seine Schritte daraufhin verlangsamte. Man konnte es dem guten Mann nicht verübeln, dass er ein wenig überrascht war, seine Schwiegertochter um diese Uhrzeit in Begleitung eines anderen Mannes vorzufinden. Zumal ich mich vorhin, nach dem Abendessen, bei ihm verabschiedet und ihm mitgeteilt hatte, früh ins Bett gehen zu wollen. Ich sei schon sehr müde, hatte ich gesagt. Dario war mir gefolgt.

Er musste denken, dass ich mich, nachdem Dario eingeschlafen war, heimlich aus der Suite geschlichen hatte. Genau genommen war das der exakte Ablauf. Nur wirkte die Geschichte eine Spur verwerflicher, wenn man nur den Teil mit der Lüge kannte.

»Mr Hill, Sie sind auch noch unterwegs?« Meine Frage war wie eine Art Selbstverteidigung.

»Seit meiner Jugend kämpfe ich gegen Schlafstörungen. Meistens habe ich diese zum Arbeiten genutzt. Meine

Frau hat nicht viel dafür übrig, wenn ich nachts im Büro sitze. Doch nicht immer ist es schlecht, zu später Stunde auf den Beinen zu sein. Die Nacht präsentiert einem manchmal Wahrheiten.«

Wow, war der Mann kryptisch.

Josh und ich wechselten einen verzweifelten Blick.

Mr Hill schlüpfte in seinen Bademantel. »Ihr beide könnt auch nicht schlafen?«

»Liegt am schwer verdaulichen Essen«, meinte ich.

»Ich brauche ganz wenig Schlaf«, sagte Josh.

Beide ratterten wir irgendeine Erklärung runter, die Mr Hill nicht wirklich überzeugte. Fest stand, er würde uns im Auge behalten.

Um weiteren Gerüchten rund um ein geplantes Treffen zwischen Josh und mir vorab den Nährboden zu nehmen, stammelte ich eine Verabschiedung, von wegen, dass ich nun aber endgültig schlafen gehen würde, und überließ die beiden Männer ihrem Schicksal.

KAPITEL 9

Teambuilding

Josh

Es ging nahtlos chaotisch weiter. Beim Frühstück stolperte eine Kollegin und fiel die Treppe zum Speisesaal
hinunter, die zum Glück nur aus drei Stufen bestand.
Auf einmal war es still, alle schauten zu der armen Frau
rüber, die, ausgestreckt wie ein Käfer, auf dem Boden
lag. Natürlich kam sie nicht würdevoll aus der Sache raus,
doch sie nahm ihren Sturz zumindest mit Humor. Sie
lachte, strich sich über die Oberarme, als wollte sie den
Staub abwischen, und ging zum Büfett.

Hinzu kam auch noch, dass ich das Verhalten unserer
beiden Turteltäubchen mehr als seltsam fand. Professionalität hin oder her – Dario und Valerie behandelten
einander wie Fremde. Sie gingen sich sogar aus dem
Weg. Valerie wirkte genervt von Dario und er von ihr.
Entweder hatten sie Streit gehabt oder etwas inszeniert,
das so richtig in die Hose ging. Getoppt wurde das seltsame Gefühl von meinem Erlebnis mit Valerie im Pool-
bereich.

Hatten wir uns tatsächlich berührt? Zum Teufel, wir
hätten uns beinahe geküsst. Zumindest meiner Einschätzung nach. Vielleicht interpretierte ich einiges falsch,
und Valerie hatte bloß nett sein wollen. Möglicherweise

war dieses Verhalten ihre Version von Aufrichtigkeit oder Freundlichkeit oder Freundschaft generell.

Nach dem Frühstück stand körperliche Betätigung auf dem Plan. Zur Auswahl standen verschiedene Beschäftigungen wie Minigolf oder eine Alpakawanderung. Das Los entschied. In unserem Fall durften wir gemeinsam mit Dario und James Hill ein Match auf dem Mini-Golfplatz absolvieren. James Hill meinte noch, als wir unsere Schläger ausgeteilt bekamen, dass wir uns in dieser kleinen Gruppe noch besser kennenlernen könnten.

Ich war nicht begeistert, weil ich Dario satthatte und befürchtete, dass er von diesem intimen Moment, den ich mit seiner Freundin geteilt hatte, etwas mitbekommen könnte. Was zu erheblichen Konsequenzen für mich führen würde. Er könnte mir vorwerfen, mich an seine Freundin rangemacht zu haben. Gewissermaßen lag er damit auch nicht falsch.

James berichtete über seine Tennisleidenschaft, was man merkte, weil er ein Gespür für den Ball hatte. »Betreibst du auch Sport?«, wollte er von Valerie wissen.

Diese schüttelte den Kopf. »Nicht wirklich. Ab und zu gehe ich wandern oder schwimmen.«

»Hm. Schwimmen also.« James platzierte seinen Ball beim ersten Versuch ins Loch. »Dario spielt seit seiner Kindheit Tennis.«

Das war ein deutlicher Hinweis an Valerie, sie solle gefälligst ihren Hintern hochbekommen und lernen, wie man einen Tennisschläger hält.

Dario schaltete sich ein, während ich an der Reihe war. »So wichtig ist es nicht, ob Valerie ein Sportfan ist.«

»Gemeinsamkeiten sind aber wichtig. Ebenso wie Traditionen«, entgegnete James.

Danach waren Valerie und Dario an der Reihe. Valerie benötigte drei Schläge, Dario ebenfalls einen.

Wir wechselten zum nächsten Loch. James lag in Führung, Valerie auf dem letzten Platz.

»Und Tennis ist eine Tradition in unserer Familie?«

James stellte sich breitbeinig an den Abschlagpunkt und zielte. Der Ball rollte über eine kleine Brücke, kam aber links neben dem Loch zu liegen. »Es ist zumindest eine Tätigkeit, die uns alle vereint.« Ein weiterer Schlag, dann war der Ball drin.

Dario und ich stellten uns weniger geschickt an. Wir mussten jeder fünfmal ran, bevor der Ball in der Kuhle im Boden lag.

Valerie rümpfte die Nase. Sie war dran, hatte aber offensichtlich keine Lust auf die Dauerbeobachtung ihres Schwiegervaters. Sie brauchte vier Schläge, um den Ball einzulochen.

»Wirst du nächste Woche anwesend sein, Valerie?«

Sie runzelte die Stirn. »Nächste Woche?«

»Am Donnerstag.«

»An meinem Geburtstag«, half Dario und kniff die Augen in Richtung seines Vaters zusammen.

Valeries Wangen färbten sich dunkel. »Sorry, ja. Natürlich.«

»Kann man schon einmal vergessen, was?« James hakte provokant nach.

Dario (der Retter in der Not) trat an sie heran und strich über ihren Rücken. Während ich in Richtung Abschlagpunkt ging, bemerkte ich, wie sich ihre Schultern verkrampften und sie schnell einen Schritt zur Seite machte.

»Und deine Eltern? Was machen die beruflich?«

»Sie sind selbstständig und betreiben eine kleine

Pension in Dover«, antwortete Valerie, während ich schlug.

James seufzte. Offensichtlich war er von Pensionsbetreibern als Schwiegereltern seines Sohnes nicht angetan.

Viertes Loch. Wir mussten den Ball in ein Hundemaul befördern.

James setzte sein Verhör fort.

Ich bekam Mitleid mit Valerie. Aber auch auf mich hatte er es abgesehen. Mir war klar, dass er die Szene, die er tags zuvor beobachtet hatte, nicht sonderlich gut fand.

Beiläufig erkundigte er sich nach meinem Beziehungsstatus und meiner Bereitschaft, diesen ändern zu wollen. Ich wusste nicht, ob James erleichtert oder nervöser wurde, als ich ihm meine nüchterne Realität präsentierte. Jedenfalls versuchte Dario zunehmend, das Thema zu wechseln und der Situation die Spannung zu nehmen. Er war seinem Vater gegenüber allerdings machtlos.

Dieser gewann die Minigolfrunde und lobte sich dafür selbst in den Himmel. Aber er ließ sich dazu herab, Valerie zu ihrer Leistung als blutige Anfängerin zu gratulieren. Am Ende, als wir unsere Schläger abgaben, schien er dennoch unzufrieden mit seiner nicht standesgemäßen Schwiegertochter.

Nach dem Mittagessen mussten Valerie und ich als Team unsere gemeinsamen beruflichen Ziele formulieren und sie Dario und seinem Dad im Anschluss vortragen.

»Wir haben uns ebenfalls Gedanken über das Potenzial der Projekte eurer Abteilung gemacht«, begann Dario, während er und sein Vater uns vor einer großen Kanne Tee gegenübersaßen. »Deine Forschung, Valerie, ist großartig. Ich glaube, dass Josh dich dabei perfekt unterstützen kann. Nicht nur als dein Vorgesetzter, sondern eher als Partner.«

»Als Partner?«, vergewisserte sich Valerie und verkrampfte sich auf ihrem Stuhl neben mir.

»Ja, genau. Wir haben vorab bereits mit Josh über seine Bereitschaft zur Kooperation gesprochen.« Dario zerstörte die gute Stimmung des Tages mit einem einzigen Satz. »Sieht man sich Joshs bisherige Arbeit an, kommt man schnell zu dem Schluss, dass ihr euch perfekt ergänzt. Er hat auf dem Sektor Immunologie einige Projekte betreut. Und schaut euch eure gemeinsamen Ziele an – ihr steuert in eine Richtung. Dieses Projekt ist riesig und kostenintensiv, darüber hat Josh den besten Überblick, und es fordert eine Menge Know-how. Zusammen kann euch unserer Meinung nach ein Durchbruch gelingen.«

Dario hatte recht, das wusste ich. Allerdings hing ich an meinem Leben, und Valerie würde ihr Projekt verteidigen wie eine Löwenmutter ihre Jungen. Durch diese Zwangszusammenarbeit war ich automatisch zum Angreifer besagter Babys geworden.

Bereits als Dario und James mit dem Vorschlag, ich könne Valerie bei dem CAR-T-2-Projekt unterstützen, an mich herangetreten waren, hatte ich gewusst, dass Valerie nicht begeistert sein würde. Daran, mit ihr zusammenzuarbeiten, hatte ich schon öfter gedacht, ich hatte mich aber von ihr fernhalten wollen.

Ich hatte bereits während meines Studiums in einem Labor gearbeitet und mich dort mit diesem Thema beschäftigt. Besagtes Streitthemen-Projekt, das auf eine gezielte Therapie bei Krebs mit körpereigenen Abwehrzellen, auch Killerzellen genannt, abzielte, wäre für mich ein reizvolles Forschungsobjekt.

»Aber ... Josh hat keinen Überblick über das Projekt und meine Arbeitsweise oder über meine Gedanken dazu.« Noch argumentierte Valerie überraschend ruhig.

»Den wird er bekommen. Valerie, wir haben diese Entscheidung nicht getroffen, um dich zu ärgern, sondern um deiner Forschungsarbeit die bestmögliche Chance auf Erfolg zu bieten. Einen besseren Partner als Josh könntest du dir dafür nicht wünschen.«

Verhielt sich so ein Freund?

Zum ersten Mal seit Beginn dieses Gesprächs sah Valerie mich an. Ihr Blick hätte skeptischer und enttäuschter nicht sein können. »Was passiert, wenn ich diese Forderung nicht akzeptiere?«

»Diese Option gibt es für dich nicht.« Dario wurde merklich unzufriedener. Offensichtlich hatte er sich dieses Gespräch leichter vorgestellt. Allzu gut konnte er Valerie also nicht kennen. »Das ist kein Vorschlag, sondern eine Anordnung.«

»Valerie, dir liegt doch so viel an deinem CAR-T-2-Projekt. Wenn du länger über unsere Entscheidung nachdenkst, wirst du feststellen, dass wir die beste Lösung für uns alle gefunden haben.« James Hill war zwar freundlich, dennoch klang er bestimmt. Schwiegertochter in spe hin und her – sein Unternehmen stand an oberster Stelle.

Vor allem nach dieser seltsamen Begegnung gestern Abend im Spa-Bereich wirkte er angespannt. Vielleicht war dies seine Form der Rache. Oder er und Dario wollten von Anfang an klare Regeln setzen. Trotz aller Vermutungen – bei einer Sache musste ich ihnen zustimmen: Valerie und ich ergänzten uns tatsächlich perfekt. Für PMG war das die wirtschaftlich klügste Entscheidung – Valerie würde das hoffentlich bald erkennen.

Dieses Gespräch war ein Stimmungskiller. Valerie ignorierte mich danach gänzlich. Sie würde sich wieder beruhigen, aber vorerst erschien all die Arbeit hinsichtlich Teambuilding umsonst gewesen zu sein.

KAPITEL 10

Nick Carter und die Fahrstuhlzombies

Valerie

Samstagvormittag.

Die meisten Menschen gingen einkaufen, lasen oder sahen sich die erste (und beste) Staffel *Friends* an.

Ich hingegen schlich mich in erstklassiger James-Bond-Ganoven-Manier ins Headquarter keines bösen Atom-Konzerns, sondern in meine Abteilung bei PMG. Es war so viel stiller als unter der Woche und auch ein wenig gruselig. Ich fuhr nicht einmal mit dem Fahrstuhl, weil ich erst kürzlich ein Video gesehen hatte, bei dem ein Zombie oder etwas Ähnliches durch die Klappe an der Decke der Fahrstuhlkabine gekrochen war.

Als ich in der dritten Etage ankam, schnaufte ich und bereute nebenbei meine Entscheidung, allein ins Büro gefahren zu sein. Linda hatte ich erst gar nicht gefragt, ob sie mitkommen wollte. Ich konnte mir ihre Antworten schon vorstellen. Erst würde sie sagen: »Bist du durchgeknallt, es ist Samstag? Ich werde mir eine Tonne Süßigkeiten reinziehen, im Bademantel herumlaufen und überhaupt – wem soll ich auf den Wecker gehen, wenn du weg bist?« Sie würde dabei essen und durch die Küche wandern, um nach noch mehr Essbarem zu suchen. Dann: »Du weißt hoffentlich, wie nervig Leute sind, die so tun, als würden sie ohne ihre Arbeit nicht existieren können, und dafür sogar am Wochenende, der wunderbarsten Zeit zum Nichtstun, ins Büro gehen. Riskant ist das, was du da vorhast. Es kann dich dein Leben kosten, sollte ein Zombie aus der Klappe im Fahrstuhl krabbeln.«

Als ich durch den breiten Flur, vorbei an der Sitzgruppe rechts neben der Glastür zum Treppenhaus in mein Büro schlich und die Tür leise hinter mir schloss, spukte mir, anstelle von echten PMG-Geistern oder -Zombies, vor allem die drohende Zusammenarbeit mit Josh im Kopf herum.

Was für eine bodenlose Frechheit!

Im Inneren meines Büros fühlte ich mich sicherer. Ich atmete durch, setzte mich und sortierte meine Gedanken. Die Sonne schien ins Zimmer, winzige Staubpartikel tanzten um mich, während ich diese friedvolle Stille in mich einsog. Es war wunderbar.

Diese Szene kam meiner jugendlichen Vorstellung davon, was eine echte Wissenschaftlerin tat, sehr nahe. Sie widmete sich uneingeschränkt ihren Studien (ohne von jemandem wie Josh dabei belästigt zu werden), verbrachte jede freie Minute im Labor, und vor allem war sie ungebunden in ihren Gedanken.

Ich befasste mich mit einigen Skizzen und Unterlagen, trank meinen mitgebrachten Tee, und irgendwann schaltete ich sogar leise Musik ein.

Die Zeit verging, und schließlich knurrte mein Magen. Es war fast Mittag, und Linda hatte mir bereits zwei Nachrichten mit Einkaufslisten geschickt. Der Hunger trieb mich aus meinem Büro. Mit meiner Plastikbox in der Hand ging ich über den Flur in Richtung Teeküche. Paranoid, wie ich an diesem Tag war, bildete ich mir ein, etwas oder jemanden gehört zu haben. Schritte. Ein Klacken.

Ich hielt mitten in der Bewegung inne und spürte die Angst in meine Gliedmaßen schießen. Doch ein weiteres Geräusch blieb aus. Sollte ich beruhigt sein?

Da dies die einzig vernünftige und vor allem erwachsene Haltung war, wärmte ich meine Nudelpfanne auf und aß diese. Dann beschloss ich, den Bürotrakt zu verlassen, um in meinem Labor am Ende des Flures zu arbeiten. Mit meiner Chipkarte öffnete ich die Tür.

Plötzlich entdeckte ich Josh. Anders als sonst im Büro trug er ein weißes T-Shirt, Jeans und Sneakers. So weit, so seltsam. Was mich aber endgültig daran glauben ließ, ich würde einen Fiebertraum durchstehen, war die Musik, die ich hörte. Niemand Geringeres als die Backstreet Boys gaben ihr Bestes. Und Josh sang mit. Schief, aber inbrünstig.

»You are my fire ... Believe when I say ... I want it that way.« O Gott. Gleich würde er die Tonleiter ordentlich hochklettern müssen, und das wollte ich uns beiden ersparen. Ihn wollte ich vor der Blamage und mich vor einem Trommelfellriss bewahren.

»Was machst du mit meinen Proben?« Meine Stimme kämpfte gegen die von Nick Carter an.

Josh zuckte zusammen und ließ fast ein Röhrchen fallen. Dann drehte er die Musik aus. »Die gehören nicht dir, sondern der Firma.« Glücklicherweise hörte er sich ein wenig beschämt an. Ja, die Backstreet Boys waren toll, aber so gar nicht joshmäßig, und das schien ihm nun doch peinlich zu sein.

Ich näherte mich ihm. »Was machst du damit?«

»Ich sehe sie mir an.« Tatsächlich lagen neben ihm Unterlagen und ein Stift. Er hatte bereits etwas notiert.

»Du reißt alle Dinge, die ich erforscht habe, also bereits munter an dich?«

Seufzend legte er die Probe zurück in den Kühlschrank. »Das mache ich nicht.«

Ich kniff die Augen zusammen und musterte ihn. Die Proben, die er in Händen hielt, beinhalteten im Labor mutierte Killerzellen, die in Kürze dem entnommenen Körper wieder eingesetzt werden würden. Diese Zellen waren darauf trainiert worden, Krebszellen zu erkennen und anzugreifen. Ich hatte eine kleine, unsichtbare Armee geschaffen, die sich im Moment allerdings noch ein wenig rebellisch verhielt. Der idealen Mutation hinkte ich hinterher.

Irgendetwas war aber seltsam an Josh. Er war ... entspannter. Wahrscheinlich würde er mich gleich umbringen, um mit meinen Proben zu flüchten.

»Was machst du an einem Samstag hier in der Firma?«

»Die Frage könnte ich dir ebenfalls stellen.«

»Hast du aber nicht. Ich habe zuerst gefragt, also schuldest du mir eine Antwort.«

Mit einer Hand strich er sich durch seine unordentliche Mähne. Alles an Josh wirkte ungewohnt locker. »Ehrlich gesagt, mache ich das häufig, um mich meinen Projekten in Ruhe widmen zu können. Und du?«

»Es ist mein erstes Mal. Die Sache mit dieser erzwungenen Zusammenarbeit treibt mich dazu.«

Verschmitzt grinste er. »Wolltest du Passwörter ändern und Laborberichte vor mir verstecken?«, fragte er und machte damit sein Grinsen wirkungslos.

»Das wird nicht nötig sein. Ich bin hergekommen, um in Ruhe nachdenken zu können. Es ist kompliziert.«

»Ich weiß.« Er scannte mich von oben nach unten.

»Du musst mir nicht erklären, wie wissenschaftliches Arbeiten funktioniert.«

Nun war ich diejenige, die schnaubte. »Echt? Es kommt mir so vor, als hättest du das längst vergessen. Stattdessen sind deine Gedanken nur damit gefüllt, wie du Leute, speziell mich, mürbemachen kannst. Nicht zu vergessen deine Leidenschaft für Gewinntabellen und Abgabetermine.« Oder die Fähigkeit, genau dann oben ohne aufzukreuzen, wenn ich eigentlich meine Ruhe haben wollte.

Wow, ich war verdammt mutig.

Ob das am Wochenende lag? An dem schier berauschenden Wissen, dass Josh mir nichts befehlen konnte. Schließlich war ich freiwillig hier. Könnte er mich also in meiner Freizeit feuern? Vielleicht sollte ich in Kürze unserer Rechtsabteilung einmal einen Besuch abstatten.

»Als ich den Job als Teamleiter angefangen habe, wusste ich im Grunde, auf was ich mich einlasse – viel Verwaltungsarbeit, Mailverkehr und das Durchlesen von Berichten anderer. Ich habe bereits befürchtet, dass ich weniger Zeit für meine Projekte haben werde. In der Realität sieht es aber so aus, dass mir meine Arbeit im Labor fehlt.«

Jetzt drückte er auf die Tränendrüse. Diesem Angriff musste ich standhalten. »Warum hast du das Jobangebot dann angenommen?«

Er zuckte mit den Schultern. »Weil ich einer der Typen bin, die immer mehr wollen.«

»Ein erfolgssüchtiger Typ«, präzisierte ich.

»Vielleicht, ja. Vielleicht stehe ich einfach auf Herausforderungen.«

Bis zu einem gewissen Punkt konnte ich das verstehen. Bevor Josh Abteilungsleiter wurde, hatte er eine

Menge Ideen und Pläne gehabt. Er hatte tolle Denkansätze verfolgt. Nicht ohne Grund war er ein echter Überflieger gewesen. Darum hatten Dario und sein Dad auch beschlossen, ihn mir an die Seite zu stellen. Oder mich ihm. Wahrscheinlich würde ich bald zur Nebenfigur degradiert werden.

Bei Josh war ich mir nie sicher, ob ich ihm vertrauen konnte. Wahrscheinlich lag das an seiner Launenhaftigkeit. Oder daran, was simple Gesten von ihm mit mir anrichteten. Zum Beispiel kribbelte es plötzlich in meinem Bauch, wenn er lächelte. Ich verschwendete dann sehr viel Zeit, mir die Poolszene in Erinnerung zu rufen. Wie magisch ich diesen Moment empfunden hatte.

»Ich bin von deinem Talent überzeugt, Valerie. Meine Unterstützung ist kein Angriff.«

Nur Josh schaffte es, eine Beleidigung und ein Kompliment in einen Satz zu verpacken. »Und darum bist du hier hereingeschlichen, um mein Projekt vor mir zu retten?«

»Nein. Ich habe lange über deine Hartnäckigkeit und deine gestrige Reaktion nachgedacht und mich gefragt, warum du diese Studie derart stur verteidigst.«

Meine Alarmglocken schrillten. »Ich will nicht, dass du da reinpfuschst. Ich habe vermutlich keine Wahl und muss diese Zusammenarbeit akzeptieren. Aber ich bin der Boss. Ich habe die Dinge im Blick.«

Josh runzelte die Stirn und verschränkte die Arme vor der Brust. »Reinpfuschen?«, wiederholte er ungläubig. »Ich will dich unterstützen.«

Seine vorgetäuschte Bescheidenheit regte mich schon wieder auf.

Warum?

Ich wusste es nicht.

Weil es Josh war. Weil er nie etwas Uneigennütziges tat und weil er der allerallerallerletzte Mensch auf dieser Erde war, mit dem ich ein Projekt führen wollte.

»Lass uns in Ruhe bei einem Kaffee sprechen. Okay?«

Die Teeküche war stockdunkel. Josh knipste ein Licht an, während ich nach dem Schalter für die Kaffeemaschine suchte. Sie zum Laufen zu bringen, erwies sich als schwierig. Es zischte und dampfte, aber wir kapierten nicht, wie man Kaffee herauspressen konnte.

»Ich fürchte, wir haben das Ding zerstört«, murmelte ich.

Josh kauerte unterhalb der Maschine, die uns mit ihren Knöpfen und Hebeln gänzlich verwirrte. Seine Jeans spannte über seinem Hintern. Nicht nur einmal linste ich auf seinen Knackarsch. Beim dritten Mal erwischte er mich. Zumindest glaubte ich, dass er bemerkt hatte, dass mein Hauptaugenmerk nicht länger auf der Kaffeemaschine lag.

Er zog eine Augenbraue hoch und musterte mich. »Sei nicht so pessimistisch.«

»Bin ich nicht.«

»Bist du doch.«

Ich fand unsere Unterhaltung sehr reif und intellektuell anspruchsvoll. Leider wurden wir von der Kaffeemaschine unterbrochen, die sich endlich bereit erklärt hatte, ihrer Arbeit nachzugehen. Kurz brach Chaos aus, als wir beide gleichzeitig nach den Tassen griffen, die wir neben die Kaffeemaschine gestellt hatten. Als sich unsere Finger berührten, zuckte ich zusammen. Diese simple Geste hatte seit unserer letzten Berührung vorgestern Abend eine völlig neue Bedeutung. Hier in der Intimität der Teeküche schien mir Joshs Nähe noch verlockender und gefährlicher zu sein. Vor allem deshalb, weil mein Herz schneller schlug, als er mich ansah und lächelte.

Was hatte dieses Lächeln zu bedeuten? Fühlte er genauso wie ich? Ich war durch den Wind, als ich die Tasse schließlich unter den Ausguss stellte.

»Warum dieses Projekt?«, fragte Josh später, nachdem ich mich wieder beruhigt hatte. Wir hatten uns an einen der Tische gesetzt und hielten jeweils unsere Tassen fest.

»Weil ich die Kombination aus Immunologie und Onkologie spannend finde.«

»Aus persönlichen Gründen?«

Ich betrachtete seine Oberarme und fragte mich, ob Josh Sport machte. Und wenn ja, welchen. »Möglicherweise.«

»Mein Vater ist an Krebs gestorben«, gestand er.

Zuerst konnte ich mit seiner Offenheit nicht umgehen. Ich räusperte mich und veränderte meine Sitzposition. »Tut mir leid. Meine Großmutter ist auch an Krebs gestorben. Ist das mit deinem Dad schon lange her?«

»Ich war neun. Er war ... es hat mich nicht sonderlich berührt. Geprägt vielleicht, ja, das schon.«

»Ist es dir deshalb wichtig, mich bei meinem Projekt zu unterstützen?«

»Nein. Mir geht es nur darum, dass du diese Geschichte nicht gegen die Wand fährst.«

Dieser kleine Funken Menschlichkeit verpuffte schneller wieder, als mir lieb war. Dabei hatte ich gehofft, dieses Gespräch würde dazu beitragen, dass Josh sich mir öffnete. Ähnlich wie wir es bei diesem blöden Teambuildingevent geschafft hatten. »Du hast ein Vertrauensproblem.«

Er lächelte. »Und du hast ein Sachlichkeitsproblem.«

»Weil ich mich für meine Forschung einsetze?«

»Weil du auf egozentrische Weise versuchst, die Dinge umzusetzen, die dir wichtig sind. Alles andere ist dir dabei egal. Weißt du, Valerie, auch andere Aufgaben, Gamma zum Beispiel, werden nicht aus Spaß erledigt, sondern um medizinische Behandlungen und Medikamente weiterzuentwickeln.«

»Dessen bin ich mir bewusst«, erwiderte ich und nippte an meinem Kaffee. »Deshalb habe ich ja auch versucht, meine Kapazitäten zu erhöhen.«

»Aber damit ist es nicht getan.« Er stützte seine Ellenbogen auf den Tisch und verschränkte seine Hände. »Nimmst du es Dario übel, dass er uns zwingt, zusammenzuarbeiten?«

»Ich habe mit ihm darüber gesprochen.«

»Du fühlst dich von ihm hintergangen.«

Das stimmte. Da hatten wir diese Abmachung, und dann plante er hinter meinem Rücken eine Zusammenarbeit mit Josh. Ich hatte ja kapiert, dass sein Vater misstrauisch oder enttäuscht war. Dass mir damit das Leben derart schwer gemacht wurde, hätte ich allerdings nicht erwartet.

Ein Knurren braute sich in meiner Kehle zusammen, das ich mit einem Schluck Kaffee hinunterspülte. »Ich verstehe ja, dass nicht jede berufliche Entscheidung gut für uns als Paar ist. Aber ja, ich war überrascht, wie er sich bei diesem Gespräch in Eastbourne verhalten hat.«

»Vor allem dann, wenn man ein Paar ist und zusammen in einer Firma arbeitet. Dario steht einem Interessenskonflikt gegenüber, und der Einfluss seines Vaters dabei ist nicht zu unterschätzen. Du bist da zwischen die Fronten geraten.«

Damit traf er den Nagel auf den Kopf. Denn obwohl

ich wusste, dass diese Sache zwischen Dario und mir bloß persönliche Gründe hatte, war ich ehrlich enttäuscht von ihm. Sein Verhalten der vergangenen beiden Tage war ziemlich ernüchternd gewesen. Er war ein Egoist, ein Macho, und gleichzeitig kuschte er vor seinem Dad, als wäre er ein kleiner Junge. »Gerade ist es ziemlich viel, das stimmt. Mal sehen, wie das mit Dario und mir weitergeht.«

Ich war ehrlicher als beabsichtigt. Aber ich war aufgewühlt.

»Du hast viel erreicht, Valerie. Meiner Meinung nach bemerkt er das nicht. Du hast...« Er lehnte sich zurück und musterte mich stumm. Sein Blick glitt von meinen Augen über meinen Mund zu meinem Hals. Ich fühlte mich allerdings nicht unwohl in meiner Haut, sondern... begehrt.

Das war schräg.

Was hatte er sagen wollen?

Ich würde es nicht erfahren.

»Willst du jetzt, dass ich dir von meinen Ideen erzähle?«, fragte ich, um diese aufgeladene Stille zu durchbrechen.

KAPITEL 11

Ein funktionsloser Anti-Stressball
und der Anruf des Chefs

Valerie

An diesem Tag spürte ich den kalten Hauch der Gerüchteküche. Und das mehrmals.

Zuerst war ein Gespräch unter vier Kollegen in der Teeküche verstummt, als ich reingekommen war. Ich hatte nur einige Wortfetzen aufgeschnappt. Aber ziemlich eindeutig war daraus zu entnehmen gewesen, dass sie über meine Beziehung mit Dario gesprochen hatten.

Am Nachmittag dann, ich war auf dem Weg zu Linda, verwickelte mich meine Kollegin Fiona in ein Pseudoverhör. Zuerst berichtete sie von ihrem Mittagessen, dann redeten wir kurz übers Wetter (der Klassiker), am Ende aber fragte sie mich frei heraus nach meiner Beziehung. »Das muss ja schwer sein, wenn du dauernd unter Beobachtung stehst und dir keiner mehr vertraut.«

»Davon habe ich noch nichts bemerkt«, erwiderte ich verunsichert.

Fiona war blond, hatte meterlange Beine und galt als sozial. Allerdings übertrieb sie manchmal mit ihrer Art, anderen ihre Meinung aufzudrücken. »Nicht? Das überrascht mich. Dann weißt du es zumindest jetzt.«

Linda würde mir sicher zur Seite stehen, wäre sie bei

diesem Gespräch anwesend. So aber war ich auf mich allein gestellt und musste meine wirren Gedanken erst einmal ordnen.

»Die Leute denken, dass du das Lager gewechselt hast, weil sie Dario generell misstrauen.«

Dario hatte sich seit Beginn seiner Amtszeit vor drei Wochen als Chef einige Schnitzer geleistet, die nicht gut ankamen. Zum Beispiel hatte er seinem Assistenten gekündigt, weil dieser offenbar private Unterlagen während der Arbeitszeit ausgedruckt hatte. Dann gab es noch die Gerüchte von möglichen personellen Einsparungen, die ein Zittern durch die Reihen der Angestellten gehen ließen. Er war nicht mehr so beliebt. Und ich hatte einen Teil dieses Misstrauens abbekommen.

Einen Tag später, das Gerede war offensichtlich auch bis zu Dario vorgedrungen, rief dieser mich via Firmentelefon an. »Hallo. Hast du eine Minute?«

»Hallo auch. Damit wir über das Gerede der Leute sprechen können? Rufst du deshalb an?«

»Das tun sie natürlich. Aber das ist nur ein Problem.«

»Und was ist das zweite Problem?«, fragte ich ihn.

»Josh.«

Was hatte Josh denn jetzt schon wieder angestellt?

»Mein Vater fand euer Verhalten beim Teambuilding nicht cool.«

»Wir diskutieren häufig miteinander. Vor allem seit du beschlossen hast, dass er Teil meines Projekts ist.«

Dario atmete tief durch. Es klang, als wäre Darth Vader am anderen Ende der Leitung. »Ich habe mir die Unterlagen zu deinem CAR-T-2-Projekt vor dem Workshop in Ruhe angeschaut. Da steckt definitiv Potenzial drin. Aber es ist auch teuer und langwierig. Ohne

Bedingfield wird es schwer werden, es am Laufen zu halten.«

Ich war nervlich am Ende, mir war heiß und kalt zugleich.

»Das Zweite, das mir aufgefallen ist, betrifft im weitesten Sinne die Arbeit, aber vorrangig unsere kleine Show.« Was folgte, war nicht etwa eine lupenreine Erklärung, sondern eine Schweigeminute, die wohl all meinen Träumen gewidmet war.

»Ich hoffe, du bist erfahren im Auslösen der Rettungskette, weil ich gleich kollabieren werde«, murmelte ich und rieb mir über die Schläfe.

Dario lachte herzhaft, schien aber keine Hemmung zu haben, mein Herz-Kreislaufsystem zu belasten. Als er sich beruhigt hatte, fuhr er sachlich fort. »Ich glaube, Bedingfield kauft uns die Nummer mit unserer Beziehung nicht ab. Aus einem eindeutigen Grund.«

»Weil er ein Eisklotz ist.«

»Das Problem zwischen Bedingfield und dir ist nicht dein Projekt. Ihm geht es um etwas anderes.« Er legte eine Pause ein. »Ihm geht es um dich.«

»Welch Überraschung.«

»Ihm geht es wirklich um dich.«

»Du wiederholst dich«, sagte ich. Diesmal lächelte ich sogar.

»Ich bin ein Mann.«

»Unbestreitbar, ja.«

»Gut. Und ich kenne den geheimen Code, den wir Männer einander unbewusst signalisieren. Josh ist heiß auf dich. Richtig heiß.«

Ich spürte, wie ich schlagartig rot wurde.

Damit hatte ich nicht gerechnet. Also mit dieser … Erklärung. Ich wusste nicht, was schlimmer war: mit unserem Boss über Joshs soziale Inkompetenz oder Joshs und meine (nicht vorhandene) Anziehung zu sprechen.

Aber da hatte es diesen Wir-sagen-uns-die-Stärken-des-anderen-Moment gegeben oder den bei den Liegen, als wir tatsächlich kurz davor gewesen waren, uns zu küssen. Zumindest meiner Einschätzung nach.

»Das ist schräg«, sagte ich und presste zeitgleich meine verschwitzte Hand gegen meine Wange.

Offensichtlich fand Dario meine Reaktion mindestens genauso unterhaltsam wie die Analyse meines Josh-Problems. »Das ist meine Einschätzung.«

»Josh hat am Anfang unserer Zusammenarbeit klar signalisiert, dass er an mir nicht interessiert ist.«

»Weil er in allen Bereichen seines Lebens die Kontrolle haben möchte und diese Bereiche sich bei ihm nicht vermischen dürfen.«

Innerhalb einer Millisekunde kamen die Welt um mich herum sowie meine gesamte Gedankenwelt quietschend zum Stillstand. Diese Unterhaltung war einfach so absurd, dass mein Gehirn sich weigerte, irgendwelche Informationen zu bearbeiten.

»Er verteidigt dich einerseits, ist eifersüchtig und möchte in deiner Nähe sein. Andererseits wehrt er sich gegen seine Gefühle.«

Nun lachte ich. Aus Schock. Oder Irrsinn. »Das ist unmöglich. Einfach ... unmöglich.«

»Glaube ich nicht«, beharrte Dario.

»Es ist unmöglich«, wiederholte ich mich. Ich wollte diese Unterhaltung nicht führen. Denn plötzlich waren da wieder diese niederschmetternden Gefühle für Josh. Mein Herzrasen, das Kribbeln in meinem Bauch. Mein dummes, verräterisches Herz schlug seit jeher für Josh, obwohl er mehrmals bewiesen hatte, welch Mistkerl er war. Dabei wollte ich eine starke, unnahbare und unverletzbare Frau sein. Eine dieser bewundernswerten Geschöpfe, die sich mit Schokolade, Wein und ausgedehnten Shoppingtouren zufriedengaben, sobald sie einem Kerl den Laufpass gegeben hatten.

Ich aber war eher die Art von Frau, die sich Hals über Kopf verknallte, sehenden Auges ins Verderben steuerte und denselben Fehler gleich mehrmals wiederholte.

Und Josh ... mit ihm wäre eine Affäre oder eine Beziehung in jeder Hinsicht ein Fehler.

Was Dario da ansprach, brachte all diese alten Emotionen wieder zurück ans Tageslicht. Dabei gefiel mir der Ort sehr gut, an den ich sie verfrachtet hatte (das dunkelste Kellerverlies der Welt).

»Menschen reagieren irrational, wenn es darum geht, ihre Gefühle vor sich selbst oder anderen zu verstecken«, sprach Dario weiter. »Bedingfield ist nicht unbedingt ein offener Typ. Ich glaube, er hat ordentlich mit sich selbst zu kämpfen, und Emotionen überfordern ihn. Er wird wohl eher mit der Abrissbirne aufkreuzen, als in die Selbstreflexion zu gehen.«

»Was mich dahingehend schlussfolgern lässt, dass wir die Fake-Beziehungssache unter keinen Umständen ansprechen oder anderweitig thematisieren sollten.«

»Das ist der falsche Weg, Valerie.« Dario schien so sicher, und beinahe wollte ich ihm glauben. Schließlich würde es dann für Joshs Verhalten eine simple Erklärung geben. »Er kann seinen Frust und seine Verletzung nicht anders ausdrücken. Kurz gesagt: Die Idee, dass unsere Beziehung uns beiden Vorteile bringt, hat sich als falsch herausgestellt. Ganz im Gegenteil – für dich bedeutet es nichts Gutes, wenn wir so weitermachen.«

»Dann willst du ... Schluss machen?«, murmelte ich.

Nicht einmal mein Entspannungsball, den ich zur Hand genommen hatte und den ich akribisch knetete, konnte meinen Stresspegel senken. »Aber was ist mit deinem Dad?«

»Mein Vater hat Bedenken wegen uns und ob wir überhaupt zusammenpassen. Er gehört der Fraktion an, die denkt, dass es bei der Partnerwahl vor allem auf den gesellschaftlichen Status, die Herkunft und das damit einhergehende Vermögen ankommt. Außerdem hat er Josh und dich spät allein am Pool gesehen und denkt jetzt, dass du zweigleisig fahren könntest. Das alles ist nicht unbedingt von Vorteil für uns«, gestand er.

Ich seufzte. »Ich war um diese Uhrzeit beim Pool, weil ich auf der Couch schlafen sollte und du unglaublich laut geschnarcht hast.«

»Mein Vater ist jedenfalls ziemlich sauer.«

Was war richtig und was falsch? Es gab kein Patentrezept dafür.

»Denk darüber nach, Valerie. Aber ich glaube, es ist besser, wir gehen kein größeres Risiko ein und beenden die Sache. Wir haben uns einfach getäuscht – *that's it*.«

KAPITEL 12

Überdosis Harry

Josh

»Klopf, klopf«, meinte Harry, nachdem ich abgehoben hatte.

»Was?«, fragte ich, noch während ich mir mit der Hand übers Gesicht rieb.

Harry lachte, was selbst durchs Telefon hindurch laut klang. »Sag dem Kerl in der Eingangshalle, dass du mich erwartest.«

»Ich erwarte dich aber nicht.«

Sein Lachen verstärkte sich. »Doch, tust du. Du weißt es nur noch nicht.«

Fünf Minuten später stand Harry in meiner Abteilung im dritten Stock, mit ihm die Gefahr, dass sich mein Privatleben mit meiner Arbeit vermischte. Noch dazu in Form meines überdurchschnittlich kontaktfreudigen Kumpels.

Harry erregte mit seinem Rollkoffer, den er durch das gesamte Gebäude zog, eine Menge Aufsehen. Ich litt Qualen und spürte diese nicht mehr nur seelisch, sondern bereits körperlich in Form von Kopfschmerzen.

Eine Glastür trennte meine Abteilung vom Treppenhaus, wo sich außerdem ein Aufzug befand. Der Flur verlief gerade durch das Gebäude, als wollte er es in zwei

Teile trennen. Weiter hinten befanden sich die Labore, von dort konnte man auf einen klobigen Bürokomplex sehen. Mein Büro lag auf der Ostseite und war das größte auf diesem Stockwerk. Daneben die Teeküche, ein Raum für Arbeitsmaterialien und sechs weitere Einzelbüros. Auf halber Strecke, in Höhe der Toiletten, kam ich ihm entgegen. Als er mich sah, fiel er mir auch noch um den Hals, als wäre er gerade von einer Weltreise zurückgekehrt. Oder würde dahin aufbrechen.

»Mein Termin ist abgesagt worden, und ich wollte nicht am Flughafen warten.« Er würde für eine zweitägige Geschäftsreise nach Rom fliegen und war für einen kurzfristig gecancelten Termin bereits in der Nähe gewesen. »Die Sehnsucht nach dir war zu groß. Ich konnte ihr nicht widerstehen.«

Sein erster Abstecher war auf die Toilette. Er müsse dringend hin, plapperte er. Ich war zum Warten verdonnert. Neben mir der verdammte Koffer.

Entweder hatte ich in einem früheren Leben Katzenbabys ertränkt oder war der meistgesuchte Mörder des Landes gewesen. Das Karma oder was auch immer schlug jedenfalls eiskalt zu. Niemand Geringeres als Nerven-wir-die-ganze-Welt-Valerie kam in diesem Moment auf mich zu.

Sie musterte zuerst den Koffer, den ich vergeblich hinter mir zu verstecken versuchte. Ihr Gesichtsausdruck war amüsiert. Ein freches Grinsen zuckte um ihre Lippen. »Statistisch gesehen werden Leichen am häufigsten in Koffern entdeckt«, sagte sie und kümmerte sich nicht wie jeder normale Mensch um ihren eigenen Kram, sondern blieb einfach vor mir stehen.

»Hier gibt es nichts zu sehen«, grummelte ich und verpasste dem Koffer einen Tritt.

»Gehen Sie weiter, oder wie?«

»Ja, genau.«

Sie kniff die Augen zusammen und ging natürlich nicht weiter. »Dann hast du wohl gerade keine Zeit, um mit mir zu sprechen. Ich war auf dem Weg zu dir.«

»Es ist gerade schlecht. Probier es morgen noch einmal.«

Sie scannte mich und setzte einen Fuß in die richtige Richtung, nämlich weg von mir. Am Ende blieb sie aber stehen. »Fährst du in den Urlaub? Oder ziehst du ins Büro? Da du die Wochenenden ja auch hier verbringst, wäre das eine erhebliche Zeitersparnis. Gefällt dir, wie ich das Wort benutze? Ersparnis.«

Ich wollte gerade etwas erwidern. In der Art wie: »Es geht dich nichts an, was ich tue«, aber Harry kehrte aus der Toilette zurück.

Ich verdrehte die Augen und hatte es eilig, das Aufeinandertreffen der beiden zu verhindern, indem ich Harry so schnell wie möglich aus meiner Abteilung brachte. Das war zumindest mein Plan bis zu dem Zeitpunkt, als ich rechts neben mir »Du musst die berühmte Valerie sein. Ich bin Harry« hörte. Das waren Worte, die für sich betrachtet schon schlimm genug waren. Was folgte, steigerte meine Panik. »Josh redet dauernd von dir.«

»Tue ich nicht«, stellte ich klar. Keiner beachtete mich.

Während ich hoffte, mich in einem bösen Traum zu befinden, bestand zwischen den beiden von Anfang an eine gewisse Sympathie.

Gab es nichts auf dieser Welt, nichts in meinem verdammten Leben, das vor dieser Frau sicher war? Sie machte nicht einmal vor meinem Privatleben halt.

»Freut mich, dich kennenzulernen. Bist du zu Besuch?«,

fragte sie und deutete mit dem Kinn in meine Richtung, also vermutlich in Richtung des Koffers.

Harry nutzte die Frage, um Valerie vollzuquatschen. Er schilderte ihr seinen gesamten Tagesablauf, obwohl eine kürzere Version (abgesagtes Meeting, Flug, Anruf) mehr als gereicht hätte.

»Aus dem Grund bin ich hier. Und um diesen Kerl aus seinem Büro zu locken. Wir wollen einen Kaffee trinken gehen«, erklärte Harry und klopfte mir auf die Schulter, als wäre ich sein kleiner, dämlicher Bruder.

Angst packte mich. Oder vielleicht war es auch eine böse Vorahnung. *Er wird sie fragen, ob sie mitgehen möchte.* Das musste ich verhindern.

»Cool«, erwiderte Valerie verhalten.

Seit wann verwendete sie solche Ausdrücke?

Harry sah kurz zu mir.

Ich schüttelte den Kopf.

»Willst du mitkommen?« Er tat es trotzdem.

Jetzt sah auch Valerie zu mir.

Ich kniff die Augen zusammen.

»Klar. Wieso nicht?«

Zum Beispiel, weil es absolut unpassend, aufdringlich und unsympathisch war. Die beiden hatten sich aber gegen mich verschworen.

»Ich habe noch etwas zu erledigen«, sagte ich halbherzig.

»Dann gehen wir schon einmal vor, und du kommst nach«, schlug Harry vor.

Damit war mein Schicksal besiegelt.

KAPITEL 13

Botulinumtoxinvergiftung

Josh

Während ich in dem beengten Eingangsbereich des Cafés stand, schob sich jemand an mir vorbei, meckerte aber nicht einmal. Offenbar gab es Menschen, die bessere Laune hatten. Dazu zählte – wen wundert's? – Valerie. Sie lächelte, und ich fragte mich, was Harry ihr erzählt haben könnte. Sein Flug war abgesagt worden, und er musste seinen gesamten Terminkalender neu koordinieren und sollte deswegen nichts zu lachen haben.

Ich ging näher an den Tisch der beiden heran. Etwa drei Meter war ich von ihnen entfernt, als sie mich bemerkten. Harry blickte auf und zeigte mir ein Daumen hoch, woraufhin Valerie ebenfalls zu mir sah. Als wäre ich ihr Dad, und sie hätte sich nachts heimlich aus ihrem Zimmer geschlichen, um Party zu machen.

»Wir können zusammenrutschen«, sagte Harry, als ich vor den beiden stand.

Ich baute mich auf. Wie ein Arschloch. Aber hey, das war ich nicht. Ich war selbstsicher und wusste, was ich wollte. Zum einen, dass Valerie die Finger von meinem besten Freund ließ. Zum anderen war mein allerletzter Wunsch, mich auf eine eineinhalb Meter breite Bank mit Valerie zu quetschen.

Zu viel Körperkontakt.

Die passende Gelegenheit für sie, mir eine Spritze mit Botulinumtoxin zu verabreichen.

»Valerie wollte bestimmt gerade gehen.« In meinem Büro würde bald ein Bild mit dem Titel »Wichser des Jahres« hängen.

»Ich bin gerade erst gekommen.« Valerie war verdammt rebellisch für jemanden, dessen berufliche Zukunft zu einem beträchtlichen Teil von mir abhing.

Der Kellner kam und fragte, was ich bestellen wollte. Ich entschied mich für einen Espresso, weil ich eine schnelle Nummer aus dem Treffen machen wollte. Beide taten mir aber nicht den Gefallen, sich gemeinsam auf die Bank zu setzen. Ich gab nach und verfrachtete schlussendlich eine Arschhälfte auf die dunkelgrüne Lederbank. Es war offiziell: Valeries und meine Schulter klebten aneinander.

»Was habe ich verpasst?« Ich konnte nur an Valeries Geruch denken. Vielmehr versuchte ich, ihn zu verdrängen. Doch wie ein Wunder bahnte er sich einen Weg vorbei an den Geruchsbarrikaden, die ich errichtet hatte.

Er war gut.

Viel zu gut.

»Oh, Valerie hat mir gerade von ihrem schrägen Vermieter erzählt«, plapperte Harry los. »Er hasst Katzen.«

»Und Kleidung. Er läuft meistens in Unterhosen oder Badehosen herum.« Offenbar sah sich Valerie zu dieser Ergänzung gezwungen.

»Das war eine rhetorische Frage«, sagte ich, während mein Espresso kam.

Harry beugte sich vor und tat so, als wäre ich nicht da. »Josh leidet unter einer Persönlichkeitsstörung.«

Valerie erwiderte: »Was okay ist.«

»Vollkommen«, bekräftigte Harry. »Es ist nur so, dass seine verschiedenen Persönlichkeiten nichts voneinander wissen. Gerade ist Frank da, wie ich seine egozentrische, etwas ungeduldige Seite nenne.«

Ich mischte mich ein. Obwohl ich Harrys Sticheleien meistens witzig fand, wollte ich vor Valerie ernst bleiben. Meine witzige Seite war Harry vorbehalten. »Schluss jetzt damit. Warum ziehst du dann nicht um, wenn der Vermieter schräg ist?«

»Das werden wir. Ich teile mir die Wohnung mit Linda«, ergänzte sie für Harry. »Noch haben wir die perfekte Wohnung nicht gefunden. Aber wir sind dran.«

»Solltet ihr ein neues Zuhause entdeckt haben und Hilfe beim Umzug brauchen, sind Josh und ich gern am Start. Sag uns einfach Bescheid, wenn es so weit ist.«

»Warum sollte ich bei diesem Umzug helfen? Sie hat einen Freund, der sich bestimmt gern für diese Arbeit meldet«, warf ich in die Runde, erntete aber lediglich Stirnrunzeln.

»Wir helfen. Ganz egal, was er sagt.«

Harrys Telefon klingelte. Er entschuldigte sich, stand auf, und plötzlich waren Valerie und ich allein. Was für sich betrachtet schon seltsam genug wäre. Noch schräger war der Umstand, dass wir uns auf dieser winzigen Bank quetschten.

Valerie rührte in ihrem Kaffee. Ich schloss kurz die Augen, um meinen Körper daran zu hindern, zu großen Gefallen an dieser Nähe zu finden.

In meiner Verzweiflung darüber, dass mir ihr Geruch und ihre Körperwärme derart gut gefielen, zog ich die metaphorische Axt hervor. »Es kommt mir vor, als wolltest du jede Minute deines Lebens mit mir verbringen.

Auf der Arbeit, während wir gemeinsam an deinem Projekt feilen und privat beim Treffen mit meinem Kumpel.«

Sie drehte den Kopf zu mir und betrachtete mich mit durchdringendem Blick. »Wenn dir meine Gesellschaft derart widerstrebt, solltest du dich vielleicht nicht in meine Studie einmischen. Du könntest Dario bitten, dich von dieser Last zu befreien.«

»Es ist aber notwendig«, erwiderte ich, war aber nicht so gelassen wie beabsichtigt. Zum einen lag das daran, wie nahe mir Valerie war, zum anderen konnte ich nur auf ihren Mund starren. Zugegeben – ich war ein Idiot.

»Mein Baby bedeutet mir alles.«

»Dein Baby?«, wiederholte ich. Zweifellos war ihr diese Bezeichnung herausgerutscht. »Wie süß.«

Sie leckte sich über ihre Lippen, die mich aus irgendeinem unerfindlichen Grund faszinierten. »Wie stellst du dir die Zusammenarbeit vor?«, wollte sie wissen und ließ den Löffel im Takt gegen ihre Handfläche prallen, als würde sie einen Knüppel warmschlagen. »Denkst du, es ist möglich, dass wir uns nicht die ganze Zeit streiten?«

»Möglich ist fast alles. Es kommt auf deine Kooperationsfähigkeit an.« Ich übertrieb ein wenig. Das hatte sie verdient, schließlich musste ich ihretwegen auf dieser winzigen Bank sitzen.

»Erinnerst du dich nicht, was ich dir bei diesem Teambuilding gesagt habe? Ich schätze vieles an dir.«

Ich musste verrückt sein, aber für mich klang das ziemlich zweideutig. Oder zumindest interpretierte ich Valeries Aussage in diese Richtung. »Na, das ist doch mal ein Anfang«, sagte ich in dem Moment, als Harry zurück an den Tisch kam. »Jetzt müssen wir nur noch den zeitlichen Ablauf bestimmen.«

»Wofür?«, wollte er wissen.

»Dafür, dass Josh mir bei dem wichtigsten Projekt meiner Karriere unter die Arme greifen soll. Wie es große Männer bei kleinen Mädchen eben machen.«

Valerie war so verdammt schnippisch. »Darum geht es nicht«, murmelte ich und hoffte, neutral zu klingen.

All dein Trotz prallt an mir ab, Valerie.

»Warum trefft ihr euch dafür nicht mal außerhalb der Arbeit? Bei Josh zum Beispiel? Ich koche für euch, und ihr quält süße Babyratten oder was auch immer ihr macht«, schlug Harry vor.

War er durchgeknallt? Was, zum Teufel, dachte er sich dabei?

Das war so etwas von idiotisch. »Weil wir nicht an einem Duftkerzen-Pyramidensystem-Versandhandel basteln, sondern an einer Therapie für Krebspatienten. Da eignet sich ein simpler Küchentisch meistens nicht.« Außerdem wollte ich Valerie nicht bei mir daheim haben.

»Du bist echt uncool, Josh. Ich meinte ja nur zum Brainstormen und weil ich es total liebe, für andere zu kochen. Und vielleicht auch, weil dir etwas Gesellschaft guttun würde«, führte Harry sehr ausführlich aus.

Valerie beugte sich vor, um mich ansehen zu können. »Er hat ein Problem mit zu viel Tiefgang zwischen den Mitarbeitenden.«

»Ich habe ein Problem mit Unaufrichtigkeit und – Überraschung – will Leute von der Arbeit nicht in meine Wohnung einladen.«

Sie schnaubte. Ich glaubte, dass sogar beide schnaubten. »Genauso wenig wie ich irgendwelche Leute dazu einladen will, an meinem Projekt mitzuarbeiten.«

»Das ist nicht freundlich, Josh. Wie wollt ihr zusammenarbeiten, wenn du derart abblockst?«

»Ja, das frage ich mich auch. Lassen wir es doch einfach bleiben«, schlug Valerie vor, erntete dafür von mir aber lediglich ein Stirnrunzeln.

Harry hingegen sah sich dazu berufen, Frieden zwischen uns zu stiften, was nervig war. »Ein Abendessen wird die Wogen glätten. Da bin ich sicher. Samstagnachmittag? Zuerst besprecht ihr euch, ich koche, dann essen wir.«

»Das ist kein Biologieprojekt für die Schule.« Ich kramte nach Geld, weil ich hier weg musste. »Und du bist auch nicht unsere Mom.«

Die beiden sahen sich an, und irgendetwas passierte zwischen ihnen. Denn plötzlich nickte Valerie, anstatt wie sonst immer verlässlich alles blöd zu finden, was mit mir zu tun hatte. »Möglicherweise ist das ein Mittelweg.«

»Wir brauchen keinen Mittelweg. Lass dich nicht von diesem Kerl um den Finger wickeln.«

»Lass dich nicht von ihm einschüchtern«, wetterte Harry gegen mich. »Er ist seltsam, aber liebenswert. Wir würden uns freuen, wenn du morgen kommst.«

Wir? Wohnte er jetzt plötzlich bei mir? Waren wir ein altes, seniles Ehepaar?

»Würde ich nicht«, sagte ich, legte Geld neben meine Tasse und stand auf. Valerie würdigte mich keines Blickes, Harry hingegen reckte herausfordernd das Kinn.

»Entspann dich, Josh. Das wird bestimmt lustig.« Harry wollte mir vermutlich bloß gut zureden. Er machte mich mit seinem unschuldigen Getue aber nur noch wütender.

»Dann kann ich ja wirklich beruhigt sein«, säuselte ich und verließ das Café.

Ich stapfte schnurstracks in mein Büro und lenkte mich mit Arbeit ab.

KAPITEL 14

Als Auslöser kann ein Flüstern
in Betracht gezogen werden

Valerie

»Viel Spaß beim Basteln mit Josh«, rief Linda mir in den Flur hinterher.

Grinsend schmiss ich meinen Schlüssel in die Handtasche. »Danke. Glaub ich.«

Dann brach ich auf – Schicksal ungewiss. Ich kam mir vor wie die ungeliebte, fiese Schwiegermutter, deren Anwesenheit während diverser Partys toleriert werden musste. Begeistert war man von ihrem Aufkreuzen trotzdem nicht. Und ich war diese Schwiegermutter – zumindest in Joshs Augen.

Der Nachmittag brachte wärmeres Wetter mit sich, weshalb ich mich zu Fuß auf den Weg zu Josh nach Hause machte. Wie in einem Cartoon war ich das Eichhörnchen mit zu viel Koffein intus, das trällernd durch die Straßen lief, während an seinem Bein eine angezündete Dynamitstange klebte. Jeden Moment würde sie explodieren, aber bis dahin konnte ich so tun, als wäre es der schönste und friedvollste Tag meines Lebens.

Das gelang mir, bis ich vor Joshs Wohnung stand. Ich war noch nie zuvor hier gewesen. Warum auch?

Dass das Gebäude eines dieser neumodischen war,

das hauptsächlich aus Glas bestand, überraschte mich nicht. Inmitten der älteren Häuser rundherum wirkte es elitär. Eine weitere dieser Grenzen, die ich vermutlich nicht überschreiten sollte, ließ ich hinter mir, als ich die Klingel betätigte. Es tutete, dann surrte es. Nach einer Fahrt mit dem Aufzug ins oberste Stockwerk befand ich mich auch schon vor Joshs hellgrauer Wohnungstür. Die wurde geöffnet, und vor mir stand der Hausherr.

Mein jämmerliches Herz machte einen Satz, der jede Weitsprungweltmeisterin in der Geschichte der Menschheit in den Schatten gestellt hätte.

Es ist kein Date. Es ist kein Date!

Wir begrüßten uns mit einem neutralen Handschlag. Dennoch schrie diese blöde Flasche Wein, die ich mitgebracht hatte, lautstark Date. Während ich den Flur betrat und dabei Joshs Blick auswich, fragte ich mich, ob er dachte, ich würde denken, wir würden heute noch rummachen oder so. Ich wollte nicht, dass er dachte, ich würde denken...

»Danke für die Einladung«, sagte ich, weil ich irgendetwas plappern musste, um die verunsichernden Gedanken in meinem Kopf zum Schweigen zu bringen.

»Dank nicht mir, sondern Harry«, brummte er, bedeutete mir dann, ihm zu folgen.

Er war brummig, aber das war er die meiste Zeit auf der Arbeit auch. Anders als sonst beruhigte mich diesmal seine schlechte Laune. Sie zeigte mir, dass sich glücklicherweise nichts geändert hatte, obwohl ich in seine Privatsphäre eingedrungen war.

Aber die aufgekratzte Valerie musste ja fortwährend quatschen. »Ich habe Wein mitgebracht«, sagte ich und klang, als hätte ich zur Feier des Tages nur mein halbes Lungenvolumen eingepackt. »Für uns alle. Vielleicht lockert er die Stimmung oder hilft beim Nachdenken oder ... so.«

Er warf mir einen subtilen Seitenblick zu, bat mich dann aber kommentarlos in den weitläufigen Wohn-Ess-bereich. Eine komplette Wand war aus Glas, davor eine u-förmige Couch zur Rechten und ein langer Esstisch aus dunklem Holz zur Linken. Ich ging an einer grau gestrichenen Wand vorbei, an der Bilder von Josh hingen. Sie zeigten ihn hauptsächlich in Gesellschaft anderer, vorranging auf oder mit einem Fahrrad.

»Du radelst?«, fragte ich und merkte erst da, dass ich weiter munter in seinen privaten Bereich vordrang. Zu spät.

Wieder kam von Josh nichts weiter als ein Nicken. Vielleicht war da auch ein leises, winziges Brummen, ich war aber nicht ganz sicher. Die Küche war riesig und in modernem Minimalismus gestaltet (weiße Hochglanzfronten und dunkle Arbeitsflächen). Dort traf ich auf Harry.

»Ich kümmere mich ums Essen. Bis das fertig ist, könnt ihr ja arbeiten. Ich störe auch nicht. Versprochen.«

Die Flasche Wein ließ ich bei Harry, den ich mit einem Handschlag begrüßte, dann setzten wir uns in Joshs Büro. Er hatte sogar einen zweiten Stuhl an seinen wuchtigen, dunklen Schreibtisch geschoben. Der Raum war ebenso clean wie der Teil der Wohnung, den ich bereits zu Gesicht bekommen hatte.

Ich verlor vermutlich nur den Verstand, aber ... als er mich ansah, da war erneut dieses tiefe Gefühl. Dieses sanfte Lächeln von ihm und der intensive Blick, der sämtliche Hautschichten durchbrach und mein Innerstes zum Kribbeln brachte. Josh fühlte offenbar genauso, denn schließlich schloss er kurz die Augen, und vorbei war dieser Moment.

»Bevor wir anfangen, lass uns ein paar Dinge klarstellen«, begann ich mit nervöser Stimme. »Ich weiß, dass du gegen dieses Treffen bist, aber ich sehe darin eine Chance. Oder denkst du, dass sich unsere Beziehung zueinander nach Eastbourne und den Sachen, die wir uns gestanden haben, zum Negativen verändert hat?«

»Du solltest deine freie Zeit lieber für deine Beziehung nutzen.«

»Meine Beziehung?« Dieser intensive Moment am Beginn unseres Treffens trieb mich an, Josh zwar nicht die ganze Wahrheit zu beichten, aber zumindest das zu sagen, was vermutlich alle im Büro bereits ahnten. »Dario und ich haben Schluss gemacht.«

Seine Augen weiteten sich kurz, doch er fing sich schnell wieder. »Wow. Dann stimmt das Gerücht also wirklich. Das ging ja schnell.« Er sah mich wütend an. Aber da war noch etwas anderes in seinem Blick. Etwas Verletzliches. Intimes. Damit brachte er mich völlig aus dem Konzept.

Bedauernd schüttelte ich den Kopf. »Man merkt einfach, wenn es nicht passt.«

»Und warum berichtest du mir als Erstes von diesen markerschütternden Neuigkeiten?«

»Weil ich eine bessere Basis zwischen uns schaffen möchte. Wenn du möchtest, dass ich dich als Teampartner akzeptiere, musst auch du netter werden. Ich habe keine Lust, mich dauernd ankeifen zu lassen.«

Er schmunzelte und rollte mit seinem Schreibtischstuhl ein Stück näher. »In Anbetracht der Tatsache, dass du heute hier bist, bin ich nett genug. Harry hat uns da reingeredet, du hättest seinen Vorschlag aber ausschlagen müssen.«

»Ich weiß, dass du glaubst, jeder Mensch möchte dir

etwas wegnehmen. Das treibt dich in den Wahnsinn, und deshalb bist du, ohne es vermutlich wirklich persönlich zu meinen, manchmal sehr hart zu anderen. Aber ich beispielsweise interessiere mich kein bisschen dafür, dir irgendetwas streitig zu machen. Null.«

Er krauste die Stirn und beugte sich näher zu mir. »Alle Menschen verfolgen Ziele.«

»Welche Ziele verfolgst du dann? Mich zu terrorisieren?«

»Ich will nur das Beste für dich, Valerie«, erwiderte er ernst.

»Dann arbeite mit mir anstatt gegen mich.« Ich war laut geworden, emotional, und das überraschte uns beide gleichermaßen.

»Du kapierst nicht, dass du dich bei deinem Projekt genauso verhältst wie ich mich wegen meiner Karriere.« Josh sah mich an und ließ mir einen Augenblick Zeit, das Gesagte zu verdauen. »Du hast Angst, dass ich dir etwas wegnehme, und aus diesem Grund bist auch du manchmal ziemlich unfair zu mir, Valerie. Du machst mich fertig, zweifelst an meinen Fähigkeiten und tust so, als würde ich alles zerstören wollen, anstatt dir zu helfen.«

In meinem Kopf drehte sich auf einmal alles. Ich atmete durch und ... fühlte mich schlecht. Josh hatte recht – ich war zu hart gegen ihn vorgegangen. Wenn es mir dabei schon nicht um meine Beziehung zu Josh ging, dann zumindest um Carla. Denn die hatte in der vergangenen Zeit erheblich unter meinem Kampf gegen Josh gelitten.

Ich spürte regelrecht, wie Druck von mir abfiel. Eine schwere Last, die mich fast erstickt hatte. Ich war erleichtert und aufgedreht zugleich. »Tut mir leid«, sagte ich. »Es stimmt, was du sagst. Alles. Ich habe mit aller Macht versucht, dich von meinem CAR-T-2-Projekt fernzuhalten, weil ich ... es sollte mein Projekt bleiben.«

»Aber so funktioniert Wissenschaft nicht.«

»Das checke ich jetzt auch.« Ich schluckte heftig. Aus irgendeinem Grund sah er von meinen Augen zu meinen Lippen. Und aus irgendeinem noch unerfindlicheren Grund verharrte sein Blick dort. Zu lange, um wirkungslos zu bleiben.

»Du kannst mir vertrauen. Ich bin vielleicht nicht der höflichste Mensch der Welt, aber zumindest bin ich ehrlich«, flüsterte er. Nur für mich bestimmt.

Seine Lippen wirkten weich. Und verlockend.

Ich holte tief Luft, was sich als Fehler entpuppte, da ich seinen Duft einatmete. Danach brannte eine bis zu diesem Zeitpunkt streng verriegelte Sicherung bei mir durch. Ich griff nach seinem rechten Ellbogen. Er blickte kurz auf. Dann schob ich meine Finger höher, bis zu seinem Oberarm.

Mein Magen zog sich zusammen, aber ich machte weiter. Ich beugte mich noch ein Stück vor, bis meine Lippen schließlich über seine strichen. Wäre dieser Kuss zurückhaltend gewesen, hätte ich mich irgendwie rausreden können. Er war es aber nicht. Wir preschten mit voller Geschwindigkeit ins Verderben.

Denn er erwiderte meinen stürmischen Kuss mit derselben Intensität. Ich seufzte und presste meinen Oberkörper gegen seinen. Seine Hand lag dabei sanft auf meinem Rücken, meine hatte ich als Faust um den Stoff seines T-Shirts gespannt.

Wir sollten aufhören. Wir sollten aufhören. Wir sollten aufhören!

Wie das fortwährende Dröhnen einer Sirene schwirrte diese Warnung durch meine Gedanken. Ich ignorierte sie aber und befasste mich stattdessen mit Joshs geübten Lippen. Als hätte ich tief in mir schon länger gewusst, wie gut, befreiend und berauschend es sein würde, ihn zu küssen.

Schließlich erwachte ich, als wäre ich in einem Traum und mein Wecker würde klingeln. Ich zog mich zurück, blinzelte in Joshs Richtung, und auf einmal war alles zu viel. »Ich bin gleich wieder da«, stieß ich erschrocken über mich selbst aus und stürmte in den Flur.

Von außen lehnte ich mich gegen die Bürotür. Dort blieb ich. Minutenlang. Irgendwann war ich mutig genug, mich Josh erneut zu stellen.

Josh lehnte mit dem Rücken an der Wand. Sein Haar war zerzaust und sein Blick stoisch.

»Hey«, sagte ich, schloss die Tür, hielt jedoch Abstand.

»Valerie, du warst gerade noch mit Dario zusammen«, begann er seufzend.

Ich zögerte zuerst, fühlte mich, als würde ich in die Tiefe stürzen. »Es ist kompliziert.«

»Mit komplizierten Sachen komme ich klar.«

Ich nickte. »Ich weiß. Das mit dir... war ein Versehen. Es ist zu früh.«

Meine Aussage schien ihm nicht zu genügen. Er runzelte die Stirn und atmete durch. »Ein Versehen, das uns, vor allem aber mir, erhebliche Schwierigkeiten einbringen kann. Von daher will ich wissen, wie endgültig eure Trennung ist. Das wäre nur fair.«

»Es ist vorbei. Ganz sicher.« Zumindest das war ehrlich.

»Das ging aber schnell.«

»Ich habe mir diese... ich habe es mir leichter vorgestellt, die Balance zwischen Job und Privatleben zu behalten. Vor allem sein Vater hat es kompliziert gemacht. Diese Sache mit Dario hatte nie eine echte Chance.«

»Diese Sache mit Dario?«, bohrte er nach. »Du meinst eure Beziehung?«

»Ja, die meine ich.«

»Warum sprichst du es dann nicht aus?«

Nicht Dario und ich befanden uns in einer Sackgasse. Ich stand dort ganz allein. Hineingetrieben von Josh. Mit dem Rücken zur Wand. »Ich weiß es nicht. Aber können wir aufhören, so zu tun, als wäre ich allein schuld an dem, was gerade passiert ist? Du hast... Vergiss es.«

»Nein. Ich habe was?«

»Du hast angefangen. Mit dem Initiieren. Mit dem Flüstern.«

»Mit dem Flüstern?« Während er diese Frage stellte, sah er auf meinen Mund, als plante er bereits eine Fortsetzung der Katastrophe, die uns hierhergebracht hatte. Im emotionalen Sinn. Denn rein organisatorisch hatte uns Harry hier zusammengebracht.

»Ja, du hast ganz leise gesprochen und mich sehr tief angeschaut, und dann war da auf einmal etwas Prickelndes in der Luft. Du hast mich zurückgeküsst.« Nun redete ich leise. Und ich war völlig durch den Wind. Auf einmal war das, was ich mir so sehr gewünscht hatte, eingetreten. Doch es war nicht rosarot, beschwingt und erlösend, sondern fürchterlich verzwickt.

»Ich weiß nicht, warum ich das getan habe«, murmelte er. »Es wird nicht wieder vorkommen.«

In Wahrheit wollte ich, dass es wieder vorkam. Am besten sofort.

Aber das war verrückt.

Auch wenn Josh den Kuss bereute, hatte dieser zumindest dazu geführt, dass wir uns nähergekommen waren.

Nicht nur körperlich, sondern auch emotional. Er sprach verändert mit mir, und ich hatte das Gefühl, dass er sich mir geöffnet hatte.

Das merkte ich auch daran, wie er nach dem Essen gemeinsam mit mir an Carla arbeitete. Wir hielten allerdings einen gewissen Sicherheitsabstand voneinander, schließlich schwebte dieser Kuss zwischen uns. Josh war aufmerksam, offen für meine Erklärungen und Gedanken, während ich nervös war. Dann und wann brachte er seine Ansichten ein, aber immer höflich. Zum ersten Mal, seit ich Carla ins Leben gerufen hatte, fühlte es sich für mich so an, dass Josh meine Idee gut fand.

Wenn das die einzige Folge dieses Kusses bleiben sollte, dann könnte ich prima damit leben.

KAPITEL 15

Es besteht Erklärungsbedarf!

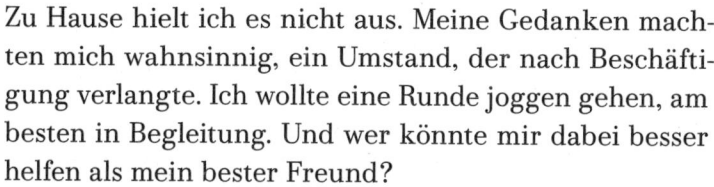

Josh

Zu Hause hielt ich es nicht aus. Meine Gedanken machten mich wahnsinnig, ein Umstand, der nach Beschäftigung verlangte. Ich wollte eine Runde joggen gehen, am besten in Begleitung. Und wer könnte mir dabei besser helfen als mein bester Freund?

Wir liefen meine Hausstrecke, Harry lenkte mich mit seinen Storys perfekt ab. Danach schlug er vor, dass wir noch auf einen Absacker in eine Bar gehen könnten. Ich willigte ein, und wir suchten uns ein Lokal in der Nähe heraus.

Dort angekommen, setzte ich mich auf einen wackeligen Barhocker, während Harry sich um unsere Getränke kümmerte.

»Na, Grumpy. Immer noch schlecht drauf, weil ich Val gestern eingeladen habe?«, fragte er, als er an den Tisch zurückkehrte.

»Du nennst sie Val?«

»Habe ich mir gerade ausgedacht. Freunde nennen sie vermutlich Val.«

»Niemand nennt sie so.«

Harry fand meine Reaktion so komisch, dass er sogar kurz mit der Faust auf den Tisch schlug und sich vor

Lachen nicht mehr einbekam. »Oh, wie gut du sie kennst. Lad mich auch das nächste Mal wieder ein.«

»Es wird kein nächstes Mal geben.«

»Warum? Weil ihr geknutscht habt?«

Bei Harrys Frage verschluckte ich mich – buchstäblich. Ich hustete und hoffte inständig, an Ort und Stelle zu ersticken, um nicht weiter auf seine Aussage eingehen zu müssen. Aber natürlich überlebte ich.

»Woher weißt du das?«, fragte ich.

»Ich habe euch gehört. Sorry, ich wollte nicht lauschen. Das Essen war fertig, und ich wollte euch Bescheid geben. Da habe ich eure Diskussion rund um den Kuss und Vals veränderten Beziehungsstatus gehört.« Harry zuckte bloß mit der rechten Schulter. Damit war die Sache für ihn gegessen. Und mit der Sache meinte ich das Eindringen in meine Privatsphäre Schrägstrich Liebesleben.

Das war das Gestörteste, das ich an diesem Tag gehört hatte. Und ich hatte mir heute schon eine Ausrede von einem Praktikanten anhören müssen, der unentschuldigt gefehlt hatte und meinte, sein Geschirrspüler hätte ihn im Badezimmer eingeschlossen.

»Das war Anspannung. Sie und ich … wir haben unsere Reibungspunkte.«

»Aber warum hast du diese Reibungspunkte ausgerechnet mit ihr?«

»Im Grunde läuft es so: Valerie strebt ihren Zielen entgegen, und ich halte den Laden zusammen. Sie ist wie ein kleines Kind, das einem Luftballon hinterherjagt und dabei übersieht, dass sie auf einen Abgrund zusteuert. Das macht mich wahnsinnig.«

»Ist das nicht ein wenig zu theatralisch?«

Während ich Harry beim Kauen einer Erdnuss zusah,

wurde mir klar, dass nicht Valeries Art mein Problem war, sondern die Anziehung, die von ihr ausging. Und damit einher ging dieser Konflikt in mir – meine Angst, beruflich zu versagen, und mein Wunsch, ihr näherzukommen. Zusammengefasst konnte man also sagen, ich war ein verklemmter Idiot, der lieber gemein zu der Frau war, die er toll fand, als ihr seine Gefühle zu zeigen. Ließ ich sie dann einmal näher an mich heran, so wie gestern, eskalierte die Situation.

»Nach diesem Firmenevent und vor allem dieser überstürzten Trennung glaube ich wirklich, dass sie und Dario ein falsches Spiel spielen. Und wenn etwas Wahres dran ist, dann hat sie dieser Kerl nicht gut behandelt.«

»Ja, aber was wird jetzt aus euch beiden?« Harry sah mich bloß an, lächelte aber dabei, was so einiges an Spannung von meinen Schultern nahm.

»Sie arbeitet für mich und mit mir.«

»Das macht sie für euren Boss ja auch.«

»Trotzdem ist sie nicht die Richtige, um alles aufs Spiel zu setzen.« Das war exakt das, was ich mir seit mehr als vierundzwanzig Stunden einredete.

Aber glaubte ich das?

Harrys Körpersprache zeigte mir deutlich, dass er anderer Meinung war.

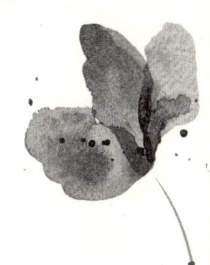

KAPITEL 16

Dr. Weng, ein Halskatarrh
und eine Achterbahnfahrt

Valerie

Am Sonntag hatte ich Bauchweh. Zuerst glaubte ich, die
Sache mit Josh würde mir auf den Magen schlagen. Was
auch Linda meinte und mich aus diesem Grund in den
verbalen Schwitzkasten nahm.

Und das auch noch während wir uns die trilliardsten
Wohnungsanzeigen ansahen. Die drei Immobilien, die
wir bereits besichtigt hatten, waren der absolute Reinfall gewesen. Ich verstand, warum so wenige Menschen
umzogen. Ich hasste es ebenfalls.

Nachdem wir praktisch jede freie Wohnung in London virtuell geprüft hatten, erklärte ich, dass ich mich
krank fühlte. Ein paar Stunden später war ich wirklich
krank.

Jedem guten Christen hätte das gereicht, um Weih-
wasser in der Wohnung zu versprühen oder die Bude
einfach abzufackeln. Da lieferte ich die moralisch ver-
werflichste Notlüge aller Zeiten ab, und anschließend
plagten mich körperliche Qualen. Gruselig.

Jedenfalls lag ich Sonntagabend von Fieber gepeinigt
im Bett. Mein Hals kratzte, jeder Knochen in meinem
Körper schmerzte, und ich verwandelte mich in ein

eins zweiundsiebzig großes Baby, das sich einerseits weigerte, Medizin zu schlucken (weil ekelig), andererseits aber flennte, weil es schrecklich war, krank zu sein.

Linda war nicht unbedingt die geduldigste Pflegerin. Umso überraschter war ich, als sie mir abends eine Schüssel mit Dosensuppe durch einen kleinen Türspalt ins Schlafzimmer schob. Als hätte ich mich mit irgendeiner Zombiemutation infiziert, vermied sie den direkten Kontakt zu mir.

Am Montag meldete ich mich auf der Arbeit krank und siechte den restlichen Tag vor mich hin.

Mir ging es so schlecht, dass ich am Dienstag nicht einmal meine Mails checkte, was äußerst selten vorkam.

Erst am Mittwoch wanderte ich von meinem Bett auf die Couch und las zum ersten Mal seit Tagen wieder in einem Buch.

Bis Donnerstag versorgte mich Linda notdürftig und zunehmend demotiviert mit Nahrung.

Freitags wagte ich mich gerade in der Küche an erste vorsichtige Kochversuche, als mich Josh auf meinem Handy anrief. Von einer Sekunde auf die andere war ich wie versteinert. Noch nie hatte sein Name auf dem Display meines Telefons aufgeleuchtet.

Als ich ranging, zitterten meine Hände. Meine Krankheit hatte mich nicht nur vor einem Aufeinandertreffen mit ihm bewahrt, sondern erfolgreich verhindert, dass ich mir dauernd Gedanken über das Geschehene machen konnte. In den vergangenen Tagen hatte ich mich in einer Blase befunden. Diese zerstach Josh mit seinem Anruf.

»Hallo?«

»Valerie«, meinte er und klang meiner Empfindung nach ein wenig atemlos. »Wie geht es dir?«

»Es hat mich übel erwischt. Ich habe die ganze Woche mit Grippe im Bett gelegen.«

Wahrscheinlich war er noch auf der Arbeit. Es war erst Mittag. »Okay, dann möchte ich nicht lange stören. Ich rufe an, weil ich nicht wollte, dass du dich überrumpelt fühlst. Ich habe dir einige Mails geschrieben, und bisher ist noch keine Antwort oder Bestätigung von dir gekommen.«

»Weil ich krank bin.«

»Ja, das weiß ich. Wie gesagt – es ist okay. Es geht mir nur darum, dass du dich auf einen Termin kommende Woche einstellen kannst.«

Ich setzte mich, weil mir das lange Stehen noch nicht sonderlich gelang.

»Ich habe mit Dr. Weng telefoniert. Du wolltest sie ja bei deinem Projekt mit ins Boot holen. Wir werden uns am Freitag mit ihr treffen.«

Vielleicht war das ein Fiebertraum. Denn Josh war gegen Dr. Weng. Zumindest lautete so mein letzter Wissensstand.

»Wieso tust du das auf einmal?«, fragte ich frei heraus. Mein Filter war noch nicht hochgefahren.

»Weil... weil du die richtigen Entscheidungen getroffen hast. Nicht ausschließlich, aber meistens.«

»Weil ich vermutlich am besten weiß, was gut für Carla ist.«

»Wer ist Carla?«

»Ähm... so nenne ich das Projekt.«

»Carla«, wiederholte er. Ich konnte hören, dass er grinste, und stellte mir seinen Gesichtsausdruck dabei vor, was ein Fehler war. Denn plötzlich kribbelte es wieder in meinem Bauch.

Gott, ich stand auf Josh Bedingfields Grinsen.

»Was möchtest du mit ihr besprechen?«

»Ich denke, es ist gut, ihre Einschätzung und Erfahrungswerte in das Projekt einfließen zu lassen«, erklärte er. »Das könnte uns mit der Zellmutierung schneller voranbringen.«

»Dr. Weng ist grandios. Ich kann gar nicht glauben, dass du dich auf meine Idee einlässt.«

Josh seufzte. Ich wusste nicht, woher dieser Wandel kam, verbot mir aber, diesen einen dummen Kuss dafür verantwortlich zu machen. Denn was wäre die logische Schlussfolgerung? Dass wir uns ab sofort regelmäßig küssten?

»Ich versuche, eine Basis zu schaffen«, erwiderte er. »Gute Besserung.«

»Danke.« Damit meinte ich nicht nur seine Genesungswünsche.

KAPITEL 17

Auseinandersetzungen am Stillen Örtchen

Josh

Dienstag bis Donnerstag verbrachte ich auf einer Tagung in Dublin. Als ich zurück nach London kam, traf ich mich mit Harry auf ein Bier in einem Pub nahe seiner Wohnung. Ich war müde und warnte ihn deshalb vor, nicht lange bleiben zu wollen.

Harry lamentierte gerade über eines seiner Probleme, die meistens mit irgendeiner Frau zu tun hatten – in der Sache waren wir uns in letzter Zeit ähnlich. Ich bildete mir ein, aus den Augenwinkeln gesehen zu haben, dass Dario zur Tür hereinkam. Und tatsächlich täuschte ich mich nicht. Das war mein Chef. Er steuerte einen der Tische im hinteren Bereich des Lokals an. Allerdings war er nicht allein, sondern in Begleitung einer Frau. Und diese Frau war eindeutig nicht Valerie.

»Wenn ich dich zu Tode langweile, sag es einfach«, kommentierte Harry meine geistige Abwesenheit.

»Was? Nein. Da ist nur ... Dario.«

»Dein Boss Dario?«

»Ja, genau der.« Ich deutete mit dem Kinn unauffällig in dessen Richtung. Sowohl er als auch seine Begleitung hatten sich mittlerweile hingesetzt.

»Was für ein Zufall.«

Ich glaubte nicht an so etwas wie Zufälle. Aus irgendeinem bestimmten Grund hatten Dario und ich zur gleichen Zeit diesen Pub ausgewählt. Vielleicht sollte ich ihn mit dieser Frau sehen.

»Er ist mit einer anderen Frau hier«, sagte ich und trank einen Schluck Bier.

»Dann gab es also keine zwischenzeitliche Versöhnung bei den beiden?«

»Vermutlich nicht. Ich war die ganze Woche nicht in der Firma, und Valerie war letzte Woche krank.«

»Sieht so aus, als wäre er über die Beziehung hinweg.« Harry verrenkte sich den Hals, um so unauffällig wie möglich zu gaffen.

»Möglich«, überlegte ich und spürte schlagartig enorme Wut in mir hochsteigen.

Wut gegen Dario. Gleichzeitig war ich erleichtert. Warum auch immer.

Es ging mich nichts an, wie und weshalb sich die beiden getrennt hatten. Ich war noch nicht einmal sicher, ob sie überhaupt eine echte Beziehung geführt hatten. Aber irgendetwas verleitete mich dazu, Valerie beschützen zu wollen.

Ich rieb mir mit der Hand übers Gesicht und versuchte, mich nicht weiter mit Dingen zu beschäftigen, die mich nichts angingen. »Vergessen wir es«, sagte ich daher und deutete Harry mit einer Handbewegung, weiterzusprechen.

Ein Teil meiner Aufmerksamkeit blieb aber trotzdem bei Dario. Und ich witterte meine Chance (wofür auch immer), als er sich erhob und zur Toilette ging. Schnell entschuldigte ich mich bei Harry und stand ebenfalls auf.

»Mach keinen Scheiß, Mann«, meinte dieser noch, als ahnte er, dass ich etwas Dummes vorhatte.

Zielstrebig ging ich den Flur zu den Toiletten entlang, stieß die Tür auf und wusch mir pro forma die Hände. Das war nicht so peinlich, wie neben Dario zu pinkeln und eine noch viel peinlichere Unterhaltung zu beginnen, die möglicherweise in einer unangenehmen Diskussion enden würde.

Dann war er neben mir. Im Spiegel sahen wir uns in die Augen.

»Josh«, murmelte er und drehte den Wasserhahn auf.

»Dario, was für eine Überraschung, dass wir uns hier treffen.«

Dario benutzte Seife. Eine Menge Seife. Als wollte er sich zum Beispiel den Schmutz des Betrugs von den Händen waschen. »Ja, wirklich. Sehr überraschend.«

Seine Selbstsicherheit provozierte mich. Ich musste allerdings klug vorgehen. Dario ahnte nicht, dass ich von der Trennung erfahren hatte. Noch dazu von Valerie höchstpersönlich. »Weiß Valerie von dieser Frau da draußen?«

Er runzelte die Stirn, und seine aalglatte Maske fiel in sich zusammen. »Das ist Privatsache.«

Ich drehte mich in seine Richtung und streckte den Rücken durch. Wir waren annähernd gleich groß. »Was meine Frage nicht beantwortet.«

»Liegt dir plötzlich so viel an Valerie, oder warum kommst du mir blöd?« Er war ganz das reiche Bürschchen. Launisch. Sprunghaft. Unfair.

»Ich versuche nur, Beweise zu finden.«

»Beweise wofür?«, schnauzte er mich an.

Entweder hatte er Angst, aufgeflogen zu sein, oder das Lügenkonstrukt der beiden war zusammengebrochen – was ich eher glaubte. So oder so wollte ich nicht, dass Valerie von diesem Schnösel in eine derart absurde

Kacke gezogen wurde. Er saß am längeren Hebel, und sie war ihm mehr oder weniger ausgeliefert.

»Entweder betrügst du sie, was ziemlich scheiße ist. Oder ihr seid getrennt, was natürlich tragisch wäre. Oder ihr habt uns eine Show geliefert«, schleuderte ich ihm an den Kopf. Ich wollte sehen, wie er reagierte.

Der Kerl zuckte zusammen, und der Rest seines Trotzes verschwand. »Das sind schwere Vorwürfe.«

»Ich will einmal ganz ehrlich sein, Dario. Von Anfang an kam mir an eurer Beziehung etwas komisch vor. Sie wirkte teilweise etwas gekünstelt.« Es ging mich nichts an, da musste ich ihm zustimmen. Trotzdem war ich nicht in der Lage, mich zurückzuhalten. »Valerie hat mir erzählt, dass ihr euch getrennt habt.« Ich konfrontierte ihn mit all den Fakten, um zu sehen, wie er damit umging.

Erstaunlicherweise blieb er cool. Er runzelte bloß die Stirn und musterte mich dabei. »Das ist unsere Sache.«

»Du wiederholst dich«, sagte ich provokant.

Dario zog ein Papierhandtuch aus dem Metallspender an der Wand und trocknete sich seine Hände ab. »Warum setzt du dich so für Valerie ein? Sie hat mir meistens von deinen Boshaftigkeiten, aber nie von deiner Aufopferungsbereitschaft für sie erzählt.«

Diese Frage traf mich unvorbereitet. Das war meistens so, wenn man blindlinks in eine Konfrontation stürmte, bei der man selbst ebenfalls viel zu verlieren hatte.

Ich rang um Worte. Zu lange.

Dario schaute mich an, als wäre ich eine seiner internen Verbesserungen, die er analysieren wollte. »Was hat dich dazu bewegt, mir in die Herrentoilette zu folgen, Josh?«

»Es geht mir darum, die Wahrheit zu erfahren«, presste ich hervor.

»Wirklich? Ich glaube dir nicht.«

Ich atmete durch, weil ich nicht durchdrehen durfte.

Wahrscheinlich war ich nur hier, weil ich eine Bestätigung für meine Vermutung haben wollte. Dass irgendetwas zwischen den beiden nicht mit rechten Dingen zuging, war mir spätestens seit Eastbourne klar. Dann unser Kuss und jetzt Darios Date mit dieser Frau. Ich hatte ein Problem damit, ihr Notpflaster zu sein und von ihr bei der nächstbesten Gelegenheit einfach ausgewechselt zu werden.

Dario kam einen Schritt näher und pfefferte sein benutztes Papierhandtuch in den Mülleimer hinter mir. »Ich denke, dass du tief in dir der Meinung bist, ich hätte dir etwas weggenommen. Deine Autorität, deine Macht und zuletzt die Frau, die du begehrst und deswegen unfair behandelst. Du fühlst dich für zu viele Dinge verantwortlich. Du willst alles dirigieren. Aber so läuft es nicht, Josh. Denkst du, mir ist nicht aufgefallen, wie du sie anschaust?«

»Lass das«, fauchte ich.

»Wieso? Weil ich deinen wunden Punkt treffe?«

»Weil du so tust, als würdest du mich kennen.«

Und weil er mich verunsicherte.

Er lachte breit. »Beziehungen sind wirklich kompliziert. Richtig, Josh?«

Bevor er ging, klopfte er mir auf die Schulter. Mut hatte der Typ ja, das musste man ihm lassen.

Ich war so geladen, dass ich mich auf dem Waschbecken abstützte und einige Male tief durchatmete. Erst dann konnte ich zurück zu Harry gehen. Wir bezahlten eilig und verließen den Pub. Was blieb, war die Wut tief in meinem Bauch.

Doch da war noch etwas anderes. Mein Beschützerinstinkt, der mich drängte, Valerie die Augen zu öffnen. Dieser Kerl hatte sie benutzt, auf welche Art auch immer. Ob zu seinen Gunsten, zu seinem Spaß oder einfach nur, um sie flachlegen zu dürfen. Bestimmt würde sie mir nicht glauben. Ich musste also geschickt an die Sache rangehen.

KAPITEL 18

Lange Aufenthalte in dunklen Räumen
hemmen die Aufnahme von Vitamin D!

Valerie

Wir trafen uns mit Dr. Weng in einem netten Hotel-
restaurant in der Nähe des Bahnhof Paddington. Josh
hatte dieses Lokal ausgesucht.

Ich war verspätet, da ich mit dem Taxi gekommen
und der Verkehr zur Mittagszeit der reinste Horror war.
Dr. Weng und Josh entdeckte ich im Restaurant sitzend.
Beide auf der dunkelroten, u-förmigen Sitzbank.

Dr. Weng, eine blonde Frau, schlank und um die fünfzig, stand lächelnd auf, als ich näher kam. Sie trug ein
blassgelbes Stoffkleid und eine Menge Schmuck. Allein
um ihren Hals hingen drei Ketten, dazu Ohrringe, ein
Armband und drei Ringe.

Zu meiner Überraschung war sie diejenige, die mir
viele Komplimente machte. Dabei hatte ich mir zuvor noch
überlegt, wie ich meine Bewunderung ausdrücken konnte,
ohne wie ein Wissenschafts-Groupie daherzukommen.
Doch Dr. Weng kannte meine Dissertation und fand sie
beeindruckend, wie sie sagte. Zumindest behauptete sie
das. Aber was hätte die Frau davon, wenn sie mich belog?

Dieser gesamte Termin war verrückt. Zum einen war
da die Anerkennung der Frau, die ich bewunderte. Und

dann saß da Josh, den ich seit knapp zwei Wochen nicht gesehen, an den ich in dieser Zeit aber beinahe ununterbrochen gedacht hatte. An ihn und unseren Kuss.

Ich war zuerst ein wenig nervös und zappelig, konnte mich aber, als wir über Carla sprachen, etwas beruhigen. Meine Sorgen zerstreuten sich schnell. Josh und ich waren ein harmonisches Team. Noch dazu hatte sich Josh perfekt vorbereitet.

All das führte dazu, dass Dr. Weng immer aufgeschlossener wurde. Zum Abschluss sprach sie eine Einladung in ihr Krankenhaus aus, wo wir ihre gesamte Man- beziehungsweise Girlpower begutachten könnten. Das war noch lange keine Zusicherung, uns bei Carla zu unterstützen, aber zumindest hatte sie sich auf weitere Gespräche eingelassen.

Ich sprühte regelrecht vor Freude und wollte die gesamte Menschheit umarmen. Mit Josh fing ich an, als wir zu seinem Wagen gingen. Er hatte mir angeboten, mit ihm gemeinsam zurück zu PMG zu fahren. Und da überkam es mich, ohne mich mit den Konsequenzen zu beschäftigen. Inmitten der Lobby des Hilton, während wir auf einen der insgesamt drei Fahrstühle warteten, machte ich einen Hüpfer und schlang meine Arme um seine Schultern.

Er grinste verlegen und tätschelte meine Hand. »Du hast das echt toll gemacht.«

»Du auch. Danke für deine Unterstützung.«

Die Türen öffneten sich, wir traten ein (die Kabine war golden, ein Zeichen, dass es bald Erfolg für mich regnen würde) und fuhren in die Tiefgarage zu Joshs schwarzem Mercedes. Ich plapperte fortwährend über Carla, meine Ziele, meine Träume und wie ich jeden einzelnen gottverdammten Schritt angehen wollte.

Wahrscheinlich würde Josh bald die Geduld mit mir verlieren. Aber im Eifer der Freude war mein Redeschwall nicht mehr zu bremsen.

Der Verkehr hatte sich beruhigt – Josh war besagtem Redeschwall also bedeutend kürzer ausgesetzt. Wir fuhren in eine weitere Tiefgarage, diesmal die von PMG. Josh parkte, stellte den Motor ab, machte dann aber keine Anstalten, auszusteigen.

Unsicher fingerte ich an meinem Gurt herum, wagte aber nicht, den Drücker zu betätigen.

»Alles ... gut bei dir?«, fragte er schließlich zögerlich.

Ich war perplex, blinzelte und versuchte, die Stolperfalle zu erkennen. Ich fand aber keine. »Äh ... ja. Wieso?«

Erneutes Zögern. »Du warst krank.«

»Das war nichts Schlimmes. Bloß eine Erkältung.«

»Gut. Okay.«

Josh verhielt sich seltsam. Als würde ihm etwas auf dem Herzen liegen, das er aber nicht auszusprechen wagte.

»Ich laufe nicht weg vor dir, falls du das glaubst«, sagte ich. Ich wollte ihn aus der Reserve locken, und da ich wahrlich kein Profi im Umgang mit einem nahezu sprachlosen Josh Bedingfield war, griff ich zu der erstbesten Methode.

»Das hätte ich dir auch nicht zugetraut.«

»Sondern?«

»Wahrscheinlich ist es gerade nicht leicht für dich.«

Das war es wirklich nicht. Der Abstand zu Josh hatte zwar kurzzeitig dazu geführt, dass ich mich mit meinen Gedanken befassen konnte. Gleichzeitig hatte ich jetzt das Gefühl, diesen einen Moment, diesen Kuss, immer und immer wieder erleben zu wollen. Selbst in meinen wildesten Fantasien, denen ich mich während meiner kurzen Verliebtheit in Josh hingegeben hatte, war mein Verlangen nach ihm nie so stark gewesen.

Und ja, ich war intelligent genug, um zu kapieren, wie gefährlich meine plötzliche Unvernunft war. Ich wusste, was alles kaputtgehen könnte. Aber wie das mit Versuchungen nun einmal so war (ob in schokoladiger oder joshiger Form), erlag ich ihnen.

»Ich weiß, was ich tue«, versprach ich ihm.

»Und weißt du auch, was Dario tut? Ich meine, hoffentlich behandelt er dich weiterhin fair.«

Dieser Einwand war mir nicht präzise genug, um mich blindlings mit einer Antwort darauf zu stürzen. »Wir sprechen noch immer sehr viel miteinander.« Was wir nicht taten. Aber das zu behaupten schien für Josh zu sein.

Der allerdings runzelte die Stirn. »Ach ja? Und du vertraust ihm?«

»Probleme gehören meiner Meinung nach ausgesprochen. Du kennst mich. Und ja, ich vertraue ihm. Er wird nichts Unüberlegtes machen.«

»Ich weiß nicht, wie gut ich dich kenne, Valerie.«

Wie anders, wie viel intimer und sanfter er meinen Namen plötzlich aussprach. Ich bekam am ganzen Körper Gänsehaut.

»Ich weiß nicht einmal, ob du mir ins Gesicht lügst oder die Wahrheit sagst«, fuhr er fort und umschloss das Lenkrad so fest mit seiner linken Hand, dass seine Knöchel weiß hervortraten. »Wir haben die Kontrolle verloren. Das ist ein Problem.«

»Das finde ich nicht«, widersprach ich.

Damit erntete ich allerdings Joshs Frustration. Er drehte sich zu mir und schnaubte. »Meine Einstellung zu Affären, Beziehungen oder was auch immer zwischen

Arbeitskollegen hat sich nicht geändert. Gleichzeitig kann ich seit geraumer Zeit nur noch an ... dich denken.«

Das zu hören, war mehr als überraschend. Ja, wir hatten uns geküsst. Aber dass er an mich dachte, vielleicht sogar mehr wollte, war, als würde ich nicht mehr länger nur davon träumen, Millionärin zu sein, sondern als hätte ich tatsächlich im Lotto gewonnen.

»Ich muss auch dauernd an dich denken«, gestand ich und griff nach seiner Hand. Seine Finger waren warm, definitiv wärmer als meine.

Zuerst versteifte er sich, dann sah er zu unseren Händen hinab und strich mit seinem Daumen über meinen Handrücken. »Und das nimmst du einfach so hin?«

»Es ist zumindest besser als alles, was ich jetzt habe.« Das war absolut und hundertprozentig ehrlich.

An seinem Kiefer zuckte ein Muskel, was normalerweise nur dann vorkam, wenn er die Geduld verlor, weil irgendjemand Mist gebaut hatte. Diesmal führte dieses Muskelzucken allerdings nicht zu einem Anschiss, sondern zu etwas, das ich vermutlich bis an mein Lebensende nicht mehr vergessen würde. Josh hob meine Hand an seine Lippen und küsste sie.

Wie gebannt sah ich ihm dabei zu.

»Das hier ist moralisch verwerflich. Unvernünftig. Falsch.« Er küsste aber nach jedem Wort meine Hand, als wollte er die Bedrohung damit gleich aus der Welt schaffen.

»Ich weiß«, murmelte ich.

»Warum steigst du dann nicht einfach aus und ersparst uns beiden den ganzen Ärger?«

»Weil ich nicht kann. Ich kann einfach nicht.«

Josh scannte mein Gesicht. Meine Augen. Meine Nase. Meine Lippen.

Ich schwieg und atmete heftig. Schließlich gurtete ich mich ab und beugte mich hastig über die Mittelkonsole zu ihm. Dabei entriss ich ihm meine Hand und legte sie an seine Wange. Ich küsste ihn – hungrig und schnell.

Es war wie ein Rausch. Etwas, das sich langsam anbahnte, dann aber über einen hereinbrach.

Und es war gut. Süchtig machend.

Ich hörte ein Klacken. Josh rutschte mit seinem Sitz nach hinten und zog mich auf seinen Schoß. Mein Kleid schob sich nach oben, während er seine Arme um mich schlang.

Kurz nur entfernte ich meine Lippen von seinen. Ich wollte ihn anschauen. Wollte mich vergewissern, dass er es tatsächlich war. Vielleicht wollte ich auch seinen Gesichtsausdruck sehen und einordnen, wie ernst ihm das hier war.

»Wir hören auf, wenn du es sagst«, flüsterte er.

Nickend strich ich mit meinen Fingerspitzen über seine stoppelige Wange. Im Anschluss gab ich ihm einen kurzen Kuss. Und noch einen. Und noch einen. Josh ließ mich gewähren, streichelte meinen Rücken und lehnte sich zurück.

Zwischen meinen Beinen spürte ich ihn. Und das war ... wow. Josh-träum-nicht-einmal-davon-Schätzchen-Bedingfield war hart. Wegen mir.

Ich zog nicht ernsthaft in Erwägung, hier in seinem Wagen, in der Tiefgarage unserer Firma, mit ihm Sex zu haben. Aber ich wollte sein Begehren zumindest eine Weile fühlen, damit ich mich im Anschluss an diese Eskapade daran erinnern konnte. Zum Beispiel, wenn ich einsam in meinem Bett lag.

Josh schien mit Fühlen allein nicht zufrieden (ein weiterer Beweis dafür, wer von uns beiden fordernder und ungeduldiger war). Er zog mein Becken näher und tat dann etwas, womit ich nie gerechnet hätte: Er schob seine Hand unter meine Nylonstrumpfhose und in mein Höschen. Auf einmal waren seine Finger an dieser pochenden Stelle, die nichts weiter wollte, als dass wir uns gegenseitig die Kleider vom Leib rissen. Aber noch hatte ich die Kontrolle. Die Betonung lag auf noch.

Ich stöhnte. Teils aus Lust, teils aus Verzweiflung.

Verschwommen konnte ich mir ausmalen, wie das hier enden würde. Erst ein Kuss, dann seine Finger auf meinem Kitzler und demnächst ... was? Schlief ich mit ihm?

Aber diese Kreise, die er mit seinen Fingern drehte ... Dieses Ziehen in meiner Mitte. Seine Blicke dazu. Sein Geruch. Seine Küsse.

Sprach das im Grunde nicht alles für die Richtigkeit der Sache?

Ich hatte keine Ahnung. Es kam selten vor, aber ich war nicht in der Lage, zu analysieren oder zu denken. Ich existierte als wimmerndes, seinem Orgasmus entgegenstrebendes Häufchen. Nie hätte ich heute Morgen daran gedacht, dass dieser Tag so verlaufen würde.

Nach der Anspannung der vergangenen Wochen war etwas Entspannung in Form eines mehr als attraktiven Mannes, der mich mit seinen Fingern in den allerhöchsten Orgasmushimmel trieb, doch sicherlich drin. Während er dieser Aufgabe nachkam, presste ich meine Stirn an seine Wange und wimmerte unverständliche Worte. Selbst für mich ergab das alles keinen Sinn. Was ich sagte, was ich fühlte, und vor allem, wie das alles so schnell hatte aus dem Ruder laufen können. Doch ich setzte auf Verdrängung und gab mich stattdessen den ureigenen Empfindungen meines Körpers hin. Zumindest in dieser Hinsicht harmonierten Josh und ich perfekt.

Nachdem die Wehen meines Höhepunkts langsam abklangen, küsste ich Josh. Während ich meine Augen aus Angst vor der Realität aber weiterhin geschlossen hielt, fühlte ich mich ihm ganz nah. Ich wollte ihm danken und ihn hassen zugleich – das war vermutlich der nie enden wollende Kreislauf, in dem wir uns befanden.

Später kletterte ich zurück auf den Beifahrersitz, richtete meine Kleidung und stieg aus. Josh blieb sitzen. Den Kopf hatte er nach hinten gelehnt, die Beine von sich gestreckt. Er sah mitgenommen aus. Es erschien mir nur richtig, ihm Zeit für sich allein zu geben. Ich flüchtete aber auch vor den ganzen Vorwürfen und Selbstzweifeln, die dank dieses erneuten Ausrutschers nicht weniger geworden waren. Sie hatten ein noch festeres, tieferes Fundament bekommen.

KAPITEL 19

Dr. Bedingfield, sollte Alkohol im Zusammenhang
mit potenziell brenzligen Situationen
vermieden werden?

Josh

»Wenn ich nicht innerhalb einer halben Stunde antworte,
ruft sie sofort an. Sie ist paranoid.« Harry beschwerte
sich seit mindestens zehn Minuten über die Frau, die er
gerade datete. Ich hatte ihren Namen vergessen.

Allerdings hörte ich nur halbherzig zu. Mehr Aufmerksamkeit schenkte ich an diesem Abend dem Alkohol. Mein drittes Bier stand vor mir und streckte mir
seine Ärmchen mit dem Versprechen entgegen, mich all
meine Sorgen vergessen zu lassen.

»Ich sollte es beenden«, überlegte Harry derweil.
»Aber ich mag sie ... irgendwie.«

»Ich sollte es auch beenden.«

Als Harry die Stirn runzelte, merkte ich, dass ich
meine Gedanken laut ausgesprochen hatte.

Schnell nahm ich einen weiteren Schluck und sah von
meinem Platz an der Bar aus durch das Lokal. Der Laden
war rappelvoll (wie ich in Kürze – haha). Es war Samstag-
abend, und ich hatte mich von Harry dazu nötigen lassen, mit ihm auszugehen. Er brauche Ablenkung, hatte
er gemeint.

Was er da noch nicht wusste: Ich brauchte auch dringend Ablenkung. Sonst würde ich früher oder später den Verstand verlieren und etwas wirklich Dummes machen. Mich betrinken beispielsweise und von Valeries Telefonnummer Gebrauch machen. So hatte ich immerhin Harry, der mich von Letzterem abhalten konnte (was er höchstwahrscheinlich nicht tun würde).

»Was beenden?«, hakte er nach und beugte sich zu mir.

In der Bar war es laut, und Harry klebte deshalb förmlich an mir, um mich besser hören zu können.

»Es ist etwas passiert. Mit Valerie.« Plötzlich konnte ich die Leute verstehen, die nach einem Geständnis bei der Polizei zwar begriffen, welche Konsequenzen sie erwarteten, sich aber gleichzeitig unglaublich erleichtert fühlten. Denn genauso ging es mir auch in diesem Moment. Und dabei hatte ich mein Wissen erst wenige Tage mit mir herumgeschleppt.

»Habt ihr ... miteinander geschlafen?«

Auf Harrys Frage hin schüttelte ich den Kopf. »Das nicht. Aber wir befinden uns auf dem besten Weg dorthin.« Ich erzählte ihm von den Geschehnissen und hoffte, er hätte eine passende Lösung für mich parat.

»Du bist streng, wenn es um Affären mit Kolleginnen geht.« Das war das Erste, das er zu sagen hatte?

»Sie war mit meinem Chef zusammen. Oder noch schlimmer: Sie hat irgendein krummes Ding mit ihm gedreht. Das ist nicht vertrauenswürdig«, rief ich ihm ins Gedächtnis.

Harry grinste. »Sie hat sich aber trotzdem auf dich eingelassen. Und du dich auf sie. Was sagt das über euch beide aus?«

»Dass wir wahnsinnig sind.« Ich kniff die Augen zusammen und fühlte mich zerrissen. »Ich habe so etwas noch nie erlebt, Harry. Dass ich jemanden zu glei-chen Teilen unausstehlich und anziehend finde. Diese Mischung ist es, die mich nicht mehr von ihr loskommen lässt.«

»Vielleicht solltest du zuerst herausfinden, welcher der beiden Teile überwiegt. Hältst du sie nicht aus, oder kannst du dir vorstellen, sie besser kennenzulernen?«

Möglicherweise hatte Harry recht. Ich hatte Panik, das stimmte. Panik, mein Ansehen oder sogar meinen Job wegen Valerie zu verlieren. Aber nicht alles im Leben musste ständig derart drastische Folgen nach sich zie-hen. Irgendwo zwischen purer Verdammnis und abso-luter Glückseligkeit gab es eine Grauzone. Darauf sollte ich vertrauen. Und auf die Zeit. Auf mein Bauchgefühl vielleicht auch.

Dass zumindest Letzteres wilde Dinge anstellte, bekam ich nur eine Stunde später präsentiert. Nämlich dann, als Valerie in Lindas Begleitung die Bar betrat.

Ich war überfordert, das musste ich ehrlich zugeben.

Die zwei näherten sich zielstrebig. Die Art, wie Harry und Valerie sich umarmten, machte klar, dass Harry seine Finger im Spiel hatte.

Harry jedenfalls sponserte zur Begrüßung eine Runde. Er verstand sich prächtig mit den Mädels, riss Witze und lockerte die Stimmung damit ungemein.

»Hast du eine Ahnung, was Menschen nach einer gescheiterten Beziehung am dringendsten brauchen?«, fragte Linda dicht neben mir, während Harry und Vale-rie etwas abseits von uns in ein Gespräch verwickelt waren.

Ich riet ins Blaue. »Ihre Ruhe?«

Sie kicherte. »Liebe. Überall.«

Okay, sie wusste definitiv von Valerie und mir. »Hört sich nach einem Hippie an.« Ich winkte ab und versuchte, mich noch irgendwie zu retten. »Da ist keine Liebe. Nichts dergleichen.«

»Aber sie bahnt sich an.«

»Tut sie nicht.«

»Tut sie«, beharrte sie und kniff die Augen zusammen.

»Linda, hör auf damit. Bitte.«

»Sieh sie dir an«, fuhr sie fort, meine Bitte ignorierend. »Sie mag dich.«

»Das hat sie dir gesagt?« Warum klang ich derart hoffnungsvoll? Peinlich. »Ist mir egal. Vergiss es.«

»Sie hat mir von euch erzählt.«

»Hat sie auch die Wahrheit über ihre Beziehung zum Boss erzählt?«

»Sie haben sich getrennt, wie du bereits weißt. Es ist aber noch inoffiziell.«

Ich stöhnte und warf einen Blick zu Valerie, die unglaublich aussah. Jetzt war der Moment gekommen, ihr Äußeres zu würdigen. Ihr schwarzes Trägerkleid, die hohen Schuhe und ihren Lipgloss oder was immer das auch war, das ihre Lippen derart zum Strahlen brachte. »Und ich bin der Notnagel für sie?«, hakte ich nach.

»Du bist zumindest derjenige, der ihr die Augen geöffnet hat.«

Ich musste aus tiefer Überzeugung lachen. »Klar, das gibt sie mir jede einzelne Sekunde zu verstehen.«

»Sie ist genauso hin- und hergerissen wie du.«

»Was wir hier machen, Valerie und ich, ist gefährlich. Nicht nur wegen Dario, sondern auch wegen unseres Ansehens innerhalb der Firma.«

Linda presste ihre Lippen zu einem Schmollmund

zusammen. »Keine Angst, ich werde mich persönlich für euch beide einsetzen«, versprach sie.

»Das klingt schrecklich.«

Lindas Fähigkeiten als Verkupplerin brauchte ich nicht, weil ich bereits auf Valerie abfuhr. Noch dazu auf eine Weise, die irgendwie gestört war. Ja, ich war nicht mehr einhundertprozentig nüchtern. Das war zumindest eine rudimentäre Erklärung, weshalb ich sie an diesem Abend so wunderschön und perfekt fand.

Sosehr ich mich auch wehrte, irgendetwas zog mich zu ihr hin. Wie in meinem Auto oder in meinem Büro bräuchte es nur einen Blick von ihr, und ich würde sie berühren. Vor all den Leuten.

KAPITEL 20

Ein Lachanfall und akute Atemnot

Valerie

An diesem Abend hatte ich einige Fehler begangen (kleinere und größere).

Ich hatte zu viel getrunken. Harry mein Herz ausgeschüttet (nachdem ich zu viel getrunken hatte). War aufgrund von Harrys Einladung mit Linda in diese Bar gefahren. Außerdem lechzte ich nach der Aufmerksamkeit einer einzigen Person. Auf deren Namen zu kommen war nicht schwer.

Je länger er mich ignorierte, umso mächtiger wurde der Wunsch, die Distanz zu überwinden. Zu stolpern, damit er mich mit seinen starken Armen auffangen konnte wie im Märchen. Ihn anzusprechen. Irgendetwas.

So konnte es nicht weitergehen.

Dieses dauernde Auf und Ab machte mich fertig.

Mit ein wenig Alkohol schien ich mich zu einer wahren Superdetektivin zu verwandeln. Ich fand Joshs Lieblingsgetränk heraus, bestellte zwei davon und drängte mich in einem Moment zu ihm, in dem Harry und Linda beschlossen, die kleine Tanzfläche, fünf Meter von unserem Standort entfernt, zu stürmen. Er musterte mich, dann die beiden Gläser, die ich mitbrachte. Sein Kiefer war fest aufeinandergepresst, seine Augen ein wenig glasig.

»Wollen wir weiterhin so tun, als wären wir nicht Teil derselben Gruppe?«, fragte ich und schob eines der Gläser über den Tresen in seine Richtung.

Er scannte es erneut, als traute er mir nicht. »Willst du mich abfüllen?«

Ich lächelte. »Vielleicht.« Ich hob mein Glas, stieß gegen seines und trank einen Schluck. Das Zeug war nicht gerade köstlich. Sauer und süß zugleich.

»Willst du nicht tanzen?«

Ich schüttelte den Kopf. »Nein. Du etwa?«

»Nicht wirklich.« Er sah kurz hinter mich. Zu den anderen vermutlich. »Du hättest nicht herkommen sollen.«

»Wir beide leben in einem freien Land«, widersprach ich, grinste aber dabei.

Josh lächelte ebenfalls, wenn auch ein wenig verzweifelt. »Du weißt genau, wie ich es meine. In letzter Zeit landen wir immer an demselben Punkt.«

»So langsam gefällt es mir dort sehr gut. An diesem Punkt, wie du es nennst.«

»Sagst du das, weil du betrunken bist?«

»Das ist mein voller Ernst. Gefällt es dir nicht, ständig dort zu landen?«

»Valerie.«

Ich liebte es, wie er meinen Namen aussprach. Das schaffte nur Josh – tadelnd und liebkosend zugleich. »Ja?«

Er hob eine Augenbraue und sah sich erneut nach den anderen um. »Ich werde dich nicht mitten in einem Pub neben all diesen Betrunkenen küssen. Oder neben Harry. Oder neben Linda.«

»Dann sollten wir wahrscheinlich von hier verschwinden.«

Etwas zertrümmerte ich mit dieser Aussage. Eine von Joshs unzähligen Schutzmauern, die ich früher einmal für unüberwindbar gehalten hatte. Er wandte sich an den Barmann und bat ihn, den anderen mitzuteilen, dass wir gegangen waren. Dann nahm er mich bei der Hand, und gemeinsam quetschten wir uns nach draußen. Ich hatte gerade einen Fuß auf den vom Regen noch feuchten Gehsteig gesetzt, als er mich an sich zog und küsste.

Dieser Kuss fühlte sich genau nach dem an, was ich am dringendsten brauchte. Und mit jedem Kuss wurden wir besser. Vertrauter.

Ich schlang die Arme um Joshs Nacken und wollte nicht, dass dieser Moment jemals aufhörte. Wollte nicht, dass das mit uns jemals aufhörte. Das sagte ich dann auch laut. »Ich wünsche mir, dass das mit dir niemals aufhört.«

Josh löste sich ein Stück von mir, musterte mich und packte mich an den Schultern. »Was ist mit Dario?«

»Er wird mir das Leben nicht schwer machen.«

»Und das steckst du so einfach weg?«

Linda hatte durch ihre unzähligen Kanäle bei PMG mitbekommen, dass Dario im Büro mit seiner neuen Assistentin über unsere Trennung gesprochen und alle Gründe genannt hatte, die ehrenhaft und plausibel klangen. Dass wir es nicht hinbekamen, Arbeit und Privatleben zu trennen, beispielsweise. Und dass wir andere Vorstellungen vom Leben hatten. Bald würde ganz PMG vom Ende unserer Beziehung wissen, und irgendwann würde sich das Getratsche legen. Bis dahin musste ich noch durchhalten. Und vor allem durfte ich nicht gleich mit dem Nächsten bei PMG etwas anfangen.

Diese Lüge... Sie würde zu einem gewaltigen Vertrauensproblem für uns werden. Weil ich sie fortspann, anstatt Josh aufzuklären. Ich machte alles nur noch schlimmer. Aber dieser Moment ... war so magisch. Ich wollte ihn nicht mit der Wahrheit beschmutzen. Deshalb nickte ich. »Diese Beziehung war von vornherein zum Scheitern verurteilt. Ich habe nach jemandem gesucht, der mich begeistert, und dachte, Dario wäre diese Person.«

Zumindest das entsprach in Ansätzen der Wahrheit.

Schon immer wollte ich diesen einen perfekten Mann für mich finden. Der mich vervollständigte. Der mich wachsen ließ. Der mich zum Lachen brachte. Der mich schätzte.

Ich hatte keinen blassen Schimmer, ob Josh dieser Mann sein könnte. Zumindest fühlte es sich aber momentan danach an, als könnte er dieser Rolle gerecht werden.

»Ich will nicht länger über Dario reden«, bat ich und küsste ihn.

Das Glück war auf unserer Seite. Irgendetwas im Universum schien verrückt darauf zu sein, uns beide zu verkuppeln. Auf einmal hielt da nämlich dieses Taxi, und niemand sonst wollte einsteigen. Josh und ich wechselten einen Blick, lachten und setzten uns wortlos auf die Rückbank des Wagens. Josh nannte dem Fahrer seine Adresse. Mein Herz schlug mir bis zum Hals, gleichzeitig konnte ich nicht aufhören zu kichern.

Was wir taten, war verrückt.

Wie viel Zeit hatte ich schon damit zugebracht, mir jede noch so winzige Konsequenz auszumalen? Trotzdem hatte es mich häufig zu Josh gezogen. Es fühlte sich mit ihm besser an. Einfacher.

Das Taxi hielt vor seiner Wohnung. Der Weg dorthin war holprig und langwierig, weil wir uns dauernd küssten. Wir stolperten, lachten und küssten uns nur noch mehr.

Josh gab mir den Schlüssel, damit ich seine Wohnungstür öffnete. Derweil stand er hinter mir und knabberte an meinem Hals. Ich kicherte und bog den Rücken durch. Es war verdammt schwer, dieses Schloss aufzubekommen. Schließlich aber gelang es mir, und wir taumelten in den Flur. Dort drückte mich Josh mit dem Rücken gegen die geschlossene Tür und machte sich, während er mich küsste, an den Trägern meines Kleides zu schaffen.

»Seit ich dich gesehen habe, wollte ich die schon runterschieben«, gestand er und erfüllte sich diesen Wunsch auch prompt. Er schob beide Träger über meine Schulter, mein Kleid rutschte mir daraufhin bis zur Hüfte runter. Danach küsste er erst mein linkes, dann mein rechtes Schlüsselbein.

Er führte mich in sein Schlafzimmer und schob mich auf sein Bett. Beim Anblick seines Kopfkissens erschien mir das alles plötzlich dermaßen surreal, dass ich nicht anders konnte, als mich vor Lachen zu biegen. Es war eines dieser nicht ganz nüchternen, schiefen Geräusche, das sich selbst in meinen Ohren furchtbar anhörte.

Josh lag neben mir und beugte sich über mich. »Zum Glück verfüge ich über eine ungesunde Portion Selbstvertrauen.«

»Sorry«, murmelte ich. »Es ist nur ... ich kann nicht glauben, dass ich hier bin. In deinem Schlafzimmer. In Josh Bedingfields Schlafzimmer.«

»Ich habe auch nicht erwartet, dich einmal hierher einzuladen«, erwiderte er ebenfalls grinsend.

»Du hast außerordentlich an deinem Image gearbeitet und es erheblich verbessert.«

Er kniff mich in die Seite, woraufhin ich nur noch mehr quiekte. Wir waren beide total überdreht. Wie zwei Teenager. Aber mir gefiel diese Seite an Josh.

»Jetzt werde ich daran arbeiten, dass du dieses Kleid endgültig loswirst«, meinte er, runzelte aber die Stirn. »Habe ich das gerade wirklich gesagt?«

»Ich glaube schon«, erwiderte ich und begann sein hellblaues Hemd aufzuknöpfen.

»Dieser eine Drink war zu viel.«

»Hoffentlich kannst du dich morgen noch an all die Dinge erinnern, die ich mit dir anstellen werde.« Ich hatte sein Hemd geöffnet und sah Joshs nackten Oberkörper. Nachdem er es ausgezogen hatte, strich ich mit den Fingern über seine Brust, spürte seine Wärme und fühlte tief in meinem Bauch etwas, das dort noch nie gewesen war. Wahrscheinlich waren es diese berühmten Schmetterlinge, die völlig durchdrehten.

Josh drängte sich zwischen meine Beine und küsste meinen Hals. Danach glitt sein Mund immer weiter abwärts – bis er zwischen meinen Beinen verschwand. Ein Kuss landete auf meinem Slip, dann musste dieser weichen. Währenddessen zog ich meinen BH aus und warf ihn auf den Boden, gleich neben mein Höschen.

Diese Küsse dort unten ... waren unglaublich.

Ich legte den Kopf zurück auf die Matratze und schloss voller Genuss meine Augen. Jede Stelle, die er berührte, prickelte. Ich war außer Atem, und mein gesamter Körper bestand aus An- und Entspannung. Erst als sein Mund verschwunden war und ich das Klicken einer Gürtelschnalle hörte, öffnete ich meine Augen wieder. Josh schlüpfte aus seiner restlichen Kleidung – Hose, Shorts und Socken landeten neben dem Bett.

»Geht es dir zu schnell?«, fragte er, den Blick ganz auf mich gerichtet.

»Nein. Es ist perfekt.«

Während ich lächelte, beugte er sich über mich. »Für

mich auch. Du fühlst dich so unglaublich perfekt an, Valerie.«

Wer hätte gedacht, dass Josh Bedingfield solch ein Charmeur war? Wie einen Schatz hatte er bis jetzt all seine positiven Charaktereigenschaften vor mir verbergen können.

Aus der Schublade seines Nachttisches holte er ein Kondom hervor und streifte es sich über. Wir küssten uns, als er dann schließlich in mich glitt. Ich stöhnte und schlang meine Arme um seine Schultern. Gemeinsam fanden wir einen wundervollen Rhythmus, der jeden Nerv in meinem Körper zum Flirren brachte. Ich war high und absolut ruhig zugleich.

Obwohl unser Kuss vor der Bar stürmisch begonnen hatte, war Josh jetzt sanft. Er suchte den Blickkontakt zu mir, suchte meinen Mund. Ich sog seinen Duft ein, zog an seinen Haaren und wurde das Lächeln gar nicht mehr los.

Dann steigerte er das Tempo, und ich zerrann vor Lust förmlich unter ihm. Zuerst kam ich, Josh folgte mir.

Nach unserem Stöhnen hörte man lange nichts. Ich hörte nur unsere Atmung und das Ticken einer Uhr. Josh lag neben mir, ein Bein hatte er mit meinen verschlungen. Er strich mir die Haare aus dem Gesicht.

»Lauf heute bitte nicht wieder weg«, flüsterte er.

Ich schluckte, hatte das Gefühl, meine Stimmbänder wären ausgetrocknet. »Werde ich nicht.«

Als er lächelte, zeichneten sich feine Fältchen rund um seine Augen ab. »Okay, dann kann ich ja beruhigt einschlafen.«

Ein Stopp im Bad folgte, danach kletterte ich nackt unter Joshs Decke. Er war neben mir. Ich schmiegte

mein Gesicht an seine Brust, sein Arm landete daraufhin wie selbstverständlich auf meiner Schulter.

Es war perfekt.

Der perfekte Ort. Der perfekte Mann. Der perfekte
Augenblick.

Das hier erinnerte mich stark an die Dinge, die ich
mir für mein Leben gewünscht hatte.

KAPITEL 21

Eine Gefahr für die Wissenschaft!

Josh

Es schien sicherer zu sein, dass wir uns nicht allein trafen. Ein offizieller Rahmen, ein paar Kollegen und ein unpersönliches Besprechungszimmer.

Verdammt beruhigend.

Als ich sie am Montag wiedersah, war ich dennoch nervös. Sie war Herrin ihres Projekts, das spürte ich bei jedem Wort, das sie darüber verlor. Mittlerweile kannte ich sie so gut, um zu wissen, wie wichtig ihr auch der kleinste Fortschritt war.

Irgendwie war sie aber auch Herrin über mich. Ihre Blicke, ihre Gesten und ihre Stimme – all das brachte mich dazu, die verrücktesten Dinge zu tun.

Gemeinsam als Team trafen wir uns einmal im Monat, um über anfallende Projekte zu sprechen. Wir verteilten Aufgaben und brachten uns gegenseitig auf den neuesten Stand. Die besten News behielt ich aber noch für mich. Ich wollte sie Valerie unter vier Augen überbringen. Diesmal waren selbst die Marketingabteilung und damit auch Linda anwesend, um einen Messeauftritt unserer Firma im Herbst zu planen.

»Wie findet ihr die Neuerungen?«, fragte Linda nach der Besprechung in die Runde.

Es war faszinierend, dass Valerie mit Lindas chaotischer Art klarkam, obwohl sie selbst die Ordnung in Person war. Linda war für Valerie eine wichtige Ratgeberin – wie Harry für mich. Bestimmt hatten die beiden ausführlich über unser Verhältnis geredet. Unser Gespräch in der Bar ließ mich glauben, dass Linda mir Valerie gegenüber den Rücken stärken könnte – für den Fall, dass ich es nicht versaute.

Es hatte sich eingebürgert, dass alle nach getaner Besprechung sitzen blieben und eine Weile quatschten. Ich war meistens stummer Zuhörer und nutzte diese Momente, um die Stimmung innerhalb meines Teams abzuchecken. Die war an diesem Tag entspannt.

»Diese Telefonboxen«, meinte Roger, der ein kluges Köpfchen war. Seine Monobraue aber machte mir irgendwie Angst. »Lieber wäre mir gewesen, sie hätten das dafür verwendete Geld direkt auf mein Konto überwiesen.« Zuerst brachte Rogers Aussage alle zum Lachen. Erst dann schien den meisten einzufallen, dass Valerie im Raum war. Die Trennung hatte mittlerweile die Runde gemacht. Aus Respekt vor ihr und dem Ende ihrer Beziehung zu Dario wirkten die anderen plötzlich verlegen. Als würden alle darauf warten, dass Valerie in Tränen ausbrach.

Ich hoffte, sie würde Darios dämliche Verbesserungen (die in Wahrheit keine waren) nicht auch noch verteidigen. Bedauerlicherweise tat sie genau das. Sie warf sich in den Lauf der Kugel und fing sie für diesen Mistkerl auf. Vor meinen Augen. »Ich bin mir sicher, dass wir alle bald die Vorzüge dieser Telefonboxen schätzen werden.«

»Ah ... ja. Wahrscheinlich«, murmelte Linda, kniff aber die Augen zusammen, als würde sie noch auf eine Ergänzung warten. Die war aber offensichtlich nicht für die Allgemeinheit bestimmt.

Nach dieser kurzen Unterhaltung fühlte ich mich, als wäre Valerie mir in den Rücken gefallen.

Später, als alle weg waren, blieb ich bei ihr. Ich lehnte mich an den ovalen Tisch und sah ihr zu, wie sie Unterlagen aufräumte.

»Warum verteidigst du ihn noch immer?«, fragte ich in die Anspannung hinein. Ich ging in die Offensive, weil ich dachte, mit Aufrichtigkeit besser zu punkten.

Valerie sah kurz zu mir. Sie wirkte müde und abgekämpft. »Dafür bist du geblieben?«

Geh nicht – das hatte ich am Samstag zu ihr gesagt.

Plötzlich aber war diese Verbundenheit weg. Ich traute ihr nicht. Zumindest nicht in Bezug auf Dario.

Ich näherte mich ihr und blieb hinter ihr stehen. Sie hatte ihre Haare zu einem Pferdeschwanz gebunden. Beim Anblick ihres nackten Halses regte sich Begierde in mir. Da war aber auch Eifersucht. Sehr viel davon. »Ich habe Dario gesehen. Vergangene Woche in einem Pub. Er war nicht allein dort, sondern in Begleitung einer Frau.«

Mit einem Ruck klappte sie die Mappe zu und drehte sich zu mir um.

»Mit einer Frau, die er geküsst hat. Wusstest du davon?«

Ein Muskel unter ihrem rechten Auge zuckte.

Es hätte keinen schlechteren Zeitpunkt gegeben, um diese Neuigkeit auf sie loszulassen. Sie fühlte sich offensichtlich schutzlos und verunsichert. Warum wollte ich ihr wehtun?

»Er hat mir gesagt, dass er dich getroffen hat.« Sie verschränkte die Arme vor der Brust, ging damit in eine offensichtliche Abwehrposition. »Zwischen Dario und mir ist alles geklärt. Wir haben beide ... Fehler gemacht.«

»Fehler?«, wiederholte ich erstaunt.

»Ich habe nicht gesagt, du wärst ein Fehler.«

»Ich verstehe dein Verhalten nicht. Ihr seid getrennt, und trotzdem setzt du dich, wie gerade eben, aktiv für ihn ein. Du hättest, keine Ahnung, einfach nichts sagen können.«

»Wie denkst du, stehen Dario und ich nach diesem riesigen Knall da? Zuerst sind wir frisch zusammen und dann sofort wieder getrennt? Ich will einfach kein Theater machen.«

»Es geht dir um deinen Ruf?«

»Um mein Ansehen, meinen Ruf, um mich selbst.« Seufzend hob sie die Hand, als wollte sie nach mir greifen. Schließlich zog sie sie aber zurück. »Das mit uns beiden macht es nicht besser.«

»Für uns beide«, erwiderte ich schroff.

Von draußen hörte ich Gelächter. Im Inneren des Besprechungsraums bahnte sich ein Drama an.

»Ich weiß.«

»Warum hast du dich auf mich eingelassen? Aus Rache? Aus Trost? Mir ist es egal, ich bin nicht beleidigt, sondern möchte nur verstehen, in welche Scheiße ich mich geritten habe.«

»Ich glaube, du verstehst selbst am besten, wie kompliziert das mit uns beiden ist.« Da war wieder dieser Blick, diese Herausforderung vermischt mit tiefer Verunsicherung. Ich konnte sie abservieren, konnte hier und jetzt mit ihr rummachen, oder ich konnte sie beruhigen. Andererseits verhielt sie sich so verändert. Sie verschloss sich vor mir, und das versetzte mich in Panik.

»Und wie geht es weiter? Tun wir so, als wäre Samstag nie passiert?« Ich wurde forscher, Valerie daraufhin wütender.

»Ich muss mir Gedanken machen. Fest steht für mich, dass ich mein Projekt nicht gefährden will.«

»Und bis dahin?«

Sie wirkte zerknirscht. Verloren.

Ich konnte nicht anders und legte meine Hand auf ihre Schulter.

»Ich glaube, es ist besser, wenn wir erst einmal Abstand halten. Außerhalb der Arbeit, meine ich.«

Damit machte sie meine Berührung zunichte. Und ich mich lächerlich. Ich zog meine Hand zurück und versuchte, meine Verzweiflung in den Griff zu bekommen.

»Wie immer du magst«, murmelte ich.

Sie registrierte meine Enttäuschung, sie war ja nicht blöd. Doch anders als am Samstag war ich diesmal derjenige von uns beiden, der zu fliehen drohte. Wovor ich weglaufen wollte, konnte ich selbst nicht genau sagen. Ich war enttäuscht. Verletzt. Aber am meisten hasste ich es, dass Valerie mich in der Hand hatte.

»Besser ist es, wenn wir diese Sache vergessen. Wir waren beide betrunken.«

Sie nickte. »Der Klassiker, oder?«

Wenn ich es vergessen wollte, warum wollte ich dann gleichermaßen meine bescheuerten Lippen auf Valeries noch viel bescheuertere Lippen pressen? Was stimmte nicht mit mir?

Ich wollte mehr von Valerie, mehr von dem, was wir am Samstag getan hatten, schaffte es aber nicht, ihr die Wahrheit zu sagen. Vielleicht, weil ich spürte, dass da noch mehr im Verborgenen lag.

Wahrscheinlich war sie momentan noch zu perplex, um ihre Gefühle zu verstehen. Dann wäre es definitiv falsch, wenn wir dort weitermachten, wo wir vor ein paar Tagen aufgehört hatten.

»Lass dich von diesem Kerl nicht verarschen.« Diesen klugen Ratschlag konnte ich mir zum Abschluss nicht verkneifen.

Als ich ging, zitterten meine Hände. Entweder war ich ein jämmerliches Weichei, oder ich hatte gerade etwas sehr, sehr Dummes getan, auf das mich mein Unterbewusstsein hinweisen wollte.

KAPITEL 22

Hygienisch fragwürdiger Nobelpreis

Valerie

Er ging mir aus dem Weg.

Ich ging ihm aus dem Weg.

Zwei durchweg perfekte Vorgehensweisen, um unsere Strategie in die Tat umzusetzen. Alles lief gut. Keiner hatte sich im betrunkenen Zustand ein Tattoo stechen lassen (Harry hielt mich netterweise auf dem Laufenden), und keiner hatte seinen Job verloren.

»Das ist alles so unglaublich nervig«, beschwerte sich Linda, während wir beide die zweite Wohnungsbesichtigung an diesem Tag über uns ergehen lassen mussten.

Die erste Wohnung, die wir uns angesehen hatten, hatte in der Beschreibung im Internet vielversprechend geklungen. Da war dieser große Wintergarten, ein Bad mit Fenster und Wanne. Eine neue Küche. Gedanklich hatte ich bereits meine Koffer gepackt. Als wir sie dann aber in echt gesehen hatten, hatte ich nur noch flüchten wollen.

Vor dem Haus war ein übertrieben lauter Verkehrsknotenpunkt, durch den Wintergarten konnte man auf eine vermüllte Gasse sehen, und die Küche war derart ranzig, dass vermutlich nur noch ein Abriss oder ein Feuer helfen konnte.

Meine Motivation für die zweite Wohnung war nach dem Reinfall am Vormittag gleich null. Ich kam aber trotzdem mit. Und ich hielt Lindas Wortgefecht mit der Maklerin aus. Es ging dabei um die Höhe der Kaution. Was in meinen Augen völlig irrelevant war, weil Linda und ich ohnehin sofort nach dem Eintreten beschlossen hatten, dass die Wohnung nichts für uns war. Sie war verdammt dunkel, verwinkelt und klein. Ich müsste mein Bett zerteilen und meine Körpergröße minimieren, um Platz im Schlafzimmer zu finden. Trotzdem war Linda offensichtlich auf Stress aus.

Wie die Mutter eines betrunkenen Teenagers lächelte ich die Maklerin beschwichtigend an, nachdem Linda mitten im Gespräch hinausgelaufen war.

»Wir müssen an deinen Manieren arbeiten«, sagte ich wenig später in der Tube zu ihr.

Linda verdrehte die Augen. »Diese Frau war ein Hai.«

»Sie ist lediglich für die Übermittlung der Kosten zuständig. Nicht sie macht den Preis.«

»Ich hasse Menschen«, murmelte sie und saugte an ihrem Strohhalm. Wir hatten uns auf dem Weg zu unserem nächsten Termin schnell Getränke besorgt.

»Ist das nicht mein Part?«

»Ich kann dich echt verstehen. Dein Missmut, deine Nüchternheit und deine soziale Inkompetenz.«

»Oh, danke. Wie lieb von dir. Ich finde dich auch schrecklich.«

Grinsend stiegen wir schließlich an der Haltestelle aus. Wir waren spät dran – wie meistens. »Aber das jetzt wird etwas. Ich habe es im Gefühl.«

Wenn sie daran glaubte, okay.

Meine Hoffnung hatte sich irgendwo zwischen Gammelküche und Dusch-Toilette verabschiedet. Es machte

mich wütend, dass ich für diese Termine einen Urlaubs-
tag geopfert hatte. Klar, ich konnte Josh dadurch noch
besser aus dem Weg gehen. Lieber würde ich meine freie
Zeit aber in der Karibik, auf der Couch oder in einem
Wellnesshotel verbringen.

Weit weg von Josh und seinen Küssen und noch viel
mehr von den Dingen, die er mir gegeben hatte und die
mir zu gut gefielen.

Vor dem Haus in Hackney war ein, um es mit Lindas
Worten zu sagen, »Freaking Park«. Ich musste sie regelrecht davon abhalten, zum Spielplatz zu laufen, um zu
schaukeln. Auch der Brunnen zog sie magisch an.

»Wir könnten Picknicks veranstalten. Auf der Wiese
liegen und lesen«, träumte sie weiter.

»Wenn die Wohnung aussieht wie die beiden davor,
sind wir auf der Wiese bestimmt sicherer. Zumindest was
sämtliche hygienische Standards anbelangt.«

Wir stiegen die drei Stufen nach oben und klingelten.
Eine Maklerin öffnete uns. Aber wie wir beim Betreten
der Erdgeschosswohnung feststellten, waren wir nicht
die einzigen Interessenten. Das war grundsätzlich ein
gutes Zeichen. Gleichzeitig mussten wir irgendeinen subtilen Test bestehen, um einen Mietvertrag abschließen
zu können.

Meine größte Sorge bezog sich in diesem Zusammenhang auf Linda. Der Blick, den sie dem Pärchen zuwarf,
war besorgniserregend. Auch unsere beiden Kontrahen-
ten liebäugelten mit der Wohnung. Der offene Wohnbereich war nicht nur hell, sondern durch die halbrunde
Glasfront auch besonders.

Ich wollte mich von diesem ersten Eindruck nicht
blenden lassen. Aber es wurde nicht schlechter, sondern
nur besser. Da war eine moderne, dennoch gemütliche

Küche. Zwei schöne Schlafzimmer, ein großes Bad mit Fenster, Badewanne und Regendusche. Die Wohnung war ruhig und verfügte über einen eigenen Garten, der von außen nicht einsehbar war.

»Ich glaube, das ist sie«, flüsterte Linda, während wir beide in der Toilette standen. Überraschung, auch die war sauber und gepflegt.

»Glaube ich auch«, sagte ich. Plötzlich war ich wieder motiviert und voller Elan. »Wir müssen hier einziehen.«

»Was ist mit den beiden?«, fragte Linda und lehnte sich ein Stück in den L-förmigen Flur.

Aus dem Wohnzimmer waren Stimmen zu hören.

»Sie scheinen begeistert.«

»Genau wie wir.«

»Was sollen wir machen?«

Linda nickte und schob sich an mir vorbei. »Lass mich übernehmen.«

Das wäre der ideale Zeitpunkt gewesen, um sie aufzuhalten. Aber ich war gedanklich schon bei der Gestaltung der Einrichtung. Deshalb folgte ich Linda zurück in den Wohnbereich. Da war sie aber schon mit einem Kopfsprung ins Gespräch gecrasht.

Zuerst betonte sie der Maklerin gegenüber unser Interesse. Danach forderte sie Informationen über die Nebenkosten und die Kaution ein. Im Anschluss wandte sie sich direkt an das junge Paar – er in schickem Anzug und sie in einem teuer wirkenden Seidenkleid. »Wir möchten total gern hier einziehen.«

»Wir auch«, erwiderte die Frau mit spitzer Stimme. Sie verschränkte ganz in Aggromanier die Arme vor der Brust.

Sicherheitshalber legte ich Linda von hinten eine

Hand auf die Schulter. Was sie nicht bemerkte oder gekonnt ignorierte.

»Wir sind zwei beste Freundinnen und schon lange auf der Suche nach einer passenden Wohnung. Unser derzeitiger Vermieter ist gemeingefährlich. Ein Verrückter. Sie wissen schon, jemand, von dem man irgendwann einmal in der Zeitung liest, dass er seine Frau zerstückelt hat oder so.«

Die Maklerin runzelte die Stirn, vermutlich war sie dieser Art der Unterhaltung nicht zum ersten Mal in ihrem Leben ausgesetzt. Der Kerl rümpfte die Nase, einzig seine Begleiterin schien skeptisch.

Linda ließ sich aber nicht beirren. »Er läuft halb nackt herum, terrorisiert uns mit Nachrichten und Anrufen. Ganz übel. Jedenfalls brauchen wir eine Veränderung. Wir arbeiten beide in der Forschung. Meine Freundin hier, Dr. Valerie Young, untersucht eine Therapie zur Krebsbekämpfung. Aber dank unseres Vermieters ist sie nervlich so angespannt, dass sie ihrer Arbeit wahrscheinlich bald nicht mehr nachgehen kann. Sie ist am Ende, wirklich.«

Alle Augen waren auf mich gerichtet. Mein rechtes Lid zuckte. Da ich nicht wusste, was ich sagen sollte, schwieg ich.

Linda war mit meinem Verhalten mehr als zufrieden. »Mrs Walker, diese Wohnung wäre ideal, da sie sich in der Nähe unserer Arbeit befindet und wir endlich, nach all der Qual, wieder frei sein könnten.«

Teilweise hatte sie immerhin die Wahrheit gesagt. Melodramatisch wurde es, als sie anfing, von potenziellen Nobelpreisnominierungen und -gewinnen zu sprechen. In ihren Augen (und damit auch in denen der drei Menschen, die ihr ausgeliefert waren) war ich der hellste

Stern am Forschungshimmel. Ein Stern, dem Gefahr in Form unseres derzeitigen Vermieters drohte.

Alle drei – der reservierte Kerl, die pikierte Frau und die Maklerin – wurden mitteilsam und berichteten von ebenso schrecklichen Erfahrungen mit Vermietern oder Beinahezusammenbrüchen. Das Pärchen überließ uns die Wohnung zwar nicht sofort. Als wir aber gingen, war mir klar, dass die Maklerin ein gutes Wort für uns einlegen würde. Sollte der Vermieter auf ihr Urteil zählen, hätten Linda und ich tatsächlich bald eine neue Bleibe.

»Und jetzt genehmigen wir uns ein riesiges Glas Wein«, beschloss Linda. »Wir müssen alle akuten Josh-Gedanken fortspülen und unsere neue Wohnung feiern.«

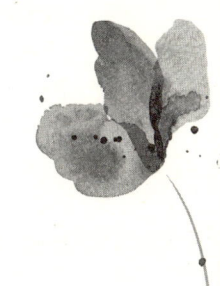

KAPITEL 23

Dr. Bedingfield, dürfen
nicht zufriedenstellende Forschungsergebnisse
manipuliert werden?

Josh

Ich stand im Fahrstuhl, und plötzlich stieg sie ein. Ihr Lächeln traf mich unvermittelt. Durch die Glaswand im Inneren hinweg begegneten sich unsere Blicke. Zuerst zurückhaltend, dann zog sie eine Augenbraue hoch und grinste. Das alles passierte nicht nur innerhalb weniger Sekunden, es dauerte auch nicht viel länger.

Danach sah Valerie stoisch zu Boden. Und ich wusste nicht, was dieses Lächeln zu bedeuten hatte.

Ich hielt es nicht mehr aus. Beim nächsten Halt verließ ich die Kabine und ging zu Fuß weiter.

In den darauffolgenden Stunden suchte ich einen Vorwand, um mit Valerie zu sprechen. Gleichzeitig hielt ich mich selbst verzweifelt davon ab. Wir hatten uns auf ein Kontaktverbot außerhalb der Arbeit geeinigt – daran musste ich mich halten.

Daran wollte ich mich halten.

Sogar abends, nachdem ich mich eine Stunde im Fitnessstudio völlig verausgabt hatte und wieder daheim war, kreisten meine Gedanken um diese Frau. Sie war zum Mittelpunkt meiner Überlegungen geworden. Immer häufiger fragte ich mich, ob ich verknallt in sie war. Das ging doch über Lust hinaus.

Viel wichtiger: Wollte ich in sie verknallt sein?

Stöhnend warf ich meinem Bett einen wütend-sehnsüchtigen Blick zu.

Ich musste etwas tun. Mich ablenken.

Harry hatte leider keine Zeit. Er war auf einem Date. Zumindest einer von uns, der sein Leben genoss und sich nicht wegen unerklärlicher Gefühle für eine Frau, die er eigentlich nie hatte leiden können, in den Wahnsinn treiben ließ. Ich sollte mir eine Scheibe davon abschneiden.

Stattdessen entschloss ich mich, die Unterlagen zu unserem CAR-T-2-Projekt zur Hand zu nehmen. Während ich las und mir Notizen machte, fiel mir plötzlich ein triftiger Grund dafür ein, Valerie anzurufen oder ihr zu schreiben – das uns zugesicherte Budget.

Ich griff nach meinem Handy und tippte auf Valeries Kontakt. Es klingelte, und sie ging ran. Auf einmal gab es kein Zurück mehr.

»Hallo?«, fragte sie zögerlich. Das hatte ich verdient.

»Hey … tut mir leid, dass ich so spät anrufe.« Es sollte mir leidtun, dass ich überhaupt anrief. »Ich bin gerade dabei, einige Unterlagen zu unserem Projekt … zu deinem Projekt durchzugehen. Mir ist eingefallen, dass ich dir vor geraumer Zeit schon mitteilen wollte, dass uns weitere Gelder zugesichert worden sind.«

Schweigen.

Dann hörte ich sie einatmen. Ich würde sie gern sehen, dann könnte ich ihre Stimmung besser einschätzen.

»Jetzt, da du an der Sache beteiligt bist, funktioniert die Bewilligung der Fördermittel plötzlich?«

Ich schloss die Augen und bereute sofort, sie mit meinem Anruf überfallen zu haben. Tief in meiner gestörten Seele wusste ich, dass ich aus einem einzigen Grund anrief – weil ich Valerie vermisste. Weil ich sie glücklich machen wollte.

»Der Antrag lief schon länger«, erwiderte ich ruhig. »Das war bloß Timing.«

»Wie auch immer. Klar, es bringt uns weiter. Trotzdem fühlt es sich für mich an, als wäre mein Projekt, jetzt, da du dich daran beteiligst, auf einmal mehr wert.«

Ich war ein Türöffner. Und gewissermaßen gefiel mir die Rolle, obwohl ich wusste, dass Valerie hervorragend allein klarkam.

Ich setzte mich aufs Bett, und zum ersten Mal, seitdem wir gemeinsam hier gewesen waren, spürte ich nicht dieses Ziehen in meiner Brust. »Du bist die Chefin«, versprach ich, was sie zum Lachen brachte.

»Das glaubst du selbst nicht.«

»Wir haben uns die Woche im Büro kaum gesehen. Wie geht es dir?«

Sie schwieg. Ich sah vor meinem inneren Auge, wie sie ihre Stirn runzelte und zu verstehen versuchte, was genau ich mit meiner Frage bezweckte. »Gut. Okay«, korrigierte sie sich selbst. »Und dir?«

Sollte ich ehrlich sein oder lügen?

Der alte Josh, der gelernt hatte, immer stark sein zu müssen, stets unantastbar war, hätte behauptet, ihm würde nichts fehlen. Aber dank Valerie hatte ich gelernt, dass es manchmal verdammt befreiend war, seine Rüstung abzulegen. »Um ehrlich zu sein, bin ich nicht zufrieden mit dem Ausgang unserer letzten Unterhaltung. Ja, ich habe deinem Vorschlag zugestimmt. Aber ich … keine Ahnung.«

»Was?«, hakte sie hoffnungsvoll nach.

»Ich bin gern mit dir zusammen. Und sei es nur, damit ich dich ein wenig ärgere und wir danach miteinander streiten.« War das zu ehrlich? Ich schüttelte den Kopf, kniff die Augen zusammen und presste meine Faust gegen meine Stirn. Ihr Zögern vergrößerte die Peinlichkeit für mich.

Doch dann sagte sie mit weicher Stimme: »Ich mag unsere Diskussionen auch.«

Unsere Diskussionen – es gab ein Uns.

Vor einem halben Jahr hätte ich so laut gelacht, dass Valerie auf einem Ohr taub geworden wäre. Jetzt aber fand ich so großen Gefallen an dieser Bezeichnung, dass ich mich von dieser Euphorie mitreißen ließ.

»Ich sage dir einfach, was mir alles gerade durch den Kopf geht.«

»Da bin ich gespannt«, murmelte sie und holte sich vermutlich gerade Popcorn.

Vorhang auf. »Dario und du habt euch getrennt, das macht alles irgendwie einfacher und schwerer zugleich. Ich weiß nicht, ob du über ihn hinweg bist. Oder ob du gerade den ärgsten Liebeskummer deines Lebens durchstehst. Aber ... du bist frei, Single.« Wem, zur Hölle, rief ich all diese Dinge ins Gedächtnis? Mir? Valerie?

»Die Trennung von Dario löst keine Trauer in mir aus«, versicherte sie mir. »Es ist vorbei, und das ist auch besser so.«

»Ich habe mir vorgenommen, nie etwas mit einer Kollegin anzufangen.«

»Trotzdem hast du es getan.«

»Ja, das habe ich.«

»Warum hast du deinen Vorsatz gebrochen?«

»Wegen dir, Valerie.«

»Wegen mir?«, wiederholte sie ungläubig.

»Ich habe lange gedacht, dass ich keine Zeit für und keine Lust auf etwas Unverfängliches habe oder auch auf etwas Festes. Aber das mit dir ist gut. Vielleicht weil wir auf vielen Ebenen gleich ticken.« Seit wann redete ich dermaßen geschwollen? Und vor allem schweifte ich zu weit ab vom eigentlichen Thema.

»Ich habe dir gesagt, dass es besser ist, wenn wir uns privat nicht mehr sehen«, rief sie mir in Erinnerung.

Das war gleichzeitig auch der Knackpunkt in der Geschichte. Ich hatte ihr zwar zugestimmt, meine Meinung aber mittlerweile überdacht. »Ich will dich aber sehen.«

»Um weitere Vorsätze zu brechen?«

»Scheiß auf diese Vorsätze«, sagte ich, lächelte dabei. »Wirklich, Valerie. Ich will nicht aufhören, mich mit dir zu treffen, weil es mir vorkommt, als hätte es gerade erst angefangen.«

»Vielleicht ist das auch der Anfang vom Ende.« Sie war ganz schön pessimistisch drauf. Aber einer von uns beiden musste vernünftig sein.

Ich hatte das unbändige Verlangen, mich in mein Auto zu setzen und zu ihr zu fahren. Sie bräuchte nur ein Wort zu sagen. »War das mit Dario nicht viel komplizierter?« Warum brachte ich diesen Trottel wieder ins Spiel?

»Du willst wieder über Dario reden?«

»Nein. Ja. Keine Ahnung.«

Sie kicherte. »Mit Dario war es auch schwierig, aber ich dachte, dass wir die Herausforderung schon irgendwie meistern werden.«

»Was sich als falsch erwiesen hat.«

»Ja, hat es. Gleichzeitig war er meine erste Beziehung mit einem Arbeitskollegen. Und, das ist der wichtigste Punkt, also hör gut zu: Ich fand ihn von Anfang an freundlich.«

Dem gab es nichts entgegenzuhalten für mich. Dario war ein Sunny-Boy. Ich war wenigstens ehrlich. Das mochte nicht jeder.

»Natürlich habe ich mittlerweile eine andere Facette von dir kennengelernt«, fuhr Valerie fort. »Eine, die mir gefällt.«

»Immer her mit den Komplimenten.« Ich war wirklich gerührt.

»Ich will aber nicht die nächste unüberlegte Beziehung, Josh. Dafür bin ich nicht gemacht, ebenso wie für eine belanglose Affäre.«

Ihre Ehrlichkeit war überraschend für mich. Ich lebte gerade eher im Hier und Jetzt, während sie sich deutlich mehr Gedanken über die Folgen gemacht hatte. »Das muss es ja auch nicht werden«, versicherte ich.

»Was wird es dann?«

»Freundschaft plus?«

»Ist das überhaupt etwas für dich? Ich meine, wie willst du da die Kontrolle behalten?«

In ihren Augen war ich ein jämmerlicher Kontrollfreak. Aber das stimmte nicht. Ich hatte nichts dagegen, mich auf ein Experiment einzulassen. »Darum geht es mir nicht«, erklärte ich.

»Um was geht es dir dann?«

»Um dich.« Erneut glänzte ich mit Ehrlichkeit.

»Und deswegen bist du bereit, all diese potenziellen Probleme in Kauf zu nehmen?«

»Ja.« Meine Antwort war mehr ein Gefühl als wirklich durchdacht. Ich hatte den ersten Gedanken laut ausgesprochen. »Und du?«

Valerie brauchte für ihre Erwiderung länger. »Ich sollte nicht, aber ... will. Dich.«

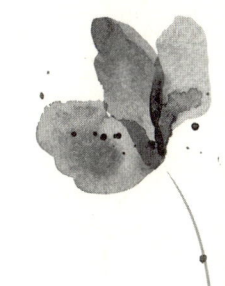

KAPITEL 24

Zu einem verschlossenen Patienten
dringt man am besten bei einem
Spaziergang vor

Valerie

Wir trafen uns direkt vorm westlichen Eingang zum Victoria Park. Die Sonne schien, es war warm, und viele andere Menschen hatten offenbar denselben Ort gewählt, um dort ihren Sonntag zu verbringen.

Ich war mit der Tube gekommen und eine Station früher ausgestiegen, um an unserer zukünftigen Wohnung vorbeizugehen.

Wir hatten den Zuschlag bekommen.

Überraschend schnell und unkompliziert.

Unsere Zeit in Mikes Fängen war damit endgültig gezählt.

Josh hierher einzuladen, hatte sich richtig angefühlt. Ich wollte mich nicht bei ihm treffen, weil es dann nach Sex-Date aussehen würde. Auch unsere jetzige Wohnung kam nicht infrage, weil Linda erstens die Couch besetzte und ich sicher nicht mit unserem Boss im Schlafzimmer oder bei ihr im Wohnzimmer abhängen wollte.

Aber das hier, der Victoria Park, war meine Zukunft. Und ja, vielleicht hätte Josh darin Platz. Einen Versuch war es wert.

Als ich ihn wenig später sah, er trug ein dunkelblaues T-Shirt, Jeans und eine Sonnenbrille, war auch der Rest meiner Sorge, mich in irgendetwas Überdimensionales gestürzt zu haben, bereits verflogen. Mein Bauch kribbelte, ebenso meine Handflächen. Als hätte ich zu viel Kaffee getrunken.

Wir wussten zuerst nicht, wie wir uns begrüßen sollten. Josh streckte seine Hand nach meiner aus, ich umarmte ihn. Wir lachten beide, nachdem wir uns mehr oder weniger miteinander verheddert hatten.

Wir gingen in Richtung East Lake, vorbei an prächtig blühenden Blumenbeeten, die den Duft von Lavendel und Rosen verströmten. Die Wiesen waren saftig grün, und die Vögel in den Bäumen lieferten sich ein Gesangsduell. »Du siehst gut aus«, meinte er.

»Danke.« Ich konnte mir ein Grinsen nicht verkneifen. Wenn er wüsste, wie schwer es mir gefallen war, das richtige Outfit für dieses Date zu finden. Und das nicht, weil ich besonders stylish sein wollte. Ich wollte mich anders präsentieren. Lockerer.

»Wie ist dieses Treffen für dich?«

»Seltsam, aber auch cool«, gestand ich.

Josh lächelte und steckte beide Hände in seine Hosentaschen. »Ich hätte schon fast aus Gewohnheit den Laptop eingepackt und wäre zu PMG gefahren. Dann ist mir eingefallen, dass wir uns ja nicht zu einem Meeting treffen.«

Er war verrückt. Aber mit seinem neu entdeckten Charme brach er das Eis. »Das wäre nicht der erste Sonntag, an dem du arbeitest.«

»Richtig. Aber das hier ist viel besser als jede Tabelle dieser Welt.«

Von Josh Komplimente zu bekommen, daran musste

ich mich erst gewöhnen. Obwohl ich nicht wusste, ob mir das jemals gelingen könnte. Ich war gedanklich noch zu sehr auf die Zeit eingestellt, in der wir uns dauernd gestritten hatten. Eine Dosierungsanpassung musste nach und nach folgen.

Wir gingen rund um den See und setzten uns im Anschluss auf eine Parkbank unter einer riesigen Linde. Ich nutzte die Gelegenheit, meinen Proviant auszupacken. Für jeden von uns beiden hatte ich Tee und einen Metallbecher mitgenommen. Josh schmunzelte, als ich uns einschenkte.

»Du hast gestern bei unserem Telefonat nicht widersprochen, als ich dich als kontrollsüchtig bezeichnet habe. Wieso?«, fragte ich.

Unsere Schultern berührten sich. Das fühlte sich gut an. Warm. Sicher.

»Weil ich gelernt habe, dass es klüger ist, einer Frau, speziell dir, nicht zu widersprechen.«

Lächelnd musterte ich sein Profil – die gerade Nase, das kantige Kinn und diese volle Unterlippe, in die ich am liebsten reinbeißen würde. »Sehr witzig. Woher kommt dieser Drang bei dir, alles regeln zu wollen?«

Er warf mir einen Seitenblick zu. Zuerst wusste ich nicht, ob ich zu weit gegangen war. Dann aber zog er seine Mundwinkel nach oben, und ich war spürbar erleichtert. »Das hat mit meiner Kindheit und dem Verhalten meiner Mutter zu tun. Der Klassiker, wie man ihn in jedem Psychologieratgeber findet.«

Ich hatte nicht mit einer solch bedeutsamen Erklärung gerechnet und wusste nicht, ob ich für eine derart tiefsinnige Unterhaltung geeignet war. »Mit deiner Kindheit?«, fragte ich vorsichtig.

Das Schnauben, das mich Josh hören ließ, gab eine

Menge Resignation preis. In diesem Geräusch steckte eine Geschichte, wobei ich nicht wusste, wie viel er davon mit mir teilen wollte. »Meine Mutter war depressiv, holte sich aber keine Hilfe. Im Gegenteil: Nach außen hin hat sie es geschafft, den Schein zu wahren. Zu Hause aber war sie total überfordert. Ich habe damit begonnen, für meine Schwester Laura und für mich zu sorgen.«

Mein Magen zog sich bei dieser Schilderung zusammen. Ich war als Kind zwar dauernd im Umbruch gewesen – ein Umzug hier, ein Umzug da –, aber meine Eltern hatten einen sicheren Hafen für mich bedeutet. Ich hatte mich immer auf sie verlassen können, mich geliebt und vor allem gewollt gefühlt.

»Das ist...«, stammelte ich ergriffen.

Josh lächelte bedauernd. »Schrecklich?«

»Ja. Und fürchterlich traurig.«

»Diese verantwortungsvolle Aufgabe hat mich zu dem gemacht, was ich heute bin. Ich musste früh bedeutsame Entscheidungen treffen, aber auch lernen, mit Konsequenzen umzugehen. Genau das, was ich heute auch mache. Dabei scheine ich alles richtig gemacht zu haben, da Laura ihren eigenen Weg gegangen ist. Und das auch noch ziemlich erfolgreich. Sie leitet ihr eigenes Unternehmen und lebt mittlerweile seit zwei Jahren in New York.«

Ich musterte ihn, und zum ersten Mal konnte ich seine Sturheit eindeutig zuordnen. Was ich immer für Hochmut gehalten hatte, war in Wirklichkeit das Resultat der Last der Verantwortung, die seit früher Kindheit auf seinen Schultern lastete. »Was ist aus eurer Mutter geworden?«

»Sie ist tot.« Mit zusammengekniffenen Augen sah er zum Teich, an dessen Ufer Schilf und Gras wuchsen. Die Wasseroberfläche war glatt, kein Lüftchen wehte.

»Das tut mir leid.« Genau konnte ich meine Emotionen nicht ausdrücken.

Jogger liefen an uns vorbei, und das Knirschen des Kieses dämpfte Joshs Stimme. »Soll ich ehrlich sein?«

Ich nickte, spürte dabei aber deutlich einen Kloß im Hals.

»Als sie gestorben ist, war ich einfach nur erleichtert. Für sie, für Laura und für mich selbst.« Mit einem bitteren Ausdruck im Gesicht sah er mich an. »Sie hatte ein Leben, Chancen, eine Zukunft. Es war nicht immer einfach, aber sie hat alles Gute in ihrem Leben zerstört und sich all dem Negativen hingegeben. Ich habe keine einzige schöne Erinnerung an sie.«

Ich ließ seine Worte auf mich wirken. Schweigend sah ich zu dem Pavillon, der friedlich zwischen einigen Bäumen dastand. Daneben ein Café mit Tischen und Stühlen. »Wie hast du unter diesen Umständen studieren können?«

»Durch verdammt harte Arbeit.« Sein Gesichtsausdruck verlor an Bitterkeit. Ich sah ihm an, dass es nicht einfach für ihn war, über seine Mutter oder seine Vergangenheit zu sprechen. Trotzdem hatte er sich mir geöffnet, und das bedeutete mir viel. »Ich musste Geld verdienen, lernen, mich um Laura kümmern. Manchmal war es kaum zu schaffen. Kaum auszuhalten. Mehrmals wollte ich das Handtuch werfen und das Studium aufgeben.«

»Was hat dich am Ende dann doch angetrieben?« Ich fand Geschichten wie Joshs unglaublich bereichernd. Unterschiedliche Ausgangssituationen konnten dennoch zum gleichen Ziel führen.

Nachdenklich drehte er den Becher in seinen Händen. »Die Angst, so zu enden wie meine Eltern«, gestand er. »Mein Leben zu vergeuden oder die wichtigsten Chancen zu verpassen. Mit diesem Hintergedanken habe ich auch Laura angetrieben. Dafür hat sie mich meistens gehasst.«

Ich erwiderte sein vorsichtiges Lächeln. Obwohl ich lange mit Josh zusammenarbeitete und mit ihm geschlafen hatte, war da zuvor noch nie eine solche Verbundenheit gewesen wie in diesem Augenblick. Sein Vertrauen zu spüren, seine Verletzlichkeit – das machte ihn für mich nur noch nahbarer. »Deine Schwester wird dir sehr dankbar sein.«

»Sie wirft mir weiterhin vor, mich zu sehr in ihre Entscheidungen einzumischen. Wahrscheinlich hat sie recht.« Er zuckte mit den Schultern. »Aber ich kann nicht anders.«

Ich lächelte, während eine Sängerin am Rand der Terrasse Tina Turner zum Besten gab. »Wie würde sie darüber denken, dass du dich mit mir freiwillig und außerhalb der Arbeit getroffen hast?«

»Willst du mich fragen, ob sie dich mögen würde?« Wie er bei seiner Frage lächelte, war ansteckend.

»Vielleicht lerne ich sie einmal kennen. Wer weiß, wohin diese Reise uns bringt. Ich finde es außerdem spannend, mir die Zukunft auszumalen.« Ich war kurz davor, ihn zu berühren. Das Verlangen war mächtig. Verstärkt wurde das Gefühl durch die Musik, die mich glauben ließ, die Hauptrolle in einer RomCom zu besetzen. »Gleich gehen wir in dieses Café. Wir genehmigen uns ein Glas Champagner, und am Ende tanzen wir unter dem Sternenhimmel.« Ich war überdreht vor Glück. Joshs Aufrichtigkeit hatte mir einen wahren Zufriedenheitsboost gegeben.

»So schaut dein Tagtraum aus?«

Ich kicherte und exte dann meinen Tee. »Nein. In einer perfekten Welt wären wir beide nackt.«

Als ich das sagte, runzelte Josh amüsiert die Stirn. »Okay.« Er lachte und schnaubte zeitgleich, was ein wirklich witziges Geräusch erzeugte.

Bevor ich mich noch tiefer in die Peinlichkeit reiten konnte, stand ich auf. Ich sah zu ihm hinab und streckte schließlich meine Hand aus. »Wie wär's mit Champagner?«

»Dort drüben?«, fragte er. »Denkst du, die haben welchen?«

»Lass es uns herausfinden.«

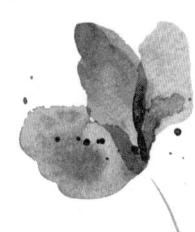

KAPITEL 25

Rhythmus im Blut

Josh

Sie hatten Champagner.

Ich kaufte eine Flasche. Nachdem wir jeder ein Glas davon getrunken hatten, bestellte ich etwas zu essen. Die Sängerin sang weiter und umrahmte die Szene perfekt – dahingehend musste ich Valerie zustimmen.

Mit jedem Schluck, den Valerie trank, wurden ihre Wangen röter und ihre Augen leuchtender. Zwischendurch rief ihre Mutter an. Sie entschuldigte sich kurz, ging dann aber ran und berichtete von ihrem Date mit mir. Sie strahlte, kicherte, und man merkte, wie innig die Verbindung zwischen den beiden war. Nachdem sie aufgelegt hatte, erzählte sie von den vielen Geschäftsideen ihrer Eltern, und ich lauschte. Dabei betrachtete ich ihre Schönheit, die an diesem Tag besonders zur Geltung kam. Ab und an spielte sie mit ihren goldroten Ohrringen, die perfekt zu ihrem luftigen, dunkelroten Kleid passten.

»Willst du wirklich tanzen?«

Verlegen lächelte sie, linste aber rüber zur improvisierten Tanzfläche und zuckte mit der rechten Schulter. »Wollen ist relativ. Witzig wäre es. Zumindest habe ich noch nie spontan in einem Park getanzt. Schon gar nicht mit Josh Bedingfield.«

Es kostete mich viel Überwindung, denn ich war keine Partymaschine. Schon gar nicht, wenn ich mich auf solch gefährlichem Terrain bewegte wie im Umgang mit Valerie. »Na dann.«

Ungläubig runzelte sie die Stirn. »Wir sollen wirklich tanzen?«

Ich deutete mit dem Kinn zu den Leuten, die die Tanzfläche bereits erobert hatten. »Hast du jetzt doch kalte Füße bekommen?«

»Nein, hab ich nicht. Lass uns tanzen«, sagte sie, stand auf und grinste.

Zu einer etwas eigenartigen Interpretation von »Dancing Queen« betraten wir die Tanzfläche und mischten uns unter die anderen Paare. Wir waren deutlich jünger, wurden aber dennoch oder vielleicht auch gerade deshalb von allen Seiten mit einem warmen Lächeln begrüßt. Da war ein Paar neben uns, der Mann trug sogar eine Fliege, die Frau ein geblümtes Kleid. Die beiden hatten es wirklich drauf und machten dem Titel des Songs alle Ehre.

»Ich entschuldige mich schon mal vorweg, sollte ich dir auf die Zehen treten«, warnte ich sie vor.

Wir brachten uns in Position, was sich schwieriger gestaltete als erwartet, da Valerie einen Lachflash bekam.

»Du machst dich doch nicht lustig über mich.« Ich lachte ebenfalls und nahm ihre Hand. Während ich meine andere Hand auf ihren unteren Rücken legte, platzierte Valerie ihre linke Hand auf meiner Schulter. So nah bei mir fühlte sie sich unglaublich an. Ich war stolz und glücklich zugleich, mit ihr hier zu stehen und dieses verrückte Tanzerlebnis zu teilen. Ihr Strahlen veränderte etwas in mir. Ich spürte, dass ich Gefahr lief, Gefühle für sie zu entwickeln, die über den lockeren Status, den wir unserer Verbindung gegeben hatten, hinausging.

»Wenn schon, lache ich über uns beide«, erklärte sie.

Wir setzten uns in Bewegung. Erstaunlicherweise verknoteten sich unsere Beine nicht, sondern wechselten von starr in ein gemächliches Tempo.

»Ich muss mich sehr auf das konzentrieren, was meine Füße machen.« Ich atmete ihren Duft ein und spürte die Stellen, die sie berührte, deutlich. Und sie berührte mehr als meinen Körper. Sie erreichte die tiefsten Punkte in mir. Sogar mein Herz, das sie immer mehr an sich riss.

»Man sieht dir an, wie du dich fokussierst.«

Schmunzelnd strich ich mit meinem Daumen über einen ihrer Wirbel und war zum einen fasziniert, zum anderen überfordert von dem Gedanken, dass ich möglicherweise dabei war, mich in sie zu verlieben. Was würde das für uns bedeuten?

»Meine männliche Ehre gebietet es mir, mit dem Kerl da drüben mitzuhalten.«

Ihr Blick wechselte von meinem Gesicht zu dem Paar. »Sieht nach langjähriger Erfahrung aus.«

»Ist es vermutlich auch.«

Sie leckte sich über die Lippen. »Meine Eltern haben früher auch oft miteinander im Wohnzimmer getanzt. Sie haben sich gedreht und gelacht. Und irgendwann hat mein Vater mich hochgehoben, auf seine Schultern gesetzt, und ich war mittendrin.«

»Soll ich dich auf meine Schultern setzen?«

»Machen wir lieber genauso weiter wie bisher.«

Ob sie das auf irgendeine Art doppeldeutig meinte, konnte ich nicht sagen. Ich wusste nur, dass dieser Tanz, so unbeholfen er auch sein mochte, der beste meines Lebens war. Schnell wurden wir zu einer Einheit, und alles um uns herum verschwamm.

Es gab nur noch Valerie und mich.

Und ihre Haut. Ihren Duft. Ihr Lächeln.

Ich hatte den Wunsch, sie glücklich zu machen. Und ich war zufrieden, da es ganz danach aussah, als würde mir das gelingen.

Eine Stunde später arbeiteten wir einhellig in meiner Küche an einem gemeinsamen Abendessen. Ich hatte die Reste, die mein Kühlschrank hergab, herausgekramt, und Valerie hatte daraus ein Gericht entwickelt. Irgendeine Pfanne mit Zeug, hatte sie ihre Kreation getauft.

Während wir aßen, erzählte mir Valerie von den Plänen rund um ihren Umzug.

»Harry wird mich sicher zwingen, euch zu helfen, um das Versprechen, das er dir gegeben hat, einzulösen. Also ... von mir aus«, schlug ich, einem Bauchgefühl folgend, vor.

Mit ihrer Gabel spießte sie eine Nudel auf und musterte mich von der Seite. »Im Ernst?«

»Ich fürchte, ich habe keine Wahl.«

Ich musste darüber nachdenken, wie verstrickt wir mittlerweile miteinander waren. Durch die Arbeit und nicht zuletzt durch dieses Freundschaft plus-Experiment. Ich hatte keinen Plan, wohin das mit uns führen könnte. Oder wie ernst es werden könnte.

Anders als erwartet machte mir diese Ungewissheit keine Angst mehr. Im Gegenteil: Mit Valerie fühlte ich mich freier und losgelöster von meinen Ängsten als je zuvor.

»Wie hat es dir geschmeckt?«, erkundigte sie sich bei mir, als unsere Teller leer waren.

Mit der Hand deutete ich auf meinen Bauch. »Es war wirklich gut. Du hast nicht zu viel versprochen.« Ihr Strahlen mochte ich unglaublich. »Darf ich mich dafür um den Nachtisch kümmern?«

»Sehr gern. Da bin ich aber gespannt.«

Mein Dessert war ein simpler Affogato. Wir tranken ihn auf der Couch, wobei wir Fuß an Fuß saßen und abermals über unsere nicht vorhandenen Tanzkünste lachen mussten.

»Wahrscheinlich ist dein linker Fuß schuld an unserer miserablen Tanzeinlage. Der sieht irgendwie ... klobig aus.« Ich hob besagtes Körperteil zwischen uns hoch und tat so, als würde ich ihn untersuchen.

Valerie wand sich lachend. »Mein Fuß ist ganz normal.«

»Etwas kürzer ist das Bein auch.«

Sie lachte nur noch mehr, als ich sie kitzelte. Ich griff nach ihrem leeren Glas und stellte es, zusammen mit meinem, auf den Couchtisch.

»Kommt jetzt die Arzt-Nummer, bei der du vorgibst, mich untersuchen zu müssen?«

Ich beugte mich über sie und strich dabei mit meiner Hand über ihren rechten Oberschenkel. »Das kannst du selbst auch. Schon vergessen, du hast Medizin studiert?«

»Ich könnte niemanden mehr untersuchen. Das ist zu lange her.«

»Ich muss mir das hier wirklich ansehen.« Um meine Aussage zu präzisieren, deutete ich mit dem Kinn auf sie. Danach lächelte ich und küsste sie. »Aber nicht, um irgendwelche Deformationen festzustellen, sondern weil es letztens viel zu dunkel war.«

»Außerdem warst du betrunken«, warf sie ein.

Ich grinste. »Das auch. Aber hauptsächlich war es dunkel. Seither habe ich das Gefühl, das Beste übersehen zu haben.«

Unser Kuss war langsam und zärtlich. Sie schlang die Arme um meinen Nacken und bog ihren Rücken durch, als wollte sie mir noch näher sein.

Mit meinem Mund arbeitete ich mich ihren Hals abwärts. Ich knabberte an ihrer Haut, schmeckte ihr Parfum und eine leichte Salznote. Ihre Haut war so unglaublich weich, Valerie so unglaublich schön.

Bisher war ich vor ihren Reizen weggelaufen. Wohl deshalb war ich in der Vergangenheit derart abweisend zu ihr gewesen. Das war purer Selbstschutz gewesen.

Dafür nahm ich mir Zeit, so viel wie möglich davon nachzuholen. Ich küsste sie, unterbrach den Kuss, schälte sie aus ihrem Kleid und küsste sie erneut. Sie seufzte lustvoll – kurz, lächelnd und verträumt. Danach widmete ich mich ihrem BH. Als sie diesen los war, ließ ich meine Lippen und meine Zunge über die Abdrücke gleiten, die er auf ihrer Haut hinterlassen hatte.

Ihre Brüste passten perfekt in meine Hände. Warm presste sich ihre Haut dagegen, in der Mitte ihre harten Nippel.

»Bis jetzt ist mir noch nichts Auffälliges ins Auge gestochen«, murmelte ich an ihrem Mund.

Als sie lächelte, kitzelte mich ihr warmer Atem. »Da bin ich ja erleichtert.«

»Ich fürchte, ich muss gründlicher nachsehen. Zur Sicherheit.«

»Natürlich. Sicherheit geht schließlich vor.«

Ihr Blick war verträumt und herausfordernd. Zielsicher streifte sie mir das Shirt über den Kopf und fuhr mit ihren Händen über meinen Oberkörper. Ich ließ meine Finger indessen unter den Bund ihres Höschens gleiten – diesmal war es rosa, mit einem schmalen Spitzenstreifen in der Mitte. Ich fragte mich, ob sie diesen Slip extra angezogen hatte. Schließlich hatte sie gewusst, dass sie mich treffen würde.

War das hier also ihr Geschenk an mich? Heiße Unterwäsche, die ich ihr ausziehen konnte. Eines stand fest: Niemals wieder würde ich ihren Hintern zukünftig ansehen können, ohne an dieses Höschen zu denken.

Doch vorerst landete das Teil auf dem Fußboden, direkt neben meinem Shirt. Als ich einen Finger in sie schob, wand sie sich unter mir. Ihr Wimmern ging mir unter die Haut, tiefer als je bei einer Frau vor Valerie.

»Ich will dich spüren«, flüsterte sie, während ich mit meinem Daumen über ihren Kitzler strich.

Ich biss ihr sanft in die Unterlippe. »Eigentlich wollte ich mir diesmal mehr Zeit lassen, um mich jedem Winkel deines Körpers persönlich vorzustellen.«

»Du bist ohnehin schon überall – außerhalb und innerhalb von mir.«

Als ich meinen Finger krümmte, verzog sie das Gesicht lustvoll.

»Eine erhebliche Zeit meines Tages geht damit drauf, an dich zu denken. An die Dinge, die du mit mir getan hast, und an die Dinge, die ich mit dir noch machen möchte.«

Mein Atem stockte, als sie meine Hose öffnete. »Ich will auch sehr viel mit dir machen, Valerie.«

»Ich habe Zeit bis morgen, dann muss ich meinem Boss wieder Rede und Antwort stehen.«

Dieser Ansatz gab mir völlig neue Möglichkeiten. Bis morgen – da waren noch einige Momente übrig. Diese wollte ich füllen, am besten mit Szenen, in denen keiner von uns Kleidung trug und wir lediglich von der Couch in mein Bett wechselten.

Zuvor tauschten wir im Wohnzimmer die Position. Valerie rappelte sich hoch, half mir, meine Hose auszuziehen, und drückte mich dann aufs Sofa. Die eingeschaltete Stehlampe hinter ihr verstärkte das lustvolle Funkeln in ihren Augen.

»Das letzte Mal hast du ein Kondom genommen. Ich... nehme die Pille und gehe regelmäßig zur Untersuchung. Wenn es für dich passt, dann...«

»Können wir ohne Kondom?« Ungeduldig vervollständigte ich ihren Satz.

Sie nickte.

Ich lächelte. »Ich bin gesund, sauber und unglaublich scharf auf dich.« Zur Veranschaulichung biss ich sie sanft in den Hals.

Kichernd setzte sie sich auf meinen Schoß und küsste mich leidenschaftlich. Beide stöhnten wir, als ich meinen Penis in sie schob.

Ich schloss die Augen, legte den Kopf in den Nacken und packte ihre Pobacken. Zuerst bewegte sie sich langsam, beinahe zögerlich. Dann aber fand sie ihren Rhythmus.

Es kostete mich eine Menge Selbstbeherrschung, meinen Orgasmus zurückzuhalten. Er war präsent, lauerte wie ein wildes Tier hinter meinem Rücken. Mein ganzer Körper war angespannt. Gleichzeitig fühlte es sich unvergleichlich intensiv an.

Als ihre Bewegungen schneller wurden, ebenso wie ihr Atmen, öffnete ich die Augen, um sie ansehen zu können. Schweiß hatte sich zwischen ihren Brüsten gesammelt. Ihre Wangen waren gerötet.

»Du bist so schön, Valerie.« Meine Stimme war rau, heiser vor Lust.

Sie lächelte verträumt und streichelte sanft über meine Wange. Und dann, als ich ihr mit meinen Stößen entgegenkam, bäumte sie sich auf. Zuerst versteifte sie sich, dann entlud sich ihre Lust in einem Orgasmus, an dem sie mich mit einem Schrei teilhaben ließ, der tief aus ihrer Kehle kam.

Ich hielt keine Sekunde länger aus und ergoss mich in ihr.

Danach sackte sie auf mir zusammen. Ihr Gesicht verschwand über meine Schulter, während ich sachte über ihren Rücken strich.

Lange saßen wir dort auf der Couch, Valerie war von mir geklettert und hatte sich an mich gekuschelt, ich meinen Arm dabei um sie gelegt. Die Playlist, die wir zu Beginn des Abendessens gestartet hatten, lief unaufhaltsam im Hintergrund fort. Draußen verschwand die Sonne hinter den Häuserreihen.

Ich war rundum glücklich. Noch nie hatte ich mich besser gefühlt.

KAPITEL 26

Eine philosophische Weisheit:
Schlaf ist Schlaf!

Valerie

Etwas unruhig lag ich wach neben ihm. Oder besser gesagt halb auf ihm. Unsere Beine waren miteinander verheddert, sein Arm ruhte um meine Taille und meine linke Wange auf seiner Brust.

Die Entscheidung, ob ich gehen oder bleiben sollte, war vorhin schnell gefallen. Josh hatte seinen Beitrag dazu geleistet, indem er mich huckepack in sein Schlafzimmer transportiert und auf sein superweiches Bett gelegt hatte. Danach war er neben mich geklettert, hatte uns zugedeckt und damit war der Impuls zu gehen schnell beseitigt gewesen.

Nun aber ließ mich das Gedankenkarussell rund um die komplizierte Beziehung zu Josh nicht los. Ich seufzte und strich mit den Fingerspitzen über seine nackte Brust. Über diese feinen Härchen, die ich attraktiv fand, die warme Haut und die festen Muskeln darunter.

»Wir fahren morgen rechtzeitig los, um deine Sachen zu holen.«

Ich hatte gedacht, er würde bereits schlafen. Dabei war er ebenfalls wach. »Du schläfst gar nicht?«

»Nicht bei dem Lärm.«

»Welcher Lärm?«, fragte ich, hob dabei meinen Kopf an, um auf beiden Ohren hören zu können. Aber da war nichts.

»Der Lärm deiner Gedanken. Du malst dir bereits wieder das ganze Drama aus.«

Mit dieser Annahme hatte er ins Schwarze getroffen – ohne Umwege. »Tue ich nicht.«

Josh lachte und streichelte meinen Rücken. »Ich werde dich morgen bei PMG schon nicht auf Händen reintragen. Dort ist dort, und hier ist hier.«

»Sehr philosophisch.« Mein Murmeln wurde von dem Kuss gedämpft, den ich Josh auf die Brust gab. Gleichzeitig war ich beruhigt, obwohl mir klar sein müsste, dass Josh sich zu keinen übertriebenen Seht-her-wir-haben-was-miteinander-Taten hinreißen lassen würde. Ich wollte das doch genauso wenig.

»Schlaf ist Schlaf.« Er klang müde. Schließlich streckte er sich, hauchte einen Kuss auf meinen Scheitel und zog mich enger an sich.

Es dauerte trotzdem länger, bis ich einschlief.

Ich wachte tatsächlich erst am nächsten Morgen auf und fühlte mich ausgeruhter denn je.

Josh war bereits aufgestanden. In dem angrenzenden Bad hörte ich ihn duschen. Ich kletterte aus dem Bett und schlich mich zu ihm. Dampf umhüllte mich, als ich den Raum betrat. Ich zog mich aus – viel trug ich nicht, bloß einen Slip – und stieg zu ihm unter die große Dusche. Er bemerkte mich in dem Augenblick, als ich neben der Glaswand auftauchte. Sofort lächelte er, machte Platz und streckte den Arm nach mir aus.

Was folgte, war eine Fortsetzung meines neuen Lieblingszeitvertreibs. Wodurch unser Zeitplan aber gewaltig über den Haufen geworfen wurde. Wir frühstückten im Eiltempo, fuhren schnell zu mir, wo ich mich umzog, meinen Laptop einpackte und Mike abwimmelte (glücklicherweise war er diesmal vollständig bekleidet). Er wollte sich schon wieder über irgendetwas beschweren, was mir aber egal war, da wir vor drei Tagen den neuen Mietvertrag unterschrieben hatten und bald ausziehen würden.

Linda war nicht da. Sie war vermutlich längst zur Arbeit gefahren.

Die Neugier unseres baldigen Ex-Vermieters trieb ihn aber dazu, dass er zufällig die Mülltonne an den Straßenrand ziehen musste. Vorbei an Joshs Wagen, der ihm knapp zunickte, als ich wieder einstieg.

Wir hatten beschlossen, nicht gemeinsam in die Tiefgarage zu fahren. Josh hielt daher in einer Seitenstraße, nicht weit von PMG entfernt.

Schon jetzt fühlte ich mich einsam ohne ihn. Wohl deshalb beugte ich mich noch schnell rüber zu Josh, um ihn zu küssen. »Wir sehen uns später.« Wann und wo genau dieses Später sein würde, behandelten wir nicht.

Als ich aussteigen wollte, griff Josh nach meinem Arm und zog mich zurück in den Wagen. »Der gestrige Abend war schön«, sagte er und küsste meinen Handrücken.

»Das jetzt auch.« Joshs Handküsse liebte ich wirklich. Dabei dachte ich immer, das wäre so ein Ich-bin-die-Queen-Bridgerton-Ding. In der Serie und auch in den Büchern dazu fand ich diese Handküsse schon niedlich, und plötzlich war ich selbst eine dieser errötenden Ladys. Gleichzeitig musste ich an einen Post denken, den Linda mir letztens beim Mittagessen unter die Nase gehalten hatte. Offensichtlich gab es demzufolge verschiedene

Arten, einem anderen Menschen zu sagen, dass man ihn liebte, schätzte oder begehrte. Das war natürlich alles unbestätigt und eine dieser Instagram-Weisheiten, die jeder posten konnte. Ein Handkuss stand symbolisch für Verehrung und tiefe Wertschätzung.

Und genau das spürte ich in Joshs Kuss. Dieses Gefühl ging tief in mich. Mein Körper kribbelte. Ich war entzückt, beschwingt und überglücklich.

Die Arbeit fiel mir leicht. Dinge, die ich sonst ungern erledigte, wie Druckerpapier besorgen oder ellenlange Mails beantworten, machten mir nichts aus. Ich war ein positiver Mensch, mit diesen warmen Josh-Hormonen intus war ich die fleischgewordene gute Laune.

Mittags traf ich mich mit Linda. Es war mir sogar egal, dass sie Essen mit in mein Büro brachte.

»Als Teenager wollte ich mal PR-Agentin werden.« Dieses Geständnis oder was auch immer das war, kam aus dem Nichts. Und es ergab nicht wirklich Sinn, da wir gerade über das Budget für unsere neue Couch debattiert hatten.

»Gibt es irgendeine besonders passende Couch, die dieses frühkindliche Trauma therapieren könnte?«

»Was, zum Teufel? Nein. Ich rede davon, dass ich diesen Jobwunsch auf Eis gelegt habe, jetzt aber zur Ausübung gezwungen werde. Dank dir.«

»Wegen mir?« Ich war maximal verwirrt.

Linda kicherte und schüttelte den Kopf, als wäre ich ein kleines Kind, das sich nach der Echtheit des Weihnachtsmannes erkundigt hatte. »Die Leute durchlöchern mich wegen dir und Dario. Sie wollen Gossip zu eurer Trennung hören. Offensichtlich bin ich in diesen Angelegenheiten die direkte Ansprechpartnerin der Nation.«

Das machte mich nervös. Linda war in etwa die ungeeignetste PR-Agentin, die man sich vorstellen konnte. Sie war, um es höflich zu formulieren, kühn. »Oje, das kann ja was werden.«

»Du denkst, ich sei zu vorschnell für den Job.«

»Ich dachte eigentlich daran, dass du ein wenig... kühn bist.«

»Kühn?«, wiederholte sie mit einem Ausdruck im Gesicht, der nur so nach verbaler Auseinandersetzung schrie. Denn auch das war sie: direkt.

Ich ruderte ein wenig zurück. »Es fällt dir schwer, unehrlich zu sein.«

»Das ist etwas, das PR-Agenturen schreiben, wenn sie eigentlich sagen wollen, dass ihr Kunde ein rücksichtsloses Arschloch ist.«

Ich kicherte und stahl mir eine Mini-Frühlingsrolle von ihr. »Du bist kein rücksichtsloses Arschloch. Allerhöchstens bist du aufrichtig und treu.«

Sie musterte mich. »Gerade noch die Kurve gekriegt, Young.«

»Aber was ist mit den Leuten? Was beschäftigt dich?«

»Zum Beispiel, wie du den Spagat zwischen Trennung und neuer Lovestory hinbekommen willst, ohne das größte Flittchen des Sonnensystems werden zu wollen?«

Das war ein guter Punkt. Richtig.

Der Zeitpunkt für diese Analyse war etwas ungünstig, da mein gesamter Körper noch vollgepumpt war mir Joshhormonen. »Es wird keine neue Lovestory geben. Das mit Josh und mir ist... instabil.« Sofort fühlte ich mich schlecht. Nicht nur deshalb, weil ich Linda anlog, sondern auch, weil ich damit automatisch meine Verbundenheit mit Josh angriff.

»Für ihn oder für dich?«

»Für uns beide, vermute ich.« Gott, ich war eine gemeine Lügnerin.

»Hat er dir das gesagt?« Ihr Verhör glich dem in einem billigen Nachmittagskrimi, bei dem der Chefermittler ungesundes Zeug futterte und dem man ansah, dass es ihm vor allem darum ging, seinem Ruhestand einen Tag näher zu kommen.

»Das muss er mir nicht sagen. Er ist Josh.« Eine pauschale Erklärung, die Linda doch eigentlich genügen sollte, damit sie mich endlich in Ruhe ließ.

»Ich denke nicht, dass er noch der alte Josh ist«, meinte sie und musterte mich ernst. »Ihr habt euch beide verändert. Alles hat sich verändert, Val.«

»Möglich, ja.«

»Richtig dramatisch wird es meiner Meinung nach, wenn Josh von eurer Lüge erfährt. Da wird er sich bestimmt hintergangen und verarscht vorkommen.«

Der Gedanke daran bereitete mir auch Bauchschmerzen. Die Alternative wäre Ehrlichkeit, doch dafür fehlte mir der Mut. Ich wollte nicht das Risiko eingehen, Josh wegen eines Geständnisses zu verlieren.

»Das mit Dario ist vorbei. Ich brauche das also nicht mehr zu thematisieren.«

Linda war skeptisch. »Wie du meinst. Ich an deiner Stelle würde die Sache lieber thematisieren. Du weißt, dass diese Geheimniskrämerei immer in einer Katastrophe endet.«

Jede Lüge fiel irgendwann auf einen zurück. Aber vielleicht war die Lösung die, dass ich eine festere Beziehung zu Josh aufbaute und ihm dann die ganze Wahrheit erzählte. Ich könnte ihn dann besser einschätzen und er mich ebenfalls.

KAPITEL 27

Schenken Sie einander zur Abwechslung
nicht Blumen, sondern
eine unangenehme Situation

Josh

Ich hatte für mich beschlossen, dass es konfliktfreier wäre, wenn Valerie und ich uns innerhalb von PMG nicht allzu häufig über den Weg liefen. In der Theorie hörte sich das leichter an, als es sich in der Praxis erwies.

Am ersten Tag gelang es mir, weil ich mich in meinem Büro verschanzte und einen Auswärtstermin hatte. Am Dienstag sah ich sie auf dem Weg zum Labor. Sie war in Begleitung einer Kollegin. Im Flur kreuzten sich unsere Wege, und ich überlegte, ob ich weitergehen und die beiden ignorieren oder stehen bleiben sollte.

Der alte Josh hätte genickt, sein Handy aus der Tasche gezogen und wäre weitergegangen. Dieser neue, hyperglückliche Josh aber drosselte seine Geschwindigkeit und gaffte eine der beiden Frauen an. Er lächelte sogar. Valerie ebenfalls. Unsere Kollegin beäugte uns beide skeptisch. Für sie schien unsere Freundlichkeit ziemlich überraschend zu sein.

Okay, das musste nächstes Mal deutlich professioneller ablaufen. Zumindest nahm ich mir das vor.

Am Abend war ich mit Harry verabredet, der sagte aber kurzfristig per WhatsApp ab. Weil das untypisch für ihn war, rief ich ihn auf dem Nachhauseweg via Freisprecheinrichtung an.

»Liegst du flach, oder was ist los?« Ich musste lauter sprechen, da im Hintergrund Musik und Straßenlärm zu hören waren.

»Es gab da eine Terminkollision. Sorry, Josh.« Er murmelte etwas, das ich nicht verstand. Offensichtlich war das nicht für meine Ohren bestimmt. Fast fühlte es sich an, als würde er mir fremdgehen.

»Alles okay bei dir?«

»Ja, klar. Bei dir auch?«

»Selbstverständlich.« Ich hielt vor einer roten Ampel und sah aus dem Fenster rüber zu einem Unterwäscheladen. Plötzlich musste ich an Valeries Slip denken. Ob sie ihn in einem solchen Laden gekauft hat? Was würde ihr gefallen? »Mit wem bist du unterwegs?«

»Beruflich. Ein paar Kollegen. Langweilig.«

»Okay. Viel Spaß.« Die Ampel stand weiterhin auf Rot, und der Laden lachte mich weiterhin an. Ich wollte aber zu keinem dieser schmierigen Typen mutieren, die Frauen Dessous kauften. Wahrscheinlich reizte mich vielmehr das Wissen, dass es in meinem Leben eine Frau gab (theoretisch), der ich Geschenke machen konnte.

Was für ein Geschenketyp war Valerie?

Diese Frage beschäftigte mich den Rest des Abends.

Sie geisterte mir auch noch am nächsten Tag durch den Kopf. All diese Überlegungen über Valerie und die vielen Möglichkeiten, die sich mit dem Beginn unserer Freundschaft-plus-Sache aufgetan hatten, beflügelten mich. Ihr etwas zu schenken war die eine Sache. Mit ihr gemeinsame Momente zu erleben eine völlig andere. Eine äußerst reizvolle.

Ich versuchte zu verstehen, was diese Emotionen bedeuteten. Steckte ich schon zu tief drin? Wurde es zu gefährlich? Zu intensiv? Oder waren meine Gefühle in Ordnung?

Auf dem Weg von meiner Wohnung zur Arbeit erhielt ich einen Anruf von Harry. Unbewusst hatte er sich damit den Posten als mein Therapeut ergattert – und das um kurz vor acht Uhr morgens.

»Soll ich ihr etwas schenken? Blumen? Pralinen?«

Harry räusperte sich. »Hat sie Geburtstag? Reden wir von Valerie?«

»Nein und ja.«

»Warum willst du ihr etwas schenken?« Harry war in der Hinsicht so nüchtern, wie ich es sein sollte und früher einmal gewesen war.

Ich hatte mich verändert, das spürte ich jetzt ganz deutlich. Mein Denken und Handeln drehte sich zu einem großen Teil um Valerie. »War nur so eine Idee. Egal.«

»Sie wird nicht denken, dass du ihr einen Heiratsantrag machst, wenn du ihr Rosen unter die Nase hältst.«

»Sehr romantisch.« Ich war fast in der Firma. Der Morgen war sonnig und warm. Leute auf Fahrrädern oder zu Fuß drängten sich am Straßenrand. Ich fuhr eigentlich immer mit dem Auto, nahm mir aber vor, künftig häufiger mit der Tube zur Arbeit zu fahren. »Wie war dein Termin gestern?«

»Gut ... sehr gut.« Harry fehlten nie die Worte, und irgendwie erschien mir seine plötzliche Sprachlosigkeit im Zusammenhang mit seiner Arbeit auch übertrieben.

Ich ging allerdings nicht weiter darauf ein, sondern parkte meinen Wagen in der Tiefgarage.

In meiner Etage angekommen, führte mich der Weg zu meinem Büro an Valeries vorbei. Ihr Name stand auf einem Schild an der Wand. Seit zwei Tagen hatte ich sie nicht gesehen oder mit ihr gesprochen. Ich vermisste sie. Deshalb beschloss ich, ihr einen Besuch abzustatten. Zwischen uns sollte es kein Knutschen oder weiteren Körperkontakt in der Firma geben. Eine simple Unterhaltung, ein wenig Small Talk, und danach wäre die Sehnsucht nach ihr bestimmt gestillt.

Als ich allerdings die Tür öffnete, fand ich Valerie in Darios Gesellschaft vor. Beide standen vor ihrem Schreibtisch über ein Handy gebeugt. Ihre rechte Hand lag auf seinem Oberarm. Beide lachten. Sie waren sich so nahe (körperlich und auch emotional), wie es nur Menschen sein konnten, die einmal eine Beziehung geführt hatten (oder diese wieder zu neuem Leben erweckt hatten).

Als sie sich aufrichtete und mich entdeckte, erstarb ihr Lächeln. Da war Reue in ihrem Gesicht, aber auch so etwas wie Groll. Sie schien es nicht okay zu finden, dass ich einfach in ihr Büro geplatzt war. Dario runzelte die Stirn.

Diese Begegnung mit ihnen traf mich definitiv in meine Weichteile.

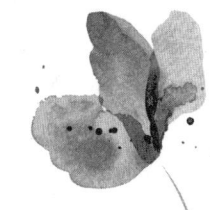

KAPITEL 28

Wie viel Wahrheit verträgt eine Lüge?

Valerie

Innerhalb weniger Millisekunden befand ich mich in einer Konfliktsituation, die ich dachte hinter mir gelassen zu haben. Weder als stumme Zuseherin noch als Hauptfigur wollte ich daran teilhaben.

Schon gar nicht als Hauptfigur, auf die alle Augen gerichtet waren und die sich jetzt irgendeine fadenscheinige Erklärung aus dem Ärmel schütteln musste.

Warum, zum Teufel, kam ich mir vor, als hätte ich Josh betrogen? Ich unterhielt mich nur mit unserem Boss. Okay, Dario und ich standen ziemlich nahe beisammen, und auch die Unterhaltung (er hatte mir Bilder auf seinem Handy gezeigt) war arbeitstechnisch nicht unbedingt wertvoll gewesen.

Vielleicht brauchte es auch nur diesen kurzen Moment, um die Realität zum Leben zu erwecken. Denn mein Leben war kompliziert und gespickt mit Stolperfallen.

»Ich wollte ... nicht stören. Sorry.« Josh hielt noch immer die Türklinke fest. Sein intensiver Blick glitt über mich. Er kam einer Berührung gleich, die ich wie nichts anderes auf dieser Welt wollte.

Ich machte einen Schritt zur Seite – weg von Dario. »Du störst nicht. Überhaupt nicht.«

Schweigend steckte Dario sein Handy ein, während Josh ihm ein müdes Grinsen schenkte. »Schon gut, ich komme später wieder.« Er legte einen übereilten Abgang hin, als wollte er sich unter keinen Umständen auf irgendeine Diskussion mit Dario einlassen.

»Also lag ich richtig mit meiner Vermutung«, meinte Dario daraufhin.

Ich seufzte. »Nachdem alle denken, ich hätte gerade noch eine Beziehung mit dir gehabt, ist es nicht unbedingt einfach für uns.«

»Hast du überlegt, ihm die Wahrheit zu sagen?«

Ich setzte mich auf die Schreibtischkante und rieb mir mit der Handfläche über die Stirn. »Ja, habe ich. Um das final entscheiden zu können, muss ich aber herausfinden, wie ernst die Sache zwischen Josh und mir ist.«

»Wie ernst ist sie, wenn es nach dir geht?«

»Nicht ernst genug. Es ist einfach noch zu früh«, sagte ich. »Ich kann nicht kurz nach unserer Trennung mit Josh bei PMG aufkreuzen.«

»Weißt du, Valerie, eine Beziehung muss nicht in der oder für die Öffentlichkeit gelebt werden. Ihr könnt das auch privat lösen.«

»Während wir miteinander arbeiten?«

»Jeder in dieser Firma hat ein Privatleben, und jeder fasst den Entschluss, die anderen daran teilhaben zu lassen oder nicht. Es ist eure Sache, wie ihr damit umgeht. Getratscht wird überall und ständig. Das ist die Natur der Menschen.«

Dario ließ mich mit meinen Gedanken allein. Bevor er ging, klopfte er mir auf die Schulter. Für ihn war die Sache einfach, ich aber spürte ein Ziehen in der Magengegend, das nichts Gutes bedeutete.

Es war schon komisch, dass ich Mitleid mit einem

Mann hatte, der mir früher das Leben zur Hölle gemacht hatte.

Als ich später eine Nachricht von ihm bekam, war ich unsicher, welche Intention dahintersteckte.

Josh: Hast du die Gammaakte fertig?

Was war das? Eine Rückkehr zu alten Gefilden?
Dieser Rückschritt gefiel mir nicht.

Valerie: Ich habe sie fast fertig, kann sie dir noch diese Woche schicken.

Josh: Perfekt.

Valerie: Dario ist vorhin vorbeigekommen, weil er sich wegen Carlas Fortschrittes erkundigen wollte.

Josh: Was man via Mail ja nicht kann. Aber es ist okay. Wie auch immer ihr diese Sache handhaben wollt, es geht mich nichts an.

Was hatte das wieder zu bedeuten?

War er eifersüchtig, oder fühlte er sich in Bezug auf Carla hintergangen?

Ich antwortete Josh nicht mehr, stattdessen setzte ich mich an den finalen Bericht. Männer kamen und gingen, das schien im Leben so zu sein. Meine Arbeit aber würde bleiben. Meine Projekte sollten das Wichtigste für mich sein. Und das waren sie lange Zeit auch gewesen, bis zu jenem Zeitpunkt, als das mit Josh begonnen hatte.

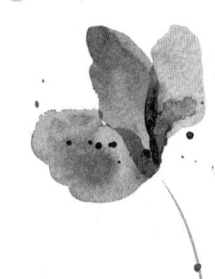

KAPITEL 29

Sind beim Genuss von Bier
Nebenwirkungen zu erwarten?

Valerie

Linda und ich hatten uns entschieden, vor unserem
Umzug eine kleine Einstandsparty zu veranstalten. Während ich für die Verpflegung zuständig war, hatte sich
Linda im Vorfeld mit der Gästeliste befasst.

Seit dem Teambuildingevent hatte sich die Stimmung
bei PMG zum Besseren verändert. Innerhalb der Belegschaft herrschte mehr Zusammenhalt, ich unterhielt
mich öfter mit Kollegen und Kolleginnen oder wurde,
so wie Linda, zu Partys außerhalb der Firma eingeladen.
Mitverantwortlich für diesen starken Zusammenschluss
waren sicher nicht nur die verbesserten Führungsskills,
die den Teamleitern während des Seminars vermittelt
worden waren, sondern die einheitliche Meinung, dass
sich seit Darios Amtszeit die Arbeitsbedingungen bei
PMG verändert hatten. Ein paar Neuerungen gab es,
die mittlerweile gut ankamen (zum Beispiel die Telefonboxen), gleichzeitig aber war der Geschäftsführer strenger.

Linda hatte es mit der Gästeanzahl übertrieben. Natürlich hatte sie auch Josh eingeladen. Und Harry obendrauf. Und einige ihrer alten Freunde, deren Instagram-

Accounts sie, laut eigener Aussage, zufällig entdeckt hatte.

Die anderen Leute, selbst Lindas alte Schulfreunde, die sie seit über zehn Jahren nicht mehr gesehen hatte und die nun munter in unsere neue Wohnung spaziert kamen, waren mir egal. Angespannt war ich nur wegen Josh.

Nach einer Woche, in der wir uns wie früher verhalten hatten, war diese Party meine einzige Gelegenheit, Josh abseits der Arbeit zu sehen.

Ich wollte stark sein, unantastbar und so, aber ich vermisste ihn. Ich vermisste seine Scherze, seine Nähe und all diese Gesten, die mir das Gefühl gaben, etwas Besonderes zu sein.

Linda war hibbelig und trat mir buchstäblich auf die Füße, als wir die Gäste an der Tür begrüßten. Ihre Nervosität steigerte sich, als Josh und Harry eintrafen. Ich fragte mich, ob an dem Abend in der Bar etwas mit Harry vorgefallen war, sprach sie allerdings nicht auf ihr Verhalten an, weil ich selbst mit meiner Aufregung zu kämpfen hatte.

Im Laufe des Abends entdeckte ich Josh neben der Balkontür, mit einem Bier in der Hand, vertieft in ein Gespräch mit einem Kerl, den ich zuvor noch nie gesehen hatte. Harry stand neben ihm. Er sah kurz zu uns und lächelte, woraufhin Linda über ihre eigenen Beine stolperte.

»Ich brauche einen Drink«, verkündete sie und schleifte mich in die Küche, wo ein Kollege aus der IT-Abteilung kostenlos als Barkeeper arbeitete. Linda übernahm die Getränkebestellung, und ich spendierte ihr einen großen Vertrauensvorschuss. Sie funkelte in ihrem schwarzen Pailettenkleid.

Gleich würde sich zeigen, ob sie es übertrieben hatte. Der erste Schluck des orange-gelb-grünen Getränks war zurückhaltend. Ein süßer Geschmack breitete sich auf meiner Zunge aus. Dann wurde er bitter und schließlich wieder süß. »Was ist das?«

Linda schlürfte an ihrem Drink und lächelte zufrieden. »Eine meiner Kompositionen.«

»Seit wann kreierst du Getränke?«

»Dieses Getränk geht gerade viral.«

»Viral klingt nicht unbedingt gesund.«

Schließlich bugsierte Linda mich zu einer Gruppe, die eine der wenigen Sitzgelegenheiten ergattert hatte. »Roger, Sven, Steve, Keira und Olivia. Das ist Val. Unterhaltet euch gut«, stellte sie mir ihre alten Schulkollegen vor.

Ich fühlte mich eher wie ein Kleinkind, das am ersten Tag im Kindergarten mit den anderen Kindern zwangsbefreundet wurde. Die Kids (in dem Fall ein Banker, eine Ärztin, zwei Lehrer und eine Pilotin) waren aber nett. Ich war schnell mittendrin in ihren Gesprächen und Themen.

Offenbar hatte Linda vorab eine Kurzbio durch die Runde gegeben, denn mein Sitznachbar Sven, einer der beiden Lehrer, verwickelte mich bald in ein Gespräch.

Sven war ein sportlicher Typ, hatte kurze blonde Haare, trug keinen Bart, dafür aber einen Brillantstecker im rechten Ohr.

Obwohl ich mich eine Weile mit ihm unterhielt, konnte ich nicht mit Sicherheit sagen, ob er bloß aufgeschlossen war oder ob er mit mir flirtete. Für meinen Geschmack war er etwas zu berührungsfreudig. An ihm als Mann hatte ich kein Interesse (und das nicht nur, weil Josh anwesend war).

Ich saß an der Kante der L-förmigen Couch, als mein

leeres Glas gegen ein volles ausgetauscht wurde. Ein schneller Blick zeigte, dass es sich bei dem Sponsor um Josh handelte (wenn man vom Teufel sprach). Er zog sich gerade einen Stuhl heran und setzte sich neben mich. Dabei konnte er es nicht lassen, Svens Hand, die er ihm entgegenstrecke, eine Spur zu lange zu ignorieren.

Ich legte den Kopf schief und bedachte Josh mit einem tadelnden Blick.

Endlich griff er nach Svens Hand.

»Wir arbeiten zusammen«, stellte ich klar, als wäre das der internationale Code für »wir schlafen miteinander«.

»Bei PMG oder wie der Laden heißt?«

»Ja.« Josh und ich bildeten einen Chor – er der bissige Part, ich der um Höflichkeit bemühte.

»Nehmt es mir nicht übel, aber der Job muss doch megalangweilig und eintönig sein. Und am Ende geht es nur um Geld und Gewinne.« Damit traf Sven unbewusst einen wunden Punkt. Zumindest bei mir. Ich hatte es satt, mich für meine Arbeit dauernd vor anderen Leuten rechtfertigen zu müssen. Es war, als würde ich nicht für das Gute kämpfen, sondern Waffen entwickeln, mit denen man die Menschheit auslöschen wollte.

Ich stand in den Startlöchern, um Sven die Meinung zu geigen, was ein übles Ende nehmen würde.

Glücklicherweise kam mir Josh zuvor. Er fing die Kugel auf, die Sven abgefeuert hatte. »Leute mit Zahlen und Gewinnen zu quälen, ist mein Part. Valerie leistet wichtige Arbeit. Ich glaube, dass die wenigsten Menschen zu schätzen wissen, wie kalkulierbar und sicher ihr Leben durch Valeries Arbeit gemacht wird.«

»Ach, diese ganzen Nebenwirkungen sind nichts für mich.«

»Zum Glück hat das Bier, das du trinkst, keine Nebenwirkungen.« Um meiner Aussage die Schärfe zu nehmen,
hob ich mein Glas und stieß gegen Svens Bierflasche.

Ich war nicht sicher, ob ich Joshs Unterstützung wit-
zig oder unpassend fand. Zumindest hielten sich seine
Spitzen gegen Sven während des weiteren Gesprächs im
Rahmen.

Mein zweites Getränk war leer, da beugte sich Josh
zu mir. »Kann ich kurz unter vier Augen mit dir reden?«

Ich nickte und stellte mein Glas auf den Couchtisch,
auf dem sich bereits einiges an Geschirr türmte.

Josh folgte mir den Gang hinunter in mein noch leeres Schlafzimmer. Er schloss die Tür hinter mir. »Es geht
um die Sache vom Mittwoch, das kannst du dir vermutlich denken.«

Ich lehnte mich gegen die Wand und suchte nach ehrlichen Worten. »Auch künftig wird sich nicht vermeiden
lassen, dass Dario und ich miteinander zu tun haben.«

»Darum geht es mir auch nicht.«

»Worum geht es dir dann?«

»Er ist im Vorteil«, erwiderte Josh und verschränkte
die Arme dabei vor der Brust.

»Wobei hat er einen Vorteil?«

»Komm schon, Valerie. Ich war von Anfang an ein
Arschloch zu dir, und bestimmt findest du innerhalb
weniger Minuten zehn weitere Leute, die dir das bestäti-
gen können. Das alles habe ich mir selbst zu verdanken,
ich möchte da weder dich noch Dario zur Verantwortung
ziehen. Es ist für mich aber so, als hättest du vergessen,
wer ich bin. Es besteht die Gefahr, dass du aufwachst und
dich daran erinnerst. Und dann ... servierst du mich ab.«

Das war viel Info auf einmal. Aber vor allem war es
ehrlich. Josh widersprach sich mit seiner Aussage aber

im Grunde selbst und widerlegte seine Theorie. »Du hast dich verändert, seit wir … mehr Kontakt haben. Wärst du weiterhin dieser Griesgram, würden wir jetzt hier nicht miteinander stehen.«

Wir sahen einander an, wie wir es schon zig Male getan hatten. Und genau darin lag die Wahrheit verborgen – in diesem tiefgreifenden, ehrlichen Blick. Dort suchte ich Trost vor der Lüge, die im gleichen Moment zwischen uns stand.

»Für mich zählt, wer du mit mir bist. Wie du zu mir bist, Josh. Nicht jeder muss dich mögen, sondern vor allem ich.«

Zerknirscht sah er zu Boden. »Es fällt mir schwer, dich mit ihm zu sehen. Ich wünsche mir, dass wir offener zueinander sind. Ich hätte nicht weglaufen, sondern mich dieser Situation in deinem Büro stellen und Gefühle zeigen sollen. Aber ich war … verletzt und enttäuscht.«

»Das verstehe ich. Und ich verspreche, dass ich dich das nächste Mal nicht wortlos davonkommen lasse.« Mir ging es schließlich genauso. Ich wollte Josh. Ich wollte mehr von diesem Gefühl, das er in mir ausgelöst hatte.

Ich glaubte außerdem an die Liebe – Josh laut eigenen Aussagen eher weniger. Sex konnte meiner Meinung nach erst richtig gut werden, wenn genügend Vertrauen und Gefühle vorhanden waren.

Der Sex mit Josh war gut. Okay, diese Gleichung war nicht unbedingt zielführend, da dies ja bei korrekter Auslegung bedeuten würde, dass ich Gefühle für Josh hatte. Die ich nicht haben durfte.

»Und jetzt sag mir bitte, dass dieser Sven nicht dein Typ ist.« Josh schmunzelte verlegen.

»Bist du besorgt, ich könnte mit ihm abdampfen?«, fragte ich neckisch.

»Nein, eher um deine geistige Verfassung.« Er kam näher, lächelte dabei und strich mit der Hand über mein Kinn.

»Sven ist nicht mein Typ, keine Sorge.«

»Gut zu hören«, flüsterte er, beugte sich näher und küsste mich. Wobei ich ihm auf halber Strecke entgegenkam. Während unseres Kusses atmete ich seinen Geruch tief ein. Ich schmeckte das Bier, das er vorhin getrunken hatte, aber gleichzeitig war da dieser mir mittlerweile vertraute Josh-Geschmack.

Während ich weiter an der Wand lehnte, umfasste er meine Hüften und presste seine gegen meine. »Ich wollte schon immer einmal in deinem Schlafzimmer mit dir herummachen.«

Kichernd schob ich meine Finger unter den Saum seines Shirts.

Wir machten tatsächlich rum, allerdings ließen wir unsere Kleidung an. Erst später, bei Josh zu Hause, weiteten wir das Rummachen aus.

KAPITEL 30

Dr. Weng zeigt ihre Beißkraft

Josh

»Ich glaube, Linda und Harry schlafen miteinander.« Diese Beobachtung sprach ich laut aus, während Valerie und ich am Tag nach der Einstandsparty gemeinsam in der Badewanne saßen.

Am Wannenrand standen zwei Gläser Weißwein und zig Kerzen, die Valerie dort hingestellt hatte. Ich hatte nicht einmal gewusst, dass ich Kerzen oder Duftbäder besaß, und vermutete, dass Valerie sie mit zu mir geschmuggelt hatte. Zuzutrauen wäre es ihr. Sie stand auf Duftkerzen, Duftlampen und Duftbäder, wie sie beim Anzünden der ersten Kerze betont hatte.

Valerie runzelte ungläubig die Stirn. »Wie kommst du darauf?«

»Es ist eine Vermutung. Eine Konklusion.«

»Das kann ich mir nicht vorstellen. Eigentlich will ich es mir nicht vorstellen.« Sie richtete sich derart schnell auf, dass Wasser über den Wannenrand schwappte.

»Ich will es mir auch nicht vorstellen. Aber ich habe gestern genauer hingeschaut, und da war irgendetwas zwischen den beiden.«

Ich kannte Harry lange genug, um selbst die kleinste Veränderung an seinem Verhalten zu bemerken. Wie er mit Linda redete, und vor allem, wie still es rund um seine Frauengeschichten in letzter Zeit geworden war, ließen mich besonders hellhörig werden.

Nach unserem Bad gingen wir spazieren und aßen gemeinsam. Valerie fuhr danach nach Hause. Die Verabschiedung zog sich in die Länge, weil wir uns nicht trennen wollten. Der Tag war wunderbar gewesen und entschädigte mich für die Turbulenzen der Woche, mit all ihren Missverständnissen und der Eifersucht.

Am Montag war meine Laune so gut wie lange nicht mehr. Selbst meine Mitarbeiter waren überrascht, dass ich mich zur Abwechslung viel intensiver in die morgendlichen Gespräche rund um die Kaffeemaschine einbrachte. Mit Valerie hatte ich an diesem Tag einen Termin im St. Thomas' Hospital. Die CAR-T-2-Studie, an der wir arbeiteten, sollte sich in der Praxis beweisen, sobald wir genauere Ergebnisse hatten. Doch es war bereits im Vorfeld wichtig, dass wir Partner für unser Projekt gewinnen konnten. Nur durch die Anwendung am Patienten zeigte sich, ob die Methode auch wirklich funktionierte.

Valerie und ich saßen später bei Kaffee und kalten Getränken in Dr. Wengs Büro. Diese war zu sehr von sich und den bestehenden Methoden überzeugt, nicht aber davon, dass CAR-T-2 einen Fortschritt bedeuten könnte.

Dr. Weng hatte ihre blonden Haare am Hinterkopf zu einem strengen Knoten gebunden. In Kombination mit ihrer geraden Körperhaltung und der bedachten Art, mit der sie sprach, wirkte alles an dieser Frau unzugänglich und hart. »Die Überlegungen, die Sie, Dr. Young, getroffen haben, sind nicht neu, das habe ich Ihnen bereits bei unserem ersten Treffen gesagt. Ganz im Gegenteil, es existieren sogar bereits etliche Forschungsprojekte, die sich mit Zellfunktionen beschäftigen. Einige davon werden von unserem Personal sogar bereits angewendet, mit Erfolg, das stimmt. Aber diese Behandlungen sind nicht annähernd so komplex wie Ihre.«

»Komplexität bedeutet meiner Ansicht nach eine effektivere Therapie. Das hat die Forschung zu CAR-T-2 bereits gezeigt.« Ich sah Valerie an, dass sie sich zurückhielt, um nicht zu emotional auf Dr. Wengs Kritik zu reagieren.

Als Forscher war man unweigerlich mit Zweifeln konfrontiert. Schließlich existierte auch die Gefahr, dass man ein Ziel verfolgte, das in einer Sackgasse endete. Jahrelange Arbeit und dann musste man aufhören.

Bei CAR-T-2 sah ich keine Gefahr, dass wir uns auf eine Sackgasse zubewegten. Valeries Vorarbeit und all ihre Denkansätze waren klug und handfest nachweisbar. Sie knüpften im Grunde dort an, wo die jetzige Wissenschaft aufgehört hatte. Valerie hatte es geschafft, um die Ecke zu denken und die Anwendung zu verbessern.

Das konnte oder wollte Dr. Weng offensichtlich nicht verstehen. »Ihr letzter Bericht konnte mich bezüglich der Wirksamkeit allerdings nicht überzeugen. Ich bin nicht sicher, ob ich mich auf CAR-T-2 einlassen möchte. Meine personellen Kapazitäten sind begrenzt, und Sie verstehen, dass ich deshalb weise abwiegen muss, welchen Projekten ich mich zuwende.«

»Sie wissen, Dr. Weng, dass eine Untersuchung im Sektor der Immuntherapie eine frühe Einbeziehung von Probanden bedeutet.« Ich stützte meine Ellbogen auf den dunklen Tisch und sah ihr fest in die Augen.

Dr. Weng richtete sich auf und strich über die Unterlagen vor ihr. »Ich trage die Verantwortung für die Patienten in meinem Haus. Sie vertrauen darauf, die bestmögliche Therapie zu erhalten.«

»Mit dem Ziel, geheilt zu werden«, formulierte Valerie die Prämisse aus, die uns alle, wie wir hier beisammensaßen, verband.

»Richtig. Heilung steht an oberster Stelle. Aber zu jedem Preis? Das ist die Frage, die ich mir stelle.« Dr. Weng ließ sich nicht beirren. Nicht von Valeries Feuer und auch nicht von meiner Sachlichkeit. In der Hinsicht waren die Frau, die ich auf Ende fünfzig schätzte, und ich uns sehr ähnlich.

»Die Erfahrung zeigt doch auch, dass unheilbar erkrankte Menschen nach jedem Strohhalm greifen, der ihnen entgegengestreckt wird.« Ich sprach nüchtern, wollte aber betonen, wie fatal ich Dr. Wengs Engstirnigkeit empfand. »Sollten Sie diesen Leuten nicht die Möglichkeit bieten, selbst zu entscheiden, ob sie sich auf diese Behandlung einlassen möchten?«

»Sie brauchen meine Leute, Dr. Bedingfield.« Hochmut erkannte ich nicht in ihrer Stimme, eher Nüchternheit. »Würden wir den Patienten die Verantwortung über die Auswahl ihrer Therapie übertragen, bräuchten wir die kostspielige Ausbildung nicht, die wir alle hier in diesem Raum genossen haben. Wir wären nichts weiter als Handlanger.«

»Aus diesem Grund liegt es aber auch in Ihrer Verantwortung, Weiterentwicklungen zu akzeptieren. Nichts ist schlimmer für eine Gesellschaft als Systeme, die jeglichen Fortschritt verwehren.«

Kurz nach meinen Worten verließen wir Dr. Wengs Büro und fuhren zurück zu PMG.

Die Stimmung war gedrückt, Valerie still und in sich gekehrt. Dr. Weng war vor Kurzem noch zugänglich für unser Projekt gewesen. Doch wir waren nicht das einzige

Team, das um ihre Unterstützung rang. Vermutlich gab es Konkurrenten, die erheblichen Einfluss auf Dr. Wengs Einsatzbereitschaft hatten. Projekte, die schnellere und vor allem gewinnbringendere Erfolge zeigten.

Mein oberstes Ziel bestand vorerst darin, Valerie aufzumuntern, auch wenn ich selbst nicht unbedingt bessere Laune hatte. »Der Weg bis zur der Phase, in der man am Menschen forschen darf, ist lang und vor allem steinig. Du darfst dich nicht unterkriegen lassen.«

Seufzend ließ sie sich in den Sitz zurückfallen. »Ich weiß. Trotzdem ist Dr. Weng irgendwie ein Miststück. Zuerst findet sie alles toll, was ich ihr schicke und sage. Kaum wird es ernst, rammt sie uns das Messer von hinten ins Herz.«

»Das ist normal. Sie hat wahrscheinlich gerade andere Angebote zur Zusammenarbeit, die ihr zusagen. Wir dürfen uns nicht von ihr unterkriegen lassen.«

»Weng würde sogar dich kinderleicht in die Mangel nehmen.«

Ich lachte, während ich aus einem Impuls heraus den Parkplatz eines italienischen Restaurants ansteuerte. »Nervennahrung.«

»Was tun wir, wenn sie uns den Laufpass gibt?«

»Dann suchen wir weiter. Es wäre nur ein Rückschlag und nicht das Ende, Valerie.«

Der Parkplatz war gut gefüllt, was üblicherweise ein verlässliches Zeichen dafür war, dass das Essen gut war.

Wir betraten wenig später den Laden, dessen Inneres sich als gemütlich-rustikal entpuppte. Normalerweise würde ich hierher kein geschäftliches Essen verlegen. Bei Valerie und mir hatten sich die Grenzen aber ohnehin verschoben.

Neben unserem Tisch saß eine Familie mit drei Kindern, die sich zwei riesengroße Pizzen teilten. Ich hatte keine Ahnung von Kindern, daher fiel es mir schwer, deren Alter zu schätzen – ich würde tippen, sie waren irgendwo zwischen zwei und acht. Jedenfalls war die Laune am Nachbartisch geprägt von Berg- und Talfahrten, die im Zusammenhang mit der subjektiv gerechten Verteilung der Pizzastücke stand.

»Denkst du, Dr. Weng erweist sich als gütig, meinem miesen Projekt eine Chance zu geben?«, fragte Valerie, nachdem wir Getränke bestellt hatten.

Drüben wurden Stifte verteilt, damit auch die Eltern zum Essen kamen.

»Ich glaube schon.«

»Ernsthaft?« Valerie betrachtete mich mit hochgezogenen Augenbrauen und linste abwechselnd zwischen mir und der Speisekarte hin und her.

Ich nickte und entschied mich für die Salamipizza. »Menschen brauchen für neue Denkansätze Zeit. Am Ende aber wird sie erkennen, dass deine Studien wichtig für sie selbst sind.«

»So ist es nun mal – jeder ist auf seinen Vorteil bedacht.« Sie klang ernüchtert, und das tat mir mindestens genauso leid wie Dr. Wengs Härte, der sie sich hatte aussetzen müssen.

Die Kellnerin kam, wir bestellten, und eingelullt von meiner Fürsorge, griff ich über dem Tisch nach Valeries Hand. »Ich würde eher sagen, dass Menschen auf die Dinge achten, die ihnen wichtig sind. Dr. Weng trägt die Verantwortung, sie ist vor allem den Patienten und den Leuten, die dort arbeiten, Rechenschaft schuldig. Und, wie gesagt, sind wir bestimmt nicht die Einzigen, die mit ihr zusammenarbeiten wollen. Eine kritische Sicht ist deswegen sicher angebracht, wenn nicht sogar professioneller als Emotionalität.«

»Genauso hast du dich zu Beginn auch verhalten.«

»Weil ich ebenfalls Verantwortung trage.«

Sie musterte mich eine Weile, dann runzelte sie die Stirn. »Wieso hast du deine Meinung dann geändert?«

»Ich habe nicht meine Meinung geändert, sondern mich überzeugen lassen. Und das wird auch bei Dr. Weng passieren.« Mit meinem Daumen strich ich über ihren Handrücken und lächelte. »Dein Projekt ist gut, sehr gut sogar, Valerie. Wenn nicht sogar revolutionär. Zu diesem Schluss wird auch Dr. Weng gelangen.«

»Also du denkst, noch ist nichts verloren?« Da war diese Hoffnung in ihren grünen Augen, die ich absolut wundervoll fand.

Am liebsten hätte ich sie in diesem Moment geküsst, aber das würde definitiv zu weit gehen. »Sie wird sich mit ihrer Zusage melden. Vertrau mir.«

Als unsere Pizzen kamen, lockten wir damit eines der Kids vom Nebentisch an. Das Mädchen mit dunklen Haaren und Locken pirschte sich an und blieb neben Valeries Stuhl stehen. Sie linste auf den Tisch herauf, und man sah ihr an, dass sie unser Essen besonders spannend fand. Die Eltern gerieten daraufhin in allerhöchste Alarmbereitschaft.

Valerie wandte sich grinsend an die Kleine. »Hallo, du.«

Das Mädchen lächelte vorsichtig, hielt sich sicherheitshalber am Stuhl fest.

»Gleich klettert sie auf deinen Schoß und mampft deine Pizza weg oder beschmiert dich überall mit Spucke.« Ich tat mich im Umgang mit Kindern schwer. Sie störten mich nicht, ganz im Gegenteil, ich fand Kinder witzig. Doch wirkliche Berührungspunkte hatte ich bis jetzt nicht mit ihnen gehabt.

Valerie hingegen war da sehr viel offener. Sie strahlte beim Anblick des Mädchens, und irgendwie gefiel mir dieses Bild viel zu sehr. »Klingt, als hättest du Angst.«

»Ich bin fremden Lebensformen gegenüber einfach vorsichtig.«

Das Kennenlernen der beiden wurde allerdings von den Eltern des Kindes unterbrochen. Der Vater kam ebenfalls an unseren Tisch, nahm seine Tochter hoch und wackelte zerknirscht mit dem Kopf. »Verzeihung für die Störung.«

»Kein Problem. Es war sehr angenehm.« Valerie befreite den dunkelhaarigen Mann, der ein Metallica-Shirt trug, von seiner Verlegenheit. »Sie ist total niedlich und lieb.«

Er nickte und lächelte dabei, wie es wohl nur ein mit Stolz erfüllter Vater konnte. »Das ist sie. Guten Appetit weiterhin.«

»Passen Kinder in deinen Lebensplan?«, fragte ich wenig später.

Valerie hatte gut die Hälfte ihrer Pizza einpacken lassen. Die Familie vom Nachbartisch war mittlerweile gegangen. Unsere kleine Freundin hatte uns zum Abschied noch einmal zugewunken. »Du meinst, ob ich mir Kinder wünsche?«

»Das auch. Du hast dein Leben immer perfekt im Griff und durchgetaktet, als wärst du Perfektionistin. Bestimmt weißt du schon genau, wann du Kinder haben möchtest, wie sie heißen sollen und auf welche Schulen sie einmal gehen werden.«

Sie grinste, wurde aber tatsächlich etwas rot im Gesicht. »Da muss ich dich enttäuschen. Ich möchte Kinder, ja, aber wann es für mich passt, kann ich noch nicht sagen. Dazu fehlt auch noch der perfekte Mann.«

»Erschreckend, wie du langsam die Kontrolle über dein Leben verlierst«, zog ich sie auf.

»Das ist dein Einfluss.«

»Rede dir das nur ein.«

Sie trank ihr Wasser aus. Die Zitronenscheibe, die darin schwamm, landete verwaist am Boden des Glases. »Und du? Willst du Kinder, oder fürchtest du dich vor schmutzigen kleinen Händchen, die mit Buntstiften und Scheren auf deine maßgeschneiderten Anzüge losgehen?«

Ich hatte mit dieser Gegenfrage gerechnet und entschied mich, ehrlich zu sein. »Das klingt nach einem echten Horrorszenario. Meine Kindheit war dermaßen kompliziert und schwierig, dass ich lange Zeit überzeugt war, keine Kinder in die Welt setzen zu wollen. Ich war mir sicher, dass mit der Geburt eines eigenen Kindes alte Wunden bei mir aufbrechen würden und ich der Aufgabe nicht gewachsen wäre. Ich hielt mich selbst für unfähig, eine echte Enttäuschung. Das wollte ich nicht sein.« Offen zu ihr zu sein, fühlte sich erstaunlich gut an. Befreiend. Ihre ungeteilte Aufmerksamkeit machte es mir aber auch leicht. Sie nahm mich ernst und urteilte nicht.

»Also gibt es von dir mittlerweile ein klares Ja zu Rotznasen?«

Ich nickte. »Heute sehe ich die Sache mit eigenen Kindern anders. Ich denke, dass mich meine Kindheit hoffentlich zu einem besseren Vater machen wird. Weil ich weiß, auf was es in der Vater-Kind-Beziehung ankommt. Das meiste davon ist nicht materieller Natur, sondern hat mit Vertrauen, Liebe und Verlässlichkeit zu tun.«

Das war verdammt tiefsinnig. Ich blinzelte, weil ich selbst von der Schwere meiner Worte überrascht war. So angreifbar hatte ich mich noch nie gezeigt. Was das Aufkreuzen eines kleinen Kindes alles bewirken konnte.

»Das hört sich schön an. Ehrlich. Gut.«

»Sentimental«, ergänzte ich Valeries Liste.

Sie lächelte warmherzig. »Ich mag diese Seite an dir. Wirklich, Josh. Nie hätte ich dich für derart vielschichtig gehalten. Du solltest dich den Menschen mehr öffnen. Das ist sehr viel sympathischer, als dauernd den Troll raushängen zu lassen.«

Mit dieser Aussage gab sie mir zu denken.

Vergessen war Dr. Weng, zumindest vorerst. Vorrangig zerbrach ich mir den Kopf wegen meiner Zurückhaltung, die zu Einsamkeit geführt hatte. Klar, ich konnte keine Hundertachtziggradwende hinlegen, ohne unaufrichtig zu wirken. Aber kleine Schritte waren möglich und hatten sich im Hinblick auf Valerie bereits bewiesen.

KAPITEL 31

Vermutungen im Boho-Style

Valerie

Nach der Einweihungsparty hieß es für uns, die Wohnung bewohnbar zu gestalten. Zuerst mussten wir uns Gedanken über Möbel, Farben oder Vorhänge (mein Lieblingsgebiet) machen. Wir hatten bei einem Gespräch festgestellt, dass wir uns in der Gestaltung mittlerweile ziemlich uneinig geworden waren (anders als bei unserem letzten Umzug). Linda wollte »etwas Bohomäßiges«, während ich auf klassische Eleganz stand. Jetzt galt es, einen Kompromiss zu finden.

Zuvor aber mussten wir ordentlich durchschrubben und Farbe an die Wände bringen – zumindest in diesen Punkten waren wir uns einig geworden.

Das Wohnzimmer wollten wir in einem hellen Moosgrün streichen, die Küche sollte beige werden, und für mein Schlafzimmer hatte ich eine Farbe irgendwo im Farbbereich zwischen Fuchsia und Braun gewählt. Ich liebte die Farbe, Linda hingegen fand, sie sei altbacken.

»Fehlt nur noch das obligatorische Blümchenmuster, und das Wohnzimmer meiner Oma wäre perfekt rekonstruiert.« Linda schleppte eine Tasche mit Putzsachen ins Bad, schrie dabei quer durch den Flur.

Hoffentlich waren unsere neuen Nachbarn nicht zu Hause oder geräuschresistent oder taub. »Ich bin sicher, dass mein Schlafzimmer mit der Farbe entzückend ausschauen wird.« Während ich meine Antwort zurückbrüllte, klingelte es.

»Der Boss?«, fragte Linda.

Ich ging zur Wohnungstür und betätigte den Summer. »Vermutlich.«

Linda kam angelaufen und spähte nervös durch den Türspion. Danach öffnete sie die Tür, sah in den Flur und zappelte von einem Bein aufs andere.

»Du machst mich ganz wahnsinnig.«

»Ich bin cool.«

Ich hörte Geräusche: das Öffnen der Eingangstür, Schritte auf der Treppe, Stimmen.

»Sieht man total.« Ich grinste, was Linda kaum noch mitbekam, da in diesem Moment Josh und Harry auftauchten. Josh hatte mir versprochen, beim Malern zu helfen. Was Harry hier tat, war mir erst nicht klar, bis mir das Gespräch mit Josh in der Badewanne einfiel. Konnte es echt sein? Die beiden?

Josh begrüßte Linda mit einem Händeschütteln, mich küsste er überraschend auf den Mund. »Ich habe Verstärkung dabei, sonst fällt dem Jungen allein daheim wieder nur Blödsinn ein.«

Der Junge, also Harry, grinste verschmitzt und umarmte Linda und mich. Wir betraten die Wohnung, lieferten den beiden Männern eine kurze Roomtour (diesmal ohne Gäste, die den Ausblick blockierten), die garniert wurde von Adjektiven wie groß, hell, modern und schön.

Wir waren stolz auf unsere neue Wohnung, das sah man Linda und mir vermutlich aus zehn Kilometern Entfernung an.

Nach der Führung wurden die Arbeiten aufgeteilt. Es gab viel zu tun, daher war es nicht schlecht, dass auch Harry dabei war. Linda wollte sich ums Bad kümmern, Josh und ich würden in meinem Schlafzimmer und Harry im Wohnzimmer mit dem Streichen anfangen. Ich hatte schon alles abgeklebt und zeigte ihm, bis wohin die Farbe reichen sollte. Danach kehrte ich zu Josh zurück, der mich sofort mit einem Pinsel attackierte.

»Schöne Farbe«, meinte er und stieg auf die Leiter, um sich um die oberen Ecken zu kümmern.

Ich strich dort, wo ich ohne Leiter drankam. »Danke. Linda findet sie omamäßig.«

Josh trug ausgewaschene, dunkle Jeans und ein schwarzes T-Shirt mit einem verblichenen Aufdruck darauf. »Linda vögelt auch mit Harry – auf ihren Geschmack würde ich mich nicht allzu sehr verlassen.«

Ich runzelte die Stirn und konzentrierte mich auf die Farbrolle in meiner Hand. »Du bist immer noch überzeugt von deiner Einschätzung, die meiner Einschätzung nach völlig falsch ist.«

»Ist sie nicht.«

»Harry hätte schon etwas zu dir gesagt.«

Josh kam herunter und stellte die Leiter einen Meter weiter nach links. Dann stieg er wieder hinauf. »Hätte er nicht.«

»Aber Linda hätte sich schon verplappert.« Okay, ich musste zugeben, dass sich Linda wirklich seltsam verhielt, sobald Harry oder Josh anwesend waren. Ich schrieb dieses Verhalten aber der Tatsache zu, dass Josh immerhin mein Boss war und sie mit seiner markerschütternden Veränderung aka plötzlichen Nettigkeit mir gegenüber nicht zurechtkam.

Josh blieb dabei. »Sie würde nichts sagen, weil Harry mein Kumpel ist.«

»Wir haben keine Geheimnisse voreinander.« Anders verhält es sich mit dir, dachte ich und spürte deutlich den Knoten in meiner Magengegend. In den vergangenen Tagen war es gewissenstechnisch ruhiger gewesen. Ich war besser im Verdrängen geworden. Aber ein Wort reichte, und die Fragilität unserer Beziehung kam sofort wieder ans Licht.

Eine Weile strichen wir vor uns hin, stumm und offensichtlich beide in Gedanken versunken. Als wir Gelächter vom Nebenraum hörten, sah Josh mit hochgezogener Augenbraue zu mir. »Ich wette, sie knutschen.«

»Dabei lacht man?«, fragte ich und griff zur größeren Rolle, mit der ich mich dem mittleren Teil der Wand widmen wollte.

Josh stieg von der Leiter, klappte sie zusammen und schnappte sich die zweite Rolle. »Manchmal. Aber das müsste ich noch einmal checken.« Er griff nach meiner Hand, und im nächsten Moment küsste er mich.

Ich grinste zwar, lachen musste ich aber nicht. »Vielleicht ist Harry ein derart schlechter Küsser.«

»Ist er nicht.«

»Das kannst du mit Sicherheit sagen?«

Josh wippte mit dem Kopf von links nach rechts. »Da gibt es diese Geschichte aus Dublin, mit viel Bier und einer verlorenen Wette.«

Jetzt lachte ich doch. »Eine ganz neue Seite, Dr. Bedingfield, die sich da offenbart, sobald man Sie mal handwerklich arbeiten lässt.«

»Josh hat übrigens verloren, der Einsatz kam von mir.« Wir zuckten beide zusammen, als plötzlich Harry in der Tür stand.

Mein Gesicht lief dunkelrot an, als wäre mein Teenager-Ich gerade von meinen Eltern beim Knutschen erwischt worden.

Josh lachte bloß. »Er liebt diese Geschichte. Ich glaube, er fand den Kuss ganz toll.«

Harry kam näher, und ich war wirklich gespannt auf die Kussstory. »Ich nenne sie die verknotete-Zungen-Geschichte. Wir waren jung, zwanzig, vielleicht einundzwanzig. Josh wollte ein Mädchen beeindrucken.«

»Genau genommen war es eine Mädchengruppe. Sie waren die Freunde einer Freundin.«

»Sarahs Freunde, meine Ex«, korrigierte Harry und lehnte sich an die Wand.

Josh strich weiter, während ich lauschte.

»Josh stand ab dem Moment auf diese eine Freundin, als sie uns vom Bahnhof abgeholt hat. Sie war ein bisschen crazy und nervig, aber Josh war richtig heiß auf sie.«

»Das war meine wilde Phase«, entschuldigte sich Josh.

Harry äffte ihn mit einer eindeutigen Handbewegung nach. »Eine richtig wilde Phase war das. Jedenfalls hat dieses Mädchen Josh gnadenlos abgefüllt und ihn dann angestiftet, mich abzuknutschen. Sie ist auf Männerliebe abgefahren, und Josh wollte ihr aus vollkommener Uneigennützigkeit seine Bereitschaft zur Kooperation zeigen. Ich war das arme Opfer.«

»Du warst kurz davor, mir die Zunge in den Mund zu rammen.«

Harry lächelte zerknirscht. »Ich habe mich überrumpelt gefühlt.«

»Also kann man sagen, dass definitiv Romantik in der Luft schwebte?« Ich hatte das Streichen längst vergessen und mich ganz auf die Einblicke in die Freundschaft der beiden konzentriert. Ich fand die Dynamik zwischen den Jungs irrsinnig unterhaltsam. Sie war anders als jene zwischen Linda und mir. Vielleicht lag das daran, dass Linda und ich zwar zusammenarbeiteten, uns aber noch nicht so lange kannten wie Josh und Harry.

»Seither versuche ich permanent, Harrys Avancen abzuweisen.« Josh wischte sich die Hände an einem Tuch ab, während Harry so tat, als würde er ihn berühren wollen.

Als wir drei lachten, kam Linda ins Zimmer. »Sagt mal, bin ich die Einzige, die arbeitet?«

»Die Jungs haben ihre wilden fünf Minuten«, erwiderte ich.

Wir bekamen es dennoch hin, alle Wände zu streichen. Und auch die Wohnung blitzte irgendwann von oben bis unten. Müde und mit Nacken- und Schulterverspannungen unbestimmten Grades, bestellten wir eine Pizza. Harry rannte in den Laden gegenüber und kaufte Rotwein, den wir aus Pappbechern tranken. Als Sessel improvisierten wir Farbeimer und Boxen um, als Tisch fungierte ein leerer Karton. Alles war sehr spartanisch, aber die Atmosphäre war mehr als gemütlich. Wir lachten, plauderten über die weiteren Vorgänge unseren Umzug betreffend, wobei die Jungs erneut ihre Hilfe anboten. Harry betonte mehrmals, wie stark er sei, wobei ich nicht wusste, ob er das tat, weil er Gags so sehr liebte oder ob er sich Linda gegenüber besonders hervorheben wollte. Letzteres schien ihm zu gelingen, da Linda auf eine Art kicherte, die ich bei ihr noch nie gesehen hatte.

Josh zog eine Augenbraue hoch, was wohl bedeuten sollte, dass er sich in seiner Vermutung bestätigt fühlte.

Als wir aufbrachen, Linda und ich in unsere Wohnung bei Mike, fühlte ich eine Schwere in der Brust, die ich nicht so recht zuordnen konnte. Ich wünschte mir, Josh wäre auch den restlichen Abend bei mir. Ich vermisste ihn und überlegte sogar kurz, ihm das zu gestehen. Schließlich aber entschied ich mich dagegen und schob meine Sentimentalität auf den Wein.

KAPITEL 32

Freie Bahn für die Wissenschaft!

Josh

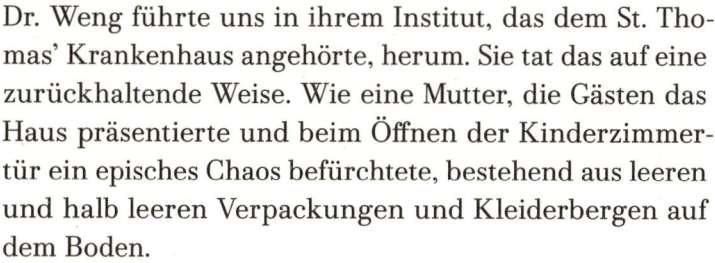

Dr. Weng führte uns in ihrem Institut, das dem St. Thomas' Krankenhaus angehörte, herum. Sie tat das auf eine zurückhaltende Weise. Wie eine Mutter, die Gästen das Haus präsentierte und beim Öffnen der Kinderzimmertür ein episches Chaos befürchtete, bestehend aus leeren und halb leeren Verpackungen und Kleiderbergen auf dem Boden.

Valerie und ich waren derart beeindruckt von Dr. Wengs Team, dass uns selbst verschimmelte Joghurtbecher in der Ecke nicht abgeschreckt hätten. Dr. Weng war gewohnt cool und zeigte wenig Emotionen. Sie war eine harte Nuss, nicht unsympathisch, man hatte bei ihr das Gefühl, als wäre sie so abgebrüht wie jemand, der bereits gegen Mike Tyson einen Faustkampf veranstaltet hätte. Ihre zierliche Statur lenkte bloß von ihrer Verbissenheit ab. Das war ein Ablenkungsmanöver, wie es eigentlich nur die Tierwelt kannte.

Doch Dr. Weng war auch bereit, ihre Fehler zuzugeben. Und das tat sie, als wir bei einer Tasse Kaffee in ihrem Büro saßen. »Vermutlich muss ich meine letzte Einschätzung bezüglich Ihres Projekts revidieren«, begann sie. »Ich habe die Parameter Ihrer ersten Tests mit meinem Team besprochen. Des Weiteren haben wir uns bereits Überlegungen zur Weiterentwicklung gemacht. Einige meiner Experten sehen in CAR-T-2 eine enorme ökonomische und medizinische Verbesserung. Sie werden in den höchsten Tönen gelobt, Dr. Young.«

Valeries Wangen verfärbten sich dezent rot. Sie knetete ihre Finger und gab sich Mühe, mit Dr. Weng so professionell umzugehen, wie es durch die Arbeitswelt von ihr verlangt wurde. Eigentlich aber wollte sie in die Hände klatschen – ich auch.

»Valerie hat hervorragende Arbeit geleistet.« Ich grinste und hielt mich gerade noch davon ab, ihre Schulter zu berühren. »Sie hatte es nicht immer leicht.«

Sie blicke mich an, schmunzelte und zwinkerte dann.

»Oh, Hürden und Rückschläge gehören zur wissenschaftlichen Arbeit mindestens genauso dazu wie all der bürokratische Aufwand.« Zum ersten Mal sah ich Dr. Weng lächeln. »Wir würden gern mit Ihnen zusammenarbeiten. Falls PMG weiterhin dazu bereit ist.«

Natürlich stimmten wir zu. Wir waren ja nicht völlig bescheuert.

Nachdem wir den Zeitplan fixiert hatten, verließen Valerie und ich Dr. Wengs Refugium. Noch auf dem Weg zu meinem Wagen brach all die angestaute Freude aus ihr heraus. Sie hüpfte hoch, schlang die Arme um mich und quiekte erleichtert. »Wir haben es geschafft.«

»Das haben wir. Weng konnte gar nicht anders.«

Im Wagen überlegten wir uns ein schnelles, improvisiertes Festprogramm. Wir wollten gemeinsam kochen und wählten Valeries Wohnung als Veranstaltungsort aus, weil sie näher lag. Wir kauften ein – es sollte Pasta geben. Außerdem besorgten wir Wein und ein Dessert aus der Bäckerei.

Das Paar Schuhe im Flur der Wohnung erkannte ich sofort. Beladen mit unserem Einkauf betraten wir den Essbereich. Wir hörten zuerst Gelächter, dann ein Flüstern. Und schließlich, wie in einem Actionfilm, sprang jemand von der Couch (das war Linda). Sie war knallrot und atmete heftig. Genau genommen verhielt sie sich wie jemand, der bei einem Ladendiebstahl erwischt worden war. Schnell knöpfte sie ihre halb geöffnete Bluse zu und glättete sich im Anschluss das zerzauste Haar.

Valerie und ich wechselten einen skeptischen Blick.

»Du bist daheim? Ich dachte, du wärst mit deiner Cousine unterwegs?«, fragte Valerie ihre Freundin, die mich an ein Reh im Scheinwerferlicht erinnerte.

»Also ... äh ... nein.« Ein Rascheln zwischen Couch und Tisch war zu hören.

Valerie näherte sich der Geräuschquelle. »Harry?«

Die Schuhe im Flur. Ja, das waren Harrys Schuhe.

Ich ging ebenfalls rüber zur Couch. Und tatsächlich – eingerollt wie ein Neugeborenes, lag Harry auf dem grau-grünen Teppich.

Während Linda die Hände vors Gesicht hielt und Valerie die Stirn runzelte, brach ich in lautstarkes Gelächter aus. Ich lachte so sehr, dass ich mich sogar an der Couchlehne festhalten musste. Harry regte sich daraufhin und rappelte sich mühsam hoch. Seine Schwerfälligkeit, gepaart mit seinem zerknirschten Gesicht, verstärkten meinen Lachanfall.

Er musterte mich drohend. »Das findest du witzig?«

»Ja, tut mir leid«, sagte ich. »Euer Täuschungsmanöver ist das schlechteste aller Zeiten. Wirklich.«

Linda seufzte, kicherte aber ebenfalls. »Eigentlich ist es kein Täuschungsmanöver, sondern eine Topsecret-Sache, die ihr beiden noch nicht erfahren solltet.«

»Ich wusste längst, dass etwas läuft zwischen euch.«

Valerie ergänzte: »Ich habe nicht daran geglaubt. Linda? Seit wann geht das zwischen euch?«

Es war schräg, aber auch witzig.

»Seit... ein paar Wochen. Seit dem Abend in der Bar, als ihr zwei einfach abgedampft seid.«

»Wir hätten es euch gesagt«, meinte Harry. Mittlerweile war er gänzlich aus seinem Versteck hervorgekrochen. Er hatte sich Linda genähert und seinen Arm um ihre Taille gelegt.

Ich konnte nicht glauben, dass dieser Kerl, der ständig darüber lamentierte, sich niemals binden zu wollen, plötzlich mit der besten Freundin meiner Freundin... meiner Angestellten zusammen war. »Vergeig es nicht, Mann.« Ich hatte auf einmal das Bedürfnis, Harry klare Grenzen zu setzen.

Linda nahm mir diese Einmischung natürlich übel. »Ich kann gut auf mich selbst aufpassen, okay. Wenn schon, sollte Harry froh sein, dass ich ihn nicht sofort vor die Tür setze. Er kann echt nervig sein. Anhänglich.«

Harry und anhänglich? Ich erkannte meinen besten Freund nicht wieder.

»Das mit uns vor euch geheim zu halten, war wirklich anstrengend. Zum Glück ist das jetzt vorbei.« Harry wirkte erleichtert. Er strahlte und lachte, wie er es sonst nur tat, wenn er eine neue Biersorte entdeckt hatte.

Linda relativierte Harrys Enthusiasmus ein wenig. »Besser wäre es aber gewesen, wir hätten uns darauf vorbereiten können.«

»Wir haben den Abschluss mit Dr. Weng geschafft«, meinte Valerie und steckte alle mit ihrer Erleichterung an. Linda umarmte sie, und auch Harry freute sich über unseren Erfolg.

»Das müssen wir feiern.«

Und das taten wir. Harry und ich kochten, während die Mädels den Tisch deckten und sich auf der Terrasse ein Glas Wein gönnten.

Der Abend war perfekt. Ich sah es bereits vor mir – wir würden ein tolles Vierergespann werden.

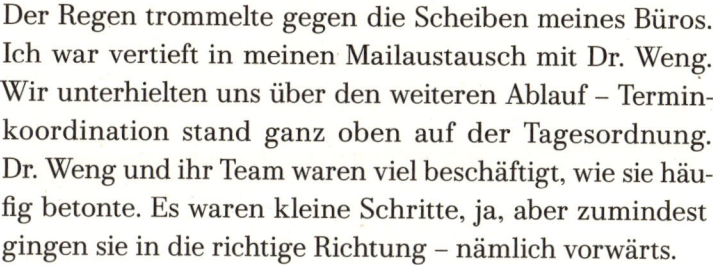

KAPITEL 33

Das bedrohliche Gewebe muss entfernt werden!

Valerie

Der Regen trommelte gegen die Scheiben meines Büros. Ich war vertieft in meinen Mailaustausch mit Dr. Weng. Wir unterhielten uns über den weiteren Ablauf – Terminkoordination stand ganz oben auf der Tagesordnung. Dr. Weng und ihr Team waren viel beschäftigt, wie sie häufig betonte. Es waren kleine Schritte, ja, aber zumindest gingen sie in die richtige Richtung – nämlich vorwärts.

Nach einem schnellen Mittagessen mit Josh und Linda (wir waren alle noch immer aus dem Häuschen – Harry und Linda!) wurde ich via Mail in Darios Büro zitiert. Die Einladung war zwar höflich formuliert worden, doch egal, was in meinem Terminkalender stand, ich hatte im Büro des Chefs zu erscheinen.

Ich redete mir ein, dass er mit mir bloß über die neuesten Entwicklungen zu Carla sprechen wollte. Gleichzeitig breitete sich aber auch eine Vorahnung in meinem Bauch aus, dass ich nicht wegen Carla, sondern wegen der Sache zwischen Dario und mir zu erscheinen hatte. Für mich selbst hatte ich dieses Kapitel längst geschlossen. Es war Gras über die Sache gewachsen, ohne dass ich mit Josh je darüber gesprochen hatte.

War das feige? Wahrscheinlich.

Aber Menschen taten nicht immer das Mutigste, wenn es darum ging, eine fragile Beziehung zu bewahren. Eine Beziehung, die erst am Anfang, gleichzeitig aber vor der nächsten Hürde stand. Linda hatte erst kürzlich gemeint, dass eine Beziehung, die ich selbst als fragil bezeichnete, nichts Schützenswertes war. Die Liebe zu einem anderen Menschen sollte bestärkend, einfach und aufrichtig sein. Lange hatte ich über ihre Worte nachgedacht, tief in mir gewusst, dass sie recht hatte, mich aber geweigert, dieser Komplexität mehr Raum zu schenken.

Als ich an diesem Nachmittag Darios Büro betrat und dort ihn, seinen Vater und Josh antraf, war mir klar, dass ich eine Reihe an Fehlern begangen hatte, die mir in irgendeiner grausamen Form nun zum Verhängnis werden würden.

Die drei Männer standen vor Darios Schreibtisch. Zwei davon (Dario und sein Vater) trugen dunkle Anzüge, Josh eine schwarze Hose und ein hellblaues Hemd. Es war neu, er hatte es noch nie getragen. Warum ich das wusste? Weil ich es erst vorgestern bei ihm zu Hause auf dem Esstisch gesehen hatte. Er hatte mir erzählt, dass er beim Kauf an mich gedacht und sich gefragt hatte, ob mir die Farbe gefiele. Ich sagte, dass meine Beurteilung nur dann aussagekräftig wäre, wenn er es anziehen würde. Was er dann auch gemacht hatte.

Spannung lag in der Luft. Das Gespräch der drei Männer verstummte, als ich eintraf. Dario stolperte einen ungelenken Schritt zurück. Er sah müde und abgekämpft aus. Darios Vater, James Hill, wirkte fokussiert und distanziert. Und Josh hatte seine Arme vor der Brust verschränkt.

Dario bat uns, Platz zu nehmen. Es war sogar extra

ein dritter Stuhl vor den Schreibtisch geschoben worden. Auf diesen setzte sich James Hill, daneben Josh, dann ich. Dario lehnte sich in seinem schwarzen Schreibtischsessel zurück und sah abwartend zu seinem Vater.

Der faltete die Hände in seinem Schoß. Was auf ihn selbst beruhigend wirken mochte, machte mich nur noch nervöser. »Danke, dass ihr beide so schnell Zeit für diese Zusammenkunft finden konntet.«

Josh nickte, ich blieb regungslos.

»Ich habe vorab bereits mit Josh gesprochen«, fuhr James fort.

»Über was habt ihr gesprochen?« Ich gab mir Mühe, gelassen zu klingen. Aber diese gesamte Szene kam mir vor, als wäre ich mitten in den Fünfzigerjahren aufgewacht, als Frauenrechte noch nicht erfunden waren und drei Anzugträger wollten, dass ich gefälligst an den Herd zurückkehrte. Drei Kerle, die sich vorab abgesprochen hatten, um der Frau eins reinzuwürgen. Ich wurde wütend. Unbewusst ahnte ich, dass dieser Besuch keine positiven Neuigkeiten für mich bringen würde.

Hill Senior musterte mich, als wäre er wegen meiner Frage eingeschnappt. »Über deine Abweichungen von internen Richtlinien und die eigenständigen Entscheidungen dein Projekt betreffend. Josh hat uns darüber informiert, dass du bereits vor geraumer Zeit ohne Genehmigung Kontakt zu einer gewissen Dr. Weng aufgenommen hast, um sie in deine Forschung einzubinden. Zu diesem Zeitpunkt hatte die Geschäftsführung eine Entscheidung hinsichtlich einer Zusicherung von Fördergeldern allerdings noch nicht getroffen.«

Ein kalter Schauer lief mir über den Rücken. So fühlte sich also Verrat an. Ich sah zu Josh, der den Kopf gesenkt und seine Kiefer fest aufeinandergepresst hielt.

Er hob den Kopf und sah zu mir. Er war kreidebleich. »Das war ... davor. Wir haben darüber miteinander geredet, richtig?«

»Du hast mir aber nicht gesagt, dass du meine Anfrage der Führungsebene gemeldet hast.«

»Es ... tut mir leid.« Josh presste die Lider aufeinander zusammen. Auf einmal tat er so, als wäre er das Opfer einer Reihe unglücklicher Zufälle. Dabei hatte er den Chef informiert. »Ich hätte ehrlich zu dir sein sollen.«

James Hill beobachtete uns mit einem gewissen Vergnügen, das mich nur noch wütender auf all das hier machte.

»Du hättest erst gar nichts sagen sollen!«

»Ich zumindest schätze Joshs Ehrlichkeit sehr«, meinte James. »Dass du es auf diesem Gebiet nicht sonderlich genau nimmst, zeigt mir dein gesamtes Verhalten der vergangenen Monate. Josh, hast du gewusst, dass Valerie und mein Sohn bei diesem Abendessen, bei dem ihr alle drei an einem Tisch saßt, zum ersten Mal aufeinandertrafen?«

Hilfe suchend sah ich zu Dario. Dieser seufzte und ließ kurz durchblicken, dass er sich nicht wohl in seiner Haut fühlte.

»Es war ein Scherz, mehr nicht. Dario?«

»Wir hätten diesen Scherz aber frühzeitig klarstellen können«, erwiderte er hölzern.

Stand er unter Drogen? Oder warum benahm er sich dermaßen seltsam? »Was du nicht wolltest, um deinen Vater nicht zu enttäuschen.«

Jener Vater schnaubte belustigt. »Mein Sohn hat vergessen, dass ich ihm immer einen Schritt voraus bin.«

»Er wollte dich ruhigstellen, damit er Zeit für seine Frauen hat«, warf ich ein und umklammerte die Stuhllehne.

Josh neben mir atmete schwer. Er hatte sich noch nicht zu Wort gemeldet und wirkte wie versteinert.

»Und du wolltest dir Josh gegenüber Respekt verschaffen. Ich hatte meine Zweifel schon bei unserem Firmenevent in Eastbourne, nachdem ich dort dein Verhalten genauer bewerten konnte. Danach habe ich im Grunde nichts weiter gemacht, als meinen Sohn mit den Vorwürfen zu konfrontieren. Von Anfang an hatte ich das Gefühl, dass ihr nicht zusammenpasst. Du spielst nicht in Darios Liga. Es war klar, dass du dich an seinem Einfluss zu bereichern versuchst.«

James Hill hatte ich früher, bevor er jene bissigen Kommentare beim Minigolf abgeliefert hatte, immer als freundlichen, vielleicht ein wenig pedantischen Mann vor Augen. Mittlerweile wusste ich ja, dass ich mich getäuscht hatte. Er war nichts weiter als ein verklärter Mistkerl, der alles tat, um seine Firma zu schützen.

»Dario und ich haben offensichtlich beide einen Fehler gemacht. Gemeinsam. Wenn schon, wollten wir uns beide aneinander bereichern.«

Darios Vater schüttelte den Kopf. »Als du dir herausgenommen hast, ihn nach seiner offiziellen Vorstellung in der Firma auf die Wange zu küssen, bist du zu weit gegangen. Damit hast du den Rahmen des Scherzes, wie du es bezeichnest, gesprengt.«

Ich wurde als Schuldige abgestempelt. Leider wusste ich auf die Schnelle nicht, wie ich mich aus dieser Rolle befreien sollte. Meine Gegner waren zu mächtig. Josh würde sich nicht mehr für mich einsetzen, das zeigte mir sein verächtlicher Blick klar und deutlich.

»Dario war Mittäter und nicht das Opfer«, fauchte ich.

»Ich habe dieses Missverständnis aber rein für private Zwecke genutzt, du aber um beruflich ans Ziel zu kommen. Eine solche Lüge ... kann ich nicht mit mir herum-schleppen.« Dario verzog keine Miene. Völlig gelassen saß er da und hämmerte Nagel für Nagel in meinen Sarg. »Und ich habe meinem Vater die Wahrheit erzählt. Im Gegensatz dazu wolltest du nicht mit Josh reden. Er hätte von dieser Lüge niemals erfahren.«

Was, zur Hölle, stimmte mit diesem Menschen nicht?

»Dein eigenmächtiges Vorgehen in Kombination mit dem Vorsatz, deinen Vorgesetzten in ein Lügenkonstrukt zu verwickeln, das dir berufliche Vorteile verschaffen soll, lässt uns keinen Spielraum, Valerie. Aus diesem Grund wird sich PMG von dir mit sofortiger Wirkung trennen.« James Hill rieb langsam seine Hände aneinan-der, mit denen er mich, meine Karriere und meine Bezie-hung metaphorisch zerquetscht hatte. Das Geräusch – Haut an Haut – ekelte mich an.

»Ich bin eine Gefahr für das Image deiner Firma.«

»Vordergründig verkörperst du mit deinem Verhalten nicht unbedingt die Sorte Mitarbeiter, die wir in unse-rem Team haben möchten«, erklärte James. »Schon gar nicht wollen wir dich mit einem derart verantwortungs-vollen Projekt betrauen.«

Ich überlegte, ob ich mich hier und jetzt an Josh wen-den sollte. Ob ich irgendetwas zu ihm sagen sollte. Aber mir wurde klar, dass dieses Büro nicht der richtige Ort dafür war. Wir würden lange reden müssen – falls Josh mir überhaupt die Chance dazu gab. Aber wie ich ihn kannte, würde er sich meine Erklärung zumindest an-hören. Wie es dann weiterging – mit uns –, stand noch in den Sternen. Mehr denn je.

»Josh, das alles ist bestimmt viel für dich, das kann ich mir vorstellen.« Schon lenkte James Hill sein Haupt-augenmerk auf das seiner Meinung nach beste Pferd im

Stall – Josh. »Als Abteilungsleiter bist du selbstverständlich ein wichtiger Teil dieser Firma. Aus diesem Grund möchten wir, dass du Valeries Projekt übernimmst. Du scheinst damit mittlerweile ohnehin bestens vertraut zu sein.«

»Er soll CAR-T-2 übernehmen?«, platzte es aus mir heraus.

James wurde zornig. Er schnippte mit den Fingern und beugte sich vor. »Du weißt hoffentlich, wie viel Geld PMG in dieses Projekt investiert hat?«

»Es ist aber meine Arbeit. Mein geistiges Eigentum.«

»Das hättest du dir vorher überlegen sollen.«

»Josh«, flehte ich.

»Es geht dir nur um dieses Scheißprojekt? Nur deswegen bettelst du mich an?« Seine Stimme zitterte, als er nach all diesen Minuten zum ersten Mal mit mir sprach.

Ich kam nicht mehr zu Wort, weil James Hill sich abermals verbal einmischte. Schließlich war seine Scheißzeit so verdammt wertvoll. »Valerie, bitte pack deine Sachen. Die Personalabteilung wird sich um die Abrechnung deiner Über- und Urlaubsstunden kümmern. Verstanden?«

Ich sah von Dario zu James und schließlich zu Josh. Mir war übel, ich war den Tränen nahe, aber irgendetwas in mir wollte erhobenen Hauptes aus diesem Büro verschwinden. Und nicht wie der betrügerische Feigling, der ich in Wahrheit war. Deshalb stand ich auf, strich meine dunkelgrüne Stoffhose glatt und stakste nach draußen.

Nachdem ich gepackt hatte, verließ ich PMG, wobei ich mir Mühe gab, dass niemand etwas von meinem Auszug mitbekam. Es gelang mir sogar, meine Tränen zurückzuhalten und mich nicht in ein Gespräch verwickeln zu lassen. Einmal wurde es knapp – drei Kollegen standen vor dem Fahrstuhl und diskutierten über das Geschenk zum runden Geburtstag einer Mitarbeiterin. Ich schwieg, wobei meine Unterlippe bebte und ich daraufhin panisch die Luft anhielt. Ich musste mich entscheiden: Brach ich in Tränen aus oder atmete ich. In diesem Kampf siegte O_2.

Mein Plan war, mich daheim zu betrinken. Stattdessen aber saß ich heulend auf dem Boden unserer neuen Küche und wartete auf Linda, der ich schluchzend in die Arme fiel.

KAPITEL 34

Und jetzt atmen Sie bitte kräftig
in die Gegensprechanlage!

Josh

Ich betrank mich.

Betrunken fiel es mir einerseits leichter, die innere Unordnung in mir zu verdrängen, andererseits sah ich plötzlich alles klarer. Mein erstes Gefühl, was diese Beziehung zwischen Valerie und Dario anbelangte ... Ich hatte mich nicht geirrt. Zumindest in diesem Punkt schien mein Verstand einigermaßen zu funktionieren.

Ich war überfordert, das musste ich zugeben. Aber auch dabei half der Alkohol ungemein. Gleichzeitig ließen mich Bier und Schnaps dumme Dinge denken und tun. Ich schrieb Harry eine verstörend-verwirrende Nachricht, die ihn dazu veranlasste, mich zigmal anzurufen. Doch ich ging nicht ran.

Irgendwann klingelte es an der Tür. Ich war gerade damit beschäftigt, den nächsten Gegenstand zu suchen, an dem ich meine Wut, meinen Frust und all meine Verzweiflung auslassen konnte. Heißer Kandidat war mein neuestes Hemd, das mich viel Kohle und Valerie eine ganze Reihe an schmeichelhaften Adjektiven gekostet hatte.

Ich torkelte zur Tür, betrachtete das graue Bild meines besten Freundes auf dem Bildschirm und drückte umständlich den Knopf mit dem Mikrofon darauf. »Was willst du hier?«

Harry hielt sein Gesicht näher an die Kamera. Dabei war das Ding so gebaut, dass ich ihn vermutlich von der anderen Straßenseite aus gehört hätte. »Ich bin hier, um nach dir zu schauen. Bist du betrunken?«

»Riechst du das durch die Kabel in der Wand?«

»Ich höre es«, antwortete er, als wäre meine Frage tatsächlich ernst gemeint gewesen. »Lass mich reinkommen, Josh. Lass uns reden. Wir bekommen das irgendwie wieder hin.«

Nicht zum ersten Mal an diesem Tag brannten Tränen in meinen Augen. Vernichtend intensiv drückten sie sich gegen das Innere meiner Augenlider, die ich zusammenkniff, um mich vor Harry und der ganzen Welt zu verstecken. »Es war ein Fehler, Harry. Sie ... sie hat mich einfach zerstört.« Meine Stirn hatte ich gegen den rechteckigen Bildschirm gepresst. Nun heulte ich doch. Keine Ahnung, wie viel Harry von meinem Gejammere verstanden hatte.

»Das ist mies, ich weiß.«

»Es ist so unfassbar, so gemein.«

»Das ist es.« Mit einem Auge sah ich ihn, wie er nervös zappelte. »Ich weiß, dass es sich anfühlt, als würdest du dich für immer verstecken wollen, aber das macht es nicht besser. Reden hilft, glaub mir.«

Ich stieß ein knappes Lachen aus. »Das sagst ausgerechnet du.«

»Ja, nicht zu fassen.«

Nachdem ich den Türöffner betätigt hatte, kam Harry herauf. Ich wartete im Esszimmer, wo ich eine Flasche Bier für mich und eine für Harry bereitgestellt hatte. Als er ins Zimmer kam, drückte er zuerst meine Schulter, dann setzte er sich.

»Woher weißt du davon?«, fragte ich mit Blick auf die Skyline. In meiner Nachricht war ich nicht ins Detail gegangen. Dazu hatte es mir an ausreichender Fingerkoordination gefehlt.

»Linda. Sie hat mir erzählt, was heute passiert ist.«

Ich fragte mich, ob Linda in diesem Moment bei Valerie war, um sie zu beschwichtigen. Oder wusch sie ihr ordentlich den Kopf? Verdient hätte sie es.

»Die ganze Zeit hatte ich dieses Gefühl, dass sie nicht ehrlich zu mir ist. Wieso sollte sie auch von heute auf morgen ihre Einstellung zu mir ändern? Ich war immer ein Arschloch zu ihr. Sie hat mich einfach ... ausgenutzt. Benutzt. Hintergangen. Und sie hat es mir so verkauft, dass ich blind in ihre Arme gerannt bin.«

Harry nickte. »Ich bin auch schockiert darüber, wie eiskalt sie diese Lüge durchgezogen und vor dir verheimlicht hat. Aber denkst du wirklich, dass sie dir nicht irgendwann die Wahrheit gesagt hätte?«

»Ich weiß gar nicht mehr, was ich glauben soll.«

»Gott, sie hätte es dir sagen sollen. Du hättest das schon verkraftet, immerhin bedeutet sie dir alles.«

Ich dachte über Harrys Aussage nach, was mir im betrunkenen Zustand schwerfiel. »Sie ist kalkulierend vorgegangen, hat zuerst unseren Boss und dann mich benutzt. Sie dachte, sie würde alles bekommen.«

Gedanklich ging ich unzählige Gespräche durch, die wir geführt hatten. Ich suchte nach Doppeldeutigkeiten, nach Hinweisen für ihren Betrug oder einfach nur nach einem Grund, sie endgültig zu hassen. Vor allem Letzteres war schwer, wenn auch vernünftig. Ich sollte ihr keine Träne nachweinen und sollte mich auch nicht betrinken. Vielmehr sollte ich doch glücklich sein, dass mir die Augen geöffnet worden waren.

»Willst du wissen, was Linda sagt?«

Ich wusste nicht, wie lange wir stumm dagesessen hatten, aber ich war plötzlich fürchterlich müde. Trotzdem nickte ich. Ich musste durch diesen letzten Dschungel, dann war ich mit dem Thema Valerie fertig.

Harry stemmte seine Ellbogen gegen die Tischkante und hielt die Bierflasche umklammert. »Linda meint, dass Valeries Gefühle echt sind, sie aber aus diesem Strudel der Täuschungen und Abmachungen nicht mehr rausgekommen ist. Sie hat gesagt, dass Valerie mehrmals darüber nachgedacht hat, dir die Wahrheit zu sagen, eure Beziehung aber nicht gefährden wollte.«

Ich stieß einen Laut aus, der irgendwo zwischen Lachen und Schnauben lag. »Wie verdammt respektvoll.«

»Wohl eher feige«, meinte Harry. »Sie wäre dir die Wahrheit schuldig gewesen. Würde sie an euch glauben, hätte sie keine Sekunde darüber nachdenken müssen, weil sie sich dir zur Wahrheit verpflichtet gefühlt hätte.«

»Kannst du dir vorstellen, wie es sich für mich angefühlt hat? Da zu sitzen, neben diesen beiden Trotteln, und zu erfahren, dass die Frau, mit der ich die beste Zeit meines Lebens hatte, eine Hochstaplerin ist, die mich von vorn bis hinten verarscht hat?«

Ich hatte Scham auf so vielen Ebenen erfahren, dass ich seither das Bedürfnis hatte, mich unter einen Strahl heißen Wassers zu stellen und mich stundenlang abzuschrubben.

»Ich kann mir denken, wie demütigend das für dich sein muss.«

Einen Augenblick schloss ich die Augen und ließ

den erstbesten Gedanken frei heraus, der sich in diesem Moment wie die einzige Lösung für meine Probleme anfühlte. »Ich habe mehrere Jobangebote auf dem Tisch. Eines davon ist in Aachen. Ich wollte eigentlich nicht zusagen, obwohl es toll wäre, dort zu arbeiten. Ich wäre hiergeblieben, in London, wegen Valerie. Jetzt aber haben sich die Dinge geändert, und ich werde zusagen«, murmelte ich und trank einen weiteren Schluck Bier. Morgen würde mir ganz sicher der Schädel platzen.

Ich hatte zwar den Posten, den ich mir immer gewünscht hatte, und verdiente mehr, als ich mir jemals erträumt hatte. Gleichzeitig verbrachte ich die meiste Zeit aber mit Dingen, die mich null interessierten. Bürokram, Urlaubsplanungen oder Gehaltsgespräche füllten meinen Kalender. An CAR-T-2 wollte ich außerdem auch nicht weiterarbeiten. Nicht ohne Valerie und schon gar nicht nach allem, was passiert war. Dabei war meine Passion schon immer die Forschung gewesen.

Vor wenigen Wochen hatte ich mich in einem besonders tiefen Tal befunden. Valerie und ich waren zu der Zeit noch nicht abseits der Arbeit derart intensiv miteinander verbunden gewesen. Mir war wieder eingefallen, dass mein ehemaliger Studienkollege Deniz erst kurz zuvor nachgefragt hatte, ob ich Interesse an einem Job in der Uniklinik Aachen hätte. Sie würden Verstärkung im Bereich der experimentellen Forschung suchen – mein Lieblingsbereich, der bei PMG nicht in dem Ausmaß gefördert wurde, wie ich es mir wünschte. Dort befasste man sich lieber mit Weiterentwicklungen von bestehenden Gebieten, anstatt sich an Neues zu wagen. Valerie und ich waren uns auch in unserem Streben nach Veränderungen ähnlich gewesen.

»Warum gerade Aachen?«, wollte Harry wissen.

Zuerst wollte ich ihn mit einer Menge medizinischer Fakten zumüllen, aber Harry war niemand, der Interesse heuchelte. »Es ist weit genug weg, um diesen Scheiß mit Valerie hinter mir zu lassen. Bei PMG wäre ich nichts weiter als eine Witzfigur. Ein armes, betrogenes Würstchen.« Weil mir das alles zu schwammig und unbedacht klang, schob ich nun doch eine fachliche Erklärung hinterher. »Aachen ist außerdem Spitzenreiter im deutschen Uni-ranking, sie sind top, was Forschung und Lehre betrifft.«

»Reden die nicht Deutsch?«

»Ja, tun sie. Aber auch Englisch. Damit kommt man schließlich überall weiter.«

»Und du kannst Deutsch?«

»Ein bisschen.«

Er musterte mich mit strengem Blick, wirkte sogar ein wenig verletzt, was ich gut verstehen konnte. »Ist das nicht alles fürchterlich überstürzt?«

»Leute aus meinem Bereich behalten selten ein gesamtes Berufsleben lang dieselbe Anstellung.«

»Und dieselben Freunde.« Seine Traurigkeit brachte meinen Entschluss gehörig ins Wanken.

»Ich komme ja wieder. Und auch an den Wochenenden werde ich nach London kommen.«

»Das sagst du jetzt. In Wahrheit wird es darauf hinauslaufen, dass du dort Freunde und wahrscheinlich sogar eine Frau findest. Du wirst ein deutsches Haus kaufen und deutsche Babys machen.«

»Werde ich nicht.« Ich hatte nicht vor, für immer in Aachen zu bleiben. Dafür bedeutete mir meine Heimat zu viel.

Harry schnaubte. »Das ist doch alles kompletter Mist, Josh.«

»Bei PMG hält mich ohnehin nichts mehr. Dieser

Drecksladen kann mir gestohlen bleiben.« Meine Kündigung sollte ursprünglich nicht derart emotional ablaufen. Das war nicht meine Art. Doch jetzt ließ es sich nicht vermeiden.

»Sie wird mit dir reden wollen«, meinte Harry. »Wirst du das zulassen?«

Auch darüber hatte ich heute schon viel nachgedacht, zu einem endgültigen Ergebnis war ich noch nicht gekommen. Klüger wäre es, sie aus meinem Leben zu streichen – auf drastische und endgültige Weise. Emotional wäre ich vermutlich nicht derart standhaft. Sie hatte mich zwar betrogen, meine Gefühle könnte ich trotzdem nicht einfach abstellen. »Keine Ahnung.«

»Vielleicht solltest du ihr die Chance zu einem Gespräch unter vier Augen geben.« Seit wann war Harry der Retter der Menschheit?

»Ich bin ihr nichts schuldig.« Weil ich in den Hals meiner Flasche redete, klang meine Stimme gedämpft.

»Das stimmt. Aber ein klarer Schlussstrich ist immer besser, als die Dinge unter den Teppich zu kehren.«

Ich schmunzelte. »Sprichst du da aus Erfahrung?«

»Vermutlich. Weißt du, ich habe im Laufe der vergangenen Jahre viele Beziehungen beendet – kurzfristige und längerfristige. Im Nachhinein muss ich aber zugeben, dass ich dabei immer feige war und nie über meine wahren Beweggründe geredet habe. Damit bleibt ein Rest Emotionen zurück. Von denen könntest du dich bis zu einem gewissen Maß befreien, wenn du dich mit Valerie an einen Tisch setzt und Klartext sprichst.«

Ich musste mich von ihr befreien. Diese Erkenntnis war es, die mich am meisten schmerzte. Mein Verstand hatte noch nicht begriffen, dass alles, was ich mit Valerie gehabt hatte, nicht echt gewesen war. Niemals.

KAPITEL 35

Broken-Heart-Syndrom – was tun dagegen?

Valerie

Die ersten Tage nach meiner Entlassung waren die Hölle für mich. Ich wurde von derart vielen Ängsten heimgesucht, dass ich buchstäblich wie gelähmt den ganzen Tag am Esstisch saß und Löcher in die Luft starrte. Da war beispielsweise eine ungeheure Existenzangst, immerhin hatte ich meine Einkommensgrundlage verloren. Zu einem Zeitpunkt, als Linda und ich uns eine teurere Wohnung genommen hatten.

Des Weiteren hatte mich eine starke Verlustangst gepackt. Carla war mir entrissen worden. Mein Projekt war so lange der Mittelpunkt meiner Welt und meiner Gedanken gewesen. Mein Ziel. Ich wusste nicht, was ich beruflich künftig überhaupt machen wollte. Also generell gesehen. Ich hatte sogar mit dem Gedanken gespielt, die Wissenschaft aufzugeben und mich in einem Krankenhaus als Ärztin zu bewerben. Das war zwar nicht meine größte Leidenschaft, mein Wissen war außerdem etwas verstaubt, aber irgendwie würde ich das schon hinbekommen.

Linda fand zumindest diese Idee vernünftig. Viele andere Ideen, die ich ihr aufgezählt hatte, hatten bei ihr einen ungläubigen Blick und Kopfschütteln ausgelöst.

Einmal hatte sie mir sogar ein Glas Wasser ins Gesicht geschüttet. Das war wohl ihre Version einer wachrüttelnden Ohrfeige.

Zu diesen Ängsten hinzu kam der schlimmste Liebeskummer, den man sich vorstellen konnte. Gepaart mit dem schlechtesten Gewissen aller Zeiten. Einer Form, die mich grausam von innen auffraß – langsam und bei lebendigem Leib.

Ich hatte das übliche Trennungs-Reue-Ding durch und war zu dem Schluss gekommen, dass Hollywood nicht übertrieb. Ich wollte wirklich vor lauter Frust zum Friseur gehen, um mir eine neue Frisur inklusive Haarfarbe verpassen zu lassen. Außerdem wollte ich mich in einen Flieger setzen, um in Richtung Süden zu jetten – weit weg von Josh und allem, was mich an ihn erinnerte.

Eines Abends kam Linda von der Arbeit zurück und fand mich, wie gewohnt, im Esszimmer vor. Ich hatte zumindest versucht, mich mit Lesen abzulenken. Geschafft hatte ich drei Seiten – und das in fünf Stunden.

»Ich habe nachgedacht. Du solltest mit ihm reden.«

»Ich kann mich nicht erinnern, dass ich deswegen gefragt habe.«

Sie hievte ihre Tasche, in der vermutlich ein ungeheures Chaos herrschte, auf einen unserer neuen Esszimmerstühle. Danach schlenderte sie in die Küche, nahm sich etwas zu trinken und kehrte mit dem Glas Eistee (der bei uns niemals ausgehen durfte, weil er laut Linda ihr Lebenselixier war) zum Tisch zurück. »Hast du auch nicht, stimmt. Ich bin aber dazu übergegangen, aktiv zu werden – an deiner Stelle. Du hängst nur noch in diesem Raum ab, trägst seit Tagen diese schreckliche Hose und ernährst dich von was auch immer.«

Ich warf einen Blick auf jene Hose, die ich gar nicht schrecklich fand. Vermutlich vertrug das blassrosa Teil eine Wäsche, ansonsten sah sie recht passabel aus. »Er wird nicht mit mir reden wollen.«

»Val, du bist eine gottverdammte Wissenschaftlerin!«

»Bin ich das?«

Linda runzelte die Stirn. »Natürlich bist du das! Eine Wissenschaftlerin lässt sich von Behauptungen nicht entmutigen. Ganz im Gegenteil: Sie will eine Antwort auf ihre Fragen finden. Klarheit und so weiter. Kapiert?«

»Aber bei was soll ich hier denn Klarheit finden?«

»Äh, spinnst du?«

Ich wusste nicht, ob die Frage rhetorisch gemeint war – vermutlich war sie das, daher hielt ich den Mund.

»Josh hat dich beim Boss verpetzt. Warum? Du hast Josh angelogen und verarscht. Er wird sich fragen: Warum? Das sind jene Gegebenheiten, die dein Wissenschaftlerköpfchen zum Qualmen bringen sollten. Stattdessen kommt es mir so vor, als hättest du dich aufgegeben. Als würdest du hier sitzen und auf dein Ende warten. Wie der Kapitän im *Titanic*-Film in diesem Steuerraum. Erinnerst du dich?«

»Ich erinnere mich. Man nennt es aber nicht Steuerraum, sondern Brücke.«

Sie schnaubte. »Okay, Brücke. Du bist trotzdem ein Trottel.«

»Danke.« Ich lachte und war beleidigt zugleich. »Glaube ich.«

»Ich möchte ja nicht behaupten, dass ich dir von Anfang an gesagt habe, diese Dario-Fake-Beziehung-Sache wird böse für dich enden. Ich habe das immer befürchtet.« Sie senkte den Kopf und starrte mich an.

»Das hast du«, gab ich zu.

Wenn Linda wüsste, wie oft ich diese eine falsche Entscheidung bereut hatte. Vielleicht wäre alles anders verlaufen, und Josh und ich wären uns nicht nähergekommen.

»Wenn du schon nicht deinetwegen mit ihm reden möchtest, dann tu es für ihn. Das bist du ihm schuldig. Und dir selbst auch – meiner Meinung nach.«

Später telefonierte ich mit meiner Mum. Sie war auf dem Rückweg von der Ausstellungseröffnung einer Freundin, die Kunstwerke aus alten Haarbürsten herstellte. Prädikat: unhygienisch.

Zuerst war sie noch im Partymodus, doch als sie merkte, wie fertig ich mich anhörte, wechselte sie blitzschnell in den Mamamodus. Ich hatte mit ihr zuvor noch nicht über Josh gesprochen, weil ich wegen dieser Lüge, die einfach alles überschattete, ein schlechtes Gewissen hatte. Doch jetzt berichtete ich ihr lang und breit von den Ereignissen der vergangenen Wochen. »Komm zu uns, Valerie. Zumindest für ein paar Tage.«

Meine Eltern lebten in Dover. Die Küste, das Meer, der Wind und das selbst gekochte Essen meines Dads klangen ganz nach den Dingen, die meine geschundene Seele brauchen könnte. Ich willigte deshalb ein, zumindest übers Wochenende zu ihnen zu fahren. Meine Mum bot an, sich um die Zugtickets zu kümmern. Ich erinnerte sie, dass ich erwachsen, sogar fast dreißig war.

»Linda meint, ich solle noch einmal mit ihm reden«, murmelte ich und streckte mich auf meinem Bett aus. Seit der Eskalation hatte ich vermieden, zu viel Zeit in meinem Schlafzimmer zu verbringen. Hier war Josh omnipräsent – von der Wandfarbe, die wir gemeinsam angebracht hatten, bis hin zu dem Bett, in dem wir miteinander geschlafen, gesprochen und gekuschelt hatten.

»Wenn du denkst, dass sich einer von euch beiden zum jetzigen Zeitpunkt dadurch besser fühlt, dann mach es.«

In unserer Familie gab es nur wenig Regeln, dafür umso mehr Verständnis, Gespräche und Toleranz. Aus diesem Grund war es für mich von Anfang an klar gewesen, dass mir meine Mum wegen meines Verhaltens keine Vorwürfe machen, sondern unterstützend an meiner Seite stehen würde.

»Bin ich ihm dieses Gespräch schuldig?«, fragte ich und blickte verstohlen auf Joshs vergessenes T-Shirt. Es hing über der Lehne meines Schreibtischstuhls, der unter dem Fenster stand.

»Vermutlich, ja. Aber Schuld verschwindet nicht, Valerie. Sie braucht den richtigen Zeitpunkt, um eine heilende Wirkung zu zeigen. Davor ist es manchmal okay, sich selbst und seinen Gefühlen Raum zu geben.«

Ich fuhr zu meiner Familie und verbrachte dort das Wochenende, entschloss mich dann aber, einige Tage länger zu bleiben. Einen Job, der mich zurück nach London zwang, hatte ich ohnehin nicht mehr. Bei Spaziergängen sprach ich viel mit meiner Mutter über meine verzwickte Lage. Sie riet mir, dass ich mir erst Gewissheit über meine Gefühle verschaffen sollte, ehe ich mich an Josh wandte. Das erschien mir klug. Ich wusste sonst nicht, wie hoch der Einsatz war, den ich aufs Spiel setzte.

Wollte ich nur reinen Tisch machen, oder wollte ich für einen Neuanfang von uns beiden kämpfen?

Diese Dinge galt es zu klären.

KAPITEL 36

Die Suche nach einer Kontaktlinse (via Telefon),
die einen Umzug zur Folge hat

Valerie

Über eine flache, saftig grüne Wiese näherte ich mich
der Steilklippe. Hinter ihr lag das aufgepeitschte Meer.
Der Wind pfiff mir um die Ohren, weshalb ich die
Kapuze meines Hoodies aufsetzte. Versteckt zwischen
Felsen befand sich der Abstieg zum Strand in Form einer
Holztreppe, die knarzte, wann immer ich einen Fuß auf
die nächste Stufe setzte.

Ich liebte diese Freiheit, die sich in mir ausbreitete,
sobald ich den Fuß der Treppe erreicht hatte. Den Kontrast zu oben. Hier war ich, umringt von meterhohen
Felsen, geschützt vor dem Wind und dem damit einher-
gehenden Lärm. Ich blieb einen Moment stehen und
atmete die salzige Luft ein, als mein Handy klingelte. Es
war Linda. Über ihrem Namen erschien ihr Bild, das sie
schlafend auf unserer Couch zeigte.

»Gott, wo bist du?«, fragte sie, nachdem ich abgehoben hatte.

»Am Strand.«

»Du lebst dein bestes Leben, während ich auf dem
Weg zur Tube bin, die ich mir mit unzähligen schwitzen-
den Menschen teilen muss.«

Grinsend kickte ich einen kleinen Stein über den Sand. »Oh, dafür wurde ich gestern von meinem Vater genötigt, mir eine Warze zwischen seinen Zehen anzusehen.«

Während sie lachte, ertönte im Hintergrund lautes Hupen. Hoffentlich wurde sie nicht überfahren. Linda hatte ein Talent dafür, über die Straße zu laufen, ohne vorher zu schauen. »Geschieht dir recht, nachdem du mich bereits länger als vereinbart allein lässt.«

»Übermorgen bin ich wieder da. Versprochen.«

»Ich glaube dir erst, wenn du auf der Matte stehst.«

Ich setzte mich auf einen flachen Felsen und betrachtete einen Schwarm Möwen, der vom Strand in Richtung Wasser flog. »Deswegen rufst du doch nicht an. Irgendetwas suchst du schon wieder, oder?«

Linda hatte mir fast jeden Tag geschrieben, damit ich ihr aus der Ferne dabei half, Dinge zu finden, die sie höchstwahrscheinlich selbst verlegt hatte. Wie ihr neongelbes Lieblingsshirt (Fragezeichen), ihr Ladekabel (Doppelfragezeichen) oder ihre zweite Kontaktlinse (Dreifachfragezeichen). Meistens konnte ich ihr helfen. Nicht etwa deshalb, weil ich die Wohnung mit Kameras verwanzt hatte, sondern weil ich Lindas Gewohnheiten kannte. Ich war mit ihren Verstecken vertraut. Der Behälter mit den Kontaktlinsen beispielsweise war im Wohnzimmer, in dieser einen breiten Vase, die wir als Aufbewahrungsstätte des Zeugs verwendeten, das keiner wegräumen wollte.

»Ich suche nichts. Mittlerweile komme ich sehr gut allein klar. Sitzt du?«

»Mehr oder weniger stabil.«

»Okay. Josh …«

»Linda, ich weiß nicht, ob ich über Josh reden möchte«, unterbrach ich sie. Wenn ich an ihn dachte oder über ihn sprach, verknotete sich mein Magen. Daran hatte sich auch in den letzten Tagen und trotz Standortwechsel nichts geändert.

Linda aber blieb hartnäckig. »Das musst du jetzt, weil ich heiße Infos für dich habe. Und ich möchte mir nicht vorwerfen lassen, dich nicht rechtzeitig informiert zu haben.«

Jetzt wurde ich doch hellhörig. »Dann schieß los.«

»Josh hat gekündigt. Er ist zu Dario spaziert, hat ihm seine Entscheidung mitgeteilt. Carla ist damit tot, Val. Die ganze Abteilung versinkt im Chaos, und ich glaube, dass Dario mit Joshs Kündigung nicht gerechnet hat.«

Mir wurde übel. »Dario wollte uns vermutlich gegeneinander ausspielen. Das ist mir erst in den letzten Tagen klar geworden. Ich bin für sein Image zu gefährlich geworden, und daher hat er sich für Josh entschieden.«

»Damit hat er eine negative Kettenreaktion ausgelöst.«

»Er konnte nicht wissen, dass Josh sich diese Demütigung nicht gefallen lassen wird.«

»Ja, dazu gibt es auch News«, meinte Linda.

Ich runzelte die Stirn. »Wie lange bin ich weg? Steht London überhaupt noch?«

Sie lachte. »Meine Quellen wissen nichts von einem Alienangriff.«

»Oh, sind diese Quellen denn überhaupt glaubwürdig?«

»Sind sie.«

All die Veränderungen und wirren Neuigkeiten standen in starkem Kontrast zu der vertrauten Landschaft, auf die ich blickte. Hoffentlich würde mein Leben auch bald wieder friedlich werden. »Erzähl weiter.«

»Josh wird übermorgen nach Deutschland fliegen. Er hat dort einen neuen Job. Er wird dort wohnen, Val.«

Im Grunde bestätigte Linda meine schlimmste Angst, dass ich das winzige Zeitfenster, das mir geblieben war, ungenutzt gelassen hatte. »Er ... zieht weg? Nach Deutschland?« Ich wiederholte alles, was Linda gesagt hatte. Aber laut von mir selbst ausgesprochen klang diese Veränderung noch viel schrecklicher. Endgültig.

»Was wirst du tun, Val? Hoffentlich hast du einen grenzgenialen Plan in der Hinterhand, sonst drehe ich hier noch durch. Diese Spannung ist unerträglich. Wegen dir stopfe ich zu viel ungesundes Zeug in mich hinein.«

Sie hatte auch vor der Josh-Krise ernährungstechnisch nicht unbedingt auf Hochwertigkeit geachtet. Wie sie immer sagte, stehe bei ihr der Genuss im Vordergrund. »Ich kann nicht viel machen. Er wird nach Deutschland ziehen und aus. Josh ist mir keine Rechenschaft schuldig.«

»Was für ein enttäuschendes Ende. Das kann es doch nicht gewesen sein.«

»Ich denke nicht, dass ich in der Position bin, irgendwelche Forderungen zu stellen.« Ich war zornig und frustriert zugleich – auf Linda, weil sie meine Idylle gestört hatte. Aber auch auf Josh, der aus London und von mir weggehen würde.

Linda spürte meine Zerrissenheit. »Du darfst diese Möglichkeit, mit ihm zu reden, nicht ungenutzt lassen. Das ist deine letzte Chance.«

»Es ist so schwer«, gestand ich.

»Natürlich ist es das. That's life, Val. In jedem verdammten Liebesfilm der letzten hundert Jahre gab es diesen Moment: Der Typ zieht in den Krieg oder aufs Land oder, wie in deinem Fall, nach Deutschland. Am Anfang sind beide Hauptdarsteller noch traurig, stehen an Fenstern und blicken auf Leute oder Laternen. Dann lernt einer von beiden einen neuen Menschen kennen, indem er oder sie beispielsweise auf einer breiten Betontreppe stolpert und gerettet wird. Was folgt, ist ein Heiratsantrag, Babys, ein Haus und jede Menge Spaziergänge durch herbstliche Wälder. Das Wichtigste ist, dass ab diesem Stolperer auf der Betontreppe die erste Geschichte abgeschlossen ist. Möglicherweise denkt man als alte Oma noch einmal daran, während man seinen Enkelkindern mit alten Geschichten und quietschenden Rollatorreifen auf die Nerven geht. Die Frage ist: Willst du diese nervtötende Omi werden, die einem Kerl namens Josh hinterhertrauert wegen einer Sache, die vor siebzig Jahren passiert ist, und ihre Familienmitglieder deswegen mit anstrengenden Ratschlägen quält?«

Irgendwann während Lindas Rede hatte ich den Faden verloren. Doch den Sinn dahinter kapierte ich trotzdem. »Du denkst also, ich sollte so schnell wie möglich nach London kommen und mit ihm reden?«

»Äh, ja. Dramatisch wäre dein Auftauchen am Flughafen oder im Flugzeug oder in Deutschland, aber seine Wohnung reicht aus.« Sie war außer Atem und aufgewühlt. »Kauf ihm Pralinen oder Blumen, und platzier deinen Hintern in den nächsten Zug, der dich zurück nach London bringt, Fräulein.«

»Ich dachte, du willst mir nur einen Ratschlag geben?«

»Will ich auch.« Sie schnaubte, und ich lachte.

»Hört sich aber nicht danach an, sondern vielmehr nach einem Befehl.«

»Weißt du, wir haben beschlossen, andere Strategien zu verfolgen, um euch beide vor der größtmöglichen Dummheit zu bewahren.«

»Wer ist wir?«, fragte ich.

»Also ... Leute.« Sie stammelte ertappt.

»Ist Harry einer dieser Leute?«

Sie quietschte – wie es meine Rollatorreifen ihrer Aussage nach einmal tun würden. »Möglich. Wir verfolgen dasselbe Ziel. Uns eint die Sorge um euch.«

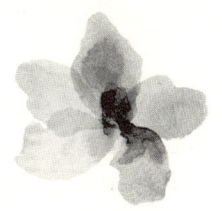

KAPITEL 37

Manipulation am gebrochenen Herz

Josh

Ich war auf dem Weg, um einige Besorgungen zu erledigen, und betrat gerade den Gehweg, als Valerie mir in die Arme lief. Ich versteifte mich, blieb stehen und versuchte, sie mit purer Gedankenkraft zum Umkehren zu bewegen. Aber sie kam weiter auf mich zu. Die Sonne brannte mir ins Gesicht, verbrutzelte meine oberste Hautschicht und machte das Warten nur noch unerträglicher.

Valerie musterte mich. »Lass mich bitte mit dir reden.«

»Ich rede nicht mehr mit dir.« Ich ging weiter, allerdings folgte sie mir einige Schritte und spielte dann die Mitleidskarte aus.

»Josh, bitte. Mir ist bewusst, dass ich viele Fehler gemacht habe, und es tut mir alles unglaublich leid. Lass es mich wiedergutmachen, bevor du morgen abreist. Lass uns reden, Josh.«

Erbärmlich.

»Du meinst über deinen Betrug? Dein falsches Spiel? Deine Manipulation?«

»Ja, über all das.« Valerie war überraschend aufrichtig.

Das brachte mich aus dem Konzept. »Ich habe keine Zeit, und es interessiert mich auch nicht. Also – hau ab.«

Valerie nickte verzagt. Sie hängte sich ihre hellgraue Tasche über die Schulter und war im Begriff zu gehen. »Möglicherweise werden wir nie wieder die Gelegenheit haben, miteinander zu sprechen.«

Das war nicht unbedingt das, was ich hören wollte. Genau genommen war es das Letzte, das ich hören wollte. Ich kniff die Augen zusammen, kramte in meiner Tasche nach meinem Schlüssel und deutete Valerie mit einem Nicken, mir nach oben in meine Wohnung zu folgen, obwohl ich wusste, dass ihr Besuch dort meine seelische Wunde nur vergrößern würde.

Drinnen war es kälter und dunkler als draußen. Mich fröstelte, als ich die Kappe abnahm und sie auf den Esstisch warf. Wartend stützte ich mich mit beiden Armen auf eine Stuhllehne.

Valerie sah sich um, als wäre sie zum ersten Mal hier – oder zum letzten Mal. Ich durfte mich der Traurigkeit in ihrem Gesicht nicht zu lange aussetzen, das war nicht gut für mich. »Ich gebe dir zehn Minuten, dann verschwindest du von hier. Kapiert?«

Nickend leckte sie sich über die Lippen. Sie stand zwei Meter von mir entfernt – verloren und einsam in meinem riesigen Wohnbereich. »Es tut mir leid.«

»Verschwende unsere Zeit nicht mit diesem Scheiß«, konterte ich ungehalten. »Ich will keine substanzlosen Entschuldigungen, sondern eine Begründung für dein Handeln. Nur deswegen stehe ich hier und schaue noch einmal in dein verlogenes Gesicht.«

Die Härte meiner Worte traf sie tief. Ich hatte es so gewollt, und trotzdem tat es mir leid, als sie zusammenzuckte und sichtbar mit den Tränen rang. »Es fing alles bei diesem Abendessen an. Dario hat sich einen Scherz erlaubt, und weil ich unzufrieden mit deinem Verhalten war, habe ich mitgemacht. Ich wusste nicht, wer Dario in Wirklichkeit ist, sondern dachte, dass ich ihn nie wiedersehen würde.«

Ich versuchte, mich in sie hineinzuversetzen. Zugegeben, ich war ein Arschloch gewesen und hatte an dem Abend keine Lust auf Streit mit ihr gehabt. Darauf hatte ich keinen Bock gehabt. »Okay, das ist irgendwo noch lustig. Der Spaß hört in meinen Augen aber dann auf, als du mir durchgehend vorgegaukelt hast, du seist weiterhin mit ihm zusammen. Dazu dann auch noch diese Fake-Trennung. Du hast es nicht für nötig gehalten, mir die Wahrheit zu sagen.«

»Weil sie alles zerstört hätte.«

»Ab einem gewissen Punkt bestimmt, aber nicht davor.«

»Ich habe mich nicht getraut«, murmelte sie.

»Du hast es nicht gewollt. Ob aus egoistischen, moralischen oder beruflichen Gründen ist irrelevant, Valerie. Du hast es nicht getan, obwohl du es tun hättest können und müssen. Kannst du dir vorstellen, dass ich mich im Nachhinein frage, was von all dem, was zwischen uns passiert ist, wahr ist?«

Wie sie dort stand in ihrem hellblauen Sommerkleid, sah sie unglaublich aus. Seit Tagen hatte ich mich vor meinen Gefühlen versteckt, jetzt hatten sie mich erwischt. Ich war hauptsächlich wütend, doch die Tage davor ... Ich hatte mich innerlich völlig ausgehöhlt gefühlt. »Ich weiß, dass du dir verraten und betrogen vorkommst, Josh. Ich bin zu der Erkenntnis gekommen, dass ich dir diese Gefühle nicht nehmen kann und auch nicht sollte. Alles, was mich heute hierhergeführt hat, ist mein Wunsch, dir meine Beweggründe zu erklären. Wahrscheinlich wirst du mir trotzdem nicht verzeihen.«

»Nein, das werde ich nicht. Ganz egal, was du zu sagen oder zu erklären hast.« Ich verschränkte die Arme vor der Brust und wartete darauf, dass sie weitersprach.

Sie zögerte jedoch, blinzelte und bat mich um ein Glas Wasser. »Ich wollte dir nicht schaden, sondern habe gehofft, etwas mehr Respekt von dir zu bekommen«, fuhr sie fort und folgte mir in die Küche.

Ich befüllte ein Glas mit kaltem Wasser und stellte es auf den Tresen zwischen uns. »Und deshalb hast du ihn auf die Wange küssen müssen?«

»Das war eine Kurzschlussreaktion.«

Ich schmunzelte. »Stell dir vor, ein Kerl macht das mit einer Frau.« Pfeifend schüttle ich den Kopf. »Sein Leben wäre gelaufen, er hätte seinen Job und seine Karriere verloren.«

»Ich habe ebenfalls beides verloren«, erwiderte sie mit dem Glas in ihrer Hand.

Ich tippte mir auf die Stirn und tat so, als wäre das eine völlig neue Erkenntnis für mich. »Ach ja, richtig.«

»Josh, ich weiß, es mag alles total intrigant für dich wirken, aber meine Gefühle für dich sind echt. Alles, was ich zu dir gesagt habe, meine Sorgen, die ich mit dir geteilt habe, und meine Berührungen – das alles war echt.«

»War es nicht. Wieso? Weil all die Dinge, die du aufgezählt hast, auf einer Lüge basieren. Du kannst nicht mit mir im Bett liegen und über deine Zukunftsträume reden, wenn es da diese Lüge in deiner Vergangenheit gibt. Einer Vergangenheit, die uns beide betrifft.« Ich sah ihr zu, wie sie einen Schluck trank und das Glas vor sich stellte. Ihre Finger zitterten, ihre Wangen waren gerötet. »Dass ich nicht sicher sein kann, was gelogen und was echt war, hat mich am meisten verletzt.«

»Was ich gesagt habe, war real. Josh, bitte glaub mir.«
Ihr Flehen war berührend, das musste ich zugeben.

Einfacher, als sie von mir zu stoßen, wäre es, ihr zu verzeihen. Ich könnte sie in den Arm nehmen, sie küssen, und wir könnten versuchen, das fortzuführen, was wir begonnen hatten – eine Beziehung, Freundschaft plus oder was auch immer. Doch mein Leben, allen voran meine Kindheit, hatte mich gelehrt, meinen Prinzipien treu zu bleiben. Vertrauen musste man sich erkämpfen. Unehrlichkeit war Gift für eine Beziehung.

»Du solltest dir selbst nicht glauben, was du da sagst«, meinte ich hart. »Es stimmt einfach nicht. Statt dich selbst zu bemitleiden, solltest du Verantwortung übernehmen.«

»Das tue ich, sonst wäre ich nicht hier.«

»Du bist hier, weil du Absolution erwartest. Damit schläft es sich einfach besser.«

Valerie spürte wohl, dass ihre Worte wirkungslos waren. Ich war nicht starrköpfig, sondern hörte mir Argumente an, um mich vom Gegenteil überzeugen zu lassen. Aber nur dann, wenn es einen Anlass dafür gab. Der fehlte in diesem Fall. »Was wir hatten, war schön. Ich möchte das alles nicht einfach wegwerfen.«

»Falls es dich tröstet: Ich ziehe nach Deutschland, es hätte also sowieso geendet mit uns beiden.«

»Willst du wirklich wegziehen, Josh?«, fragte sie zögerlich.

»Das will ich. Eine bessere Gelegenheit, mein Leben umzukrempeln, könnte es nicht geben.«

»Lauf bitte nicht vor mir weg. Bitte.«

»Ich laufe nicht weg. Ich habe mich bloß getäuscht. Wie bei vielen Dingen, die dich und mich anbelangen.«
Der Umzug erschien mir wie das ideale Mittel, um genug

Abstand zwischen uns zu bringen. Er war ein Schluss-strich, das musste Valerie nur noch verstehen.

»Ich ... habe mich in dich verliebt, Josh«, gestand sie.

Die Verletzlichkeit anderer auszunutzen, war nicht meine Art, doch ich hatte keine andere Wahl. »Dann tut es mir umso mehr leid für dich.«

Eine einzelne Träne rann über ihre Wange und tropfte auf meine helle Marmorarbeitsplatte. Wie in Trance betrachtete ich den nassen Fleck, der sich ge-bildet hatte.

»Empfindest du denn gar nichts für mich?«

Ich dachte kurz nach, wog ab und entschied, den fina-len Stoß zu setzen. »Verachtung. Vielleicht ein wenig Mit-leid. Aber vor allem Enttäuschung. Ich war schon immer ein Arschloch, Valerie. Viel geändert habe ich mich nicht. Das mit uns ... war Ablenkung. Ein Ausrutscher. Ein Feh-ler. Nicht mehr.«

Der Hieb saß. Valerie zuckte zusammen, und ich konnte dabei das gesamte Ausmaß ihrer Verletzung spüren. Die Brutalität der Endgültigkeit, mit der ich das, was unsere Zukunft hätte sein können, zertrampelte. »Okay. Du willst es zwar nicht hören, aber mir tut es leid. Ehrlich leid.« Sie richtete sich auf. »Alles Gute für den neuen Job, das neue Leben und alles.«

Als sie ging, fragte ich mich, ob ich sie zum letzten Mal sah. War das hier wirklich das Ende? Dieser Ge-danke war schwer zu ertragen, weshalb ich ihn ver-drängte. Stattdessen lauschte ich den Geräuschen – ihren Schritten, dem Öffnen der Wohnungstür und dem darauffolgenden Schließen.

Dann war sie weg. Nur noch dieser runde Tropfen, den ihre Träne gebildet hatte, blieb zurück.

KAPITEL 38

Ein (dreister) Kampf für Carla

Valerie

Nach dem vernichtenden Gespräch mit Josh war ich völlig am Boden zerstört. Die erste Woche danach war noch viel schlimmer als die nach meinem Rauswurf bei PMG. Das lag größtenteils daran, dass ich keinerlei Hoffnung auf ein Happy End hatte (zusätzlich zu meinen Jobproblemen). Ich war also am Tiefpunkt, am tiefsten Tiefpunkt meines Lebens. An einem Punkt, an dem es mich sehr viel Kraft kostete, morgens aus dem Bett zu kommen oder mich anzuziehen. Mein Leben erschien mir sinnlos und deprimierend. Nach und nach wurde mir klar, dass ich alles verloren hatte, wofür ich in den vergangenen Jahren gearbeitet hatte.

Am Ende war mir Josh Bedingfield zum Verhängnis geworden.

Auch Linda fing an, der Wahrheit ins Auge zu sehen. Sie akzeptierte Joshs Verhalten zwar früher, erkannte gleichzeitig aber auch, dass ich einzig mit ein wenig Fürsorge ihrerseits nicht aus diesem Loch herauskommen würde. Zuerst war sie noch tolerant und hielt sich eher im Hintergrund. Sie kümmerte sich gut um mich, indem sie dafür sorgte, dass ich genug zu essen bekam und mein Schlafzimmer lüftete. Zwar tat sie das meckernd, aber unter ihrer Kratzbürstigkeit konnte ich ihre Liebe und Sorge spüren. Darin wickelte ich mich anfangs ein. Dort war ich sicher.

Irgendwann aber reichte es auch Linda. Das war in der dritten Woche, als ich erneut darüber lamentierte, meine Karriere an den Nagel hängen zu wollen und etwas Neues anzufangen. »Du solltest zu Dario gehen und mit ihm besprechen, was aus Carla wird.«

Ich wusste, dass Linda keine Sekunde zögern und stapelweise Dokumente aus ihrem Büro bei PMG rausschleppen würde. Aber ich wollte nicht, dass sie ihren Job riskierte oder sich in irgendeiner anderen Art mit Dario anlegte.

»Wie genau stellst du dir das vor?«, fragte ich.

»Das besprechen wir morgen bei einem Auswärtsfrühstück genauer.«

»Musst du nicht arbeiten?«

»Nope.«

Sie hatte mich angelogen.

Am nächsten Tag fand ich mich nicht etwa vor einem netten Café, sondern vor dem PMG-Gebäude wieder. Linda erklärte mir auf dem Weg zu einem weniger frequentierten Seiteneingang, wie ihr Plan aussah. Diese Erläuterung kam zugegeben etwas spät. Aber Linda war klar, dass ich ohne Vorwand nicht mitgekommen wäre. Dazu kam, dass sie mich auf der Fahrt hierher ununterbrochen zugequatscht hatte. Mir war erst spät aufgefallen, wie nah ich PMG gekommen war.

»Du wirst mit Dario reden. Er ist heute da, das habe ich gecheckt.« Sie blinzelte und betätigte den Rufknopf des Aufzuges.

»Wie populär ist mein Rauswurf eigentlich?«, fragte

ich, nachdem die Typen abgezogen waren und wir den Aufzug für uns allein hatten.

Linda zuckte mit den Schultern. »Semibekannt. Dario hat sich verdammt viel Mühe gegeben, die Sache zu verschleiern. Offiziell glauben die Leute noch immer, dass ihr euch wegen Meinungsverschiedenheiten getrennt und du deswegen gekündigt hast. Aber in den vielen WhatsApp-Gruppen ist es in der ersten Zeit heiß hergegangen.«

Ich schnaubte gefrustet und lehnte mich hinter Linda gegen die Innenwand des Aufzuges. »Und was wissen sie über Josh und mich?«

»Die Sache zwischen euch ist noch nicht durchgesickert.« Lange hatte ich mich geweigert, über Josh zu sprechen. Daran hatte sich auch Linda gehalten. Sein Name war also wochenlang nicht gefallen.

Wenig später stand ich vor Darios Bürotür, dort hatte sich mein geregeltes Leben vor Kurzem aufgelöst. Mein Herz pochte von innen, von außen pochte Linda gegen meine Schulter. »Du packst das. Er weiß, dass du kommst.«

»Was?« Warum zogen alle in meinem Umfeld irgendwelche krummen Dinger ab?

»Husch, rein mit dir.«

Ich klopfte und trat ein. Dario saß hinter seinem Schreibtisch, stand aber auf und lächelte zerknirscht. Meinerseits gab ich mich verhalten, erwiderte zwar seinen Handschlag, nicht aber sein Lächeln.

Nachdem wir auf der Couch Platz genommen hatten, war ich froh, von Linda zu diesem Termin genötigt worden zu sein. Mir wurde klar, dass es falsch gewesen war, mich vor der Wirklichkeit zu verstecken. Ich hätte viel früher für Carla und (Vorsicht, jetzt wurde es episch) für Gerechtigkeit kämpfen sollen.

»Ich wollte mich unbedingt noch einmal persönlich mit dir unterhalten«, begann Dario, woraufhin ich die Augen zusammenkniff. »Ich weiß, dass die Dinge nicht optimal gelaufen sind und du, berechtigterweise, wütend bist.«

»Wütend? Das trifft es nicht einmal ansatzweise.« Meine Stimme war laut und hoch. »Für deinen Spaß habe ich meine Karriere opfern müssen.« Und Josh, aber das sprach ich nicht aus.

Dario zeigte sich verständnisvoll, offenbar war das seine Taktik, um dieses Gespräch ohne Kratzer im Gesicht zu überstehen. »Ich habe auch Schwierigkeiten.«

»Lassen wir das pseudoverständnisvolle Getue und widmen uns den wichtigen Dingen – meinem Projekt. Wie soll es mit CAR-T-2 nach meinem Rauswurf und Joshs Kündigung weitergehen?«

»Ich habe gewusst, dass dir daran am meisten liegt.«

»Natürlich liegt mir viel an meiner Arbeit. Alles andere, diese Firma und ihre moralisch verwerfliche Politik zum Beispiel, sind mir egal.«

Er nickte, ich hatte aber das Gefühl, dass er Bad News für mich hatte. »Du hast mit deinem Arbeitsvertrag sämtliche urheberrechtlichen Ansprüche abgetreten. PMG hat außerdem eine Menge Geld in die Forschung zu CAR-T-2 investiert. Wir werden versuchen, die Arbeit daran fortzusetzen.«

Ich sah mich in Darios Büro um – verglichen mit meinem ersten Besuch bei ihm war der Raum mittlerweile viel persönlicher gestaltet worden. Dario hatte Bilder aufgehängt (oder aufhängen lassen), Pflanzen und sogar eine Musikbox aufgestellt. Offensichtlich hatte er seinen Platz in der Firma, an der Seite seines Vaters, gefunden. Bis dieser sich endgültig in seinen Ruhestand verabschiedete, traten die beiden weiterhin als Duo auf. »Wer soll die Forschung an meinem Projekt weiterführen?«

»Personell gestaltet sich die Situation schwierig, das gebe ich zu. Aber ich bin zuversichtlich, dass ich bald jemand finden werde.«

Ich seufzte. »Dario, das ist doch verrückt. Bis sich jemand Neues in mein Projekt eingearbeitet hat, wird eine Menge Zeit vergehen. Ich bin hergekommen, um CAR-T-2 vor dem Untergang zu retten. Weil ich der Meinung bin, dass diese Arbeit wichtig ist, um Menschenleben zu retten. Mir geht es nicht um meinen Stolz oder um Geld oder darum, meinen Job zurückzubekommen.«

Dario kniff die Augen zusammen. Er wirkte angespannt und unruhig. »Was stellst du dir als Lösung vor, die uns beide zufrieden zurücklässt?«

Ich musterte ihn argwöhnisch, weil ich hinter allem, was er sagte, eine Falle vermutete. Mein erster Gedanke schien gar nicht so übel. Je länger ich darüber mit Blick auf Darios perfekt gebundene Krawatte nachdachte, desto aufregender fand ich die Idee. Ich fühlte mich kribbelig und war nervös. »Die beste Lösung wäre es, Dr. Weng die Verantwortung zu übertragen.«

»Dr. Weng arbeitet aber nicht für PMG.«

»Richtig.«

Er versuchte, meine Aussage zu verstehen. Offensichtlich gelang es ihm. »Das ist dreist«, sagte er, ich sah aber deutlich das Schmunzeln in seinem Gesicht.

»Dreist war es von dir, mich derart offensichtlich ins Messer laufen zu lassen. Dr. Weng kann dafür sorgen, dass CAR-T-2 in der Praxis relevant sein wird.«

»Angenommen, ich übertrage Dr. Weng und ihren Leuten die gesamte Verantwortung für dieses Projekt:

Wäre das nicht eine wirtschaftliche Katastrophe für PMG?«, murmelte er.

Ich konnte mir ein winziges Grinsen nicht verkneifen. Seine Verzweiflung hatte etwas Befriedigendes. »Das ist nicht mein Job, Dario. Aber ich an deiner Stelle würde eine faire Gewinnbeteiligung festlegen.«

»Ich werde darüber nachdenken.« Wir schauten einander stumm an. Dario war derjenige, der das Schweigen schließlich brach. »Es tut mir wirklich leid, dass die Sache dermaßen aus dem Ruder gelaufen ist. Ab einem gewissen Punkt konnte ich den Schaden nicht mehr abwehren.«

»Du hast an dein Unternehmen gedacht, was verständlich für mich ist. Jetzt aber hast du noch Zeit, das Richtige zu machen, Dario.« Trotzdem war ich enttäuscht von ihm. Ich fühlte mich betrogen, obwohl die Gefahr immer präsent für mich gewesen war, dass unser Schweigen an der Stelle, an der wir Ehrlichkeit hätten zeigen sollen, in die Hose gehen könnte.

»Was ist mit Josh und dir?«

»Es ist vorbei.« Das war die dariotaugliche Version, ohne Herzschmerz, Tränen und der Erwähnung der unzähligen Stunden, die ich in Jogginghosen in meinem Bett verbracht hatte.

»Tut mir leid«, wiederholte er. »Wahrscheinlich ist es besser für dich, dass er nach Deutschland gegangen ist.«

»Vermutlich.« In Wahrheit war es schrecklich für mich. Ich konnte kaum darüber nachdenken, ohne heulen zu müssen.

Ich ließ ihn vorerst in dem Glauben und stand auf.

Er folgte mir zur Tür. Beide hielten wir an, Dario mit den Händen hinter dem Rücken, ich mit gestrafften Schultern.

»Alles Gute für dich«, sagte ich abschließend und schüttelte ihm die Hand.

»Für dich auch.«

Mit der Tür zu Darios Büro schloss ich endgültig das Kapitel PMG in meinem Leben. Doch ich war zufrieden, für Carla gekämpft zu haben.

Endlich hatte ich eine Vision. Ich hatte ein Ziel. Ich konnte und würde weitermachen. Selbst wenn meine Zukunft ohne Josh auskommen musste, würde auch dieser Schmerz vorbeigehen. Neue Türen würden sich öffnen. Ich musste es nur zulassen.

KAPITEL 39

Paris – die Stadt der Liebe?
1 Jahr später

Josh

»Mal ehrlich, die meisten sind hier wegen des Gratis-essens und der Goodies.« Der Kerl lamentierte über die mehr oder weniger ehrbaren Motive der Kongressbesu-cher, während er selbst einen Gratissmoothie schlürfte.

Mein Bauch war noch voll vom Mittagessen, aber die reichhaltige Auswahl an Süßspeisen in Form von Kuchen, Eis und Tortenstücken lachte mir bereits entgegen. »Also ich bin hier, um mich mit anderen Leuten aus der Wis-senschaft auszutauschen.« Schmunzelnd warf ich ihm einen Seitenblick zu.

Beide saßen wir auf einem dieser Polsterstühle, die ihre besten Tage bereits hinter sich hatten. Kaffee-, Tee-und weitere undefinierbare Flecken waren überdeutlich auf dem dunkelgrauen Stoff zu erkennen. Der Teppich-boden war zwar sauber, erbrach sich aber im selben Grauton. Diese Kongresse fanden irgendwie immer in den dubiosesten Hotels statt. Sie täuschten auf der einen Seite Klasse vor, während andererseits der Putz bereits von den Wänden bröckelte.

Immerhin war es Paris, dachte ich und kündigte an, der Desserttheke einen Besuch abstatten zu wollen. In

Wahrheit war ich nervös wegen meines nächsten Termins und würde deshalb keinen Bissen hinunterbekommen.

Ich hatte Valerie seit über einem Jahr nicht mehr gesehen, über sie zwar von Harry gehört, doch Kontakt hatten wir in dieser Zeit nicht gehabt. Darüber war ich mehr als erleichtert. Diese Distanz hatte mir geholfen, über sie und das hässliche Ende hinwegzukommen. Mein Anfang in Deutschland war ohnehin holprig gewesen. Ich hatte die Entscheidung, umzuziehen, mehrfach bereut und sogar mit dem Gedanken gespielt, meinen Job zu kündigen, um zurück nach London zu gehen. Da hatte mich mein alter Studienkollege Deniz moralisch unterstützt. Wir waren um die Häuser gezogen, ich wurde zu unterschiedlichen sportlichen Aktionen überredet, und auch firmenintern konnte ich die anfänglichen Startschwierigkeiten (sprachliche, aber auch menschliche) überwinden. Mittlerweile fühlte ich mich wohler. Ich hatte meinen Platz gefunden, wenn auch mein Herz noch immer für London schlug.

Mein Herz war allerdings nicht gänzlich geheilt von Valerie, obwohl ich bis zum Eintreten in den Meetingraum B noch das Gegenteil behauptet hätte. Ich sah sie hinter dem Rednerpult stehen, wo sie mit dem Headset kämpfte und sich, wie sie es immer tat, wenn sie nervös war, über die Lippen leckte. Ihre Haare waren kürzer geschnitten als vor einem Jahr. Ihr Lächeln aber war noch ganz das alte – offen, einnehmend und wunderschön.

Schnell setzte ich mich in eine der hinteren Reihen, um ihre Aufmerksamkeit nicht auf mich zu lenken.

Was tat ich hier eigentlich? Sie würde mich ohnehin sehen, und das wäre für uns beide unangenehm. Ich würde wie ein irrer Stalker wirken, und sie wäre vielleicht nur noch aufgeregter. Womöglich warf sie mich vor den Augen des gesamten Publikums einfach raus.

Erst als ich saß, bemerkte ich Dr. Weng. Sie stand etwas abseits am Fenster und blätterte in ihren Unterlagen. Okay, die beiden arbeiteten also auch weiterhin zusammen. Das war gut, sehr gut.

Der Raum füllte sich, und als die leisen Unterhaltungen einen unangenehmen Geräuschpegel erreichten, bat Valerie um Ruhe. Sie stand da, aufrecht und klug und bezaubernd, und referierte über Carla. Auch nach einem Jahr waren mir viele Details ihres Projekts vertraut. Es war fast wie eine Zeitreise für mich, die mich mit Nostalgie und Stolz erfüllte. Valerie hatte ihre Forschung offensichtlich in Dr. Wengs Team fortgesetzt und neue Erkenntnisse gewonnen. Carla zeigte auf ganzer Linie positive Testergebnisse und eine signifikante Therapieverbesserung.

Im Laufe ihres Vortrages sah sie öfter zu mir. Ihre Stimme stockte kurz, ihre Wangen röteten sich, und sie brauchte einen Moment, um sich von dem Schock wieder zu erholen. Ich lächelte nicht, winkte auch nicht, sondern blieb regungslos sitzen, als wäre ich bloß irgendein Kollege, dem sie noch nie begegnet war.

Im Anschluss an ihren Vortrag leerte sich der Raum gemächlich. Einige der Zuhörer bahnten sich einen Weg zwischen den Stühlen nach vorn zu Valerie. Diese aber wimmelte sie freundlich ab und schlängelte sich ihrerseits in Richtung Ausgang. Dort holte sie mich ein. Sie legte ihre Hand auf meinen linken Oberarm, was mich dazu veranlasste, stehen zu bleiben und mich zu ihr umzudrehen.

»Josh«, sagte sie, als steckte in meinem Namen all das Ungesagte des vergangenen Jahres.

Ich kniff Augen und Lippen zusammen und war zuerst nicht fähig, irgendetwas zu erwidern. Ihrem intensiven Blick war es zu verdanken, dass ich ein Nicken zustande brachte.

»Du hast dir meinen Vortrag angehört.« Das war eine Tatsache, die keine Neuigkeit für uns sein sollte. »Warum?«

Ihre Stimme war mir vertraut, als hätte ich sie praktisch jeden Tag des letzten Jahres gehört. »Weil ich Interesse hatte.«

Sie lachte nervös und knetete ihre Finger. »Wollen wir später einen Tee trinken? Dann könnte ich dir ausführlich von Carla erzählen. Natürlich nur, wenn du willst und Zeit hast.«

Was hatte ich schon zu verlieren?

Ich würde mich nur kurz über Carla unterhalten und dann sofort wieder abdampfen. Es durfte keine Ausflüchte ins Private geben. Kein »*Wie geht es dir?*«. Und auch kein: »*Manchmal trauere ich dir noch hinterher und wünschte mir, es hätte diese Lüge niemals gegeben, weil ich denke, dass wir beide wirklich hätten glücklich werden können.*«

»Klar, lass uns ein wenig quatschen.« Ich hörte mich absolut gefasst und oberflächlich freundlich an. Genauso sollte es sein.

Valerie bat um ein paar Minuten, weil sie die Leute nicht einfach kommentarlos stehen lassen konnte. Ich schlug vor, auf sie in der Bar neben dem Foyer des Hotels zu warten.

Eine gute halbe Stunde später trudelte Valerie ein. Ich saß auf einer etwas erhöhten Bank, von der aus ich einen halbwegs passablen Blick auf einen Innenhof hatte, in dem ein riesiger Baum und einige Tröge mit Blumen zu sehen waren. Ich hatte mir gerade Kaffee bestellt, als sich Valerie neben mich setzte.

Sie bestellte Tee. Beide schwiegen wir zuerst, verloren uns dann in Small Talk über unsere jeweilige Anreise. Schließlich erzählte mir Valerie von ihrem beruflichen Werdegang des vergangenen Jahres. »PMG hat eingesehen, dass es nichts bringt, an Carla festzuhalten. Nachdem sie Dr. Weng die Hauptverantwortung für das Projekt übertragen haben, hat diese sich mit einem Jobangebot an mich gewendet.«

»Zuerst konnte Weng dich nicht leiden, und jetzt wirkt ihr wie ein gutes Team.«

»Das sind wir auch. Sie ist manchmal schon ein wenig kratzbürstig, aber das bin ich von dir ja gewohnt.« Sie lächelte über ihre eigene Aussage.

Ich wusste nicht, wie ich damit umgehen sollte, daher zog ich mich weiter in meine stoische Verschlossenheit zurück, anstatt emotional auf sie zuzugehen. »Laut deinem Vortrag gibt es signifikante Fortschritte.« Um von meiner Person abzulenken, wechselte ich schnell zurück zu Carla.

»Es gab auch einige Rückschläge, aber glücklicherweise haben sich meine Theorien während der Versuchsreihen bestätigt. Du weißt ja, wie das ist: Fruchten die ersten Ansätze, erhält man mehr personelle Ressourcen und vor allem mehr Geld.«

»Ich bin gespannt, wie sich Carla künftig entwickelt. Aber das werde ich bestimmt in einer Fachzeitschrift nachlesen können.« Sie sollte klar verstehen, dass ich nicht an weiterem Kontakt zu ihr interessiert war. Wobei schon ein Anreiz bei mir vorhanden war, der war aber rein äußerlicher Natur.

Valerie gefiel mir immer noch. Sie war im Grunde genau der Typ Frau, den ich sexy fand. Auch ein Jahr nach unserem Zwist war es mir nicht gelungen, einer Person zu begegnen, die es mit ihr aufnehmen konnte. Aber was waren schon zwölf Monate?

Jedenfalls war ich fest entschlossen, mich nicht von ihren äußeren Reizen um den Finger wickeln zu lassen. Es durfte keinen One-Night-Stand oder etwas in der Art geben – selbst wenn mein gesamter Körper sich nach Valerie sehnte.

»Wie geht es dir in Deutschland?«

Aus unerfindlichen Gründen blieb ich gefasst und griff seelenruhig nach meiner Tasse, um den übrigen Milchschaum mit dem Kaffeerest zu verrühren. »Ich habe mich eingelebt und fühle mich im Grunde ganz wohl.«

Ihr Stirnrunzeln zeigte mir, dass sie mir nicht glaubte. »Also bleibst du, oder was hast du vor?«

»Vorerst bleibe ich, ja. Mein Job ist toll. Endlich habe ich wieder Zeit für meine Projekte, was bei PMG zum Schluss wegen meines enormen Arbeitspensums nicht mehr möglich war.«

»Wie lebst du? In einer Wohnung? Einem Haus?«

Sie war neugierig, ich war aber zu gespannt, worauf sie hinauswollte. Also ratterte ich brav Antworten herunter – wenn auch knappe. »In einem Haus. Zur Miete.«

»Cool.«

»Ja.« Dann machte ich einen Fehler. Und zwar klappte ich bildlich gesprochen das Visier meines Helms nach oben. Ich wollte einen besseren Blick auf Valerie haben. Dadurch aber wurde ich angreifbar – wegen meiner eigenen Dummheit, wie sich herausstellte. »Bist du in eurer Wohnung geblieben oder nach Lindas Umzug ausgezogen?«

»Ich habe die Wohnung behalten. Sie war zu perfekt, um sie aufzugeben.« Das war unsere Beziehung anfangs auch, dachte ich und rieb mir, um Konzentration ringend, über die Stirn. »Vor allem die Wandfarbe im Schlafzimmer.«

Ihr Lächeln war anziehend. Bei mir weckte die Erwähnung ihrer Wandfarbe allerdings exakt jene Gefühle, die seit einem Jahr immer mal wieder hochkamen. Manchmal kam ich mir derart von ihr betrogen vor, dass ich Hass spürte. Dann suchte ich nach Anzeichen dafür, dass sie von Dario tatsächlich über den Tisch gezogen worden war. Ich redete mir ein, dass sie es unmöglich hatte fertigbringen können, mir jedes Wort oder jede Geste vorzuspielen. Irgendetwas Echtes musste da gewesen sein. Nur was?

Diese alte Wunde wollte ich nicht mehr aufreißen. Sie hatte gerade erst zu heilen angefangen. Aus diesem Grund hätte ich mich nicht auf ein Gespräch einlassen sollen. Ich sollte nichts von ihr wissen, keine neuen Erinnerungen schaffen.

Valeries Lächeln fiel in sich zusammen. »Es vergeht kaum ein Tag, an dem ich nicht an dich denke.«

»Schuldgefühle können hartnäckig sein«, erwiderte ich emotionslos.

»Vor allem dann, wenn man nicht die Gelegenheit hat, seine Schuld wiedergutzumachen.«

Wir sahen einander an. Ich fragte mich, was ihr Plan war.

Warum ließ sie unser Gespräch so tief gehen? Warum hatte sie es nicht bei etwas Small Talk belassen? Carla war erfolgreich, sie hatte einen neuen und vielleicht sogar besseren Job als bei PMG. Es lief doch prima für sie. »Du hattest ein Jahr Zeit, um zu lernen, wie du mit deiner Schuld umgehen kannst.«

»Josh«, sagte sie flehend und berührte mich leicht am Arm. Ich spürte ihre vertraute Berührung am ganzen Körper. Mein Herz schlug einen Takt schneller. »Ich würde mir wünschen, dass wir eine bessere Basis finden. Schon allein wegen Harry und Linda.«

Bei den beiden lief es deutlich besser. Meine frühere Vermutung, dass zwischen den beiden mehr war als eine reine Bettgeschichte, hatte sich bald bestätigt. Harry, der zuvor auf kurze Affären abgefahren war, hatte sich Hals über Kopf in Linda verliebt. Die beiden waren nicht nur zusammengezogen, sie würden in Kürze auch heiraten.

»Wir haben eine Basis. Ich nenne sie: gegenseitiges Ignorieren und Tolerieren. Linda und Harry sind nicht unsere Eltern, und wir beide wohnen in unterschiedlichen Ländern. Es wird nur sehr wenig Anlässe geben, bei denen wir uns sehen werden.«

»Es ist ein Jahr her. Ich dachte, dass wir so etwas wie eine Freundschaft aufbauen könnten. Irgendwie.« Die Selbstsicherheit, mit der sie vorhin gesprochen hatte, war verschwunden. Valerie war verletzt, und ich hatte erwartet, deswegen zufrieden zu sein. Aber das war ich nicht.

Ich schüttelte entschieden den Kopf. »Eine Freundschaft? Nein, Valerie. So etwas wird es für mich niemals zwischen uns geben.«

Wir befanden uns in einer Abwärtsspirale. Ich wollte vor unseren Kollegschaften keine Szene veranstalten, die würde es aber geben, wenn ich an dieser Stelle keinen Schlussstrich zog. Das hier war der falsche Rahmen, um alte Wunden aufzureißen.

»Ich gehe jetzt. Mach's gut, Valerie.« Beim Weggehen drehte ich mich noch einmal zu ihr um, ehe ich in Richtung des größeren Meetingraums davonschlenderte.

Einfach alles fühlte sich falsch an – bei ihr zu sein, aber auch, von ihr getrennt zu sein. Mit ihr zu reden, aber auch, sie zu ignorieren. Sie zu hassen, aber auch, sie zu mögen.

Im Grunde befanden wir uns am Anfang. Nichts hatte sich geändert, mal abgesehen von dem Loch in meiner Brust, das wegen Valerie entstanden war.

KAPITEL 40

Liebe ist ein gefährliches Spiel.
Gemein. Unberechenbar. Und so gar nicht
wissenschaftlich.

Valerie

Lange hatte ich mich auf meinen Vortrag gefreut, weil ich dann endlich Gelegenheit hatte, Carla auf die wissenschaftliche Welt loszulassen. Dr. Weng und ich hatten akribisch an der Präsentation und den dazugehörigen Texten gefeilt. Wissenschaftler waren von Natur aus kritisch, was grundsätzlich gut war. Allerdings steigerte sich mein persönlicher Druck durch diese strenge Begutachtung enorm.

Zum Glück aber war alles ideal verlaufen – die Technik hatte nicht kurzfristig gestreikt, mein Magen nicht rebelliert, und Publikum war reichlich erschienen. Carla weckte breites Interesse. Dafür war ich dankbar. Doch ein bestimmter Besucher hatte mich gestresst. Josh.

Als ich ihn zwischen all den mehr oder weniger unbekannten Gesichtern entdeckt hatte, war mir kurz schummrig geworden. Ich wäre die reinste Lachnummer der Veranstaltung geworden, wäre ich am Rednerpult wegen eines Mannes aus dem Publikum in Ohnmacht gefallen. Wobei niemand gewusst hätte, dass ich wegen Josh umgekippt wäre, sondern alle gedacht hätten, ich

wäre ein introvertiertes Nervenbündel mit Kreislauf-
problemen, das sich von irgendeinem absolut schrecklichen Menschen zu diesem Vortrag hatte drängen lassen.

Offensichtlich dürstete es mein Selbstwertgefühl an
diesem Tag nach absoluter Erniedrigung. Das schien
zumindest die einzig logische Erklärung dafür zu sein,
weshalb ich Josh nach meinem Vortrag (den ich glücklicherweise ohne etwaige komatöse Zustände hinter
mich gebracht hatte) gefolgt war, um ihn in ein peinlich-
aufdringliches Gespräch zu verwickeln.

Das Schlimme war, dass ich mich sogar ein bisschen
besser fühlte. Und das nur, weil ich nach einem Jahr
wieder persönlich mit Josh gesprochen hatte. Weil ich
ihn gesehen und seine Stimme gehört hatte. Gleichzeitig ging es mir am Ende des Tages auch fürchterlich
schlecht deswegen. Plötzlich waren all diese alten, bru-
talen und hässlichen Gefühle, die Schmerzen, wieder da.
Und sie waren noch genauso wirkungsvoll.

Den ernüchternd-traurig-glücklichen Tag ließ ich
gemeinsam mit Dr. Weng bei einem Abendessen ausklin-
gen. Wir redeten beide viel, sogar die sonst eher ruhige
Dr. Weng. Vermutlich tranken wir zu viel Wein und aßen
eine Portion mehr, als unbedingt nötig war. Aber ich
hatte Spaß und war abgelenkt. Das war die Hauptsache.

In meinem Zimmer telefonierte ich kurz mit Linda,
die, wie meistens in den vergangenen Wochen, fürchterlich gestresst und kurz angebunden war. Sie nahm sich
trotzdem Zeit, sich nach meinem Vortrag zu erkundigen.
Ich berichtete, ließ meine Begegnung mit Josh allerdings
weg.

Nach dem Telefonat wollte ich gerade ins Bad gehen,
um mich bettfertig zu machen, als es an der Zimmertür
klopfte. Ich vermutete Dr. Weng. Möglicherweise hatte

sie noch eine Flasche Wein gefunden, oder ihr war noch etwas Wichtiges für unser morgiges Treffen mit dem Team eines anderen Instituts eingefallen, das zu einem ähnlichen Thema forschte. Doch als ich die Tür öffnete, stand da nicht etwa eine Dr. Weng im Pyjama, Pantoffeln und mit Lockenwicklern in den Haaren, sondern Josh Bedingfield – mein alter/neuer Erzfeind. Zumindest wenn man Joshs Meinung Glauben schenken wollte.

Er atmete schnell und wirkte so, als wäre er einmal rund ums Gebäude und die gesamten drei Stockwerke nach oben gerannt.

»Geht es dir gut?«, war das Erste, das ich fragte. Und dann: »Was ist los?« Sehr geistreich, klar. Aber ich war müde, überfordert und verletzt.

»Wir können deswegen keine Freunde sein, weil du mir das Herz gebrochen hast, Valerie.«

Ich sah ihn mit offenem Mund an und begriff nur schleppend, worauf er hinauswollte. »Ich ... ich habe dir das Herz gebrochen?« Die Erkenntnis, dass Josh mich vermutlich geliebt hatte, überforderte mich im ersten Moment.

Mit einer Hand stemmte er sich gegen den Türrahmen, mit der anderen lockerte er seine dunkelgraue Krawatte. Etwas an dieser Geste war verstörend intim. »Ich bin weggegangen, habe dich von mir gestoßen und dich verletzt, weil ich selbst verletzt war. In meinem Kopf gab es viele Möglichkeiten, wie unsere Zukunft hätte aussehen können. Das hier war kein Szenario, das ich mir ausgemalt habe.« Während er sprach, deutete er zwischen ihm und mir hin und her. Auch Josh hatte Alkohol getrunken, zumindest roch ich das an seinem Atem und hörte es an seiner Stimmlage. »Im Nachhinein weiß ich, dass ich mich an dem Nachmittag im Park, als wir getanzt haben, in dich verliebt habe. Du hast dieses dunkelrote Kleid getragen und dermaßen schön darin ausgeschaut. Als wir zwischen zwei Liedern aneinandergepresst dort auf der Tanzfläche standen, hast du mich angelächelt, und ich habe gewusst... peng. Es ist mir wie Schuppen von den Augen gefallen. Ich habe dir vertraut, Valerie, und ich war bereit, alles für dich zu riskieren. Damals konnte ich diese Gefühle nicht zuordnen, weil ich Angst hatte.«

Da es spät war und er mitten in einem Hotelflur stand, bat ich Josh herein. Zuerst lehnte er ab. »Bitte komm rein, Josh.«

Er zögerte, betrachtete mich und überlegte. Schließlich ging er seufzend an mir vorbei ins Zimmer. Ich schloss die Tür, während Josh stumm an der Wand stand.

»Bei mir war es auch so«, sagte ich. »Ich war ebenfalls in dich verliebt. Bin es immer noch.«

»Ja, bist du das?« Er klang wütend.

Ich war nicht davon ausgegangen, dass er zu mir gekommen war, damit wir uns zu später Stunde gegenseitig unsere ewige Liebe bekunden konnten. Trotzdem kam es mir richtig vor, Josh meine Gefühle offenzulegen. »Das bin ich. Du kannst mir glauben oder auch nicht.«

»Ich glaube dir schon lange nicht mehr. Genau genommen seit über einem Jahr.«

»Daran werde ich heute nichts mehr ändern können. Ich kann die Tatsache, dass ich dich angelogen und hintergangen habe, nicht mehr rückgängig machen. Genauso oft wie du mir meine Lügen vorgeworfen hast, habe ich mich bei dir entschuldigt, aber nie bist du einen Schritt auf mich zugekommen, was ich bis zu einem gewissen Punkt verstehen kann. Warum bist du dann jetzt hier, Josh? Warum tust du uns beiden das an?«

Ich kämpfte mit den Tränen, rang um Luft. Wahrscheinlich würde irgendein Experte die Beziehung zwischen Josh und mir als toxisch beschreiben. Wir taten einander offensichtlich nicht gut, und trotzdem schafften wir es nicht, einen Schlussstrich zu ziehen. Etwas hielt uns zusammen. Bevor wir nach vorn blicken konnten, mussten wir diese Ursache finden.

»Ich bin hergekommen, weil ich dir eine Antwort auf deine Frage schulde.«

Ich schnaubte. »Blödsinn. Du bist hier, weil du dich noch genauso zu mir hingezogen fühlst wie vor einem Jahr. Aber du wehrst dich dagegen und hoffst jedes Mal, wenn du mich anschaust, das Böse zu entdecken. Das würde es viel einfacher machen, mich zu hassen.«

»Diese Diskussion bringt nichts, Valerie. Wir drehen uns im Kreis, merkst du das selbst nicht?«

»Du bist hier aufgetaucht«, fuhr ich ihn an.

Josh musterte mich von oben nach unten und beugte sich schließlich näher zu mir. »Gut, dann gehe ich.«

»Ja, geh einfach.«

Doch er ging nicht. Er stand da, sah mich an und ich ihn.

»Ich werde dich sicher nicht küssen«, flüsterte er und stieß sich von der Wand ab.

»Das hoffe ich.«

»Sonst was?«

Ich schmunzelte über seine Frage und vergaß für einen Moment, dass mich dieser Typ mit seiner Unentschlossenheit in den Wahnsinn trieb. »Du würdest es bereuen.«

»Und wie.« Er beugte sich vor, seine Nasenspitze strich über meine, mein Rücken berührte die Wand. »Genauso, wie ich es bereuen würde, wenn ich diese Chance verstreichen lasse.«

»Damit du mich noch mehr verachten kannst?«

Diesmal war Josh derjenige, der schmunzelte. »Damit ich einen Grund mehr habe, dich zu vermissen.«

Sein Blick und seine Worte waren der Startschuss für einen Kuss, der eigentlich nicht stattfinden durfte. In diesem Kuss steckten die Lust, die Sehnsucht und die Wut des vergangenen Jahres. Mit jeder Sekunde wurden wir wilder. Ich vergrub meine Finger in Joshs Haaren und zog sanft daran. Josh umfasste meine Hüften und drückte meinen Hintern. Im nächsten Moment stöhnte ich und knöpfte sein Hemd auf. Ich arbeitete mich vor – Knopf für Knopf – und war mit dem Ergebnis mehr als zufrieden. Doch auch Josh blieb nicht untätig. Er schob mein Kleid hoch und anschließend seine Hand unter mein Höschen.

Stockend stieß ich Luft aus und schmiegte mich an Joshs Hand. Wir brauchten kein Vorspiel, schließlich verzehrten wir uns schon ein Jahr nacheinander. Es musste schnell gehen, darin waren wir uns einig. Schnelligkeit war vor allem deshalb wichtig, weil die Gefahr bestand, dass einer von uns beiden zur Vernunft kam und die Sache abblies.

Doch das hier durfte nicht aufhören. Es war zu gut. Es war immer noch genauso gut wie früher.

Während er meinen Hals küsste, öffnete Josh seine Hose, drehte mich ruckartig um, zog mein Höschen nach unten und drang in mich ein. Seine Stirn drückte er dabei an meine Schulter. Ich umklammerte seinen Arm und kam jedem seiner Stöße entgegen.

Der Sex war befreiend, als hätte ich ein Jahr lang die Luft angehalten. Ich rang um Atem, stöhnte und wimmerte immer wieder Joshs Namen. Ich kam genauso schnell, wie das hier angefangen hatte. Mein Innerstes zuckte um Josh, dieser knurrte in mein Ohr und stieß noch fester zu. Immer wieder murmelte er meinen Namen, dann zog er sich aus mir zurück und kam auf meiner rechten Pobacke.

Ich stand eine Weile da – die Stirn an die Wand gelehnt, die Augen geschlossen. Ich hörte, wie Josh ins Bad ging. Zuerst lief Wasser, und dann kam er zurück. Er reichte mir ein Taschentuch, mit dem ich mich sauber machte. Erst als er seine Hose schloss, schob ich mein Kleid nach unten. Ich hatte Angst vor dem, was mich erwartete, sobald ich mich umdrehte. Ich hatte Angst vor dem Ende nach diesem Miniaufleuchten meines alten Lebens.

Josh knöpfte sich sein Hemd zu und schaute dabei mit einem entsetzt-enttäuschten Blick zu mir. Ich hatte mich auf negative Emotionen eingestellt, höllisch weh tat sein Gesichtsausdruck trotzdem. »Es tut mir leid«, meinte er.

»Mir auch.«

»Das sollte ich dir und mir selbst nicht antun.« Er war mit seinem Hemd fertig und widmete sich seiner Krawatte, die er bloß lose um seinen Hals band. »Wir müssen damit aufhören, Valerie.«

Darauf sagte ich nichts. Es war ohnehin hinfällig, schließlich lebte Josh in Deutschland und ich in England. Die Gelegenheiten, bei denen wir aufeinandertreffen würden, waren marginal. Spätestens bei Harry und Lindas Hochzeit in zwei Monaten, aber auch da könnten wir uns aus dem Weg gehen – sofern wir das wollten.

Mein Schweigen lenkte seine Sorge auf mich. »Ist alles okay bei dir?«

Ich lachte zynisch. »Mir geht es bestens.«

»Valerie, ich ... wir wissen beide, dass das ein Fehler war.«

»Wie oft habe ich diesen Satz von dir schon gehört? Langsam hängt er mir zu den Ohren raus.«

Josh war im Begriff zu gehen, was für uns beide das Beste wäre. Gleichzeitig wusste ich, dass eine lange, tränenreiche Nacht vor mir lag und Josh der einzige Mensch war, der mich davor beschützen könnte. Ich konnte noch so selbstständig und erfolgreich sein, ein gebrochenes Herz war für jeden scheiße.

»Das hier war unser Abschluss«, sagte er.

»Ein Abschlussfick. Wie originell.« Bei der Derbheit meiner Worte wurde selbst mir schlecht – vielleicht lag das auch an der Gesamtsituation.

Josh musterte mich. »Für mich war es mehr als das.«

»Verschwinde jetzt, Josh.« Ich musste raus aus diesem Wechselbad zwischen Begehren und Verletzen. Ich konnte nicht mehr darauf vertrauen, dass Josh das Beste für mich wollte.

Da draußen gab es bessere Kerle für mich. Ich brauchte nur Zeit. Die durfte ich allerdings nicht für Josh opfern, sondern musste sie in meine emotionale Heilung investieren.

Sein Zögern trieb mich in den Wahnsinn. Als ich die Tränen nicht mehr zurückhalten konnte, öffnete ich demonstrativ die Zimmertür. »Geh!«, schrie ich.

Tatsächlich ging er endlich – und das auch kommentarlos. Das Einzige, das mich verfolgte, waren sein bedauernder Blick und sein Geruch, der in meinen Haaren hing und an meiner Haut klebte.

KAPITEL 41

Gehirnwäsche als Hochzeitsvorbereitung

Josh

Zwei Monate später saß ich im Flieger nach London und ging diesen Abend mit Valerie in Paris wieder und wieder gedanklich durch.

Irgendwie verhielten Valerie und ich uns nicht wirklich gut, wenn wir miteinander zu tun hatten. Ich hatte mir fest vorgenommen, ihr während Harrys und Lindas Hochzeitsfeierlichkeiten aus dem Weg zu gehen. Wir durften kein Drama veranstalten und so den reibungslosen Ablauf gefährden. Das hatte mir Harry bereits mehrmals während unserer Telefonate eingebläut. Wobei mir nicht klar war, ob er freiwillig oder unter vorgehaltener Waffe gesprochen hatte. Linda traute ich alles zu, damit sichergestellt war, dass die Hochzeit ein Jahrhundertevent wurde. Das konnte ich auch verstehen, schließlich heiratete man im besten Fall nur ein einziges Mal im Leben.

Als ich während eines Besuchs der beiden bei mir in Deutschland erfahren hatte, dass die beiden heiraten wollten, hatte ich es zu Beginn für einen Witz gehalten. Harry war kein Heiratstyp, er war bis vor Kurzem nicht einmal ein Beziehungstyp gewesen. Zumindest das hatte sich bekanntlich geändert. Aber eine Hochzeit – das erschien mir doch ein bisschen weit hergeholt. Ich hatte gefragt, ob Nachwuchs im Anmarsch war (der Hauptgrund für viele überstürzt eingegangene Ehen). Das war bei den beiden nicht der Fall. Linda hatte plötzlich angefangen, über ihre Verhütungsmethode zu reden, was in weiterer Folge als eines der peinlichsten Gespräche in die Geschichte eingehen sollte.

Auch schien mir eine Hochzeit zum Zweck irgendwelcher steuerlichen Gründe nicht plausibel. Als meine Überlegungen immer obskurer wurden, hatte sich Linda eingeschaltet und erklärt, dass es einfach Liebe sei. Nur Liebe, mehr nicht, hatte sie gesagt, und Harry hatte gelächelt, als wäre er dauerhigh.

Für jemanden, der per se wenig von der Liebe hielt (also mich) und dann auch noch eine wirklich schreckliche Beziehung-oder-was-auch-immer-das-war hinter sich hatte, klang dieser Grund mindestens genauso scheiterungsversprechend wie eine ungeplante Schwangerschaft.

Obwohl ich wenig von dieser Hochzeit hielt, wollte ich meinem besten Freund natürlich in allen Belangen zur Seite stehen. Wir würden das volle Programm durchziehen, ganz so, wie er es sich wünschte.

Ich war zum Auftakt der Feierlichkeiten sogar einen Tag früher angereist und würde das verlängerte Wochenende in einem Hotel verbringen. Als Gast in London zu sein war immer noch seltsam für mich, war diese Stadt schließlich so lange mein Zuhause gewesen. Alles war vertraut und fremd zugleich. Ich bemerkte Veränderungen, die den Einheimischen wahrscheinlich nicht auffielen. Dinge änderten sich, das war der Lauf der Natur. Doch erst als ich mit dem Taxi durch London fuhr, wurde mir so richtig bewusst, wie stark sich mein Leben im vergangenen Jahr geändert hatte. Wie viel unwiederbringlich weg war – mein alter Job, meine Zeit mit Harry (und das lag nicht nur an seiner Beziehung mit Linda). Auch die räumliche Distanz erschwerte vieles. Zum ersten Mal seit meinem Umzug hatte ich Heimweh – und das, obwohl ich in London war. Aber ich fühlte mich, als würde ich all das, was ich aufgegeben hatte, auf dem Silberteller präsentiert bekommen. Mein Leben in Deutschland kam mir auf einmal völlig fremd vor. Als wäre ich dort nur, um Urlaub zu machen.

Deutschland war ein Zwischenstopp – nie war mir das klarer.

Die Hochzeit und die Party im Anschluss würden in einem alten Schloss etwa dreißig Autominuten von London entfernt stattfinden. Ein Teil der Gäste, mich eingeschlossen, würde dort auch schlafen. Einen Tag vor der Hochzeit, als ich in London ankam, wollte ich mit Harry noch seinen Anzug abholen und danach in perfekter Junggesellenabschiedsmanier ein wenig um die Häuser ziehen. Harry war es wichtig, dass unser Ausflug nicht ausartete. Vermutlich fürchtete er sich vor der Standpauke, die Linda ihm, ohne zu zögern, verpassen würde.

Harrys ehemalige Singlewohnung hatte sich nach Lindas Einzug in ein echtes Familiennest verwandelt. Während ich ihn auf die vielen Kissen, Bilder und all den Dekokram hinwies, konnte ich mir das Grinsen nicht verkneifen. »Du bist ein echter Schmusebär geworden«, zog ich ihn auf.

Harry zeigte mir den Mittelfinger. »Ihr gefällt es nun einmal, die Wohnung gemütlich zu gestalten.«

Es war wirklich verrückt, wie stark Lindas Einfluss

auf Harry war. Auf eine positive Weise. Sie hatte es geschafft, ihn zur Ruhe und die beste Seite an ihm hervorzubringen.

Früher war Harry ein Weiberheld gewesen, alles hatte sich um Partys und Action gedreht. Wie stressig und unbefriedigend dieser Lebensstil manchmal für ihn gewesen sein musste, hatte ich ihm oftmals angemerkt. Für Harry hatte es gleichzeitig aber keinen Anreiz gegeben, irgendetwas an seinen Gewohnheiten zu ändern. Dafür hatte er den Einfluss einer Frau benötigt.

Harrys Anzug war glücklicherweise nicht in Flammen aufgegangen, und der Änderungsschneider hatte sich auch nicht vernäht. Wir verfrachteten das gute Stück ins Auto und steuerten eine unserer früheren Lieblingsbars an.

»Stell dir vor, der Wagen wird ausgerechnet heute mit meinem Anzug darin gestohlen«, meinte er, nachdem wir an einem Zweiertisch im hinteren Bereich Platz genommen hatten.

Die Bar war gemütlich-urig, mit dunklen Möbeln und alten Filmplakaten an den Wänden. Drei Fernseher hingen an den Wänden, auf jedem lief eine andere Sportart.

»Linda würde dich umbringen.«

Er lachte. Galgenhumor hatte er also. »Und wie sie das würde. In den vergangenen Tagen ist sie sowieso schon völlig durch den Wind wegen der Blumen, des Wetters und des Caterers.«

Ich bekam bereits eine Panikattacke, wenn ich nur an all die tatsächlichen und potenziellen Probleme dachte, die so eine Hochzeit und erst recht eine Ehe mit sich brachten. »Denk dir so: In ein paar Tagen liegst du auf den Bahamas am Strand und lässt damit den ganzen Zirkus hinter dir.«

»Grundsätzlich finde ich diese Zeit jetzt schön. Als Paar sind wir während der Vorbereitungen zusammengewachsen, aber stressig war es trotzdem.« Wir bestellten Getränke, wobei der Kellner eine Schale mit Erdnüssen auf unserem Tisch abstellte. »Wie ist es für dich eigentlich wegen Valerie?«

»Ich werde ihr aus dem Weg gehen. Anders wird dieses Wochenende nicht zu meistern sein.« Ich hatte Harry von unserer gemeinsamen Nacht in Paris erzählt. Harry stand, wie auch Linda, zwischen den Stühlen. Valerie und ich waren beide ihre Freunde, natürlich wünschten sie sich, dass wir uns besser verstehen würden. Gleichzeitig hatten sie nie versucht, zwischen uns zu vermitteln oder uns zu irgendetwas zu drängen. Dafür war ich ihnen dankbar. Sie hatten ein offenes Ohr für mich und vermutlich auch für Valerie. Ich brachte Harry aber nicht in die unangenehme Situation, ihn über Valeries Sicht der Dinge auszufragen – das wäre nicht fair.

»Für Valerie wird das hart werden. Ihr geht es seit Paris nicht gut.«

Zu hören, wie sehr Valerie litt, war schwer für mich. »Ich habe auch daran zu knabbern.«

»Ja, das merke ich, Mann. Aber denkst du nicht, dass es eine andere Lösung gibt, als euch zu ignorieren?«

Unser Bier wurde serviert. Wir stießen an und tranken beide einen Schluck. »Für mich nicht.«

»Valerie ist kein durchtriebener Mensch.«

Ich schnaubte. »Was wird das? Hat Linda dich beauftragt, vor eurer Hochzeit Frieden zu stiften?«

»Mir geht es um dich. Und auch darum, dich vor einem Fehler zu bewahren.« Vielleicht war Harry doch einer Gehirnwäsche unterzogen worden.

Jedenfalls ging er mir mit seiner Motivation, den Friedensnobelpreis verliehen zu bekommen, gehörig auf den Senkel. Dafür war ich zu müde und gestresst von meiner Anreise mit dem Flugzeug. »Ein Fehler wäre es, zuzulassen, dass Valerie wieder Bedeutung in meinem Leben bekommt.«

»Aber hast du diesen Vorsatz nicht bereits in Paris gebrochen?«, fragte er und musterte mich.

»Ja, mit dem Ergebnis, dass es Valerie und mir danach dreckig ging. Bei aller Liebe und Verständnis für deine geistige Angeschlagenheit aufgrund der Hochzeit, Harry, ich will wirklich nicht über Valerie reden.«

»Eins muss ich noch sagen.«

Ich wusste, wenn Leute diese Warnung aussprachen, kam meistens etwas Philosophisches. Auch darauf hatte ich nicht wirklich Lust.

Meinem Kumpel zuliebe, der übermorgen die Ketten der Ehe umgelegt bekommen würde, drückte ich aber ein Auge zu. Was bedeutete, dass ich sitzen blieb, an meinem Bier nippte und nicht aus dem Lokal stürmte.

»Weißt du, es ist doch so: Wäre dir Valerie egal und würde dir rein gar nichts bedeuten, würdest du dich nicht schon über ein Jahr mit dieser Geschichte herumschlagen. Du wärst längst über die Enttäuschung hinweg und hättest in Deutschland eine andere Frau gedatet oder was auch immer. Stattdessen schlängelt ihr euch beide von Ausrede zu Ausrede, warum euch der jeweils andere gestohlen bleiben kann.« Er beugte sich näher und setzte vermutlich zum finalen Schlag an. »Entweder du ziehst einen klaren Strich unter die Sache, was in meinen Augen bedeutet, dass du ihr zumindest neutral gegenübertrittst, oder du gestehst dir selbst ein, dass du noch immer etwas für sie empfindest.«

»Indem ich ihr aus dem Weg gehe, setze ich doch auch

einen klaren Schlussstrich«, präzisierte ich Harrys Aussage.

»Tust du nicht. Du machst es jedes Mal, wenn ihr euch seht, komplizierter.«

Selbst Stunden später hallte dieses Gespräch in mir nach. Ich merkte, dass ein Funken Wahrheit darin steckte, wollte es aber nicht zugeben – weder vor Harry noch vor mir selbst.

Linda, die ich später am Abend traf, ließ mich ihre Sorge ebenfalls spüren, dass Valerie oder ich ein Drama bei ihrer Hochzeit veranstalten könnte. Obwohl ich wusste, welch wichtige Rolle Valerie während der Trauung spielen sollte, wurde sie mit keiner Silbe erwähnt, als wir den Ablauf grob durchgingen.

Als ich im Bett lag und nicht schlafen konnte, schwor ich mir, alles dafür zu tun, damit mein bester Freund die schönste Hochzeit feiern konnte. Es würde kein Drama geben. Zur Not würde ich sogar meinen eigenen Stolz unterdrücken.

KAPITEL 42

Genetisch bedingte Überheblichkeit

Valerie

Es gab nette Bräute, die der Floristin eine Menge Trinkgeld gaben oder geduldig Anfragen der Gäste zu Themen wie Parkplatz- und Erfrischungsmöglichkeiten beantworteten. Dann gab es grantige Bräute, die die Floristin anschrien, weil die Rosen 0,1 cm kürzer abgeschnitten wurden als ursprünglich vereinbart.

Linda war irgendwo in der Mitte. Die Floristin war bei ihr gut weggekommen und nur ein einziges Mal Zeugin eines kleinen Nervenzusammenbruchs geworden. Auch den Gästen gegenüber, die manchmal wirklich seltsame Fragen stellten, hatte sie sich bemüht, nett zu sein. Der Job als Trauzeugin war der stressigste der Welt. Ich brauchte nach der Hochzeit vermutlich eine Therapie oder zumindest einen längeren Aufenthalt in einem Luxusspa.

Die schwerste Aufgabe stand uns allen aber noch bevor – die Hochzeit selbst. Alles davor – die Planung und Vorbereitung – war bloß ein Aufwärmprogramm gewesen.

Der Start des Ernstfalls war die Abreise aus London. Linda und ich fuhren allein, da sie nicht wollte, dass sich Harry und ihr Kleid vor der Hochzeit gemeinsam in einem Auto befanden. Sie war in den vergangenen Wochen fast jedem Aberglauben verfallen, über den sie vor einem Jahr noch gelacht hätte.

Grandham Manor war ein Schloss aus dem Siebzehnten Jahrhundert, welches sich auf Hochzeiten spezialisiert hatte. Die Zusage der Location war kurzfristig gekommen, da ein anderes Paar ihre Hochzeit komplett abgesagt hatte. Den wahren Grund dafür hatten wir nicht erfahren. Vielleicht war das auch besser so, glaubte man an schlechte Omen. Linda und Harry hatten das Angebot angenommen, auch wenn damit ein wahrer Marathon für uns alle begonnen hatte.

Die Zufahrt säumten links und rechts hohe Zypressen, vor dem dreistöckigen Bauwerk befanden sich ein Springbrunnen und zahlreiche Blumenbeete. Die Trauung würde in einem Gartenpavillon stattfinden, das abendliche Fest im großen Ballsaal, von dem aus man durch drei große Flügeltüren eine Terrasse erreichte. Linda war kein sonderlich romantischer Mensch, trotzdem hatte sie sich für ihre Hochzeit ein Feuerwerk gewünscht und eine dreistöckige Hochzeitstorte. Generell war die Liste an Dingen, die sie unbedingt haben wollte, immer länger geworden. Ganz zu schweigen davon, welche Herausforderung es gewesen war, Lindas Traumkleid in der kurzen Zeit, die uns für die Vorbereitungen geblieben war, zu finden. Die meisten Läden hatten uns auf die langen Lieferzeiten hingewiesen, Linda musste sich also wohl oder übel mit den lagernden Kleidern zufriedengeben – das hatte Nervenzusammenbruch Nummer eins zur Folge gehabt. Ich war live dabei gewesen (leider).

All die Strapazen schienen bei unserer Ankunft zum Glück vergessen, zumindest aus Lindas Sicht. Sie strahlte bis über beide Ohren und wiederholte dauernd, wie schön alles wäre. Die Bäume, die Blumen, die Deko, selbst die Handtücher im Bad fand sie bezaubernd. Ich wurde umarmt, und Linda vertraute mir an, wie glücklich sie sei. »Er ist einfach der Mann, auf den ich so lange gewartet habe, Val. Mein Seelenverwandter. Mein Ein und Alles.«

»Und morgen wirst du ihn heiraten«, sagte ich und küsste ihre Wange. »Ich freue mich so für euch, vor allem aber für dich.«

Sie setzte sich aufs Bett und streckte die Beine von sich. In ihrem zartrosa Sommerkleid sah sie bezaubernd aus. Sie hatte ihren Körper einem wahren Beautymarathon unterzogen. Von Kopf bis Fuß war gefärbt, enthaart und gefeilt worden. »Ich freue mich auf die Party, auf die Gäste, auf das Essen, auf einfach alles.«

Ich hängte derweil ihr Kleid auf und vergewisserte mich mehrmals, dass es keine Falten schlug. Dafür war ich verantwortlich. »Ich bin auch schon gespannt, wie sich alles, was ihr geplant habt, morgen zu einem Gesamtbild zusammenfügen wird.«

»Ich auch.« Sie seufzte diesen Satz so absolut zufrieden, dass ich nicht anders konnte, als zu grinsen. Linda ließ sich zurück aufs Bett fallen und seufzte nochmals. »Bryan, mein Bruder, wird heute Abend neben dir sitzen. Das ist doch okay für dich?«

Dieser warnende Unterton, der diesem eigentlich nichtssagenden Satz derart viel Bedeutung gab, ließ mich stutzig werden. »Ja?« Ich ging zum Bett, stellte mich seitlich daneben und drehte den Kopf so, dass ich ihr in die Augen schauen konnte. »Was verheimlichst du mir?«

»Nichts. Ich schwöre.« Sie richtete sich auf, grinste

aber derart verschlagen, dass ich sie am liebsten kneifen würde.

»Muss ich irgendetwas im Bezug auf deinen Bruder beachten?« Ich widmete mich wieder ihren Sachen und sortierte in Seelenruhe alles für morgen.

»Er ist manchmal ein wenig ... forsch. Meine Eltern haben vergessen, ihm Manieren beizubringen.«

»Das habe ich nicht gewusst. Warst du deswegen so angespannt, als es um ihn ging?« Wirklich jedes Mal, wenn wir über die Sitzordnung oder irgendetwas, das Bryan beinhaltete, gesprochen hatten, war Linda unruhig geworden. Sie hatte auch vor der Hochzeit nie über ihren Bruder gesprochen. Ich hatte nur gewusst, dass die beiden kein gutes Verhältnis hatten.

Sie lachte jedoch jenes pseudo-fröhliche Lachen, das ihre Worte zehn Meilen gegen den Wind Lügen strafte. »Alles wird gut werden. Ich will nur, dass du dich wappnen kannst. Aber du schaffst das schon.«

»Vermutlich hättest du mir mehr Zeit zum Wappnen geben müssen.«

»Du bekommst das schon hin. Ansonsten hast du mich. Immerhin bin ich seine große Schwester.«

Bryan, der sicher viele Eigenschaften mit Linda teilte, überstrahlte seine Schwester mit Selbstbewusstsein. Zweifelsohne würde er mich damit bald nerven. Zu Beginn fand ich seine Sprüche noch irgendwie komisch.

Er war zwei Jahre jünger als Linda, groß gewachsen, hatte kastanienbraune Haare und eine dicke Uhr am Handgelenk, die mir unpassend erschien. Wir trafen auf ihn, als wir nach unten gingen, um beim vorhochzeitlichen Abendessen aufzuschlagen. Linda war ultranervös und trat mir mehrmals auf die Füße. Als sie Bryan entdeckte, seufzte sie tief. Offensichtlich hatte sie eine Mission, und die bestand darin, ihren Bruder zu ignorieren.

Bryan war verdammt direkt. Er checkte mich auf eine Weise ab, die ich höchst unangebracht fand. Ich war die Trauzeugin seiner Schwester, er aber verhielt sich augenscheinlich so, als wäre das die größte Singlebörse in der Geschichte der Menschheit.

Selbst wenn Bryan auch nur ansatzweise mein Typ gewesen wäre, erschien mir Lindas und Harrys Hochzeit nicht als der ideale Ort, um mich männertechnisch neu zu orientieren – schon gar nicht, wenn der Typ Bryan war. Dem Hauptgrund dafür, namentlich Josh, begegnete ich beim Eintreffen im Restaurant.

Wie ein Bodyguard stand er neben Harry, der sich mit Lindas Eltern unterhielt. Neben ihnen eine Frau mit hellgrünen Haaren und Kleidung, die mich an einen Bollywoodfilm erinnerte. Der Mann, der sein Weinglas umklammert hielt, sah Harry zum Verwechseln ähnlich.

Er war sein Vater und, wie sich bald herausstellte, ein Grapscher. Mehrmals berührte er meine nackte Schulter, wobei er natürlich so tat, als hätte er von dem unfreiwilligen Körperkontakt meinerseits nichts bemerkt. Cringeness – das schien sein Spezialgebiet, und er beherrschte es lückenlos.

»Vermeide mit Harrys Dad ein Gespräch über Whiskey. Er wird dich abfüllen wollen«, meinte Linda an mich gerichtet.

Ich nickte hilflos. Hoffentlich würde sich die Hochzeit nicht zu einer Freakshow verwandeln. »Kein harter Alkohol für Dirty Harry Senior, verstanden.«

Harrys Dad ließ sich, mal abgesehen von den zufälligen Streicheleinheiten meiner Schultern und Oberarme, gut kontrollieren. Anders verhielt es sich da mit Bryan.

Er war offenbar überzeugt, dass er und ich an diesem Wochenende im Bett landen würden. Zumindest deutete ich sein permanentes an mir Kleben und seine Schmeicheleien (die nicht wirklich berauschend waren) so.

All das fand unter den Argusaugen des Mannes statt, vor dessen Begegnung ich den meisten Bammel gehabt hatte – bevor ich gewusst hatte, dass es Bryan und Harrys Dad gab. Während wir unsere Begrüßungsdrinks einnahmen, glitt Joshs Aufmerksamkeit immer mal wieder zu mir und damit unweigerlich auch zu Bryan. Während Bryan mir über einen seiner erfolgreichsten Geschäftsabschlüsse erzählte (er war ein, laut eigenen Aussagen, bekannter Immobilienmakler), trafen sich Joshs und meine Blicke flüchtig. Bis auf den Handschlag bei meinem Eintreffen hatte es keine weiteren Interaktionen zwischen uns gegeben. Das sollte im besten Fall auch so bleiben, da ich mit aller Macht versuchte, mit Josh abzuschließen (was ich genau genommen seit einem Jahr tat). Dass er in seinem dunklen Anzug und mit den etwas kürzeren Haaren derart attraktiv aussah, machte meinen Vorsatz nicht einfacher.

Dass er mir beim Flirten oder besser Angeflirtet-Werden zuschauen musste, war bis zu einem gewissen Punkt befriedigend für mich. Er konnte ruhig sehen, dass ich auch ohne ihn weiterexistierte und meinen Spaß hatte (den ich bei Bryan zwar nicht empfand, aber egal).

Harry hielt eine knappe Ansprache, dann wanderten Eltern, Geschwister und die Trauzeugen (Josh und ich) zur üppig geschmückten Tafel. Ich bekam den Platz zwischen Bryan und Linda, saß aber Josh gegenüber. Ich müsste also nur mein Bein ausstrecken, schon könnte ich seinen Fuß berühren. Unweigerlich musste ich daran denken, wie ich ihn einmal beim Abendessen in meiner Wohnung geneckt hatte. Er hatte telefoniert, und ich hatte meinen nackten Fuß Stück für Stück sein Bein nach oben geschoben, bis zu seinem Schritt. Dort hatte ich ihn so lange massiert, bis er nach meinem Fuß gegriffen und fest zugedrückt hatte. Nachdem er aufgelegt hatte, waren wir übereinander hergefallen. Wie immer war es zwischen uns heiß hergegangen.

Josh sah von der perfekt gefalteten Serviette vor ihm aufwärts zu mir. Das war dieser kurze Moment, in dem ich sicher war, dass auch er an dieses Ereignis denken musste. Er ließ mich ein knappes Schmunzeln sehen, dabei zog er lediglich die linke Seite seines Mundes nach oben. Daraufhin machte sich in meiner Bauchgegend ein tiefes und nicht zu ignorierendes Kribbeln breit.

Zum Glück gab es Bryan, der sich vorbeugte, sich dabei an meiner Stuhllehne abstützte und so den Moment gekonnt zerstörte. »Die Leute fragen mich ja immer, was mir an meinem Job am meisten gefällt.« Also ich hatte ihn nichts dergleichen gefragt. Im Grunde wollte ich einfach meine Ruhe haben. »Es sind der schnelle Erfolg, die Abschlüsse und der Nervenkitzel, wenn ich eine Topimmobilie verkauft habe. Kohle, versteht ihr?« Bryan rieb Daumen und Zeigefinger seiner rechten Hand aneinander. Was war bei seiner Erziehung derart anders gelaufen als bei Linda?

»Geht es nicht eher um langfristigen Erfolg?«, fragte Josh minimal gereizt.

Seine Stimme zu hören, war nach wie vor so viel berührender, als ich gedacht hatte. Kurzzeitig hatte ich wirklich geglaubt, dass ich über ihn hinweg wäre – eine massiv falsche Einschätzung, wie ich nun feststellte.

»Mich für etwas jahrelang abzurackern, ist nicht meine Art. Ich stehe auf kurzfristige Befriedigung – ob im Job oder mit einer schönen Frau.« Dass Bryan dabei in meine Richtung sah und ich ebenso kurzfristig seine Hand auf meinem Oberarm spürte, wie er sich seine Befriedigung wünschte, war mir höchst unangenehm.

Josh schien mein Unwohlsein entweder zu bemerken, oder er verachtete Bryan grundsätzlich. Denn er runzelte finster die Stirn und fühlte sich von ihm offenbar angestachelt. »Es klingt sehr ermüdend und ungesund, immer dem Erfolg nachzujagen.«

»Oh, ich liebe es, Dingen, die ich haben möchte, nachzujagen. Aber wenn es mir gelungen ist, sie zu fangen, dann langweiligen sie mich auch schnell, und ich ziehe weiter.«

Typen wie Bryan, mit ihrer ganzen Großkotzigkeit und Selbstüberschätzung, waren der Grund, warum Frauen in Beziehungen landeten, die sie zermürbten. Schon allein aus vorsorglicher Rache wollte ich gemein zu ihm sein. »Also ich möchte keine kurzfristige Trophäe sein.«

»Sei nicht so spießig, Valentina.«

»Valerie«, murmelte ich in mein Sektglas.

»Ich finde dich mit jedem Namen toll.«

Langsam war ich mir nicht mehr sicher, ob er die Dinge, die er von sich gab, ernst meinte oder uns alle einfach nur zum Narren halten wollte. Vielleicht glaubte er, besonders witzig sein zu müssen. Oder er überspielte seine Nervosität mit verbalem Bullshit. Oder er wollte die Hochzeit seiner Schwester zerstören. Vielleicht ging es ihm um Eifersucht. Was wusste ich schon. Der Kerl war mir ein Rätsel.

»Das beruht allerdings auf absoluter Einseitigkeit.« Ich lächelte, weil ich nicht mit Lindas Bruder am Vorabend ihrer Hochzeit in Konflikt geraten wollte. Gleichzeitig würde ich mir dennoch nicht alles von ihm gefallen lassen. Typen wie Bryan gehörten Grenzen gesetzt – klar und deutlich. Wenn er sie nicht bemerkte, weil sie derart subtil waren, dann würde ich nicht davor zurückschrecken, mir Neonfarbe zu besorgen, um sie für ihn sichtbarer zu gestalten.

Bedauerlicherweise war Bryan zu abgestumpft, um sich von einer deutlichen Abfuhr abwimmeln zu lassen. »Ich habe zwei Tage Zeit, dich vom Gegenteil zu überzeugen.« Er beugte sich näher zu mir, und ich sah verlegen zu Josh. »Da wären wir schon wieder bei der nächsten Herausforderung.« Zur Krönung zwinkerte er auch noch und wandte sich dann dem Kellner zu, um ihn zu fragen, ob es hier nicht etwas Männliches zu trinken gäbe.

Linda tadelte daraufhin ihren Bruder, der sie, wie nicht anders zu erwarten, in gekonnt unsympathisch-schmieriger Weise in ihre Schranken wies.

Ihre Eltern mischten sich ein. Sie versuchten ebenfalls, Bryan zur Ordnung zu rufen. Der lachte sie alle bloß aus, kippte sich den restlichen Sekt hinter die Binde und feierte seine Bierlieferung derart exzessiv, dass ich fast nicht anders konnte, als einen Lachkrampf, gepaart mit einem Heulkrampf, zu bekommen.

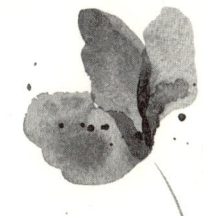

KAPITEL 43

Welcher hippokratische Eid?

Josh

»Darf ich das Brautpaar auf die Bühne bitten?«, richtete der Sänger der Hochzeitsband das Wort an die Hochzeitsgesellschaft.

Von meinem Sitzplatz aus, an einem der runden Tische, beobachtete ich Lindas und Harrys Eröffnungstanz. Das Licht war gedimmt. Der Kronleuchter über der Tanzfläche hüllte die beiden in ein warmes Gelb, während sie sich zum Takt von John Legends »All of Me« bewegten.

Harry sah überglücklich aus. Er himmelte Linda an, und alle fanden es süß, selbst ich. Ja, auch ich entkam dieser Love-is-in-the-air-Stimmung nicht. Bereits am Morgen im Flur, auf dem Weg zur Trauung, hatte er mich in einem sentimentalen Anfall umarmt und sich danach die ein oder andere Träne aus den Augenwinkeln gewischt.

Ähnlich war es weitergegangen, als er auf seine Eltern getroffen war. Zu diesem Zeitpunkt war ich gänzlich abgelenkt von Valerie in ihrem blassgelben Seidenkleid gewesen.

Die Trauung hatte unter einer mit Blauregen überwucherten Holzpergola stattgefunden. Die Gäste hatten auf weißen Stühlen gesessen. Als Linda schließlich den

335

langen Mittelgang entlanggeschritten war, hatte plötzlich auch ich selbst mit den Tränen gekämpft.

Das wünsche ich mir auch. Woher auch immer dieser Gedanke gekommen war, er war höchst überraschend für mich.

Obwohl ich in Deutschland nicht glücklich war, mir aber auch der Anreiz fehlte, zurück nach London zu kommen, wusste ich, dass die Distanz es leichter machen würde, Valerie zu vergessen. Während ich die gerührte Valerie angesehen hatte, hatte ich mir vorgestellt, wie es gewesen wäre, sie zu heiraten. Wie hätte unser gemeinsames Leben ausgesehen?

Es wäre sicher unterhaltsam geworden. Vielleicht hätten wir gemeinsam an Projekten gearbeitet. Oder wir hätten eine Horde Kinder in die Welt gesetzt, die uns um den Verstand brachten, die wir aber inbrünstig liebten. Kleine Valeries, die mich um den Finger wickelten.

Zu der Freude für Linda und Harry mischte sich Trauer, dass ich Valerie und diese erträumte Zukunft verloren hatte. Ich war aber auch wütend auf mich selbst, weil ich eine Menge gesagt hatte, das mir mittlerweile leidtat.

Liebe war wirklich seltsam. Die einen hatten sie, wollten sie aber nicht. Die anderen wollten sie, hatten sie aber nicht.

Und ich?

Ich befand mich irgendwo dazwischen.

Nach dem Hochzeitstanz verteilten sich die Gäste. Einige stürmten ebenfalls auf die Tanzfläche, andere widmeten sich dem Kuchenbüfett, wiederum andere stopften sich unabsichtlich, trotz Allergie und weil sie sternhagelvoll waren, den Inhalt eines Schälchens mit einer Nussmischung rein und kollabierten daraufhin

(Bryan). In einem Moment stand er noch da mit dieser Lässigkeit, die bei mir Aggressionen auslöste. Dann hustete er mehrmals, klammerte sich an der armen Frau fest, die er belagerte, nachdem Valerie ihm eine deutliche Absage verpasst hatte, und schlussendlich klappte er wie ein Taschenmesser zusammen. Im Raum wurde es still. Nach einigen Sekunden beendete auch die Band den Song, den sie gerade spielten. Der hippokratische Eid, den ich einst geschworen hatte, zwang mich, prompt zu reagieren. Ich stellte mein Glas ab und stürmte zu Bryan. Valerie erreichte ihn zur gleichen Zeit. Beide gingen wir in die Hocke, während hinter uns jemand fragte, ob ein Arzt anwesend wäre. Wir ignorierten ihn, und gemeinsam hantierten wir an unserem Patienten herum. Jemand rief den Rettungswagen. Linda ging in ihrem schönen Kleid andauernd im Saal auf und ab. Harry verfluchte seinen Schwager noch mehr. Um uns hatte sich eine Traube gebildet, die sich erst teilte, als zwei Sanitäter, gefolgt von einem Notarzt, aufkreuzten.

Schnell teilten wir ihnen mit, welche Maßnahmen wir bis hierhin getroffen hatten (Überwachung der Atmung, stabile Seitenlage), und räumten den Platz für sie. Linda stand selbst kurz vor dem Kollaps. Sie wurde immer nervöser, aber auch wütender auf ihren Bruder. Sie kündigte sogar an, ihn eigenhändig zu erwürgen, wenn er wieder wach war.

Valerie hingegen rang um Atem, als hätte sie harte, körperliche Arbeit geleistet. Sie war völlig durch den Wind. Ich wollte beide beruhigen, wusste aber nicht, was ich sagen sollte. Daher kümmerte ich mich darum, die schaulustigen Gäste zu verscheuchen. In Absprache mit dem Pyrotechniker entschieden wir, das Feuerwerk vorzuziehen.

Alle strömten nach draußen, und während Bryan von den Rettungskräften abtransportiert wurde, krachten im Schlossgarten die ersten Raketen in den Himmel. Ich atmete durch und genehmigte mir ein Glas Champagner. Zufrieden sah ich zu Harry und Linda, die, trotz des Zwischenfalls, ihr Feuerwerk genossen. Ich warf aber auch einen Blick in Richtung Valerie. Sie stand ein Stück hinter dem Brautpaar, hatte die Arme um ihren Oberkörper geschlungen, lächelte aber. Als sie zu mir sah, formte sie mit ihren Lippen einen stummen Dank. Ich nickte, musste mich aber zwingen, das Feuerwerk zu beachten. Valerie war so viel interessanter für mich.

Später, die Gäste befanden sich wieder im Saal, die Musik lief, und alles war, als hätte es Bryans Zusammenbruch nicht gegeben, raffte ich mich auf und bat Valerie um einen Tanz. Sie hatte gerade mit Harry getanzt und plauderte mit ihm am Rand der Tanzfläche. Ich näherte mich ihr langsam und spürte mein Herz wild in meiner Brust klopfen. »Ich glaube, ich stehe als Nächstes auf deiner Tanzkarte.«

Sie schmunzelte über meine Bemerkung, die ich aus einem ihrer Bücher geklaut hatte. »Warum willst du ausgerechnet mit mir tanzen?«

Ich zuckte die Schultern. »Weil ich möchte.«

»Damit es im Anschluss noch mehr Drama gibt?«

»Ich bin nicht allergisch gegen dich. Daher dürfte ich nicht kollabieren.«

Zurückhaltend sah sie sich im Saal um. »Du könntest mit Linda, ihrer Mutter, Harrys Mutter oder Harry tanzen.«

»Ich will aber mit dir tanzen.«

»Das bringt doch nichts«, sagte sie. »Wir waren uns einig, dass wir uns aus dem Weg gehen.«

»Wann haben wir jemals über diese Vorgehensweise gesprochen?« Ich wollte einen Scherz machen, doch Valerie blieb ernst.

»Du hast auch bereits mit Harry darüber geredet, und ich finde die Idee des gegenseitigen Ignorierens weiterhin toll. Einen schönen Abend noch«, sagte sie und drängte sich an mir vorbei in Richtung Terrassentür.

Mit Bedauern darüber, was aus uns geworden war, schaute ich ihr hinterher. Nach über einem Jahr fühlte sich ihre Lüge, die sie zusammen mit unserem ehemaligen Boss aufgezogen hatte, nicht mehr so schlimm an. Sie hatte das geringste Übel gewählt und einen Vorteil aus ihrem Schweigen herausschlagen wollen – das taten viele Menschen.

Klar, sie hätte eher offen mit mir sprechen sollen. Aber was half ein lebenslanger Fokus auf Fehler, wenn man dabei die ehrlichen und vor allem guten Momente vergaß?

Während ich mich Valerie emotional wieder mehr öffnete, wollte sie einen Haken unter unsere Beziehung setzen. Wir bewegten uns in zwei völlig unterschiedliche Richtungen, und mir fiel beim besten Willen keine Lösung ein, wie wir uns wieder in der Mitte treffen könnten.

KAPITEL 44

Die Hochzeit meiner besten Freundin,
bei der jemand fast gestorben wäre und ich
den Mann wiedersah, dem ich das Herz gebrochen
hatte (den ich allerdings immer noch liebte)

Valerie

Linda und Harry bekamen den Abgang, den sie sich wünschten. Ganz *Die Hochzeit meines besten Freundes*-mäßig brausten sie unter Jubel und Applaus der Gäste mit einer schwarzen Limousine in Richtung Flughafen davon. Als sie weg waren, löste sich nicht nur die Party bald auf, auch der Druck der letzten Stunden fiel endgültig von meinen Schultern. Als hätte ich nach einer tagelangen Wanderung endlich die Gelegenheit, meinen Rucksack abzulegen und mich zu entspannen. Ich war stolz auf das, was wir geleistet hatten, die Hochzeit war immerhin gelungen (mal abgesehen von Bryans Erdnusszwischenfall). Aus dem Krankenhaus kam glücklicherweise die Rückmeldung, dass es Bryan den Umständen entsprechend ging und er sich von seiner allergischen Reaktion erholte.

Als Medizinerin hatte ich korrekt reagiert, daher war es mir erlaubt, Bryan freimütig als Arschloch zu bezeichnen.

Da wir gerade beim Thema waren: Josh war auch noch da. Wieso ich das wusste? Weil ich mindestens einmal in der Minute zu ihm sah. Ich tat das selbstverständlich nur, um sicherzugehen, dass er seine Arbeit als der von Harry erwählte Trauzeuge auch nach dem Abflug des Brautpaars fortsetzte. Könnte ja sein, dass er sich ausruhte und betrank.

Entwarnung – er war fleißig und half mir, Geschenke in den Nebenraum zu räumen.

Als das meiste erledigt war, schnappte ich mir ein Glas Sekt und schlich nach draußen. Ich setzte mich auf die breite Steintreppe, die von der Terrasse in den prächtigen, zu dieser Nachtzeit aber dunklen Garten führte. Nur vereinzelt konnte ich einige Lichter zwischen den Blumenbeeten ausmachen. Aber ich war nicht hergekommen, um Laternen zu zählen, sondern um meine Ruhe zu haben.

Und die hatte ich. So lange, bis mich meine Gedanken eingeholt hatten. Hauptsächlich spielte mein Kopf dieselbe, alte Leier – die Josh-Sinfonie mit ihren unzähligen Strophen und Dramen.

Dass er mich zum Tanz aufgefordert hatte, war vermutlich seinen Schuldgefühlen wegen Paris zuzuschreiben und nicht seinem Bedürfnis nach meiner Nähe. Denn das, was dort passiert war – in der vermeintlichen Stadt der Liebe –, war überhaupt nicht okay gewesen. Späte Erkenntnis war besser als keine. Ich war aber noch unsicher, ob ich ihm entgegenkommen oder ihn bis ans Ende unserer Tage schmoren lassen sollte. Beides schien mir verlockend genug, um ausführlicher darüber nachzudenken.

Zum einen war da ja auch noch mein dummes Herz, das sich, mit Schutzschilden bewaffnet, für Versöhnung einsetzte. Ich wollte mir selbst treu bleiben, das hatte ich mir ganz groß auf die Fahne geschrieben.

Das bedeutete aber auch, dass ich ehrlich zu mir sein musste. Auf mein Bauchgefühl hören (ich hörte dort sehr viel Chaos) oder mein Herz (wie erwähnt, wurde da fleißig an weiteren Schilden gebastelt). Die Situation war festgefahren und meine Geduld mit mir und meinem Herzen am Ende.

Wie immer in solchen Momenten, geschah etwas Wegweisendes, etwas Unvorhergesehenes. Ich hörte Schritte hinter mir – sich zögernd nähernde Schritte. Da sie mich ansteuerten, war mir klar, wer mich in meiner Isolationskapsel aufsuchen wollte.

»Wenn du kommst, um mich wieder zum Tanzen aufzufordern, spar dir den Versuch. Ich gehe sowieso nicht mit.« Verdammt peinlich, wenn es nicht Josh wäre. Vermutlich wäre mir das mittlerweile aber egal.

Es war Josh. Zum Glück? Ich war verwirrt.

Er stand zuerst hinter mir, dann setzte er sich neben mich. »Es gibt keinen Tanz mehr«, sagte er mit Blick auf den Garten. »Bryan hat in eines der Beete gepinkelt.«

»Gott, er war sehr früh sehr betrunken«, sagte ich.

»Bryan ist ein Trottel.«

Ich lachte. »Ich weiß. Kaum zu glauben, dass er Lindas Bruder ist.«

»Ein neuer Fall für die Genforschung würde ich sagen.«

»Ist das der Arbeitstitel für deinen Podcast?«

Jetzt grinste Josh, und ich bekam wie immer dieses Kribbeln im Bauch. »War er nicht zu aufdringlich bei dir?«

»Ich komme mit einem schmierigen Macho schon klar. Keine Sorge.«

»Gut. Habe ich mir gedacht. Ich ... wollte nur nachfragen.«

Was genau war Joshs Intention für dieses Gespräch? Und warum war er dermaßen zurückhaltend?

Schweigend musterte ich ihn und wartete darauf, dass er weiterredete. Immerhin war er zu mir gekommen.

»Bist du glücklich?«

Auf diese Frage war ich vollkommen unvorbereitet. Sie traf mich wie ein Komet, der vom Himmel fiel. Und wie reagierte man da? »Äh ... ja. Vermutlich. Nicht einhundertprozentig. Aber wer ist das schon?«

»Ich zumindest nicht.«

»Wegen ... uns?«

»Auch, ja. Und wegen meiner Arbeit oder vielmehr dem Ort meiner Arbeit. Seit ich wieder in England bin, merke ich erst, wie sehr mir das alles hier fehlt.«

Ich nickte. »Das kann ich verstehen. Möchtest du denn zurückkommen?«

»Ja, auf jeden Fall.«

Das würde bedeuten, dass wir uns häufiger sahen, bei Geburtstagen oder Partys.

Schweigend saßen wir nebeneinander und starrten in den Garten, oder zumindest glaubte ich, dass Josh in den Garten starrte. Ich wollte nicht zu ihm rüberschauen. Ich wollte auch nichts sagen. Ich wollte nur hier sein neben ihm, vielleicht ein letztes Mal. Nur wir zwei und die friedvolle Stille.

Josh seufzte plötzlich. »Ich habe mich in den vergangenen Tagen gefragt, ob ich nur glücklich sein kann, wenn ich bei dir bin.«

Mein ganzer Körper kribbelte, ich bekam überall Gänsehaut. »Hast du das? Wieso?«

»Wegen London, wegen Paris, wegen Deutschland, wegen uns«, ratterte er seine für ihn wohl triftigen Gründe herunter.

»Klingt hauptsächlich nach einem geografischen Problem«, sagte ich leichthin, um mein Erstaunen zu überspielen. »Ich dachte, du wärst dir sicher, dass ich die Reinkarnation des Bösen bin?«

»Du bist vielleicht unehrlich gewesen, aber dass ich dir die ganze Schuld zuschiebe, ist nicht richtig. Dario und sein Vater haben ihren Beitrag ebenfalls geleistet.«

»Paris war auch nicht gerade prickelnd.« Selbst Wochen später hatte ich mich noch elend gefühlt, wenn ich an diese eine schlaflose Nacht dachte. Ich war verloren, machtlos und fürchterlich einsam gewesen. Mein Herz gebrochen und der allerletzte Funken Hoffnung zerstört.

Er nickte mitfühlend. »Paris war scheiße – für uns gesehen. An sich ist Paris wunderschön.«

»Vermutlich.«

»Paris war unser Tiefpunkt.«

»Wir waren verzweifelt«, erwiderte ich leise.

»Das bin ich immer noch.« Seine Stimme war ebenso leise wie meine, gleichzeitig aber drang das, was er sagte, in jede Pore. »Ich bin verzweifelt, weil ich nicht weiß, was genau ich von dir möchte. Vor einem Jahr war es noch klar für mich. Damals hätte ich alles dafür getan, dich aus meinem Leben zu verbannen. Heute aber sieht die Sache anders aus.«

»Wir waren uns doch einig, dass wir nicht mehr mit unseren Gefühlen spielen.« Es fiel mir verdammt schwer, vernünftig oder standhaft oder was auch immer zu bleiben. Aber ich durfte nicht wieder zurück in alte Muster fallen – auch wenn diese Josh beinhalteten und die Verlockung aus diesem Grund monströs war.

Anders als erwartet, nickte Josh nicht, sondern schaute genauso ernst wie zu der Zeit, als wir noch miteinander gearbeitet, nicht aber miteinander geschlafen hatten. »Diese Hochzeit und alles ... ich will nicht mehr spielen, Valerie.«

»Josh, ich glaube, du bist betrunken und gehörst dringend ins Bett.« Ich machte einen gewaltigen Fehler. Ich blickte zu ihm und ließ besagten Schutzschild ein wenig sinken.

Diese Augen, dieser Mund – all das war mir vertraut, und ich bemerkte erneut, wie sehr ich ihn vermisst hatte.

»Was willst du mir mit dem, was du von dir gibst, eigentlich sagen?«, fragte ich, während irgendwo neben uns im Gebüsch eine Grille ein Konzert veranstaltete.

»Harry hat gemeint, dass ich längst über uns beide hinweg wäre, wenn du mir nichts bedeuten würdest. Mir würde es besser gehen, und ich würde nicht so leiden. Aber ich leide, Valerie. Sehr sogar.«

Das war viel. Beinahe zu viel für mich.

Ich atmete durch und trank einen Schluck. »Du warst dir sicher, dass es mit uns vorbei ist. Rückblickend kann ich das verstehen.«

»Ich wollte mir sicher sein, war es aber nie.«

»Josh, ich verstehe deine Unsicherheit und das Gefühlschaos, mir geht es genauso oder zumindest ähnlich. Aber ich bin nicht sicher, ob es klug ist, dass wir uns dauernd wegstoßen und uns dann wieder annähern. Das macht mich krank.«

Er nickte und faltete seine Hände auf den Knien. »Aber du hast in Paris gesagt, dass du mich liebst. Was ist daraus geworden?«

Das war ein Schwergewicht von einem Argument. »Zeit ist vergangen.«

»Das bedeutet?«

Ich presste meine Lippen zusammen, wie früher als

Kind, wenn ich so getan hatte, als würde ich meinen Mund mit einem unsichtbaren Schlüssel verschließen. »Es bedeutet, dass es besser ist, wenn ich jetzt ins Bett gehe. Der Tag war lang und ereignisreich.« Ich stand auf und hielt mich am schmiedeeisernen Treppengeländer fest. »Müde trifft man selten die besten Entscheidungen.«

Auch Josh erhob sich und blieb direkt vor mir stehen. »Das mag sein. Du fehlst mir trotzdem.«

»Josh«, flehte ich ihn an.

Er grinste frech, als würde er exakt wissen, wie schwer mir die Selbstbeherrschung fiel. »Du fehlst mir.« Selbst die Wiederholung schwächte die Wirkung nicht ab. Zusätzlich streckte er die Hand nach mir aus und berührte mich sanft an der Wange.

Zuerst verkrampfte ich mich, dann beschloss ich, mich der Berührung zumindest kurz hinzugeben. Drei Sekunden, maximal fünf. In dieser Zeit sollte es nur Joshs warme Haut und mich geben. Ein letzter Hautkontakt, ehe wir morgen alle wieder in unser gewohntes Leben zurückkehrten – Josh nach Deutschland und ich in mein Labor zu Dr. Weng.

»Heute habe ich mir vorgestellt, wie es wäre, wenn du und ich einmal denselben Schritt wie Harry und Linda gewagt hätten. Wie hätte unsere Zukunft ausgesehen?«

»Sie wäre überschattet worden von meiner Lüge«, sagte ich, schmiegte mich trotzdem an ihn, als er mit dem Handrücken von meiner Wange zu meinem Mund strich. »Das Vertrauen wäre nach und nach weniger geworden. Es hätte nicht gehalten.«

»Warum bist du so pessimistisch?«

»Warum bist du so blauäugig? Das ist ungewöhnlich für dich.«

»Ich habe mich verändert.«

Als er mit dem Daumen über meine Unterlippe fuhr, öffnete ich automatisch meinen Mund. Mein Atem geriet aus dem Takt, als hätte meine Lunge vergessen, welchen Job sie hatte. Das Verrückte war, dass ich dieses Vermissen, von dem Josh geredet hatte, überdeutlich wahrnahm. Und mir war klar, was ich dagegen tun konnte. Es gab nur diese eine Möglichkeit, Josh zu küssen.

Unsere Küsse waren schon immer heilsam gewesen. Und berauschend. Wie es mit Süchten nun einmal so war, kehrten sie in den unpassendsten Momenten zurück.

Meine Lippen berührten seine, ich schloss die Augen, und Josh zögerte keinen Moment. Er erwiderte meinen Kuss, seufzte und zog mich an sich. Zuerst hielt ich mich weiterhin am Geländer fest, irgendwann aber vergrub ich meine Finger in seinem Jackett.

Schließlich aber löste ich mich von ihm und legte meine flache Hand auf seine Brust. »Gute Nacht.« Eine klare Grenze – das sollte er verstehen.

»Gute Nacht.« Er verstand und küsste mich noch einmal auf die Stirn. Josh sah mich an, als würde er sich einen Neuanfang wünsche.

Für mich aber fühlte sich dieser Kuss wie ein Schlussstrich an. Er war ein Abschied für mich.

KAPITEL 45

Sport und sein Einfluss auf das Privatleben

Josh – ein halbes Jahr später

Seit ich in Deutschland in einem eigenen Haus lebte, wollte ich nicht wieder zurück in eine Wohnung. Schon gar nicht in ein Penthouse, mit zu viel Glas und einer zugigen Dachterrasse. Noch vor meinem Umzug suchte ich mithilfe einer Maklerin nach dem idealen Haus.

Sie schickte mir virtuelle Besichtigungen und eine Menge Fotos – mehr, als ich gebraucht hätte. Am Ende entschied ich mich dafür, ein Haus in Notting Hill zu mieten.

Die Jobfrage war eine andere. Ich hatte einige Angebote – von privaten Einrichtungen aber auch von Kliniken. Entschieden hatte ich mich bei meiner Rückkehr nach London noch nicht.

»Ist dir die Entscheidung, in Deutschland zu kündigen, schwergefallen?«, wollte Harry an meinem ersten Abend wissen.

Ich übernachtete bei Linda und ihm, weil mein neues Zuhause noch nicht bezugsfertig war. »Eigentlich schon. Für den Übergang war der Job perfekt, auf Dauer brauche ich aber mehr Stabilität.«

Harry stocherte in seiner Lasagne herum. Er hatte

für uns gekocht, Linda eine Flasche Wein entkorkt und den Tisch dekoriert. Eine Vase mit gelben Tulpen stand in der Mitte, Kerzen brannten in ovalen Glasschalen. »Im Nachhinein erscheint mir dein Umzug nach Deutschland wie eine Flucht. Du wolltest dem Schmerz und der Erinnerung davonlaufen.«

An diesem Abend fand ich seine Analyse sogar angenehm. Was ich natürlich nicht zugab. Er war ohne Beweihräucherung schon nervig genug. »Es ist mir aber nicht gelungen.«

»Ich weiß.« Harry musterte mich. »Wenn du auf Valerie zugehen willst, dann langsam.«

Seit der Hochzeit vor knapp einem halben Jahr hatten Valerie und ich einige Nachrichten ausgetauscht, Oberflächlichkeiten, während wir beide bemüht waren, nicht zu viel von unseren Gefühlen oder Gedanken preiszugeben. Ständig war da diese Angst, dass sie sich neu verliebt haben könnte. Ich wusste nicht, ob sie aktiv nach einem Mann Ausschau hielt.

»Ich weiß nicht, ob ich auf sie zugehen soll«, gestand ich meinem besten Freund. »Vielleicht sollte ich stattdessen eine Freundschaft vorantreiben.«

»Würde dir das genügen?«

»Keine Ahnung.«

Besser als nichts, dachte ich.

Einige Tage später bezog ich das zweistöckige Stadthaus. Im Erdgeschoss befanden sich Küche, Esszimmer, Wohnzimmer und ein Gästezimmer. Alle Räume waren voneinander getrennt – das war mir besonders wichtig gewesen. Vorbei war die Zeit des offenen Wohn-Essbereichs. Ich sehnte mich nach mehr Struktur. Einzig meinem Einrichtungsstil war ich treu geblieben. Ich setzte auf gedeckte Farben und wenig Schnickschnack. Den Garten hatten die Menschen, die vor mir hier gelebt hatten, hübsch hergerichtet. Es gab einen riesigen Laubbaum, unter dem man im Sommer bestimmt wunderbar im Schatten sitzen konnte. Die Terrasse war groß genug für einen ordentlichen Tisch – die kommenden Feste waren also gesichert.

Schon sehr bald fühlte ich mich wohl in meinen eigenen vier Wänden.

Ich hatte einiges an Geld gespart und wollte mir aus diesem Grund Zeit lassen, die Jobfrage zu klären. Diese Pause nutzte ich, um mit Harry abzuhängen, wann immer der sich mal für ein paar Minuten von Linda trennen konnte. Er war völlig verschossen in seine Frau und schwebte seit über zwei Jahren auf Wolke sieben. Ich war zu einhundert Prozent sicher, dass die beiden bald Nachwuchs bekommen würden.

Harry als Dad – das war für mich noch immer kaum in Einklang zu bringen.

Wenn ich allein war, packte ich Kisten aus, las oder ging ins Fitnessstudio, das sich gleich in der Nähe meines Hauses befand. Besonders vormittags war es dort ruhiger, da sich zu der Zeit die meisten meiner Nachbarn auf der Arbeit befanden. Mein bevorzugtes Gerät war das Laufband, besonders dann, wenn es draußen wie aus Kübeln goss und ich dennoch nicht auf meine Joggingeinheit verzichten wollte.

Ich lief meistens eine halbe Stunde und ging zum Abschluss einige langsamere Schritte. Als ich diesmal vom Laufband stieg, sprach mich jemand an. »Josh?« Ich trank gerade einen Schluck aus meiner Flasche und drehte mich um.

Vor mir stand niemand Geringeres als Dario Hill. Er

trug Laufshorts und ein dunkelblaues Shirt. Sein Gesicht war ein wenig gerötet und seine Haare feucht.

»Dario, hallo«, sagte ich und überlegte, ob es bei Treffen in Fitnessstudios okay war, sich die Hand zu schütteln. Ich entschied mich dagegen, schon allein aus dem Grund, dass Dario und ich keine Freunde waren.

»Du bist wieder zurück aus Deutschland?« Dario wirkte nicht, als wäre ihm die Begegnung mit mir unangenehm.

Ich war nicht unbedingt scharf darauf, den Kerl sehen zu müssen. »Ja, ich wohne seit ein paar Tagen wieder in London.«

»Und wo arbeitest du?« Das war Dario – ein direkter Typ. Genauso wie seine Fragen und Entscheidungen. Emotionen hatten bei ihm nicht viel Raum.

»Noch habe ich mich nicht festgelegt. Ich bin auf der Suche.«

Als er die Augenbrauen hochzog und sich breitbeinig hinstellte, war mir sofort klar, was folgen würde. »Wärst du an einem Angebot von PMG interessiert?«

Ich musste mir ein Lachen verkneifen. »Nein, wäre ich nicht.«

PMG war Geschichte für mich, keine schöne noch dazu. Diese Tür wollte ich nicht noch einmal aufstoßen, ganz egal, mit welchen Benefits Dario mich locken wollte.

»Uns fehlt dein Talent, Josh. Deine Visionen und Ansätze sind toll. Vielleicht machst du dir einfach einmal Gedanken, was deine Vorstellungen wären, und ich schaue, ob PMG diese erfüllen kann.«

»Meine Vorstellung ist vor allem, nicht für PMG zu arbeiten«, erwiderte ich. »Ich bleibe meinen Grundsätzen treu.«

Dario wirkte zunehmend unzufrieden. »Du hast für dich also einen klaren Schlussstrich gezogen?«

Ich seufzte, weil ich irgendetwas tun musste, um diesen Kerl nicht zu erwürgen. Kompensation nannte man das. »Auf jeden Fall. Ich will künftig nicht für ein Arschloch arbeiten, das einer Mitarbeiterin kündigt, weil es selbst einen Fehler begangen hat. Für Valerie war die Entlassung wahrscheinlich das Beste, das ihr passieren konnte, immerhin kann sie ihr Projekt jetzt unter hervorragenden Bedingungen fortsetzen. Fair war euer Verhalten trotzdem nicht.«

»Du bist also noch in Kontakt mit Valerie?«

»Ab und zu, ja.«

Obwohl ich sie nicht dauernd sah und sie kein fixer Teil meines Lebens war, verspürte ich offenbar das unbändige Bedürfnis, Valerie zu rächen. Sie wäre davon wahrscheinlich nicht begeistert, außerdem konnte sie sich prima selbst verteidigen.

Aber einfach alles an diesem Kerl widerstrebte mir. Mit etwas Abstand war mir meine Abneigung gegen seine ganze Art und Weise noch deutlicher.

»Du hast selbst zugegeben, dass die Trennung von Valerie das Beste für beide Seiten war. Ihr scheint es jetzt besser zu gehen«, fuhr er fort und stemmte die Arme in seine Hüften.

»Das mag sein. Trotzdem war es eine Unart, wie sie von dir behandelt wurde. Schon allein aus dem Grund möchte ich nicht mehr für PMG arbeiten.«

»Ich gebe zu, die Sache mit Valerie war unschön. Ich habe die Kontrolle verloren, und vermutlich würde ich heute anders reagieren. Aber damals war ich neu in der Firma und ein wenig blauäugig.«

Dieses bisschen Einsicht, so herablassend alles an

dem Kerl auch war, trug zumindest dazu bei, dass ich mich ein wenig einkriegte. Ich konnte ihn schlecht auf dem Laufband häuten, ohne meine gesamte Karriere zu riskieren. »Mit dem Unterschied, dass deine Blauäugigkeit für dich selbst keine Konsequenzen hatte.«

»Aber viel Arbeit. Ich musste eine ganze Abteilung umstrukturieren.«

»Du hast dich wirklich kein bisschen geändert.« Ich konnte mir diese Aussage nicht verkneifen.

Dario aber war nicht beleidigt, vielmehr wirkte er erleichtert. Wahrscheinlich war er negativen Gegenwind gewohnt.

Ich klappte den Verschluss meiner Trinkflasche zu und beschloss, diesen Kerl stehen zu lassen. Ohne ein weiteres Wort. So war es am besten.

Ich ging duschen, zog mich an und kehrte nach Hause zurück. Zuerst war ich zu aufgewühlt, um an Darios Gefasel zu denken. Der Kerl war ein Idiot, und von solchen Leuten wollte ich mich nicht durcheinanderbringen lassen. Doch als ich daheim war, in meiner Küche stand und etwas trank, überlegte ich, wieso mich die Begegnung mit ihm derart mitnahm.

Vermutlich war es die Gegenüberstellung meines alten und meines neuen Lebens. Dario verkörperte meine Angst davor, des Wichtigsten, nämlich Valeries, beraubt worden zu sein. Dabei hatte ich alles getan, um sie halten zu können. Ich hatte alles von mir gegeben, und trotzdem hatte es nicht gereicht.

»Verkörperte Angst«, sagte ich zu mir selbst und schüttelte den Kopf. Da ich sehr früh in meinem Leben Verantwortung hatte übernehmen müssen, war kein Platz für Ängste.

Wie hätte ich mein Leben in derart feste Bahnen lenken können? Wie hätte ich mich auf eine Affäre mit Valerie einlassen können?

Doch während ich so nachdachte, fiel mir ein, wie oft Laura mir in der Vergangenheit vorgeworfen hatte, dass ich zu bestimmend war. Dass ich mich manchmal zu sehr in das Leben von Menschen, die mir etwas bedeuteten, einmischte. Meine Argumentation war dabei stets, dass ich Angst um ihr Wohl hatte. Schließlich hatte unsere Mutter uns mehr oder weniger im Stich gelassen – das hatte ganz von ihrer Tagesform abgehangen. Als Kind hatte ich also sehr früh gelernt, Angst wegen essenzieller Bedürfnisse zu haben. Hunger, Kälte, Einsamkeit – das alles waren Dinge, mit denen ich sehr früh konfrontiert worden war. Und daraus hatte sich ein überbordender Kontrollzwang entwickelt. Nur so konnte ich garantieren, dass ich die Macht über mein eigenes Leben hatte.

Im Job hatte ich es nicht anders gemacht. Ich wollte über jeden Arbeitsschritt Bescheid wissen und traute keinem etwas zu. Ich war misstrauisch, schließlich hatte ich gelernt, dass ich mich lediglich auf mich selbst verlassen konnte. Als Valerie in mein Leben gekommen war, unsere Freundschaft-plus-Sache miteinander angefangen hatte, da hatte ich mich zum ersten Mal verletzlich gezeigt. Ich hatte alle Kontrolleinheiten heruntergefahren und mich ihr seelisch entblößt. Erfahren zu müssen, dass es etwas gab, das sie mir verschwiegen hatte, hatte die Angst vor Verletzung und den Kontrollverlust zurückgebracht. Womit ich nur einen einzigen Weg gesehen hatte, um nicht durchzudrehen – mich von der Gefahr zu lösen.

Dario und Harry hatten recht – ich war nicht wegen dieses Jobs nach Deutschland gegangen, sondern um vor meinen eigenen Gefühlen und der Angst, mich meiner Verletzlichkeit zu stellen, wegzulaufen.

Doch wenn ich meine geballten Ängste ablegte, beispielsweise im Bezug auf Valerie, dann blieb eines sehr deutlich zurück: Sehnsucht und Liebe. Selbst nach fast eineinhalb Jahren war ich Valerie noch immer verbunden und vermisste sie. Ich vermisste diese Verbundenheit mit ihr. Mit ihr war es perfekt gewesen – Valerie war perfekt. Und sie war es auch, die um mich gekämpft hatte. Sie hatte mehrmals versucht, mir ihre Hintergedanken zu erklären, aber ich war zu fokussiert auf meine Angst gewesen, sodass es mir unmöglich gewesen war, mich auf ihre Entschuldigung einzulassen.

Jetzt hatte Valerie sich zurückgezogen, aufgegeben und mir damit die Chance überlassen, um sie zu kämpfen. Wenn ich etwas bewegen wollte, dann musste ich meine Angst ablegen und zum ersten Mal in meinem Leben auf mein Herz hören.

KAPITEL 46

Verschrumpelte Gehirnzellen,
ein Wissenschaftsgangster und
ein roter Luftballon

Valerie

Bereits am Morgen hatte mich mein Team mit Luftballons und Kuchen im Büro empfangen. Es folgten unzählige Umarmungen und sogar ein Geschenk – ein Buch meiner Lieblingsautorin und ein Shoppinggutschein für meinen Lieblingsbuchladen.

Später kam Dr. Weng allein in mein Büro. Neuerdings trug sie ihr blondes Haar kürzer und ein wenig gelockt.

Sie warf meinem Geschenk einen zufriedenen Blick zu und setzte sich. Mein Büro war bescheiden, aber ich hatte es mir gemütlich eingerichtet – Möbel aus warmem Nussbaumholz, dazu Farbe an einer Wand und einige persönliche Gegenstände machten den Raum heimelig.

»Gehen Sie gern einkaufen?«

Ich zuckte mit einer Schulter. In Wahrheit hatte ich eine wahre Shoppingsucht entwickelt. Okay, sie war noch nicht in bedenklichem Maß ausgewachsen, aber seit Linda ausgezogen und ich deshalb oft allein war, liebte ich es, durch Läden zu stöbern. Aus Lindas altem Schlafzimmer hatte ich sogar ein Lesezimmer gemacht, mit einer Wand voller Bücherregale und einem ultra-gemütlichen Lesesessel vor dem Fenster.

Ich hatte außerdem meine üblichen Verdächtigen (also Buchläden) durch kleine Boutiquen ergänzt. Eine davon lag auf direktem Weg von der Arbeit zurück zu meiner Wohnung, was mir und meinem Geldbeutel schon mehrmals zum Verhängnis geworden war.

»Es hat etwas Entspannendes«, erklärte ich Dr. Weng.

Sie runzelte die Stirn, lächelte aber dabei. »Sie sind brillant und seltsam zugleich.«

Diese Direktheit war ich gewohnt. Dr. Weng hielt ihre Meinung selten zurück. »Jeder hat seine Macken.«

»Vermutlich.« Weng lehnte sich zurück und schwang ihr rechtes Bein über ihr linkes. »Der Zeitpunkt könnte nicht passender sein, um Ihnen die Rückmeldung un-seres Kollegen Dr. Paulsen und seines Teams weiter-zuleiten. Die erste Behandlungsserie mit CAR-T-2 ist abgeschlossen, und es zeigen sich signifikante Marker in der immunologischen Reaktion.«

Ich sah rüber zu meinem angefangenen Tortenstück. Wie sehr ich mich über diese Überraschung gefreut hatte. Aber die News, die Dr. Weng mir gerade mitteilte, waren die berühmte Kirsche auf der Sahne. »Wow«, sagte ich, weil ich zu gerührt war, um etwas Geistreicheres von mir zu geben. »Ich bin … überwältigt.«

»Ganz ehrlich: ich auch.« Sie schüttelte den Kopf, als könnte sie ihre Gefühle oder ihre Ehrlichkeit nicht so recht begreifen. »Dass wir so schnell vorankommen, hätte ich nicht gedacht. Dank der Fortschritte, die wir gemacht haben, können wir ohne Probleme in die nächste Entwicklungsphase übergehen.«

»Ich bin bereit dafür«, sagte ich hastig und klatschte in die Hände. Ich war aufgedreht und nervös und musste mich wirklich zurückhalten, um Dr. Weng nicht um den Hals zu fallen. Das wäre sicherlich too much für sie. »Meine Gedanken drehen sich praktisch 24/7 um CAR-T-2.«

Eine Weile quatschten wir noch über unser gemeinsames Projekt, aber auch nach meinen Plänen für den Abend erkundigte sich Weng. Aus einer Laune heraus lud ich sie zu dem Abendessen ein, das Linda für mich organisiert hatte.

Weng lehnte nüchtern ab. »Sie sind Anfang dreißig, Dr. Young. Ihr Leben sollte sich nicht 24/7 um die Arbeit drehen.«

»Mir ist mein derzeitiges Projekt sehr wichtig«, verteidigte ich mich.

»Sie bekommen keinen Orden, wenn Sie Ihr Leben für die Wissenschaft opfern. Wenn es extrem gut läuft, dann vielleicht den Nobelpreis, doch selbst der wird Sie nicht in den Arm nehmen. Wenn Ihre Gehirnzellen und Ihr Körper verschrumpelt sind, wird niemand aus dieser Firma zu Ihnen kommen, um mit Ihnen Händchen zu halten. Sie werden allein sein.«

Bei dem tristen Bild, das Weng da gemalt hatte, musste ich erst einmal schlucken.

»Der Job ist nicht alles, Valerie.« Sie griff nach der Türklinke, zögerte aber. »Und das sage ich Ihnen als akut sentimentale, alleinstehende, kinderlose Frau Ende fünfzig.«

Mein Geburtstag war ein warmer Frühlingstag. Bepackt mit meinen Geschenken, dem Rest der Torte, einem roten Luftballon, der um den Tortenkarton gebunden war, und Wengs deutlichen Worten machte ich mich auf den Weg nach Hause. Ich entschied mich, einen kleinen

Umweg zu nehmen, der mich durch einen Park führte. Dort hatte ich schon viele meiner Mittagspausen verbracht, um im Gras liegend auf einer Decke zu lesen.

Auch an diesem Tag tummelten sich einige Menschen dort herum. Kinder spielten Ball oder Fangen und Erwachsene joggten oder unterhielten sich auf einer der Parkbänke sitzend. Leute führten ihre Hunde aus oder liefen ihren Ball spielenden Kindern hinterher. Dazwischen gab es mich. Überdeutlich fühlte ich die Bedeutung der Botschaft, die Weng mir zu vermitteln versucht hatte.

Zu der Freude des Tages mischte sich Schwermut. Weil ich offiziell zugeben musste, einsam zu sein. So einsam man in einer Millionenstadt sein konnte. Vor allem seit Linda verheiratet war, verbrachte ich die meiste Zeit allein. Die Unternehmungen, die wir früher zusammen gemacht hatten, führte ich jetzt entweder allein oder gar nicht durch. Meist blieb ich daheim, ausgerüstet mit den besten Ausreden, warum dieses oder jenes ohne Linda sowieso keinen Spaß machen würde.

Und dann sah ich ihn.

Zuerst dachte ich an eine Sinnestäuschung, an Halluzination, an alles Unmögliche, nur nicht an das Mögliche. Er kam direkt auf mich zu, in der Hand einen Pappbecher. Den Kopf gesenkt, sah er auf sein Handy.

Wie versteinert blieb ich stehen und wartete, bis er näher kam. Ich zählte mit, sieben Schritte über den Kiesweg und schon war er mir näher als all die Monate zuvor. Seit diesem Abend, der Hochzeit unserer besten Freunde, hatten wir zwar miteinander geschrieben, uns aber nicht mehr gesehen. Als er dann aufblickte und mich bemerkte, spiegelte sich eine Aneinanderreihung unterschiedlicher Emotionen in seinem Gesicht.

Überraschung.

Freude.

Unsicherheit.

Sehnsucht.

Ich fühlte jede einzelne davon, spürte sie als Echo tief in mir drin.

Josh hielt an und grinste in Richtung meines Luftballons. »Valerie«, sagte er ein wenig atemlos.

Ich lächelte. »In dem Fall glaube nicht einmal ich an Zufälle.«

»An was glaubst du dann?«

»An erfüllte Wünsche.«

Während er das Handy in seine Hosentasche schob, lächelte er ebenfalls. Er sah aus, als wäre er gerade aus dem Urlaub gekommen, hatte ein gebräuntes Gesicht und etwas hellere Haare. Sein Bart war kürzer, und er war schlanker. Sein Outfit, bestehend aus einer dunklen Jeans und einem weißen T-Shirt, glaubte ich zu kennen. »Happy Birthday«, las er die Aufschrift auf meinem Ballon laut vor. »Du hast heute Geburtstag?«

»Ja, habe ich.«

Ich hatte keine Hand frei und erwiderte seine Umarmung auf umständliche Weise. Dieser Körperkontakt kam derart unvorbereitet, dass ich erst, als wir uns wieder voneinander gelöst hatten, so richtig kapierte, was er gerade gemacht hatte.

»Alles Gute zum Geburtstag. Bist du auf dem Weg zu einer Party?«

»Nein, ich komme von der Arbeit. Meine Kollegen haben mich mit allerlei Ess- und Brauchbarem beschenkt.«

»Da ich nicht wusste, dass du Geburtstag hast, habe ich leider nichts für dich«, sagte er und streckte zur Verdeutlichung die Arme von sich. Als würde die Möglichkeit bestehen, dass er unter seiner Achsel ein riesiges Päckchen vor mir zu verstecken versuchte.

»Kein Problem. Dich zu sehen ist Freude genug.« Mit dem Alter schien ich offener und ehrlicher zu werden. Vielleicht lag meine Zugänglichkeit auch an dem, was Dr. Weng vorhin gesagt hatte.

»Ich freue mich auch, dich zu sehen. Eigentlich sollte oder wollte ich gar nicht hier sein. Ich war auf mein Handy fixiert und bin einmal falsch abgebogen und in diesem Park gelandet.«

»Du bist wieder zurück in London. Harry hat es mir erzählt.«

»Ja, bin ich.«

Wir ließen diese Tatsache kommentarlos zwischen uns stehen. Beide mussten wir wohl jeder für uns selbst entscheiden, wie wir mit dieser veränderten Sachlage umgingen. Ich für meinen Fall fühlte im Augenblick reine und ehrliche Freude. Ich hatte ihn so vermisst. So sehr.

Josh war der Mensch, mit dem ich all meine schönen und weniger schönen Momente hatte teilen wollen, und bis zu einem gewissen Punkt hatten wir diese Momente auch miteinander geteilt.

Eineinhalb Jahre nach der Trennung erschienen mir die Gründe dafür nicht unwichtiger, aber zumindest weniger bedeutsam als damals. Aber womöglich passierte dieser romantische Blick auf die Vergangenheit automatisch, war eine logische Reaktion in unserer Biologie. Derselbe Grund, warum Frauen Geburtsschmerzen vergaßen.

»Hast du in der nächsten Stunde etwas vor?«, erkundigte sich Josh und deutete mit dem Kinn auf das Zeug, das ich schleppte.

»Ich muss das hier nach Hause bringen. Erst am Abend bin ich verabredet.«

»Vorschlag: Wir laden diese Sachen bei dir daheim ab, und danach beschenke ich dich, mit einem Drink oder einem Essen oder auch etwas anderem.«

Jede Faser in mir schrie lautstark: Ja! Ja, ich will ihn länger bei mir, länger für mich haben.

Doch sollte ich mich wieder auf diese alten Gefühle einlassen?

»Wenn Ihre Gehirnzellen und Ihr Körper verschrumpelt sind, wird niemand aus dieser Firma zu Ihnen kommen, um mit Ihnen Händchen zu halten. Sie werden allein sein.« Das hatte Weng gesagt. Ich spürte deutlicher als je zuvor, dass ich mit Josh Händchen halten wollte. Und wenn schon nicht buchstäblich, dann wollte ich zumindest auf eine versöhnliche Art mit ihm Zeit verbringen.

»Das klingt nach einer hervorragenden Idee«, sagte ich und drückte ihm den Karton mit dem Kuchen und dem Luftballon in die Hand.

Als wir an einer Ampel standen und einer dieser roten Doppeldeckerbusse an uns vorbeifuhr, kam mir plötzlich eine Idee für Joshs Geschenk. London war zwar schon lange meine Heimat, aber im Grunde ging es mir wie fast allen Menschen, die hier lebten: Ich kannte den Weg zur Arbeit in- und auswendig, wusste, wo ich die besten Brötchen kaufen konnte oder wo die Milch am günstigsten war. Den Blick für das echte London, die Stimmung, die Kultur und die Höhepunkte hatte ich in meinem Alltagsstress aber völlig ausgeblendet.

»Wie wäre es mit einer Sightseeingtour?«

Joshs Augen weiteten sich bei meiner Frage. Ich kicherte. »Wir sehen uns London an, quatschen und steigen vor Cafés in Straßen aus, in denen wir zuvor noch nie waren.«

»Wenn du dir das wünschst, bin ich natürlich dabei.«

Eine halbe Stunde später, wir hatten die Sachen zu mir nach Hause gebracht und uns via App ein Ticket besorgt, bestiegen wir kichernd wie zwei Jugendliche den Bus. »Wir hätten auch einfach den Bus nehmen können«, meinte Josh, als wir uns oben in eine der mittleren Reihen setzten. Ich saß an der zerkratzten Plexiglasscheibe, Josh neben mir.

»Tun wir doch.«

»Ich meine den normalen Bus.«

Ich lachte und machte es mir gemütlich. »Das hier hat mehr Flair.« Ich steckte mir einen der Kopfhörer ins Ohr und atmete durch. »Tun wir so, als wärst du ein deutscher Tourist und würdest mich zum ersten Mal in London besuchen.«

Josh stöpselte sich ebenfalls einen Kopfhörer ein. »Ich wusste gar nicht, dass du auf Rollenspiele stehst.«

Ich grinste. »Du würdest dich wundern.«

Weil wir einander lange und tief ansahen, verpassten wir die erste Sehenswürdigkeit – Westminster Abbey.

»Du solltest dich auf die Attraktionen konzentrieren.« Ich selbst hatte deutlich mehr Lust, Josh anzuschauen. Während der Wind mein Haar zerwühlte und Autos hupten, Menschen redeten und unsere Heimat an uns vorbeizog, befand sich das Einzige, das ich wirklich wollte, direkt neben mir – Josh.

»Ich kann nicht«, gestand Josh kryptisch. Ich war beunruhigt, doch er fuhr fort. »Ich kann nur an dich denken. Ich habe in den vergangenen eineinhalb Jahren nur an dich gedacht, Valerie. Und dass ich dich heute getroffen habe, kann nicht unbedeutend sein. Für mich ist es zumindest nicht unbedeutend.«

»Für mich auch nicht.« Ich strich mir eine wild umherfliegende Strähne aus dem Gesicht. »Es tut mir noch immer leid.«

»Mir auch.«

Weil es sich in diesem Moment richtig anfühlte, griff ich nach Joshs Hand. Als hätte er auf diese Geste gewartet, umschloss er meine Finger mit seinen.

Der Bus rollte über die Tower Bridge, als ich meinen Kopf auf Joshs Schulter legte und mich an ihn schmiegte. Irgendwann küsste er meinen Scheitel. Mit Tränen in den Augen lächelte ich.

Wir blieben lange sitzen. Leute kamen und gingen in der Zwischenzeit. Einmal waren es viele, die sich mit uns den Bus teilten, dann waren wir wieder fast allein. Es war warm, Josh war bei mir, und ich liebte es, mir unsere Stadt auf diese Weise anzuschauen.

»Dass wir uns heute getroffen haben, ist das beste Geschenk«, sagte ich und drehte mein Gesicht zu Josh.

Lächelnd nickte er, griff dann nach meiner Wange und senkte seinen Mund langsam auf meinen.

Vor dem Buckingham Palace, auf dessen Balkon bereits unzählige geschichtsträchtige Küsse stattgefunden hatten, ereignete sich der wohl bedeutsamste Kuss in meinem Leben. Ein Kuss, der so viel mehr sagte, als Worte es jemals könnten. Er war Versprechen, Versöhnung, Geständnis und Liebesbeweis in einem.

KAPITEL 47

Unerwarteter Besuch 2.0

Josh

Ich betrat das Restaurant und sah sie bereits zusammen mit Linda und Harry am Tisch sitzen. Zwei Drittel der Leute, auf die ich zusteuerte, wussten nichts von meinem Aufkreuzen. Lediglich einer von ihnen, Harry, hatte mir Ort und Uhrzeit verraten. Okay, Valerie hatte mich noch vor zwei Stunden zu überreden versucht, mit zum Abendessen zu kommen. Ich war aber überzeugt gewesen, dass wir es langsam angehen sollten – diesmal wirklich.

Aber wie war das noch einmal mit meinen Ängsten und den Folgen, die sie mir gebracht hatten, als ich noch felsenfest überzeugt gewesen war, mich von ihnen behindern lassen zu dürfen? Richtig, ich hatte alles verloren und war stattdessen unglücklich gewesen.

Also hatte ich kurzerhand beschlossen, Valeries Einladung nachträglich anzunehmen und als Überraschungsgast aufzukreuzen.

Valerie saß auf einer Bank, ihr gegenüber Harry und Linda, beide auf Stühlen. Das Lokal war gut gefüllt, sogar einige Tische auf der Terrasse waren besetzt. Ich näherte mich den dreien. Harry entdeckte mich zuerst, dann Linda. Während Harry grinste, weiteten sich Lindas Augen. Sie blieb aber cool. Ich wusste nicht, was

Harry ihr erzählt hatte, aber sie war sichtlich skeptisch wegen meines spontanen Auftritts.

Valerie redete. Ich bekam bloß ein paar wenige Fetzen mit – Umbau, Hund, Kind –, aber ich war erstens zu nervös, um ihrem Monolog zu folgen, und zweitens zu geflasht von ihrem Aussehen. Sie an einem Tag zweimal zu treffen, war an der Grenze zu einer Überdosis, damit schien mein Verstand noch nicht so richtig klarzukommen.

Sie trug ein schwarzes Trägerkleid mit V-Ausschnitt und goldenen Kreolen. Ihre schulterlangen Haare, die ihr der Wind heute Nachmittag noch in sämtliche Himmelsrichtungen weggeblasen hatte, waren jetzt zu einem ordentlichen Knoten gebunden. Sie war so unglaublich schön. Perfekt. Wenn ich sie ansah, fühlte es sich an, wie nach Hause zu kommen.

Ihr Blick schnellte zu mir, und ihre Erzählungen endeten, als ich neben sie auf die Bank glitt. Ich hielt die Luft an, rang mir dann aber ein beruhigendes Lächeln für Valerie ab. »Überraschung. Die Zweite. Ich bin hergekommen und dachte, ich leiste dir Gesellschaft.«

»Was? Wow«, sagte sie, während ihre Augen feucht zu schimmern anfingen.

Linda hielt sich beide Hände vor den Mund, und Harry lehnte sich zurück, als würden wir einzig den beiden zuliebe eine kleine Show veranstalten.

Da kam mir ein Gedanke – ein verrückter, ja. Aber es war eine Idee, die Stimmung zu lockern. Über den Tisch streckte ich die Hand nach Linda und Harry aus. »Ich bin Josh.«

Harry lachte, ergriff meine Hand aber. »Hey.«

»Linda.« Zumindest auf die beiden war Verlass.

Sie schienen unsicher, ob diese Sache nicht in einem Desaster enden würde.

Ich wandte mich an Valerie. »Ich habe deinen Hilferuf gehört und gedacht, ich muss dich retten.«

»Ich verstehe nicht«, sagte sie und schaute jeden am Tisch verwirrt an.

»Willst du den beiden nicht erzählen, wie wir uns auf der Geburtstagsparty einer gemeinsamen Freundin kennengelernt haben?«

Während Valerie kichernd die Stirn runzelte, brach Linda in Gelächter aus. »Ah, jetzt kapiere ich es. Er tut so, als wäre er ihr Freund, also eigentlich ihr Fake-Freund. Sehr amüsant, Josh.«

Harry wirkte nicht allzu begeistert von meiner spontanen Darbietung. »Hast du auf dem Weg hierher eine Flasche Wein getrunken?«

»Nein«, antwortete ich, als wäre Harrys Frage tatsächlich ernst gemeint gewesen. »Ich habe gar nichts getrunken.«

»Welche Freundin soll das denn gewesen sein?«, hakte Valerie nach und musterte mich von der Seite. Offensichtlich war sie bereit, sich auf dieses Spiel einzulassen.

Ich überlegte. »Linda. Oder?«

Sie grinste. »Nein, ich sagte zwar, dass Linda sich manchmal in mein Leben einmischt, aber verkuppelt hat sie mich noch nie.«

»Danke auch«, meldete Linda dazwischen. Sie war hart im Nehmen, da machte ich mir keine Sorgen.

»Okay, nächster Versuch.« Ich sah auf ihre Hände, die ich für immer halten, und ihre Lippen, die ich noch sehr viel häufiger küssen wollte. »Wenn ich darüber nachdenke, dann glaube ich, dass es gar keine Geburtstagsparty war, sondern ein Firmenessen. Du warst auch nicht mit einer Frau dort, sondern einem Mann. Er ist an deinen Tisch gekommen und hat so getan, als wäre er dein Freund.«

Sie blinzelte und nippte mit geröteten Wangen an ihrem Rotwein. »Das hört sich nach einer Sache an, bei der ich schon einmal anwesend war.«

»Ja? Und du hast auch Wein getrunken, dich gut unterhalten und nicht über die Folgen dieses kleinen Scherzes nachgedacht. Nie im Leben wärst du drauf gekommen, dass dieser Scherzkeks dein künftiger Boss werden würde.«

»Nie im Leben«, untermauerte sie und sah erwartungsvoll zu mir.

Auch Linda und Harry blickten gespannt über den Tisch zu mir. »Ich weiß auch nicht, aber an diesem Abend habe ich zum ersten Mal deine private Seite gesehen. Ich dachte, du wärst mit ihm zusammen, und das hat mich wahnsinnig gemacht. Warum habe ich dich nicht schon viel früher wirklich kennenlernen wollen?«

Valerie zuckte verlegen mit den Schultern.

Harry allerdings meldete sich zu Wort. »Weil du ein Idiot bist.«

»Harry«, tadelte ihn Linda.

»Sorry. Weil du immer behauptet hast, Val würde dir auf die Nerven gehen.«

Ich nickte und deutete mit meinem Zeigefinger kurz zu Harry. »Exakt. Aber so war es ja nicht.«

»Na ja, manchmal hätte ich dir schon gern Abführmittel in deinen Kaffee gemischt.« Valerie grinste verschmitzt, rieb dann aber beschwichtigend über meinen Oberarm.

Lachend schüttelte ich den Kopf. »Okay, das hatte ich bestimmt öfter verdient.« Ich griff nach ihrer Hand und drückte sie kurz. »Aus diesem Grund war ich auch sicher, dass du nichts von mir wissen willst. Schlimmer sogar – dass du mich verabscheust. Und dann habe ich etwas gefühlt, das total ungerechtfertigt und deplatziert war: Eifersucht. Es ging mir wirklich gegen den Strich, dass du mit diesem Typ zusammen warst.«

Sie nickte wissend. »Ich glaube, ich habe diese Veränderung unbewusst bemerkt.«

»Wisst ihr, was danach geschah?«, fragte ich in die Runde.

Harry war der Erste, der seinen Tipp abgab. »Bestimmt etwas Schmutziges.«

Linda lachte, während Valerie abermals errötete.

»Ich habe mich verdammt schnell in sie verliebt. Ich habe ihr sogar beim Umzug geholfen. Ich habe einfach jede freie Minute mit ihr verbracht und das einhundertprozentig genossen. Es war perfekt. Sie war perfekt.«

Es wurde still. Valerie schluckte, und selbst Linda wirkte rührselig.

»Wie ihr euch denken könnt, kommt jetzt der Plottwist der Geschichte«, fuhr ich fort. Es reichte, an diese Zeit vor eineinhalb Jahren und alles, was danach gekommen war, zu denken, um mich schlecht zu fühlen. »Dazu muss ich gestehen, dass ich seit meiner Kindheit unter enormem Stress stehe. Ich musste in einem Alter Verantwortung übernehmen, in dem mir noch die Fähigkeit fehlte, klare Zusammenhänge herzustellen. Andere Kinder in dem Alter mussten gerade mal entscheiden, welches ihrer vielen Lieblingsshirts sie tragen wollten. Funfact: In den besten Zeiten hatte ich nicht mal mehr als zwei T-Shirts. Jedenfalls habe ich mir schon als Kind deswegen angewöhnt, niemals die Kontrolle über mein Leben oder meine Gefühle abgeben zu dürfen. Ich habe mich abgeschottet. Als ich mich dann getraut habe, für diese Frau meine Schutzmauern einzureißen, passierte das, womit ich insgeheim schon gerechnet hatte – ich wurde verletzt. Als Konsequenz habe ich sie als Gefahr eingestuft und aus meinem Leben verbannt. Ich habe, auch als erwachsener Mann, meine Ängste über mich siegen lassen.«

Ich hätte nicht gedacht, dass mich mein Geständnis derart viel Kraft kosten würde. Mein Herz raste, mein Atem ging schnell, und aus meiner anfänglichen Euphorie war Anspannung geworden. Doch ich fühlte mich absolut losgelöst. Endlich hatte ich meine tiefsten Gefühle laut ausgesprochen. Und anders, als ich mir all die Jahre eingebildet hatte, war ich nicht augenblicklich tot umgefallen.

Doch was sollte ich machen, wenn Valerie meine Erklärung nicht akzeptierte? Was, wenn zu viel Zeit vergangen war?

Linda erbarmte sich meiner und sprach mir gut zu. »Es ist völlig normal, Angst zu haben. Angst muss auch nicht immer begründet sein. Ich zum Beispiel bekomme Panik, wenn ich bei offener Tür schlafen muss. Das fühlt sich für mich an, als würde mich jemand beobachten.«

Ich hörte an Lindas höherer Stimmlage, wie mächtig diese Angst für sie war. Auch jetzt, mitten in einem Restaurant.

Harry tätschelte ihre Schulter und lächelte liebevoll. »Schon okay«, murmelte er in ihre Richtung.

»Du hast recht«, meinte ich. »Die Reaktion auf meine Angst war völlig unbegründet. Aber ich habe mich damit auseinandergesetzt und beschlossen, dass mit dieser Überreaktion jetzt offiziell Schluss ist. Aus dem Grund bin ich heute hier.«

Während ich gesprochen hatte, war Valerie ruhig gewesen. Als ich mich zu ihr drehte und sie ansah, lächelte sie zaghaft. Diese Unterhaltung bedeutete für uns beide eine Menge. Nach der Trennung hatten wir uns vorgespielt, wie unbekümmert wir auch ohne den anderen weiterleben konnten. Wir waren zurück in alte Muster gefallen, hatten uns gegenseitig angelogen und mutwillig verletzt. Doch hier in diesem Restaurant, an Valeries Geburtstag, öffneten wir uns wieder füreinander.

»Valerie, ich habe so viele Dinge falsch gemacht, dass ich verstehen kann, wenn du mir keine zweite oder dritte oder wievielte Chance auch immer geben möchtest. Trotzdem will ich dir erklären, was ich fühle.«

Valerie sah abwartend zu mir, ihr Weinglas in der Hand.

»In Paris hast du mir gesagt, dass du mich liebst. Und ich, Trottel der ich bin, habe nichts erwidert. Aber hier und heute ist die perfekte Gelegenheit, diese verpasste Chance nachzuholen. Ich liebe dich auch, Valerie. Ich habe dich immer begehrt und mich schließlich in dich verliebt. Daran hat sich auch in den vergangenen eineinhalb Jahren nichts geändert.«

Linda seufzte, und Harry hielt tapfer durch, ohne sich bei diesem ganzen Liebeswahn übergeben zu müssen. Aber hey, ich hatte seine Hochzeit mit all dem Geschmuse überstanden.

»Als ich von dieser Sache mit Dario erfahren habe, hatte ich einfach Angst, dass du mich benutzt haben könntest. Ich war panisch, und anstatt gründlich nachzudenken, bin ich weggelaufen. Zuvor habe ich noch alles Gute zwischen uns beiden zerstört – und dich mit ins Verderben gezogen.«

»Du warst verletzt, das kann ich verstehen.« Valerie klang heiser, aber ruhig. Ihr Blick war wie eine Umarmung, die ich mir wie nichts mehr wünschte. »Ich war ja auch fassungslos und wie gelähmt. Aber ich habe geglaubt, dass ich dir diese Freiheit schulde, nach Deutschland zu gehen und ein neues Leben anzufangen.«

»Du hast nichts falsch gemacht«, sagte ich.

»Doch, habe ich. Diese Lüge und alles... das hätte nicht sein müssen.«

Ich nickte. »Diese Lüge ist eine Kleinigkeit, verglichen mit meiner Reaktion.«

»Josh, dass du dich deinen Ängsten stellst, ist toll. Du sollst aber nicht anfangen, dir aus diesem Grund für alles selbst die Schuld zu geben.«

Ihre Fürsorge tat verdammt gut. »Das tue ich nicht. Ich möchte reinen Tisch machen, und dazu gehört, dass ich meine Fehler und Versäumnisse zugebe.«

»Das ist Wahnsinn.« Valerie seufzte und rieb sich über die Stirn. Als sie mich ansah, lächelte sie aber überwältigt.

»Ich glaube, ihr habt euch nach der Trennung bekriegt und geliebt zur selben Zeit«, meinte Linda nachdenklich. »So wie ihr es schon immer gemacht habt.« Ihr Zwinkern lockerte die Anspannung, die zwischen mir und Valerie herrschte.

Ich war unsicher, was ich noch sagen sollte. So viel lag mir auf dem Herzen, ich wollte Valerie aber auch nicht überfordern und sie vor den Augen unserer Freunde unter Druck setzen. Sie sollte entscheiden, wie es mit uns weitergehen könnte.

»Damit will ich jetzt aufhören«, verkündete Valerie.

»Ich auch.«

»Dann... ich weiß nicht.« Sie blickte zu den beiden anderen.

Ich hatte so viele Gesichter dieser Frau gesehen – ihre starke Seite, ihre durchsetzungsfähige Seite, ihre witzige Seite, aber auch ihre verletzliche Seite. Gerade die fand ich in diesem Moment derart rührend, dass ich nicht anders konnte, als nach ihrer Hand zu greifen und ihre Knöchel zu küssen. »Valerie, ich liebe dich. Okay?«

»Ich liebe dich auch.«

»Egal was kommt, meine Liebe wird bleiben. Immerhin hat sie eineinhalb Jahre überlebt.« Ich drückte ihre Hand und lächelte. »Wenn du mir ... uns die Chance gibst, werde ich dich nicht enttäuschen.«

Ihre Augen schimmerten feucht, und immer wieder schüttelte sie den Kopf. Ich wusste nicht, ob das ein gutes Zeichen war, ließ mich aber ganz auf diese Ungewissheit ein. Mehr konnte ich nicht machen.

»Die ganze Zeit habe ich mir genau das hier gewünscht.« Sie deutete von mir zu ihr und wieder zurück. »Dass wir miteinander reden und ehrlich sind. Wahrscheinlich waren wir dazu bisher noch nicht in der Lage. Wir haben diesen Abstand gebraucht, so belastend er manchmal auch war. Eigentlich war diese Trennung nicht nur manchmal, sondern immer belastend für mich.«

Ich nickte. »Für mich auch. Es war schrecklich.«

»Das war es. Wirklich.« Valerie schluckte, und ich spürte den Druck ihrer Hand um meine. »Kann es denn wirklich funktionieren?«

Während ich bereits über eine Antwort nachdachte, grätschte Linda dazwischen. »Obwohl ich diese Versöhnung unglaublich gern live miterleben möchte, schlage ich vor, Harry und ich genehmigen uns einen Drink an der Bar. Den haben wir nach dieser turbulenten Zeit ja auch redlich verdient. Ihr winkt uns, wenn ihr bereit für den Hauptgang seid.« Linda strich, nachdem sie und Harry aufgestanden waren, noch einmal bestärkend über Valeries Schulter.

Diese lächelte, leckte sich dann aber nervös über die Lippen. »Dass wir uns heute im Park getroffen haben, dein Geschenk an mich, und jetzt das… Josh, du haust mich völlig um.«

»Dieser Tag heute mit dir war wundervoll«, gab ich zu.

»War er, ja. Und ich würde mir wünschen, dass es noch viele solcher Tage mit dir gibt.«

Das waren sie also – die Worte, auf die ich eineinhalb Jahre lang gehofft hatte. Und sie waren genauso überwältigend, wie ich sie mir vorgestellt hatte.

»Wird es geben, versprochen«, flüsterte ich und streichelte ihre Wange.

»Ich liebe dich«, sprach sie mit voller Überzeugung, überwand die restliche Distanz und küsste mich.

Wir küssten uns lange und intensiv. Dabei hielt ich Valerie fest umschlungen, während sie ihre Hände in meinen Nacken legte. All meine Ängste und Sorgen waren wie weggeblasen. Ich war erleichtert und überglücklich.

Erst als Valeries Magen knurrte, zog ich mich mit dem Versprechen, später weiterzumachen, von ihr zurück. Daraufhin bestellten wir uns Wein und eine superköstliche Hauptspeise, zu der auch Harry und Linda wieder an unseren Tisch kamen. Wir lachten so viel, dass mir irgendwann der Bauch wehtat. Aber auch ernste Themen fanden ihren Platz an diesem Abend.

Und später begleitete ich sie nach Hause, wo wir unsere ganz private Party feierten.

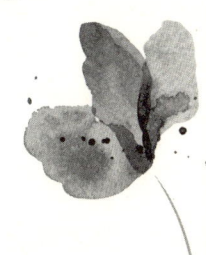

KAPITEL 48

Tod durch eine Überdosis.
Oder gibt es doch ein Happy End?*

Valerie

Im Leben sollte man niemals denselben Fehler zweimal machen. Diese Weisheit hatte mir meine Mom schon beigebracht, da war ich noch nicht einmal in der Schule gewesen.

Klettere niemals auf den Baum, von dem du schon einmal gefallen bist. Ich hatte es trotzdem gemacht. Weil ich den Baum hatte bezwingen wollen und weil ich wahrscheinlich schon als Kind eine kleine Masochistin gewesen war. Aber ich war auch eine Kämpferin. Deshalb war es mir gelungen, beim zweiten Kletterversuch nicht mit dem Fuß abzurutschen – ich hatte mir den Ast genau gemerkt, der mich abgeworfen hatte, und ihn gemieden.

Auch als erwachsene Frau ignorierte ich den Ratschlag meiner Mom und startete die Beziehung 2.0 mit Josh sehr viel schneller und intensiver, als wir am Abend meines Geburtstages noch vereinbart hatten.

Wir lagen in meinem Bett und erstellten einen Fahrplan für unseren zweiten Anlauf. Wir wollten diesmal wirklich nichts überstürzen und nach einem perfekt ausgeklügelten Schema vorgehen – ganz so, wie wir es aus der Wissenschaft kannten. Unser Plan enthielt Punkte

377

wie: Treffen 1x pro Woche, SMS 3x pro Woche, Telefonieren evtl. täglich.

Zuerst funktionierte der Plan noch gut. Wir hielten uns daran, und die erste Euphorie wurde ein wenig durch die Angst, dass wir die Sache wieder gegen die Wand fahren könnten, gebremst. Dann aber verringerten sich unsere Bedenken, und die Sehnsucht wuchs. Bald genügte es mir nicht mehr, ihn nur einmal in der Woche zu sehen, weil ich ihn zu sehr vermisste. Ich wollte mehr Spontanität, mehr gemeinsame Zeit und vor allem mehr Alltag. Ich wollte abends nach Hause kommen und mich mit Josh auf die Couch kuscheln. Ich wollte morgens aufwachen und mit ihm unter die Dusche springen. Ich wollte ihn mitten im Supermarkt stehend anrufen, um ihn zu bitten, schnell unseren Zwiebelvorrat zu checken.

Normalität oder wie andere vielleicht behaupten würden – Langeweile. Doch hinter uns lag eine so wilde Reise, mit einer Trennung von eineinhalb Jahren, dass ich mich nicht nach Außergewöhnlichem, sondern nach Alltäglichem sehnte. Denn das hatte bei unserem ersten Anlauf gefehlt. Damals hatte alles so verboten gewirkt – unsere Gefühle, aber auch unsere Visionen, die Zukunft betreffend. Jetzt waren wir ehrlich zueinander. Wir konnten endlich ehrlich sein. Und um das zu feiern, wollte ich so viel Leben, so viel Gemeinsamkeit wie nur irgendwie möglich. Dafür reichte ein Treffen in der Woche nie und nimmer aus. Das erkannten wir dann auch schnell. Ja, Wissenschaftler täuschten sich manchmal. Sie gingen falschen Denkansätzen nach oder hatten einfach nur Bammel vor diesen übermächtigen Gefühlen, die sie einnahmen.

Wir sahen uns also öfter – zweimal, dreimal die Woche und schließlich täglich. Irgendwann befanden sich so viele Sachen von mir bei Josh, dass es mühsam wurde. Doch ans Zusammenziehen wollte noch niemand von uns denken, das wäre wirklich zu früh.

Beruflich sah es so aus: Während ich eifrig an Carla tüftelte, war Josh bereit, sich neu aufzustellen. Bei einem gemeinsamen Abendessen bei ihm daheim verriet er: »Mich ganz auf die Forschung zu konzentrieren ist auch nicht allzu verlockend. In Deutschland hatte ich die Chance, Seminare für Kollegen zu geben. Das hat mir gefallen.«

»Würdest du gern unterrichten?«, fragte ich und kaute einen Bissen frittierte Aubergine.

Josh zuckte mit den Schultern. »Die Möglichkeit hätte ich. Aber glaubst du, ich bin dafür geschaffen?«

»Du verfügst auf alle Fälle über das nötige Wissen und genügend Erfahrung. Die Frage ist, ob du den Leuten nicht den Kopf abreißt, wenn sie dich nerven.«

Wir lachten beide.

Josh fällte an diesem Abend keine Entscheidung. Dafür ließ er sich Zeit.

Er besuchte Universtäten und Fortbildungseinrichtungen für bereits ausgebildete Mediziner und meldete dort sein Interesse an.

»Vor geraumer Zeit habe ich Dario getroffen.« Josh und ich lagen nebeneinander in meinem Bett.

Ich hatte die Beine unter der Decke hervorgestreckt, mich an Joshs Brust geschmiegt und genoss, wie er meinen Rücken streichelte. »Wie kommst du jetzt auf Dario?«

Unter meiner rechten Wange, die auf seiner Brust lag, konnte ich spüren, dass Josh kicherte. »Keine Ahnung, ist mir eingefallen.«

»Was hat er gesagt?«

»Er hat mir einen Job angeboten.«

Ich schnaubte und rieb mir meine juckende Nase. »Was für ein Arsch.«

Eine Weile war es still, dann sprach Josh weiter. »Ich glaube, ich nehme sein Angebot an.«

Ich setzte mich auf und versuchte, im Halbdunkeln Joshs Gesicht zu erkennen. »Nicht wirklich?«

Er lachte und zog mich zurück an seine Brust. »Scherz. Für diesen Kerl würde ich nie wieder arbeiten wollen. Nicht in diesem Leben.«

»Da bin ich aber erleichtert.«

»Das Treffen mit Dario hat mich allerdings zum Umdenken und zum Handeln angeregt. Ich habe mich dieser Leere, die ich in Deutschland gefühlt habe, gestellt. Und ich habe mich mit meinen Ängsten auseinandergesetzt.«

Josh hatte sich wirklich verändert. Das taten viele Menschen, denn das ganze Leben bestand nun einmal aus einer Aneinanderreihung von Veränderungen. Denn das war schließlich das Wichtigste an einer persönlichen Veränderung. Man sollte diese vor allem im Hinblick auf sich selbst vollziehen und sich danach wohler in seiner Haut fühlen.

Bei Josh war das definitiv der Fall. Er wirkte um Welten befreiter, entspannter, und er schien auch mit seiner Vergangenheit im Reinen zu sein.

Erst vor Kurzem hatte er mir ausführlich über seine Kindheit erzählt. Über seine hilflose Mutter und wie er zuerst noch Mitleid mit ihr empfunden und Hoffnung gehegt hatte, dass sich alles wieder fügen würde. Irgendwann aber hatte er aufgegeben, ähnlich wie seine Mutter.

Ich war geschockt gewesen, unter welchen Voraussetzungen Josh aufgewachsen war. Wie unbesorgt meine eigene Kindheit dagegen verlaufen war. Seitdem hegte ich nur noch mehr Bewunderung für ihn.

»Mir ist klar geworden, dass ich nicht wegen meiner Karriere nach Deutschland gegangen bin, sondern um wegzulaufen.«

»Sei nicht so streng zu dir selbst.« Josh war sein ärgster Kritiker. Ich wollte nicht, dass er sich an allem die Schuld gab. »Du warst verletzt und verzweifelt. Irgendwann hättest du gespürt, dass du etwas verändern musst.«

Josh schob mich von sich und drehte sich zu mir. Wir sahen einander an. Es war fast dunkel im Zimmer, lediglich die kleine Lampe neben meinem Bett leuchtete. »Aber dann wäre es zu spät gewesen, Valerie. Ich hätte dich verloren.«

Mein Magen zog sich bei dem Gedanken zusammen, dass es diesen Neustart niemals gegeben hätte. »Das weißt du nicht.« Ich wollte es nicht wahrhaben.

Doch Josh nickte. »Du hättest nicht ewig gewartet. Du hättest einen anderen Mann treffen können. Da draußen gibt es unzählige solcher Geschichten, Valerie. Geschichten von unerfüllter Liebe, von verpassten Chancen und von Fehlentscheidungen. Manche Dinge lassen sich nicht mehr reparieren, wenn sie zu lange kaputt sind. Ich sehe es so: Wäre Dario damals nicht mitten in unser Abendessen geplatzt, würden wir heute wahrscheinlich nicht hier liegen – das war die erste Chance, die wir bekamen. Aber hätte ich nicht irgendwann begriffen, dass ich nicht nach Deutschland gehöre, sondern dorthin, wo du bist, wäre alles vorbei gewesen.«

Darüber dachte ich nach. Ich erinnerte mich noch an beinahe jedes Wort, das wir bei diesem Essen gesprochen hatten. »Das klingt ziemlich deprimierend.«

Beruhigend küsste Josh meine Schläfe. »Wir sind der Tragödie haarscharf entkommen. Aus diesem Grund konnte ich endgültig mit dieser Dario-Sache abschließen.«

»Das habe ich auch längst. Ich bin nicht mehr verbittert wegen der Kündigung oder weil er mich verraten hat. Er ist mir egal.«

»Das ist ein Anfang«, meinte Josh.

Ich lächelte und küsste ihn. »Es ist unser Anfang.«

»Du machst mich zum glücklichsten Mann der Welt, Valerie. Ich will mir gar nicht vorstellen, wie mein Leben ohne dich aussehen würde. Einen ersten Ausblick darauf hatte ich ja bereits«, gestand er. Zum wiederholten Mal berührte Josh mich mit seiner Offenheit. Doch immer wieder aufs Neue berührte er mich damit so tief, dass ich kaum atmen konnte.

»Wo warst du nur die ganze Zeit?«, fragte ich leise.

Er lächelte und strich mit der Hand sanft über meine Wange. »Ich war schon immer da, du hast mich nur nicht auf diese Weise bemerkt.«

Ja, es gibt ein Happy End.